隔着呼啸的雪沙和炙热的烛火，
安隅沉默着抱住了他的长官。

风雪待归人
小霄
著
九州出版社
JIUZHOUPRESS

刀落下时，秦知律想要阻拦，但最终还是放任安隅亲手斩断了唯一有羁绊之人的脖子。

过去十年里，每当安隅又说想睡觉，凌秋都很无奈，但最终他也都温和地道了晚安。

『睡吧。』安隅在淋漓的血色中闭上眼，轻声道，『做个好梦，凌秋。』

『晚安，哥哥。』

自灾厄降临后，世界的底色逐渐变成一片白茫。
每当风雪飞舞，环境中就会检测出无序频率和能量，
人们坚信那就是畸变的诱因。
久而久之，白色就成了不祥的颜色。
如果在街上看见染着白色头发的人，多半是反社会的疯子，
千万离远点。
但如果他连衣服都穿白色，那反而可以放心。
他可能只是穷罢了。
安 隅
An Yu

刺眼的雪光敛于面前，
黑色的身影雕塑般矗立于雪地之上，
呼啸的风雪也似难以撼动。
黑眸冷沉，上唇角有一道极浅的疤，
是个绝不好惹的硬茬。
如安隅猜想般，他戴着一副皮手套。
『秦知律，处决你的人。』
秦知律
Qin Zhilv

目录 CONTENTS

序章

失落53区

【主城一】

信祷之鲤

【主城二】

高畸变风险孤儿院

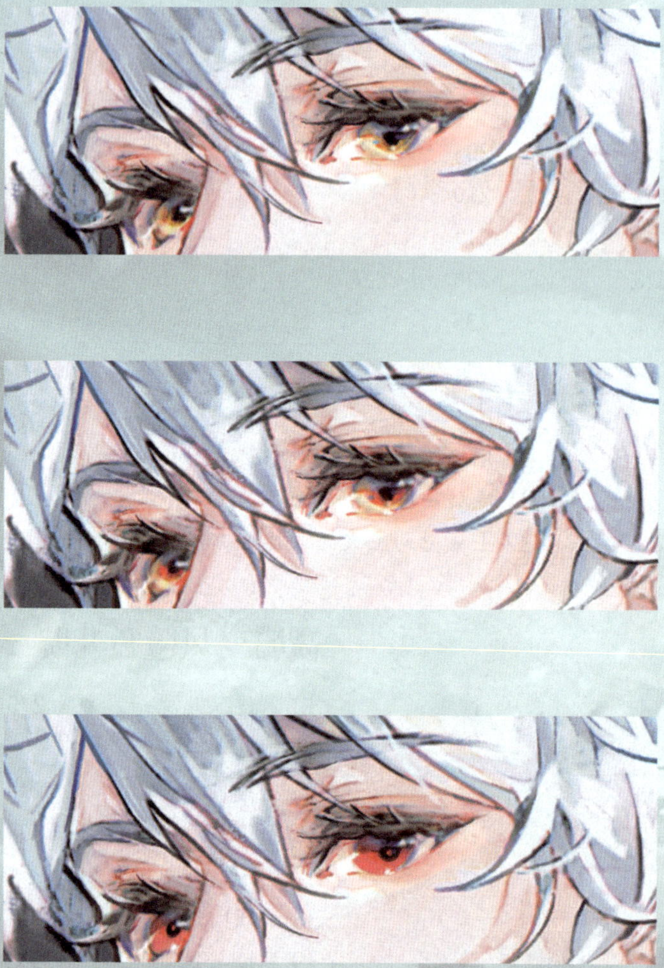

碎玻璃的倒影中，
金眸不知何时罩上了一层冰冷明亮的赤色，
红瞳映着他身前的一小块空间，
在触手频的刹那，
那块空间也发生了瞬间的挤压和回弹。
安隅体力已到极限，
那个“东西”就要降临了——

序章

01　摆渡车遇袭

我走过很多个漫长的冬天，但只对两场风雪印象深刻。

第一场在2148年冬至，后来被奉为人类抵抗灾厄的转折前夜。

而2149年冬至那场雪，却寂静地消匿于时间的长河。

对了，冬至是他的生日。

——《废书》

2148年冬至。

列车穿越白茫的雪原，从饵城53区驶向繁华的人类主城。

车厢里稀稀落落地坐着十来个乘客，神情木讷，衣服蒙着一层陈黄，只有角落里三个穿军装的看起来精神些。

车窗旁，小女孩捧着诗集，稚嫩地朗读：

“不要自以为是地剖开一只弱小的兔子。

“透过它微如露水的眼，

“它们窥视苍穹。”

书脊上印着诗人的名字：眼。

“连诗里都在说兔子。”女孩嘀咕，“最近新出的兔类超畸体好恐怖哇，明明看起来很弱小，却跑得那么快！还能‘砰’的一声把人炸碎！人类到现在都没抓住它！”

列车广播响起：“前方进入易暴露区，本车已静默，请放心乘坐。”

小女孩扭头看向身旁的中年女人：“妈妈，什么是静默？”

女人道：“不让野外的怪物发现我们。”

“那如果被发现，我们会和爸爸一样死掉吗？”

坐在对面的安隅睁开了眼。

并不是死这个字刺激到了他，而是车厢里一直弥漫着淡淡的面粉香，勾得他无法安睡。

在一车个顶个的穷鬼中，安隅穷得格外高调——白发遮掩着长期营养不良的苍白肤色，布袋子似的衣服挂满线头和破洞，在窗外呼啸的风雪衬托下显得有些好笑。

那双金眸澄澈如镜，却刻着贫民窟特有的漠然，他看向那本诗集——书缝里好像有一抹刺眼的绿色闪过。

又饿出幻觉了。

他低头揉了揉眼睛。

女人细声叮嘱道："别和哥哥提爸爸的事。"

"我记得的。"小女孩继续翻诗，"哥一个人在主城不容易，他问就答家里一切都好。"

"是啊。"女人望着空气出神，"家里能出个主城人是天大的福气。小希才二十岁就进'大脑'做研究员了，要是没有他，咱们在53区的日子可要难过了。"

"哥最近都没空视频，他知道我们要去给他过生日吗？"

"知道就不是惊喜了，难得通一趟车嘛。"女人摩挲着身侧的饭盒，"也不知道他还记不记得这个味道……"

面粉香就是来自那个饭盒。

"哥小时候也吃豆饼吗？"

"吃的。妈这回特意用蜜腌了红豆，好甜哟，不过，和主城的吃喝肯定不能比。"女人忽然有些犹豫，"他小时候就嫌饼不够甜，现在恐怕更瞧不上了……"

安隅听到这儿，从饭盒上收回了视线。

今年的风雪频繁得要命，下雪是出事的前兆，主城拨给饵城的物资一再降级，现今想混一口粗面包吃都是做梦，这个节骨眼上，居然有人会嫌弃豆饼。

同为53区贱民，但显然，贱民也要分三六九等。

今年是诡异的畸变降临的第26年，人类昔日的伟岸早已缩成泡沫。为了留存实力，决策者把基因优质的人凝聚在主城，以主城为中心，一百座破败的饵城像洋葱圈一样向外发散，收容着注定被舍弃的大多数。

安隅的基因是劣等中的劣等，又有昏睡病，一个月也醒不了几天。多年难治的昏睡让他和社会完全脱节，要不是有好心的邻居凌秋一直代他做工，他连低保粮都没的领。

“你饿了吗？”女人打断了他的出神。

安隅抬眸看过去，好一会儿，才意识到她竟然是在和自己讲话。

“小伙子，你眼睛和我儿子有点像，多大了？”

他很少和凌秋之外的人交谈，不太熟练地答道：“十八。”

“真年轻。”女人慨叹一声，“就快到主城了，很期待吧？”

“嗯……”

期待才有鬼，他是被逼无奈才出这趟远门的。

两个月前，凌秋被军部录取了——那是劣等基因进入主城的唯一通道。安隅本以为自己在主城有了靠山，能苟活得更稳当些，但几天前53区的房管长突然抽风要查劳动记录，有丁点亏欠就得滚出低保宿舍自生自灭。

安隅这个隐匿多年的贫民窟米虫终于被揪了出来。想保住宿舍，只能找凌秋补个认养手续，把自己搞成“主城军人的弟弟”。可新兵集训禁止通讯，眼看着距离强制回收只剩48小时了，安隅只好硬着头皮上了这趟车。

凌秋走之前叮嘱，独自生活免不了和人打交道，贱民想活得安稳，就得“贱出高度、贱出水平”——要保持温和有礼，学会观察并取悦强者，争取利用他们。

但安隅的社会性太差了，凌秋是他连接外界唯一的桥梁，他对即将失去桥梁的生活充满茫然。

于是凌秋教给他五句贱民万能话术——谢谢。我很抱歉。求求您了。您说的对。祝您成功。

“最后两句要配合微笑，真诚是建立友好关系的基石。”凌秋如是道。

安隅回过神，缓缓扬起嘴角：“您说的对，我很期待。”说完，就完成任务似的低下头，眼神又不受控地溜去了饭盒那边。

女人笑着揭开盖子：“要尝尝吗？”

“尝？”安隅愣住，“要……送给我吃？”

“是呀，我做了不少呢。”

饭盒里整整齐齐地码着两摞粗麦面饼，上面烙着的小红豆可比他的贱命要金贵多了。

安隅眸里终于有了丝生气，车窗映着他发直的眼神，盯着那块逐渐靠近的饼——

引擎突然制动!

一阵尖锐的刮擦声后，列车停在死寂的雪原上。

全车的人都被惊动了："怎么回事？！"

那块饼顺着地板的坡度向后排滚去，安隅也被惯性带到地上，他不假思索地起身追了过去。

四周响起爆裂声，有人惊呼："车坏了！"

军人喝道："大家留在原地！配合我们排查异常！"

坚固的铁皮从车顶向下崩裂，小女孩的诗集砸到地上，一只萤绿色的螳螂幼虫迅速溜走了。

安隅追着饼越走越快，追到车尾，蹲下掏滚进死角的饼。

雪原上兜转的风忽然送来一股腥酸，裹着惑乱人心智的嗡鸣，一道阴影笼罩了列车。

"畸种！有畸种！军官大人！"

畸种?

安隅攥着终于到手的饼，后知后觉地回过头。

嗡鸣音来自一只巨型螳螂，吻部两侧足有人头大的眼囊紧闭着，在安隅回头时，它高举镰刀般的前肢，朝列车一侧猛地削下!

那对母女还没来得及尖叫就被拦腰斩断，血雾裹散入风中。

螳螂这时睁开了眼，眼囊里没有眼球，只有灰白的肉膜突突突地搏动着，很快就又闭上了。

"救……救命！"

"军官大……"

"不！不……"

破碎的惨叫响彻雪原。

螳螂三角形的头转动不停，镰刀足大肆收割着狼狈四窜的人类。

安隅赶紧咬了一小口饼，趁乱缩进角落。

他用舌尖抿化一粒绵密香甜的小红豆，透过座椅缝隙观察局势。

失明并不阻碍螳螂猎杀，很快，最后一个可怜人被砍碎，在惨叫消失的瞬间，螳螂的头突兀地朝车尾扭了过来。

安隅刚好把饼咽下，身体同时静止。

全车死寂。

螳螂停滞了几秒，似乎有些迟疑，但还是拖着前足往这边寻了过来。

尖锐的刮擦声逐渐靠近，那股腥酸已经压到安隅的头顶——砰然一声枪响！藏在车头的军人瞄准时机朝螳螂后脑开了枪！

然而，携火星的子弹嵌入甲壳，却没有发生想象中的爆炸。

螳螂猛地掉头，一击削断两人的脊柱，第三个可怜人被抡到车尾，砸进安隅斜对面的死角——那是个短发茬的年轻少尉，左肩膀只剩一个洞，在往外不停地淌血。

车另一端，螳螂翻捡着地上的食物——全车都被感染了，有几具尸体的四肢已经结出壳，它兴奋地切开那些半畸变的尸体，车厢里充斥着咀嚼的脆响。

少尉的生命正迅速流逝，他缓缓抬起仅存的一只手，对安隅比了个噤声的手势。

安隅注意到，那只手有些僵硬，就像节肢动物的足，左肩开始向外流透明液体，不再像个人类。

他别过头，没有再与少尉对视。

漫长的几分钟后，螳螂终于吃饱，拖曳着庞大的身躯缓缓离开。

对面，正持续畸化的少尉也渐渐阖上了眼皮。

车厢里只剩下安隅，他把头埋进膝间，被汗湿透的身体在寒风中直打哆嗦。

外面的世界果然危险，得赶紧办完事，回到他的狗窝……

一阵通讯铃突兀地响起。

铃声划破雪原，快要休克的少尉眼皮一颤，还没来得及摸出终端，面前就多了一道庞大的阴影。

螳螂掉头回来只花了几秒钟。

这一次，它睁开了眼——眼囊里竟已结出了十几颗血红色的乱撞的眼珠子，让人瞬间想到刚被吃掉的可怜人。

安隅屏息缩在螳螂背后的死角里，被迫现场观摩这场畸种吃播。

然而才刚撕开少尉的胸膛，螳螂就停住了。它似乎在深深地嗅着什么，头顶触须四处旋转，萤绿的头缓缓向后扭转一百八十度，直勾勾地朝着安隅藏身的地方，乱撞的眼珠子在那一瞬齐刷刷地拢向中心，溢满惊叹。

那是一种在垃圾桶里找到佳肴的狂喜。

虽然很不合时宜，但安隅不禁想起前两天自己意外从凌秋床底下刨出一块粗面包的场景——太荒唐了，对人类，他向来情感迟钝，此刻却好像能和这畸种深深共情。

喘鸣变得急促，螳螂彻底转过身，镰刀战栗，朝安隅发出一声难耐的嘶吟。

“……”

馋疯了。

安隅全身的细胞都在大喊快跑，他在它狂热的注视下把饼揣进兜里，缓缓向过道外蹭。就在他蓄力跃起的瞬间，冷硬的镰刀从身后将他钩住，烙饼般轻巧地将他拍在地上！

剧痛猝然刺入骨髓。

刹那间，诡秘的絮语沿着全身神经游走，在意识深处翻搅起他从未感受过的震荡。

风声突然喧嚣，号叫着踏遍雪原。

那块豆饼滚进角落，小小的月牙缺口上沾了黑泥。

——那是安隅失去意识前最后的画面。

【废书散页】

01 风雪

自灾厄降临后，世界的底色逐渐变成一片白茫。

每当风雪飞舞，环境中就会检测出无序频率和能量，人们坚信那就是畸变的诱因。

久而久之，白色就成了不祥的颜色。

如果在街上看见染着白色头发的人，多半是反社会的疯子，千万离远点。

但如果他连衣服都穿白色，那反而可以放心。

他可能只是穷罢了。

02 审讯

剧痛从指尖涌入，像有只大手粗暴地挤榨着脑浆，濒死感如涨潮般将人淹没……

要死了吗?

安隅猛地睁开眼!

嘀——

红光扫描过冰冷的操作台，高处响起一个声音：“这里是主城的黑塔审讯室。你的姓名？”

安隅错愕：“黑塔……我怎么会在……你们是……上峰？”

“你的姓名。”

“……安隅。”

“ID。”

“AY53……21301222。”

“隐藏了多久？”

“……什么？”

“畸变方向是？”

“我没……”

“异能是什么？”

“……我没畸变……”

“上峰”是当今人类的最高决策组织，驻扎在主城的黑色巨塔中。

这些年来，畸变让世界彻底洗牌，主城的三大机构统管了一切：决策中心“上峰”，力量中心“军部”，科研中心“大脑”。

安隅思绪尚乱，新一轮痛楚已经接踵而来。

他双眼紧闭，在剧痛中努力回忆着雪原上的事……

一段录音突然响起。

“察塔少尉临终通讯……巨型畸变螳螂，列车已静默，推测畸种早就混入车内，在路上完成了进化并感染全车……一名人类畸变体消灭了它……前所未见的异能，瞬移，还有……说不清是吞噬还是引爆，发生得太快了……他外观正常，很年轻……白发、金……不，是红瞳……抱歉……他的眼睛在变化……”声音渐渐虚弱下去，“主城，我也在畸变中，今天下了好大的雪，是近几年最大的一场吧……”

播放结束。

审讯者道：“察塔少尉临终前指控了你的畸变。”

“我？”安隅惊愕，“不是我，我怎么可能杀死螳螂？我是要去军部找人的……”

“你在隐瞒，看来——”

“不要！”安隅挣起身，锋利的金属约束带嵌进皮肉，“我没隐瞒任何事，对了，基因检测！我申请基因检测！”

一切诡异畸变都是从基因感染开始的，为了防控，人类制定了一个测量基因混乱度的指标——“基因熵”。据研究，纯种生物的基因熵都在10以内，自出生起保持恒定，一旦这个值上升，就代表畸变开始。

虽然基因熵上升代表着大事不妙，但只要恒定在初始态，越接近10，反而对感染有越强的抗性。全世界排名前万分之一的人能够进入主城，最新的门槛是8.6。

在这方面，安隅再次把贱民天赋演绎到了极致——他以0.2的基因熵稳居人类末流。凌秋曾评价道：择偶看脸的时代已成往事，人们在选择另一半时主要考虑对方能不能稳定地做个“人”，像他这号被畸种瞄一眼都可能畸变的，注定不会有繁衍权，美貌基因纯属浪费。

审讯者问道：“8岁之前你在哪儿？”

“高畸变风险孤儿院……他们说我是从野外捡来的弃婴，一直被监视到8岁……”

“资料显示，你在孤儿院常年陷于昏睡。”

“是的……但我没有其他异常，最近两年昏睡的时间也在缩短。”安隅痛苦地喘息，“我可以、可以申请基因检测吗？让我自证，求求您……”

“已经测过了。”

“测过……”金眸视线涣散，“难道我真的……”

“你的基因熵是零。”

“零……点二吗？”

“只有零。”

“只有零？”安隅怔然，“下降了？”

“我们测了很多次，结果都一样。这违反科学，没有任何生物的基因能达到百分之百规整，基因熵更绝无可能自然衰减。”

警报再度响起。

“安隅，根据《人类联合法案》，你将被移交大脑，接受诱导试验。

“试验会用能量来催化畸变过程，如果你本身已处于隐匿畸变期，就会被迅速观测到。试验不会造成实质伤害，但会有强烈痛苦，请知悉。

“这是非人道手段，人类感谢你的牺牲。”

安隅消化了片刻，喃喃问：“不会杀死我？”

“你的寿命不会受任何影响。”

审讯室归于死寂，审讯者正要关闭通讯，突然听到一声极轻的吐气，像一只遇险后侥幸逃回窝里的小动物。

“谢谢。”安隅闭着眼，面色惨白，“谢谢您……给我自证的机会，我很感激。”

黑塔处理过数不清的畸变人，那些可怜虫大多被吓得屁滚尿流、歇斯底里，像安隅这样温顺得堪称优雅的还是头一个。

审讯者迟疑了一下，破例送出一句关怀：“你还有其他疑问吗？”

汗水在金属地板上砸出空洞的“嗒”一声，安隅此刻十足清醒，但声音却很缥缈：“请联系一下53区房管长，就说，低保T区5栋1414户的安隅，很快就能办好军属证明，请他多宽限几天，不要把宿舍给别人……好吗？求求您了……”

审讯者惊讶：“比起这个，你更该担心畸变被处决。”

安隅喃喃道：“您说的对……但在饵城失去住所，迟早也是死……”

“原来饵城人的住房焦虑也这么重了吗？”审讯者苦笑一声，“但我记得低保宿舍只要肯干活就能住吧？”

安隅虚弱地“嗯”了一声：“很抱歉，我不太能干活。”

“……”审讯者恢复了冷漠，“会替你联系的，没别的事了吧。”

他没有给安隅回答的机会，立即切断了通讯。

审讯室彻底安静下来。

试验台上已近昏迷的安隅却极细微地牵了牵嘴角。

“祝您成功……”他喃喃道。

*

又一波放能结束，两个研究员进入实验室。

“又下雪了，准有新的失序区。”

“四处起火，军部连新兵都拉去执行任务了，如果有畸变体侵入主城……”

“不会的，主城有穹顶系统，那是人类杰作，像真空罩子一样让全城对外静默。”

“但它耗能太恐怖了，我们还能供它几年？”

“之前不是说有第三个能源储备了吗？”

他们边聊边调试设备。

“还没畸变吗？”

“没，只剩最后一组了，估计会在这一组畸变吧。”

研究员看向试验台上的安隅，那具纤细苍白的躯体上蔓延着大片恐怖的紫红，大片的皮下出血仿佛要挤破那层脆弱的皮，让人心颤。

“不管会不会畸变，他都打破了人类科学认知……他的数据太震撼了，真是一个令人害怕又期待的存在。”

“他到底是什么来头？”

“饵城贫民。根据试验前的评估，智商很高，但常识匮乏，性格孤僻，社会性极差，就像……一头误入人类社会的小兽。”

“可惜了，这种人一旦畸变肯定会失智的。”

刺眼的充能倒计时亮起，他们转身离开。

仿佛昏睡着的安隅缓缓睁开了眼。他的眼眶里烧灼着剧痛，瞳孔痉挛般地抽搐着，但深处却似暴风眼般宁静。

凌秋曾评价他是个怪胎，极度怕死，但只要不死，他似乎又不在意任何伤害。

来主城前，安隅一直担心房管长找借口不认军属证明，但现在有了上峰过问，不可能再节外生枝了。

只要能保住安身之处，这点痛苦简直是赏赐。

他回忆起在审讯室时，他用那几句贱民话术成功求到审讯者帮忙，忍不住感慨凌秋果然有着将这个垃圾时代玩弄于股掌的智慧，在利用强者这条路上，他还要和凌秋学很多……

只剩最后一组……

安隅看着倒计时，眼底映出一丝释然。

3，2，1——

声嘶力竭的惨叫穿透监控室。

一份足以轰动世界的密报传向黑塔。

【大脑汇报上峰】

编号#1222，全序列试验结束，未见畸变指征。

基因熵：0，未见波动。

精神力：100，未见波动。

结论：触发异能失败，可以相信#1222属于人类。理论上，基因熵为0会导致无法抵御任何畸变诱导，但#1222却表现出了极端的抗性。此外，他的精神力达到了人类迄今为止监测到的最稳定状态，他的身上充满悖论，大脑建议深入研究。

傍晚，有人进入试验室。

“后勤。”那人将一套纯白的衣裤放在安隅身边，“抱歉，上峰还未回复，你暂时只能穿囚服。”

安隅缓缓睁开眼。

他的心脏此刻像一头伏在胸腔里狂乱抽搐的野兽，号叫着要把他撕碎。

“缓过来点了吗？诱导试验很少启用，这份罪不是一般人能遭的。”那人轻声道，“放心吧，你没畸变。”

涣散的眼眸缓缓聚焦，安隅虚弱地扭过头来。

这个后勤和他差不多大，清瘦，也有一双金眸。但那双眼睛很空，明明手上拆着机器，视线却落向别处。

瞎子?

那人微笑："我以前是研究员，上个月有个畸种试验体失控，我失明了，转做后勤了。"

安隅思考了一会儿自己该做出什么反应，最终低声道："我很抱歉。"

"都过去了，人得想点开心的事，你出去后想干什么？"

安隅用气声问："睡觉……算吗？"

对方点头："除了睡觉呢？"

"想吃……面包。"安隅沙哑地补充，"粗麦仁面包。"

那人笑了："我理解。我也是吃低保面包长大的，直到六岁那年主城门槛刷新，刚好下降到我的数值，我才被接纳进来。虽然父母基因熵都很低，但我却很幸运地有8.8呢。"

凌秋说过，基因熵有随机性，两个低数值确实有可能生出高数值，只是概率极低。

那人又笑道："我们很有缘，知道吗？"

安隅抚摸着胸膛，安抚着抽搐的心脏："哪里有缘？"

"资料显示今天是你的生日，我们只差了一天。我老家也在53区，我有父母，还有妹妹，虽然我已经十几年没和他们见面了，妹妹只在视频里见过。"

安隅动作一顿，视线落到他胸前的名牌上：严希。

"听说你要去军部找什么人？"严希轻松道，"别只想面包，让你朋友请你吃顿好的。"

"面包已经很好了。"安隅弱弱地说。

严希笑："这倒是。小时候，我妈会把粗面包重新加工，放一些豆子烤成喷香的豆饼。唯一的遗憾是不够甜，我喜欢甜食。"

安隅转过头看着那双空洞却带笑的盲眼，在贫民窟，他只在凌秋的脸上见过这样的明朗。

他莫名地失神了一瞬，反应过来时已下意识道："我很抱歉……"

"抱歉什么？"严希笑着拿起收拾好的设备，"走了啊。你回53区后不要跟别人说起我，家里还不知道我眼睛的事。"

严希走后很久，安隅才攒了些力气，起身穿好囚服。

囚服布料柔软致密，他爱惜地摸了又摸，决定明天把它穿走，缝缝补补至少顶十年。

他拖着身子到墙角蜷缩起来，心里盘算着怎么开口把上一套囚服也讨来，很快便昏沉沉地睡了过去。

安隅做梦了。小女孩和少尉的声音在空茫的雪原上交织。

“不要自以为是地剖开一只弱小的兔子……”

“明明看起来很弱小，却跑得那么快！还能‘砰’的一声把人炸碎！”

“前所未见的异能，能瞬移，还有……说不清是吞噬还是引爆……”

……

清晨，安隅被门外的脚步声吵醒了，他在蒙眬中望向墙上的扩音器。

这场无妄之灾要结束了。

如他所愿，审讯者的声音响起：“安隅，临时编号#1222，根据试验结果，上峰处理决定为——”

宣判掷地有声。

“处决。”

【废书散页】

02 熵增

熵本身没有意义，只是衡量混乱程度的一把尺。

正如世上本无时间，人们创造了时间的概念来计算事物的兴衰变化。

因此时间的本质，即是对熵增过程的记录。

随着时间推移，浩瀚宇宙也会不断变得混乱，最后走向热寂。这是宇宙的终局。

人类寿命太短了，本不该有幸见证这终局。

只是不知究竟发生了什么，让世界越来越混乱。

让人越来越畸。

03　临时监管

几个人闯进来，把安隅双手反捆，头套一罩，拖了出去。

安隅在黑暗中惊叫："凭什么？我没畸变！"

一个声音答道："基因熵只是数据，而你具备异能是事实。很遗憾，以目前人类的技术无法诱导你再现异能，大脑建议多做一些研究，但今年……人类已无力再承担任何风险。"

安隅牙齿打战："有风险，就该死吗？"

"很不幸，在这个时代，是的。"

安隅被车拉出主城，抛在野外雪地。

寒风刺骨，他挣扎着起身，试探地往前挪了半步。

不远处似乎站着一个人，淡淡的皮革味在雪原上存在感很强。

靴底碾雪的声音忽然靠近。

"姓名。"那个声音割裂了寒风，冷得让人瑟缩。

安隅还听到一种摩擦声，像皮革在抚摸金属。

冷硬的枪管猝然抵上额头："姓名。"

寒风顷刻间卷走浑身冷汗，他战栗道："安隅……"

枪口顶深了一分。

安隅张开嘴，却什么都说不出来，恐惧覆盖了全部感知，那把枪仿佛已经将死亡生硬地顶进了他的脑门。

他的胸口开始失控地起伏，一滴泪从头套里滚落，在囚服上洇开。

执枪者视线下垂，看了看那个小水渍。

“从哪儿来？”

“53区……”

“你是怎么杀死巨螳螂的？”

“我不知道……”

“撒谎。”

保险栓拉响。

“不！”安隅哽咽，“抱歉，不，求您！求求您了……我没有……没撒谎。”

头罩猝然被扯下！

刺眼的雪光敛于面前，黑色的身影雕塑般矗立于雪地之上，呼啸的风雪也似难以撼动。

黑眸冷沉，上唇角有一道极浅的疤，是个绝不好惹的硬茬。

如安隅猜想般，他戴着一副皮手套。

“秦知律，处决你的人。”

皮手套一把攥住安隅胸口的绳结，把他拖到面前，冰冷的枪口卡着下颌，迫使他向后仰头。

秦知律凝视着那双惊惧闪烁的金眸。上峰没说错，这个未知畸变体的眼睛富有欺骗性，让人不自觉地想要放松警惕。

极强的压迫下，安隅顾不上凌秋那套话术了，战栗着问道：“上峰是真的要杀我吗？”

枪口蓦然后退半分。

秦知律视线扫过他颈上硌出的红痕：“为什么怀疑？”

安隅哽道：“他们说我的基因熵是零，但我却没被螳螂感染，这动摇了人类基因分级的基础……饵城一定会暴乱的！要杀我也不该公然拉到外面来……”

秦知律抬了下眸：“就凭这个？”

“还有……您本可以直接开枪，用不着恐吓……”他快要喘不上气来了，“虽、虽然……”

“虽然什么？”秦知律把他松开了点。

“虽然……”声音轻下来，几乎要被风吹散，“我确实很害怕。”

安隅低下头，泪在睫毛上凝了一层薄霜。

万籁俱寂，只有雪原上唱诵的风声。

秦知律很久没有说话。

安隅在心悸中回忆自己的表现——他不确定有没有在慌乱中说错话，但他尽最大努力展示了弱小，按照凌秋的理论，这个人应该会放下戒备，甚至会心软。

皮手套忽然捏住他的下巴。这一次，枪口直接撬开牙齿，令人如坠冰窟。

“诱导试验没能让你复现异能，死亡恐吓也被你看破。看来，我别无选择。”

“唔……唔……！”

灌进嘴里的枪剥夺了辩解的机会，死神在敲门，安隅终于绝望地闭上了眼。

风声消弭，全世界只剩沉重的心跳和皮革摩挲扳机的动静。

然而，雪原上迟迟未有枪响。

安隅忽然被拎开，他跌坐在地，干呕不止。

秦知律掏出终端：“我是秦知律，帮我转接顶峰。”

顶峰，据说是黑塔的最高决策者。黑塔的任何人都是上峰，但顶峰只有一位。

“嗯，还没杀。”

“不杀了。”

安隅猝然仰起头，风雪入眼，他在蒙眬中仰视着那道身影。

“理由？”秦知律一顿，“对一切关乎畸变的生死审判，我有一票否决权，忘了？”

“确实从没用过，但所幸，我还记得。”

这个人的权势超过了安隅的认知，但安隅听懂了一件事——是他赦免了自己。

金眸蓄起一点光。

“螳螂的死确实蹊跷，连渣子都不剩，死无对证。”秦知律忽然瞟他一眼，“放心，有任何异常，我会让他死得比那只畸种更干净。”

“……”

光又散了。

通讯挂断。

秦知律朝他看过来：“处决暂缓。从今天起，我代表尖塔临时监管你。”

安隅怔住：“您……能保住我？”

秦知律简洁道：“能。”

安隅仿佛静止了，金眸闪烁，猩红的眼眶像只努力讨好的小兔子。

秦知律自高处瞥向他：“叫长官。”

“长……官。”安隅对这个词有些陌生，又练习了一遍，“长官。”

“还算听话。”

一张漆黑的卡片扔进安隅怀里，卡面右下角刻着一行小字“秦知律·秩序尖塔199层通行”。

凌秋科普过神秘的“秩序尖塔”。绝大多数人类畸变后会意志沦丧，但也有极个别的守住了人性，这群有着畸变异能又恪守人类信仰的家伙组成了“守序者”，住在尖塔。

当今世界，畸变生物只是小问题，真正的麻烦是一群“超畸体”，那些东西在畸变中获得了更诡谲的异能，有些甚至会引起小范围的时空错乱，军部处理不了，就被尖塔揽了去。

秦知律打断他的沉思：“饵城出现了新的时空失序区，准备出任务。”

安隅警觉：“现在？”

“你只有这一次任务的机会，需要向我证明你的价值和可控性。”秦知律稍顿，“只要能做到，你就可以自由离开，宿舍也不是问题，除此之外，还有一笔报酬。”

“钱？”正想着推脱的安隅顿了一下，“多少钱？”

“取决于贡献度，基础报酬只有两万，但应该也够你在饵城活上一整年了。”

金眸忽然一沉。

秦知律补充道：“当然，我说的是保障基本温饱。”

安隅有些惊讶地看着他——开什么玩笑，两万块可以买四万条粗面包，足够吃到自然死亡，无异于给他的小命上了一条坚固的保险。

金眸里燃起一簇小小的贪婪，又很快被压了下去：“失序区在哪儿？”

“53区。”

安隅一怔：“哪里？”

秦知律语气微沉：“在你离开后不久，53区全城失联。”

*

秩序尖塔伫立在主城墙外，像一把划破苍穹的利剑，在高空中反射着冷光。

大厅中央有座男人的雕像，底座铭刻着几行小字，安隅来不及细看，就跟着秦知律进了一座透明电梯。

电梯自塔底向上攀升，把他赤裸地暴露给途经的每一个守序者。他就像群狼环伺下的猎物，虽然贫民窟里的腌臜玩意儿也总不怀好意地冲他笑，但和这些人的眼神相比堪称友爱。

“理论上，人类长久接触守序者会畸变，但你似乎对畸变有天然的抵抗力。”秦知律停顿了下，“暂时不要把你的异常透露出去，这里的人不太友好。”

安隅立即问：“这里的生存规则是什么？”

“硬规则没有，但生存技巧很多。”秦知律语气自然，“核心是，让他们怕你，最好能崇拜你。”

“……”

有点天方夜谭了。

虽然凌秋说过抱大腿要有度，太不要脸可能引起反效果，但人一旦走上不要脸这条路，就很难再回头。

安隅轻声问：“您可以先保护我一阵子吗？”

秦知律转过身：“多久？”

电梯外，一个眼神阴鸷的男人死死瞪着安隅，青黑的血管在皮肤下鼓动。

电梯升上去时，他大臂的肌肉已经膨胀到三倍大。

安隅收回视线：“直到我弄明白我的异能，行吗？”

秦知律不置可否：“先证明你的价值。”

199层接近塔顶，只有两个房间。

秦知律推开一扇门：“你住这间，外伤医生很快就到。”

安隅没顾上回应，他一进门就呆呆地看向餐桌：桌上摆着假花，洋溢着对贱民而言大可不必的情调，假花旁，餐篮里丢着三条粗麦面包……三整条！

这么完整的面包已经在贫民窟绝迹很久了！安隅在心里咆哮。

通讯铃响，秦知律拿着终端离开。安隅立即关门，把一条面包捧在鼻子底下闻了几个来回，终归没忍住，掰下个小角捻进嘴里，一直咀嚼到它彻底消失。

淀粉的甜味让他心中升起一股久违的安全感，抚愈了这两天反复面临濒死状态的恐惧。

“有伤员吗！”门突然被拍响，“什么情况，律带人上了199层？！开门！我是大夫！”

这位大夫三十多岁，粉色爆炸头，皮肤苍白，黑眼圈极重，尖锐的嗓音让安隅怀疑他感染了某种鸟类基因。

“这么漂亮？”他冲着安隅发愣，“你和律什么关系？”

“您好。”安隅闪过身，“他让我喊长官。”

正风风火火往屋里冲的家伙一个急刹车，震惊地张大嘴：“长？官？！幸会！我大名比利，畸变型是雪鸽，敢问您初次畸变后的基因熵是多少……方便透露吗？”

果然是个鸟类。

安隅思考片刻，报出了从前的数值：“0.2。”

“哇！天文数字！难怪……等等！多少？”

“0.2。我不是主城人。”安隅补充，“也没畸变。”

比利表情更复杂了，他又把安隅从上到下打量了一圈，像是忽然有了某种猜测，很奇怪地嗤笑一声：“0.2敢进来，律不怕你感染？”

安隅摇头：“不知道。”

“啧啧。”比利拍拍手，“来，衣服掀起来。”

安隅听话地掀起上衣，露出满身斑斓的淤血，绳索勒痕触目惊心。

比利的鸟眼快要爆出来了，嘶了一声：“你也挺扛虐的。律选上你，不会因为你格外扛虐吧？”

“因为什么？”安隅追问道，他确实想知道秦知律为什么会保他，不然他有点没安全感。

比利冲他挤眼：“你自己想啊，这一身伤挺疼，是吧？”

安隅点头：“是有点。”

“有点！这才有点！天哪，你也是天赋异禀！”比利蹦起来，但转瞬又露出了笑容，“难怪律带你回来。”

安隅想了半天：“因为能忍住疼？”

“装什么傻呢？”比利挤眉弄眼，“律也有温柔的时候，是吧？”

温柔，或许就不会再轻易拔枪了。那把枪是秦知律身上最让安隅忌惮的玩意。

安隅心动了：“他不会弄死我，对吗？”

“当然，你对他有用，他干吗要弄死你。”

秦知律刚才也是这样说的，要有用。

安隅对这位鸟大夫肃然起敬。

“你注定是风云人物。”比利促狭道，“有事随时问我，我知无不言。”

“谢谢……”安隅压低声，“你知道新出现的兔类超畸体吗？听说，能炸死人。”

“能炸死人？兔类基因引发的异能哪有和引爆相关的……”比利一个停顿，“哦！你说那个啊，最近讨论度很高的……新出来的，代号叫什么来着？安？对！兔子安！发起狠来堪比炸弹，容易应激，跑得贼快。”

跑得快，堪比炸弹——和少尉指控他的异能基本吻合。

安隅对世界各处每天冒出来的新型畸变毫无了解，只偶尔从凌秋口中听到一些，巧的是车上的小女孩刚好提到了。

安？连名字都撞了一个字，这也是巧合吗？

安隅有点焦虑：“那它有同类吗？它是从哪跑出来的？它的……眼睛是什么颜色？”

比利皱眉：“我又不是小孩，不看那些玩意，只刷到说天性嗜睡，怎么了？”

嗜睡……

安隅呼吸一滞，许久才道：“没什么，随便问问。”

比利撇嘴：“你还是把心思多放在现实生活吧，尖塔的生存规则可是很复杂的，比如对你而言，首先要远离蒋枭。”

安隅立即问：“他是谁？”

“一个对你长官‘求而不得’的疯子。”比利起身收拾药箱，“半小时后抹这个药，会有点烈。对了，这是你的终端，无聊的话可以翻翻天梯和论坛。”

比利刚走，安隅的终端上就弹出了一条任务信息。

【紧急征召】

昨天凌晨，53区遭受大规模水生畸种入侵，军部前往清扫，几小时后通讯丢失。高度怀疑存在超畸体，引发时空失序。

任务1：秩序整顿。

任务2：保密。

小队人员：律、安隅、葡萄、比利，空缺2人。

应征要求：天梯顺位前50自由报名，由律挑选。

特殊要求：非必要，禁用大规模热武器。

影像资料中，53区被黑沉的瘴雾笼罩，无人机刚要降落，画面立即变成了雪花。

安隅不太熟练地关掉任务弹窗，打开了鸟大夫说的天梯应用。

屏幕弹出一个尖塔模型，塔内闪烁着无数白色光点，每个光点代表一位守序者。安隅观察发现，天梯从上到下是按照“综合战绩”排位，并且，高位守序者也往往有着更高的基因熵。

凌秋说过，人类首次畸变的基因熵能体现一个人的“天赋”，绝大多数都不超过一千。天梯中层以上的守序者平均五千起步，但那是多重畸变叠加的结果，无法判断初始天赋。

天梯止于尖塔190层，190层之上只有寥寥几人，被标注为“高层”和“高层监管对象”，不再参与排位，这些大人物的基因熵高得离谱，安隅连着点开几个人都是十万级。

199层有着天梯唯一的黑色光点。

代号：律（秦知律）

尖塔1号高层

畸变型：人类

基因熵：>100万（已爆表，不可测）

战斗特长：获得性基因表达（限制）、基因感染（限制）

综合战绩：928亿

尽管有所预感，但安隅还是被这条大腿的粗壮程度震惊了。

他的视线落在秦知律的畸变型上，又有些费解。

畸变型是人类？一个人的基因在陷入连当今科技都无法测量的极度混乱之后，终于畸变成了……人类？

天梯突然刷新，底层突兀地亮起一颗金色光点。

代号：暂无（安隅）

199层监管对象

直系长官：律

畸变型：无

基因熵：0.2（初始值）

战斗特长：待探索

综合战绩：0

金色光点颤颤巍巍地往上蹦，带着丑陋的数值不客气地一路蹦上199层，和黑色光点并肩。

尖塔论坛秒炸。

【是不是有什么脏东西混进来了？】

【律开放了监管位？什么时候！】

【没有畸变的纯人类来尖塔？还直接去顶层？】

【只有初次畸变就破万的天赋者才能跳过天梯，还得有高层愿意接收才行，他凭什么？】

【尖塔讲究淘汰替位，这不等于白送一个律的监管位吗？】

【那等他死了，律的监管位应该会开放？】

【那尖塔恐怕要掀起一阵腥风血雨的内斗了……】

安隅浑身冒冷风，往下翻，下面更诡异了。

【嘘，刚刚听说，他不是因为能力强才被律选上的。】

【不公平，我去宰了他！】

【冷静，守序者不能杀纯人类。】

【那就先感染呗，0.2的基因熵，戳一下就畸变。】

【畸变后就可以杀了，尖塔不禁止内斗。】

【同意，我也想杀。】

【想杀。】

【想杀。】

【想杀。】

无穷无尽的“想杀”透过屏幕向安隅压来，让他无暇消化那些看不懂的文字。

屏幕这时突然一闪，任务信息再次弹出。

空缺位刷出了第一个后加入者的名字：蒋枭。

【废书散页】

03 守序者

如果对一名守序者说，今天你好像更畸了一点，他会被哄得很开心。

但如果对他说，你真是一个强大的畸种，他绝对会把你揍翻在地。

那是一群畸变还不承认的死鸭子。

明明日渐暴虐，阴暗，扭曲，

但就因为保有对人类傻傻的忠诚，强行把自己和失智畸种划开了道。

沉迷肌肉，沉迷战绩，沉迷堆高基因熵，沉迷做人类最后的防线，为之消亡。

——被人性PUA的巨大脆弱生物罢了。

失落53区

04　重返53区

蒋枭之后，第二位被秦知律选中的守序者是“莱恩”。
队列里剩下的48人迅速灰掉了。
讨论区随之解禁。

【太壮观了，天梯前50名全员应征。】
【律竟然带那个纯人类出任务？】
【偏偏又选了蒋枭，看来律对刚选上那个人也没多在意。】
【他回不来了，就算不被炮灰，蒋枭也不会放过他。】
【这个队的初始配置好迷惑，葡萄很合理，但比利是天梯一千开外了吧？】
【我一直以为他只是二流大夫，兼职情报贩子。】
【比利是最早的守序者之一，但天赋和能力都很差，混日子的。】
【他不是大夫吗？只要是个治疗系，总不至于混太差。】
【他是纯粹情报系，能力是操控波频。叫大夫是因为他畸变前是开社区诊所的……】

安隅点开葡萄的资料，这是一位被高层监管的守序者，不参与天梯。

代号：葡萄（祝萄）
197层监管对象
直系长官：风
畸变型：葡萄
基因熵：18396（初始值）

战斗特长：控缚、治疗、精神增益
综合战绩：7582万

一万八的基因熵在天梯上并不拔尖，但作为初始值，是绝对的天赋流。

祝萄的主页挂满了印象标签：高层团宠、最强辅助、尖塔第一奶妈……

安隅跟着秦知律登上飞机，驾驶位上坐着个十七八岁的少年，深紫瞳仁，柔软的发丝也散发着淡淡的紫色光泽，裹着一件长长大大的黑衬衫。

他主动对安隅笑道："嗨，我是祝萄，代号葡萄，欢迎入队。"

安隅不太适应这种天然的善意，谨慎道："谢谢，你好。"

比利在一旁咋呼道："啊！我都半年没任务出了，最近感觉特好，像要有大突破，结果任务自己就来了！"

终端忽然跳出一条推送。

新帖热度飙升！【金丝雀首战生死局】邀您下注！

金丝雀已经成了安隅的代称，全尖塔都参与进来了，几乎人人押他"必死"，人均赌注2万战绩积分。

只有零星几个人拿1分下注了"存活"，说什么稳盘反着买，别墅靠大海。

【最新下注！守序者"葡萄"下注"存活"：82万积分！】

比利惊呼："你们小高层都喜欢烧钱玩吗？"

安隅茫然抬头，祝萄正冲他眨眼："代表小朋友们，拿账面零头声援你一下。"

"小朋友……"

祝萄笑道："高层大人喜欢称呼我们这些直系监管对象为小朋友，但其他守序者会叫我们小高层。"

【最新下注！守序者"匿名"下注"存活"：100万积分！】

"我去，又是哪个阔佬，亏100万积分都不肉疼吗？"比利嘟囔着，发现安隅在看他，尴尬地讪笑，“那我也声援一下吧，我穷，就是个意思。”

【最新下注！守序者“比利”下注“存活”：1积分！】

舱门口光线忽然暗了下去，一个清冷的声音响起：“律，蒋枭向您报到。很荣幸被您选中。”

那是个年轻男子，皮肤很白，眼尾上挑，猩红的瞳仁显得有些疯狂。

安隅下意识地想躲开，刚一动，蒋枭旁边瘦骨嶙峋的男人突然朝他看了过来。

“莱恩报到。”他嗓音嘶哑，冲安隅皮笑肉不笑地扯了扯嘴角，“安隅吗？正期待见到你。”

终端弹出了他的资料。

莱恩
畸变型：猎犬、食人花
天梯顺位：No.48
基因熵：13500（二次畸变）
战斗特长：搜索、吞噬
综合战绩：6524万

他的主页很空，只有最近一次的论坛跟帖——想杀。

安隅愣怔片刻，又点开蒋枭。

蒋枭
畸变型：红射毒眼镜蛇
天梯顺位：No.15
基因熵：11034（初始值）
战斗特长：绞杀、毒液
综合战绩：1.3亿

安隅立刻私聊比利：“蒋枭初始值破万，为什么没被高层监管？”

比利回复道：“原本198层的炎大人想收他来着，但他心高气傲，非要律不可，被拒之后就自己去爬天梯喽。他出身主城大户，才畸变四个月，是个恐怖的天赋流奋斗者。”

安隅点回蒋枭主页，上面挂着鲜红的“冲榜狂魔”“剧毒勿近”“狂热律粉”标签。

他的个性签名是“我必与您并肩”。主页显示他在过去半小时里浏览了金丝雀八卦帖六十多次，登机前，刚在二手武器交易站购买了一把名为“无情狂猎”的匕首。

在排行榜上，蒋枭高居“必死”一方榜首，下注积分：1亿——一个人贡献了一半的积分。

安隅毅然起身，躲去了最远的角落。

秦知律跟过来，手套擦过他的手腕，安隅感到一阵针扎的刺痛，他低头，发现右腕上出现了一道血痕。

“体内监测芯片。”秦知律指了指终端上跳出的三个指标，分别是安隅的生存值、基因熵、精神力。

安隅专注地盯着以百分比显示的生存值，目前是94.4%，他有些不安地挪了挪腿。

秦知律瞄他一眼：“芯片很灵敏，一点小伤都会导致数值下降。”

安隅低低“哦”了一声，捏着口袋里比利留给他的药膏。

蒋枭看向秦知律：“如果我没记错，您当初拒绝我时说我太普通。”

秦知律没给眼神，又将一颗核桃大小的机械球扔给安隅：“记录仪会在你身边巡航，把实时画面传输回黑塔，但要修复好时空秩序才能用。”

蒋枭讥讽道：“您选中的这位果然不普通。怪我在主城长大，没见过世面，什么生物会有0.2的基因熵，单细胞吗？”

秦知律看向安隅的手：“兜里是什么？”

“大夫给的药，差不多到时间了。”安隅说着掀起囚服，露出漫着大片紫红伤痕的皮肤，挖了一小块药膏抹开，霎时痛得冷汗狂飙。

秦知律若有所思：“你对疼痛很敏感。”

这话让安隅一下子想起鸟大夫的提示，当即又挖起一大坨糊了上去，被剧痛拍得头晕目眩，只能噙着泪轻轻点头。

蒋枭冷笑出声。

秦知律没再说什么，拿出一件和自己穿的款式相似的黑色风衣递给安隅，转身进了驾驶舱。

好一会儿，安隅才从剧痛中平复。手中的风衣质感挺括，估计带回黑市能卖个好价钱。

他抬手抹去眼角泪痕，拢紧风衣，神色恢复了漠然。

蒋枭视线死死咬着他：“贫民窟爬出来的，就没有半点羞耻心吗？”

安隅感到了强烈的鄙夷，饵城那些相对富有的人也总是这种姿态，某种意义上，这反而让他安心。

蒋枭似乎在和他说话，得回复点什么。

他想了想，客气地请教：“什么是羞耻心？”

凌秋教过他很多，唯独没有这个词。

蒋枭冷道：“不扮演弱小，不逢迎讨好。”

安隅“哦”了一声，耿直摇头：“那我确实没有。”

“你！”蒋枭倏然起身，“我会让律看见真正有价值的人。”

安隅立即道：“祝您成功。”他顿了顿，按照凌秋教的，仰头缓缓挤出一个微笑。

蒋枭勃然大怒：“你在嘲讽？”

安隅茫然：“没有，我的祝福发自内心，我……”

蒋枭的脸越来越扭曲了。

“……我很抱歉。”安隅低下头，放弃了示好这条路。

这注定是一个机智如凌秋也破解不了的社交困境。

失败的交际掏空了安隅，他又焦虑又疲惫，抱膝蜷在角落里休息。

蒋枭和莱恩进驾驶舱去了，安隅远远地听他们在聊“能源核”，他不懂这些，昏沉沉地不知过了多久，睁眼时机舱已经一片昏暗，只有秦知律坐在旁边。

“已经抵达53区上空，通讯信号正在丢失。”

安隅看向窗外——浓郁的瘴雾吞噬了53区原本的样子。

秦知律自言自语般地说道：“虽然饵城的畸种入侵就像交通事故一样平常，可这么多年来，53区很幸运，从没出过事。”

安隅轻声道：“是几乎没出过，长官。”

秦知律眼皮一动：“什么意思？”

安隅转回头：“三个月前，临近的54区被兔类畸种入侵，有一个失智的人类感染者试图把基因带到53区来，被及时发现后击毙。主城判定这次感染无扩散风险。”

秦知律点头：“我知道这事，畸变初期的人确实不具备传播性。”

安隅没有说话。

那个人是在贫民窟被抓到的，就在他的宿舍楼下。

他还记得那天，他刚睡了三天醒来，去找凌秋要压缩饼干吃，一推门就听到了枪声。

那个可怜人被击杀在低保宿舍逼仄的天井中，当时还没死透，瞳仁里流窜着疯狂的血红色，安隅自高处，在那重重红瞳中看到了自己的倒影。

后来听人说，红瞳是兔类基因的体征，那人就是因为瞳色变化被认出来的。

机舱的玻璃映着安隅浅金色的瞳仁，他又想起少尉的临终指控了。

他轻声问道：“长官，您知道兔子安吗？”

秦知律摇头，掏出终端查询。

安隅心想，或许兔子安是从54区外逃的另一个畸变者，小女孩说人类没抓住过它，那自然也不会研发出相似的畸变波段。如果自己真的处于隐匿畸变期，连诱导试验都诱导不了，那最有可能就是兔子安的同类。

毕竟凌秋说过，畸种看他一眼，他都可能畸变。

秦知律对着终端蹙眉：“资料显示你已经十八岁了。”

安隅思维卡壳了一下：“是……遇袭那天刚好满十八。”

秦知律思量着：“大脑说你缺失安全感。看幼稚的东西，会让你感到安全吗？”

“什么？”安隅没听懂。

“律！”祝萄在前面喊道，“信号已全部丢失！”

秦知律起身：“准备盲降。比利跟我们去外城拿能源核，其余人内城降落，隐秘寻找超畸体。”

“是！”

“是。”

飞机缓缓降入瘴雾，53区终于进入视线。

“拿回能源核是任务底线。底线之上，尽可能拯救平民。”秦知律看向窗外死气沉沉的城市，“但愿这里还有值得拯救的人。”

*

安隅才离开三天，53区已经彻底变了样。

曾经拥挤嘈杂的饵城此刻空空荡荡，电线倾倒，灯火尽灭。

空气中有股说不出的气味，像混杂着鲜血、霉菌和污水沟里的腥物。

有如死城。

“长官，能源核是什么？”

秦知律踏着积水：“封装起来的过剩能源。一颗能源核可以支撑主城穹顶运行三年。一旦世界加速恶化，能源断供，它就是人类提前为自己封存的三年时间。当然，前提是穹顶系统那时依然有效。”

安隅忽然想起摆渡车上的军人——53区从没被主城关注过，最近却突然出现了一些军官。猜什么的都有，唯独没人能想到上峰会把人类备用能源藏进这座卑贱的饵城。

天上忽然淅淅沥沥地下起雨，落在地上发出黏稠的流淌声。

秦知律抬手接雨，皮手套在掌心蘸了蘸，捻起一颗小小的胶状物。

比利在一旁咕哝道：“这雨不太对劲。”

一滴冰凉的雨水砸在安隅的锁骨上，他冷不丁地眩晕了一瞬。

这感觉有些熟悉，但他想不起之前什么时候有过。

比利小声问秦知律：“您真的不怕他被感染吗？”

“不怕。”秦知律眼也没抬一下。

比利立即向安隅投来同情的眼神——凌秋之前看被小孩丢弃的玩具，好像也是这种眼神。

安隅拭去锁骨上残余的雨水：“雨里有东西吗？”

“你已经被它蜇了。”比利叹道，“守序者通常不会被低级畸种二次感染，但你只是个弱小人类，一旦接触到畸种，必定感染。”

安隅有些茫然：“什么东西蜇了我？”

比利向远处扬了扬下巴：“大概是那玩意的幼体。”

长巷另一头微弱地闪烁了两下，像刚刚熄灭的灯丝。

借着那丝消逝的亮光，安隅这才发现有个身影趴在积水里，摊在地上的四肢反复舒张、蜷缩，片刻后，没骨头似的上半身缓缓从地上揭了起来，然后是大腿……

风卷着血腥气和雨腥味荡遍长巷。

那家伙的双脚在积水中软绵绵地拖行，拐过街角时，后脑勺缓缓亮起，几秒钟后又慢吞吞熄灭，像盏会呼吸的灯。后脑勺亮起时，整个脑壳都变成透明，一颗皱巴巴的脑花在里面抽搐，弥散着一簇簇粉色烟雾。

比利低声道：“雨里全是有基因融合能力的水母，蜇人后就获取了人类基因，迅速变成人型水母混合畸种，估计能自由切换形态。”

他用终端探测了雨中的水母幼体：“基因熵只有300多？见鬼了，这么低级的畸种应该有很漫长的意识形成期才对，不该这么快就对人类动手啊。”

安隅抬头环望四周死寂的高楼——53区是贫民比例最高的饵城之一，除了必要的睡眠时间，没人会愿意待在逼仄的家中。

如果这三天来一直在下水母雨，事情就严重了。

电线杆上忽然掉落一坨透明的水母。

这只水母已经有拳头大小，柔韧的触须同时扒住安隅和比利的手臂，不等他们甩掉便已刺入皮肤。

眩晕再次来袭，比刚才更猛烈，安隅意识模糊之际，突然听到一声微弱的“噗”——那只水母就在他们的注视下消失了，只剩一滩黏稠的液体顺着胳膊淌下去。

“我的天！它爆掉了？！”比利瞪大眼睛，“我没看错吧，我终于要觉醒出攻击属性了？要从平庸的情报系转向输出系了吗！”

他深吸一口气，转头看向秦知律，激动得快要哭出来了。

秦知律的视线却掠过他，看向安隅。

比利又从雨中捻了两只水母幼体，对着它们嘴巴张张合合，似乎在发出某种人耳捕捉不到的声频。可那两只小水母只是简单地蜇了他一下，转眼便从他指缝间游走了。

比利纳闷地咕哝：“难道这项能力还不稳定？我是不是得多练习几次？”

见秦知律依旧不理睬，他不死心地又看向安隅。

安隅对着那兴奋的眼神迟疑了片刻：“嗯……你说的对。”

他垂下手臂，让袖子遮住就在此刻又落在他身上并瞬间化为液体的水母幼体，低声道：“一定是的，祝你成功。”

◇

【碎雪片】

祝萄（1/5）葡萄入梦

我在葡萄田长大，热爱一切植物和种子。

感染泛滥的时代，朋友们都劝我卖掉葡萄田，但我割舍不下那片美丽的紫色。

畸变前夜，我梦见庄园里的葡萄藤蹿得老高，那些风中摇曳的葡萄像一颗颗眼球向我看来。

那时我就知道我要畸变了。

其实我早就做好了准备。

如果人类终难逃此劫，能变成葡萄就是一件幸事，而且那样我也能照顾好自己，也许会比做人更快乐。

只是，求天求地，希望我不要变成一株会伤人的葡萄。

05　贫民窟往事

坏的不是路灯，是供电系统——全城所有用电器都罢工了。

他们搜了半条街，终于在一家杂货铺里找到一台发条式台历，日期显示是12月29日——原本应该是12月24日。

秦知律解释道："超畸体会干扰时空秩序，所以我们才会丢失信号。"

但不仅没法和外界通讯，就连队内频道也瘫痪了。

比利闭目向四面仰头感知了一会儿，睁眼叹气道："这里的波段乱七八糟，已经被超畸体玩坏了。我得多转几个地方，能源核是在发电站吧？"

安隅脚步迟疑了一下。

秦知律回头问："怎么了？"

"我才认出这是哪里，长官。"安隅指着右前方一栋矮房，"那是53区的低保物资站，我们现在在53区最外城，发电站有一栋高高的塔楼，应该就在视线范围内，可它消失了。"

话音刚落，矮房传来一道悠长的"嘎吱"声，门从里面滑开了。

一个被雨衣雨靴包裹得严严实实的人影出现在门里，探出半个头瞪着他们。

不知道几天没洗头了，那人头发像打结的柳枝，安隅好半天才认出来："资源长？"

这个人是掌管53区低保物资的资源长，53区是从贫民窟一点点向外扩建起来的，低保户都挤在内城，每个月固定在一日要来找他领吃用。

安隅有昏睡病，这些年物资都是凌秋代领，他自己只在很久之前来过一次，但他一直记得资源长的长相。

资源长警惕地打量着他们："没被蜇吧？"

比利摊开双手示意："没。"

资源长没动，像在等着看他们会不会畸变，过了一会儿才点头："进来躲吧，这雨不干净。"

资源站里一片狼藉，地上拉满电线，挂着成串成串的灯泡。安隅刚进门，资源长就扯出一卷塑料膜，把门缝堵得严严实实，骂道："水母跟着雨水无缝不钻，该死的低级玩意！"

秦知律问："停电多久了？"

"停电多久？"资源长一下子警觉，"你们不是53区人？"

安隅答道："我是住在T区5栋1414户的安隅，他们是我在主城的朋友，我们刚从主城回来。"

"安隅……好像有点印象，竟然认识这么多主城人。"资源长盯着秦知律看了半天，抱怨道，"53区有不干净的东西进来了，该死的水母作祟，一到晚上就断电，今天已经是第八天了。"

他长叹一声："四天前主城军人来排查，我让他们先躲一躲，但他们非要出去，再也没回来。"

比利皱眉问道："一个都没回来？"

"有几个倒是中途回来过，但样子不太对劲。"资源长苦笑，"我躲在房间里没敢出去，过会儿他们就自己走了。有个人还留下了防护服，估计知道自己已经感染了吧……"

资源长边说边引他们往里走："楼上有两个仓储间可以住，先应付过今晚再说。"

四人摸黑上楼，木质楼梯发出错落的"咯吱"声，安隅跟在资源长身后，看着他垂下的手指——食指和中指的缝隙很宽，是常年夹烟导致的。

安隅唯一一次来资源站是八岁时，刚被孤儿院释放，抽签编入53区。他不懂领物资的规矩，第一个月，邻居凌秋把攒的余粮分给了他，没想到第二个月领物资的时候他因为昏睡又错过了，凌秋只好带着他跑来求资源长。

那天，资源长弹了一地的烟灰，让凌秋跪着一粒一粒捻进嘴里，然后揪着凌秋的头发逼迫他狠狠揍安隅，直到安隅趴在地上爬不起来，才终于给安隅补发了两条干瘪的面包。

安隅正回忆着从前的事，秦知律忽然从后面伸手，越过他，拍了资源长一下。

资源长一下子扭过头："你干什么？"

安隅一脸茫然：“啊？”

他茫然得太自然了，资源长瞪了他一会儿，皱眉催促道：“走快点。”

“哦。”

秦知律的终端上跳出了资源长的基因熵——5.2，符合离线基因库的记录，没感染。

两个仓储室挨着，狭小的空间快要被废弃纸箱塞爆了，散发着一股让人糟心的霉味。

等资源长走了，秦知律吩咐道：“先休息吧，等明天供电恢复再说。”

安隅立刻点头。他很困了，自刑讯以来就一直没睡够。

秦知律忽然问：“你觉得资源长怎么样？”

安隅想了想：“有种……腐烂的感觉。”

比利惊讶道：“不是测过了吗，你还是怀疑他感染？”

“不是那个意思。”安隅摇头，“十年前我第一次见他时，他已经是这种感觉了。”

比贫民窟更浓烈的腐烂感，像53区那条沤臭的运河。

安隅努力回答长官的问题：“他是大人物，53区低保户超过七成，人人都要讨好他。最近，听说要讨好他才能换面包，我本来还想报名的。”

秦知律原本都走到门口了，听了这话又回过头来。

比利吓了一跳：“这可不能说啊……”

黑咕隆咚的，安隅看不清秦知律的表情，只听他严肃道：“不要乱来，想要什么来找我拿。”

安隅问：“那我需要讨好您吗？”

“……也不用。”

比利使劲捂着嘴，秦知律眼神扫过他：“不要教他乱七八糟的。”

比利连忙摆手：“我可没有。”

秦知律警告地看了他片刻，又对安隅说道：“诱导试验会引发强烈的神经官能后遗症，失眠和梦魇最常见。”

安隅猜不透他这话的意图，纠结了一会儿才试探地问道：“那长官，我睡不着该怎么办？”

“我只是告知你可能会出现这种情况。”秦知律顿了一下，“自己想办法。”

等秦知律一走，比利就冲安隅挤眉弄眼：“你刚才讨好得太僵硬了，哥教你，下次语气要再柔一点，像这样——长官，人家睡不着，该怎么办是好啊。”

安隅不理解。

他认真想了想："你是说我表现得还不够弱小吗？"

"差不多。"比利啧啧叹息。

"知道了，谢谢您的提示。"

安隅把唯一的行军床让给比利睡，自己抱了一床被子睡地板。被子虽然有异味，但很软，比宿舍的破麻布好多了。

瘴雾笼罩着城市，连月光都很稀薄。

墙壁上孤零零地贴着一颗灯泡，旁边裱着一张照片，是资源长抱着个两三岁的小女孩。

比利用终端晃着照片："这小丫头还挺灵气的。"

安隅从记忆里搜罗到名字："她叫姗姗，是资源长的女儿。"

比利嫌弃地撇嘴："还有女人愿意给那家伙生孩子啊。"

"有的，不过资源长夫人早就过世了。"

"他没再娶？"

"没有，但他有很多女人。"安隅回忆着凌秋讲的那些八卦，"光我听过的就有三十多个。"

比利直翻白眼："管物资的好处，是吧？芝麻大点权力，就能在这小破地方为所欲为了。"

安隅没应声。

其实也有资源长得不到的女人。凌秋说过，资源长很喜欢有着一头乌发的罗青小姐，怎么软磨硬泡都追不到，干脆停掉了人家的低保粮，把人逼得去野外清理低级畸种。没想到罗青运气好，不仅活着回来了，还攒下钱买了辆旧货车，后来就从贫民窟搬到外城公寓了。一提起这事，资源长就恨得牙痒痒。

这些乱麻似的爱恨情仇，裹满了曾经的53区。

"大夫，和我说说守序者吧。情报系和输出系是什么？"

比利闻言长吁一口气："守序者分三个流派，输出系是战斗力，也是最强势的一派。其次是辅助系，能力五花八门，最珍稀的是治疗者，外号奶妈，奶妈们很挑任务，也很挑人，像葡萄就是在高层最受欢迎的奶妈，普通守序者几乎排不到他的档期。最后一类就是情报系……"

他停顿了一下，含糊道："他们擅长调查和通讯，很多输出系守序者也会兼备情报素质。"

"也就是说，纯粹的情报系没什么用处？"安隅恍然大悟，"难怪论坛的人质疑你入队。"

比利差点把眼珠子翻出来："……您可太会聊天了。"

他枕着手发了一会儿呆，忽然喃喃道："他可能觉得你需要我。看普通外伤，他总是先想到找我。"

"他是指长官？"

"嗯。"

安隅隐隐觉得比利应该有某种过人之处，听他说起秦知律，总觉得比别人要熟络一些。

"对了。"比利想起来叮嘱道，"别忘了随时写战斗记录，等和外界通讯恢复后，这些记录会立即被上峰读取研判。"

安隅愣了下："怎么写？"

比利点开终端在他面前晃一晃："记录自己的任务和每个关键行动节点，不管对与错，一条一条客观列出就好。"

"哦。"

听起来和凌秋编写的《53区八卦小报》差不多，那应该不难。

凌秋真是人生导师。

夜晚寂静得要命。

安隅睡到一半，忽然感到一阵刺痛，周遭仿佛有某种诡秘的波动，他猛地醒过来。

手腕上有什么东西窸窸窣窣地爬走了，只留下两个小而深的血坑。

比利也醒了："是水虫，非常低级的畸变生物，感染概率极小。"

他又同情地看向安隅："不过你基因熵太低了，不具备任何感染抗性……话说，你竟然还没出问题？"

安隅沉默着用终端晃向纸箱——诡秘的波动感就是从那里散发出来的。

纸箱的缝隙里，成群结队的水虫进进出出，微弱的光下，它们张开嘴，伸出比身体更长的尖牙，油绿、诡蓝、鲜红的复眼盯着安隅，不断膨胀着。

如果是从前，安隅一准儿会狂奔逃命。但自从他知道自己不会感染，再看这些东西就只觉得烦躁——像是对着一堆杂物，有强烈的想把它们归置好的冲动。

安隅起身开窗，顶着雨把纸箱一个接一个地往外丢。

雨水中混进来的小水母钻进他的袖口，他又被蜇痛了，但这次没有眩晕，看来被同一种畸种多蜇几次就会慢慢适应。

安隅瞥着袖口——水母蜇他会爆，但水虫似乎没事。

黏糊糊的水母液顺着手腕往下淌，安隅侧过身遮住比利的视线，然而没过一会儿，比利还是突然问道："不对劲，你被水母和水虫蜇了这么多次，怎么一点事都没有？"

安隅装没听见，沉默地看向窗外——被扬出去的水虫在雨里和水母汇合了，它们安静地叠在一起，而后水母慢吞吞地挪走，水虫也自顾自钻入饵城的下水道中。

这两类畸种似乎对彼此没什么冲动。

他关上窗，比利还在瞪着他。

"要不我给你测一下基因熵吧。"比利掏出终端走过来，"趁你现在意志还清醒……"

"不用了。"安隅强忍着后退躲开的冲动，垂眸尽量平静道，"没那个必要，其实……上峰说我是一个隐匿畸变者，但还没搞清楚畸变型，所以暂时没公开而已。"

"那你的基因熵是什么情况？"

"0.2是畸变前的数值，现在的……还不稳定。"

"难怪律不怕你感染！"比利恍然大悟，"来，和哥说说你能使出什么能力？哥见多识广，帮你分析分析基因型。"

安隅看他收起终端，松了口气："我也不清楚，我从没主动用过能力。"

"呃……"比利噎了一下，"你不会是幻想着觉醒了被动能力吧？"

"被动能力……"安隅咀嚼着这四个字，"好像算是。"

比利却"嗤"的一声乐了："别做梦了，尖塔五千守序者，只有一个人有被动能力。"

"谁？"

"你长官啊。"比利回忆道，"有被动能力是顶级天赋的象征，有那么几年，上峰在畸变者中疯狂寻找有被动能力的人，但显然，世上没有第二个秦知律。"

他回过神，啧了声："每个守序者刚畸变时都对自己有很高期待，但最终也只是个有点畸变能力的小喽啰罢了，别总想着自己是天选之子。"

安隅"哦"了一声，他对自己没有任何期待，只想尽快达到秦知律的要求——他再也不想被那把枪顶着脑门了。

"别低落啊。"比利态度一缓，"虽然做不了天选，但我猜你的天赋应该还不错，很多高天赋守序者使用能力近乎本能，就像婴儿吮吸，所以感觉不明显。”

“有可能吧。”安隅想了想，“其实我有一个怀疑的畸变型，它确实很强大，据说是超畸体级别的。”

他已经有点困了，说完这些就躺回地上，打了个哈欠。

比利问：“你怀疑你是什么？”

安隅用柔软的棉絮被把自己包裹住，眼皮打着架道：“兔子安。”

房间里安静了足有一分钟。

比利舌头打结：“什、什么东西？”

安隅已经睡着了。

比利对着地上那坨被子干瞪眼，如果他的鸟脑袋没出问题，兔子安是新动漫《超畸幼儿园》里新登场的角色，并非真实的畸变者。

这家伙的精神状态真的没问题吗？

秦知律知道吗？

十分钟后，房门被无声推开。

刚刚处理完水虫，秦知律想来看看自己的监管对象。

推门之前，他以为会看到比利在没心没肺地睡觉，安隅大概独自缩在墙角，眼睛就像在雪原上被枪指着时那么红——说不定还在哭。

但他错了。

小房间里相当宁静，那些招祸的纸箱不翼而飞。比利独自沉思，而他的监管对象则裹紧被子蜷缩在地，头发郁郁地遮着脸。

“呼——”像只无忧虑的小动物，睡得平和而安宁，以一己之力给这间诡异逼仄的仓储间带来了一丝温馨的氛围。

秦知律脑海里突然回响起一个低软的声音。

“长官，我睡不着该怎么办？”

【废书散页】

04 面包

低保物资是饵城的核心资源。

虽然它往往只包括粗面包和压缩饼干，但正是这些养活着饵城的大多数。

虽然面包已断供，但那富有嚼劲的粗麦仁和淀粉的甜味，是饵城人民心中难以磨灭的美好。

安隅说他一直没什么活着的实感。

只有咀嚼面包时，他会短暂地感慨活着真好。

06　生存规则

安隅跪在冰冷刺骨的雪地上，黑洞洞的枪口抵着他的眉心。

砰！

他猛地坐起来。

秦知律笔直的身影矗立在窗前：“你睡得真死。”

安隅看向终端——他才睡了十小时。如果是从前，恐怕十天也不够。但他不想探讨昏睡病这种一听就很“畸”的话题，于是撒谎道：“抱歉长官，被您说中了，我昨晚确实失眠了。”

秦知律表情忽然变得高深莫测：“失眠？”

“嗯……还做了噩梦。”

“什么梦？”

“梦到……”安隅视线触及那把枪，迅速挪走，“诱导试验。”

秦知律久久不语，久到安隅开始后悔说谎，却忽然听到一声极轻的叹息，还没反应过来，那道身影已经走到身前，皮手套虚虚地覆上了他的头。

“诱导试验不会造成实质伤害，慢慢都会好的。”

安隅微怔，抬头看着秦知律。

虽然不理解摸头这种动作语言，但长官的声音比平时温和，像没有面包吃的日子里凌秋安慰他那样。

秦知律很快就收回了手：“比利去勘察环境了，我们分头行动。”

53区供电已经在天亮时分恢复了。

资源长报复性用电，一楼成百上千的灯泡全亮着，晃得安隅眼晕。

他下楼时，秦知律正拿着一页染透血渍的便笺：“这是军部留下的？”

资源长点头：“我已经转达给附近居民，现在还没感染的都多亏了这个。”

安隅跟着一起看那张便笺，写字的人似乎手抖得很厉害。

留给后来的同伴：

1. 不要长久居于黑暗中，灯光很重要。

2. 远离不敢开灯的人，不要听信他们，他们已经不是你的同类。

3. 如果晚上很饿，多吃正常食物，遏制自己吃奇怪东西的冲动。

军＃14205，张勋，敬上。

安隅低声问：“是真的吗？”

“确实是军部的墨。”秦知律在离线信息库中调出了军号。

张勋少尉，24岁。15区低保孤儿，因主动参与清扫行动并立功，被主城军部征召。军龄2年零4个月，最近一次派遣任务——53区清扫行动。

这个人的经历和凌秋很像，凌秋也是贫民窟孤儿，贫民窟里的人像一潭灰白的死水，只有他是彩色的，提起主城时，那双琥珀似的眼眸里会绽出光来。

“前两条都指向水母畏惧灯光，第三条……”秦知律抬眸，“你昨晚觉得饿吗？”

安隅诚恳点头：“很饿。”

资源长立刻瞪了过来。

安隅平静地对他解释：“不是那个意思，我只是从来没有吃饱过。”

“每个月那么多粮还吃不饱？”资源长嘲弄道，“最贪婪的就是你们这些低保户。”

秦知律转向他：“那你呢？”

资源长摇头：“我当然没有。反常的饿多半是感染了，水母基因在夜晚会异常活跃，那几个侥幸从外面回来的军官夜里都在疯狂找吃的。对了，现在大家不敢出门，你们帮忙派发食物吧。别担心，有灯光时水母不会出来。”

秦知律点头：“怎么发？”

“我列出了还有活人的住户号，把物资放在门口就好。”资源长说，“哦，拆箱时小心，雨后会有水虫，最喜欢钻潮湿的纸箱。虽然那些垃圾玩意没什么感染性，但很爱咬人。”

安隅心想，你会不会说得太晚了点。

资源长干笑道：“仓储间好像有几个纸箱。不过我用报纸塞住了窗缝，你们应该没被咬吧？”

——那还真是谢谢，那些破报纸都被咬成蜂窝煤了。

安隅扯出凌秋训练过的友善微笑：“没被咬，它们完全封住了虫子，谢谢您。”

资源长正欲露出欣慰的表情，却见安隅似无措般地低下了头：“但我好像做错事了。我清理纸箱时路过您的门口，不小心把它们弄散了。不过好在就像您说的那样，没有活虫进来，只有一些虫卵洒进了地板缝里。”

他抬头注视着资源长，轻道：“是很细小的虫卵，就和烟灰差不多大。”

资源长眼神骤然阴了下去，定定地看了安隅许久，终于扯出一个皮笑肉不笑的表情：“没关系，我知道你是好心。吃完早饭就出发吧。”

他说着，从橱柜里掏出两条长长的粗麦面包。

安隅犹豫了一下才伸手去接。

“又怎么了？”资源长问。

“没。”安隅立即咬下一大口。

唾液浸开甜津津的味道，他大口嚼着富有韧劲的粗麦仁，吃得凶猛而安静。

“小兽。”秦知律忽然说。

安隅一下子停止了咀嚼。

“还是睚眦必报的兽。”秦知律看他片刻，把自己那条面包也推了过来，“没人和你抢。”

安隅鼓着腮帮子点点头。

等秦知律一转身，他又迅猛地嚼了起来。

虽然是白天，但街上仍然空空荡荡。53区上空笼罩着瘴雾，全部光线都来自电灯，刺眼却又昏沉，有种荒诞的末日感。

安隅蹲下观察地面积水——水母真的不见了。

秦知律开着资源站的小货车，安隅坐在副驾驶数那些亮灯的窗子。

外城居民楼每栋两百户，平均有一百四十户亮着，也就是说，已经有三成人口畸变或死亡——内城贫民窟只会更严重。

安隅轻声问：“上峰会放弃53区吗？”

饵城的人命一文不值，凌秋说，一旦畸变难以控制，上峰就会选择热武器歼灭。一个按钮一座城，乌黑的蘑菇云下，数百万饵城人将用生命来封锁住畸变的蔓延。

这不是耸人听闻，两年前的某天，安隅在深眠中被震醒，起初他还以为是这座危楼终于要塌了，后来才知道是遥远的95区被整城清除，只留下地表深坑。

那次他醒来时，全世界都在下雪，那场大雪似乎让他感冒了，昏沉了好些天。

秦知律摇头：“清除全城只是万不得已的底线。虽然人类早就被畸变打得狼狈不堪，但仍保有尊严。”

安隅不是很明白：“尊严？”

秦知律目视前方开着车：“只要尚有余力反抗，就绝不退守底线的尊严。”

安隅不太能理解这种坚持。饵城，以城为饵，将贱民赤裸裸地暴露，而主城则在穹顶下静默，人类精英绝对安全。

他说道：“可我们的存在本来就是为了替主城人死去，每个人从出生起就在等着那一天。”

秦知律忽然看向他：“你身为饵城人，立场很奇怪。”

“这不是人类基因分级规则吗？”安隅语气平静，“我邻居说，这个世界就建立在这些规则上。”

“基因分级是抵抗天灾的手段，而不是相互倾轧的工具，只是它在执行中越来越扭曲了。”

秦知律驾驶着小车路过一座座昏黄的路灯，淡淡地说：“两年前，是我提出的要对95区进行热武器打击。”

安隅怔了下。

“95区的情况很复杂，第一轮感染源于风中扩散的花粉，被感染的人没有立刻畸变，又和昆虫畸种共生。连续两次感染远超人类承受极限，他们意志沦丧，却保留了智慧，全部变成超畸体。主城还没来得及反应，那些家伙已经带着虫卵，狂欢着洒向了95区的每一个角落。”

秦知律平静得像一个置身事外的陈述者：“守序者赶到时，95区，两百八十四万五千零九人，全部畸变。如果不立即放弃它，94和96区会接连沦陷，最迟不超过24小时，全人类基因失守。”

*

压缩饼干装在纸袋里，一户一袋。

安隅拖着小平板车，轮子咔啦啦的声音叫醒了整栋楼。

他将一袋饼干放在904的地上：“您好，物资放在门口，请尽量错峰拿取。”

门里传来摩擦声，一个老太颤巍巍地问道：“是资源长的手下吗？我孙子昨晚去资源站找吃的了，一直没回来，你们看到他了吗？”

安隅想了下：“晚上出去没回来，那应该已经……”

“看到了。”秦知律打断他，“昨晚来的人都在帮忙整理物资，你在家不要动，他干完活就回来了。”

“好、那就好……吓死我了……谢谢你们！”

门里的地板发出吱嘎的摩擦音，她絮絮地叨咕着：“天凉雨水多，让他多穿几件，别被感染了才好……”

秦知律没有停顿，继续往下一户走。

安隅不解道：“为什么要骗她？”

秦知律神情冷峻：“你听到奇怪的声音了吗？”

“什么声音？”

秦知律没有回答。

名单上被划掉的那些户确实没人，门缝底下一丝光亮也无。

安隅跳过被划掉的几户，把纸袋放在下一家：“您好，低保物资，请……”

门忽然开了，一个男人畏缩地站在幽暗的灯光下：“请问，今天是最后一袋吗？”

安隅没听明白：“什么最后一袋？”

“我家只剩一个灯泡了，没法再匀给别人了。”那人小声哀求，“能不能别断我的粮？”

安隅动作倏然一僵，他忽然想到了资源站里一地的灯泡。

“大人，我其实不太懂……我明白，现在是特殊时期，全城物资需要再分配，但如果因为我没有余力去帮助其他人，就要断我的粮，这也不合理。”男人语气颤抖，“哦当然，我没有质疑您的意思，我是想问……除了灯泡和钱，还有什么可以征用？只要我有，都给你……都给需要帮助的人！”

秦知律问道：“一个灯泡换一天的粮？”

“是啊，你们不是资源长的人吗？”

秦知律继续问：“征收灯泡的理由是什么？”

“内城很多穷人没有灯，随时会被水母攻击，所以要全城匀一下。”

秦知律沉默片刻：“知道了。”他径直走过908，停在909门口。

安隅捋着名单：“909已经没……”

909的门却忽然开了，门里站着一个麦色皮肤的女人，手臂肌肉线条散发着别样的妩媚。

她剃了光头，手里抓了一根鞭子，鞭身乌黑浓密，像是用头发编出来的。

安隅觉得眼熟，好半天才惊讶道："罗青小姐？"

是那个资源长得不到的女人，她和凌秋关系不错，是安隅少有的说过话的几个人之一。

罗青也失神了一瞬："安隅？怎么是你……那个……"

她不自在地摸了下光头，把发鞭递过来："这个是我给……捐给内城的物资，麻烦你帮我把它转交资源长，明天也给我们送点吃的来吧。"

她抿了抿唇："不用太多，能让我女儿一个人吃饱就行了。如果这个不够，我……"她顿了又顿，终于下定决心似的说道："我愿意自己去内城帮忙！你跟资源长说，我随时，可以去资源站找他！""找他"两个字被咬得很重。

一个小女孩从罗青背后探出头，怯怯地看着安隅。

安隅沉默地瞥过名单上大片被划掉的房号，转身看向那一扇扇紧闭的房门。

陆续地，那些门打开了，透过环形的天井，层层户户的人幽灵般盯着他和他手上的物资。

被放弃的不是死人，也不是感染者，只是资源长想放弃的人。

秦知律语气沉了下去："53区这样多久了？"

安隅下意识问："哪样？"

见秦知律看向那根发鞭，他才"哦"了一声："一直是这样啊。凌秋说，拼尽一切换取物资是饵城的运行规则，即便走出贫民窟，也走不出这规则。"

秦知律看了他一眼，掏出两包饼干放在罗青的房间门口，继续往前走。

安隅跟上去，走几步又回头看了一眼罗青。

在这样的规则下，罗青小姐的选择非常正常，但他确实觉得有些可惜。

之前凌秋因为她成功摆脱资源长而大受鼓舞，讲起来时眼睛里都跳跃着期待。

安隅从来没产生过期待，但前几天，他在摆渡车上看着那对母女，听她们说是因为有家人在主城才有豆饼吃，他想到凌秋也进主城了，那时他其实短暂地期待了几秒钟。

期待什么呢，说不清，但那是一种转瞬即逝的，陌生但美好的体验。

秦知律走在前面，把纸袋拆开，里面是饼干，一户可分得两包，统一放在每一户门口。

所有人都在注视着他们分东西。

安隅刚把饼干在一户门口放下，门里突然冲出个男人，一把夺走他怀里的纸袋，“嘭”地砸上了门！

安隅差点摔倒：“你只能拿一份！”

下一刻，门接二连三地被撞开，那些居民全都疯狂抢夺起散落在地的饼干。

走廊昏暗的灯光下，他们蓬头垢面，眼神偏执，毫无人样，比畸种还畸。

“不要一起出来！”安隅提高声音，“人人都会有！”

没人理他，很快压缩饼干就被抢完了，什么都没拿到的人开始从别人手里抢，朝彼此大打出手。

突然响起的枪声给整条走廊按下了暂停键。

子弹旋进肉里爆裂，一个十几岁的少年应声趴倒在地，宽大的衣袖遮住了手，瘦小得可怜，暗红的血液从他身下迅速铺开。

秦知律面无表情地把枪插回枪套。

人群一片死寂，直到一个尖锐的声音响起：“他什么都没拿到，你凭什么打他！”

一语仿佛惊醒了什么。

“对啊，凭什么？”

“你有权管物资，但没有权利杀人！”

“你们到底是什么人？资源站不会有枪的！”

“是军部！主城要放弃53区了！”

新一轮暴动又开始了，人们抱着饼干往家里跑，混乱中，只听“嗵”的一声，一包砖头似的压缩饼干从秦知律的脖子上滑落。

那沉实的击打声让安隅心里一突。

他忽然想到，秦知律和其他守序者不一样。虽然基因熵高得惊人，但他和他一样，是血肉之躯。

果然，饼干掉落后，秦知律的颈侧迅速充血鼓了起来。

但他没有任何反应，他眼里似乎压根没有这些人，独自走上前——甚至不需检测，终端在靠近那个少年时就开始报警，屏幕上的数字飞快地跳动，最终稳定在1600到1700之间。

“熵值已达到畸变完成状态，一千多基因熵，不可能藏得起体征。”他低声自言自语，视线忽然落在少年长长的袖子上。

“过来一下。”

安隅上前，秦知律问道：“昨天你那边有几只虫子？”

几只？安隅犹豫道：“几百只。”

“竟然招来这么多。”秦知律若有所思地看向他，“有节肢类吗？”

安隅摇头：“只有一种小水虫，特征是獠牙和复眼。”

“嗯。”

秦知律一把撕开少年的衣袖。

油绿坚硬的镰刀状肢体一直向上蔓延到大臂中段，和人的骨肉拧巴地长在一起。

全楼死寂。

“螳螂属畸变，杀伤性远高于水母。”秦知律回身与众人对峙，“开枪是因为，你们在抢物资，只有他在趁乱往外跑。边跑还边打量着你们每一个人，兴奋的样子就像在……找食物。”

黑沉的眼眸扫过全场呆若木鸡的人。

“亮出ID接受筛查。”

“抵抗者，视同畸变处理。”

【碎雪片】

罗青（1/2）小姑娘

少时我喜欢躺在贫民窟天井下的地上晒太阳。

日光给了我乌发和麦色皮肤。

那时我只是一个来去自由的小姑娘，还没有家，没有牵绊，没有我的小姑娘。

什么脏东西也别想挨上我。

07　食同类者

秦知律拿着终端，从队伍中人的身边一个一个地走过。

无人言语，他的脚步声是唯一的声响。

安隅给通过筛查的人发饼干，心跳得很快——昨天，那把枪顶着的还是他的脑门。

队伍过半，没出现异常。

一个通过的女人嘀咕道：“刚接触这么一小会儿，应该没事。我听说人畸变后要等好一阵子才具备感染性。”

这话让场上气氛稍缓和了些，她接过安隅手中的两包饼干：“谢……”

砰！

走廊重回死寂。

一个中年男人被子弹打进墙里，许久，尸体才缓缓跌落，惊恐的神情永远地凝固在那张黄腻的脸上。

没人看清楚秦知律是怎么开枪的，注意到的时候，那把枪已经回到了枪套。

排在下一个的狭长眼男人一屁股跌倒在地，拼命向后蹭：“你公报私仇！他刚才带头骂你，你就测了他三次！”黄浊的液流从他屁股下面淌出来，臊味和血腥混杂在一起。安隅认出来，就是他用饼干砸了秦知律。

秦知律毫无波澜：“感觉不对劲，所以多次测量确认。”

“我都看到屏幕了，他只有3.6！”

“那只能说明他暂时属于人类，但仍有可能正在缓慢畸变中。刚才通过筛查的人，也不一定安全。”秦知律弯腰从尸体手中扯出ID，“确实只有3.6，但已经熵增了——就在几次测量的间歇。”

ID上的登记基因熵是3.5，前两次测都是3.5，第三次才测出3.6，极早期的畸变。

“下一个。”秦知律走到狭长眼男人面前，向下一瞥，“到你了。”

他明明没带任何情绪，但那种压迫感让安隅都跟着如坠冰窟。

狭长眼男人仰头绝望地看着他，许久，才哆哆嗦嗦地举起ID。

秦知律盯着终端上的读数跳动。那等待的几秒钟里，所有人都听到了狭眼男牙齿打颤的声音。

几秒后，秦知律抬了下眼：“下一个。”

狭长眼男人猛地向后一扑，手按在尿上，自己却浑然不觉。

这一层测完，楼道里多了两具尸体。除了中年男子，还有那个等孙子回家的老太太。

安隅回忆起门里的摩擦声，原来那时秦知律就听出不对了。

秦知律走到男人的尸体前蹲下，掀起袖子——正常人类手臂。

安隅心想，熵增才刚开始，肯定不会出现体征。然而他很快就被打脸了，秦知律又抽掉那人的鞋——鞋子里，属于人类的脚已经结出半截硬壳。

安隅愣了半天：“长官，这种畸变现象常见吗？”

秦知律给尸体拍照：“他抢物资时还很正常，但排队时突然步态僵硬，三次测量都在僵化之后。从来没有过这种情况，所有畸变都应该先出现基因熵增，当基因熵超过10，甚至上百，外观才会有显化。”

走过无灯的楼梯拐角，秦知律忽然转身看着安隅：“我想了一路，还是有必要纠正你——注定牺牲和享有活着的尊严并不冲突。人类确实被灾难扼住了喉咙，但如果因此就放弃苦心经营千百年的秩序，抵抗就毫无意义。”

安隅站在昏暗处发怔，从来没人和他说过这种话。

贫民窟里只有凌秋会讲道理，但凌秋的道理只是在教他怎样挨过没有尊严的日子。秦知律不同，他高高在上，他的注视强势却平等。

“人类基因分级确实是当今世界运行的规则，资源长或许是53区运行的规则，但规则只是工具，任何人都有权利对工具不满。你受邻居想法的影响太深了，你自己呢，真的觉得这一切都理所当然吗？”

“我……”

秦知律已经收回了视线，转身淡淡道：“被所谓规则踏在脚下无法站起的人已经够多了。”

后面几栋楼的人不敢露面，只在屋里应一两声。

物资发到最后一户，门缝下黑暗无光，安隅喊道：“您好，现在发放低保物资，有人的话请出声示……”

门开了。

门后是一道可怕的铁栏，像是从外面生硬地焊上去的。

安隅惊讶地看着被关在铁栏后的人：“房管长？”

低保区房管长是另一个掌握贫民窟关键资源的人，就是他抽风才把安隅逼去了主城。但他从前很少出现，这次大调查之前，安隅从没见过他。

他见到安隅也愣了：“你不是那个逃了整十年劳动，一直骗住的……叫……叫……安什么来着……”

“安隅。”秦知律罕见地开口。

安隅埋怨地看了长官一眼，虽然他没资格质疑别人的聊天方式，但他实在想不到替房管长回忆有什么必要性。

“对！”房管长一拍脑门，又困惑地看向秦知律，把他从头到脚打量了一番。

秦知律言简意赅：“军部。”

没想到房管长突然跪下了，要不是秦知律及时退开半步，甚至会被他扯住衣角。

“主城长官！等畸灾结束我就辞职，接受主城一切处置，但是求您救救我女儿！行吗？”

秦知律皱眉：“你在说什么？”

安隅恍然大悟：“清查低保区劳动记录，是主城的命令？”

“不，是我无能。”房管长以手掩面，“53区低保户比例太高了，资源长告到主城，说我包庇了大量本该劳动的人，搞得我很被动。我们的女儿是好朋友，怪我，自己在同僚面前受气，就逼小孩子断交，结果我女儿跑了，就在出事的前一晚。”

他红着眼从铁栏后递出一张照片：“短头发的是我女儿小又，她一定在资源长手里！救救她好吗？即便她感染了也劝她回来，就说爸爸在家里等她……”

照片上是两个八九岁的小女孩，小又五官英气，不太情愿似的拽着一只气球。一旁穿连衣裙的姗姗笑得很甜，像是怕她放走气球，把她的手合拢在掌心。

秦知律没接，资源长又把照片塞给安隅：“只要帮我把她带回来，我就再也不管你这一户了！你想住多久就住多久。”

安隅视线一下子从照片上收回来：“真的？”身旁的秦知律瞟了他一眼。

房管长紧紧攥住安隅的手：“我发誓！”

安隅犹豫：“可以后您还说了算吗……”

房管长立即道："那我把我的房子给你，好不好？"

安隅眸光一聚，深吸气："好。一言为定。"

秦知律又瞟他一眼，欲言又止。

安隅小心翼翼地把照片收好。这是意外收获，虽然任务又多了一条，但能换来永久庇所，属于奋斗一时，躺平一世，这份预期收益让他产生了极强的安全感。

离开这层楼，安隅观察着秦知律的脸色："您刚才好像有话要说。"

"没有。"秦知律没什么表情，"只是被你对宿舍的执念感动了。"

安隅品了品，觉得长官应该是在夸他。

"谢谢您。"他照凌秋提示过的保持谦逊，"这是我身为低保户的基本素质。"

"……"

路过一楼和二楼之间的杂物室，秦知律忽然在那扇狭小的门前停住了脚步："这里有人。"

门里随即响起一个女孩低低的声音："是军部长官吗？我们这里有六个同学，都没感染，可以给一点食物吗？"

秦知律问："怎么不开灯，没有收到生存指引吗？"

"收到了，但我们不是很相信。"一个男孩说，"供电是从第二天开始昼夜交替的，可第一场雨后的一天一夜都没电，我们所有人都在黑暗中待着，没有任何人出事。"

另一个男孩小声补充道："而且资源长只教大家怎么躲开水母，但我们在门缝里看到过其他东西，所以不太相信他。"

"其他东西是什么？"

"像螳螂。"

安隅和秦知律对视一眼，秦知律问道："还有其他军人来过吗？"

女孩说："有的。有个很温柔的哥哥也问了这些问题，他让我们千万不要开灯。他还是53区出去的呢。"

安隅呼吸一滞："叫什么？"

"没说，只说从前住在低保T区5栋1……1……"

"1415。"安隅放空了一瞬。

"好像是！你们认识？"女孩一下子惊喜，又猛地顿住，"但他可能已经……"

她说不下去了，男生沉重道："他说要去资源站拿食物，但再也没有回来。"

安隅把剩下的物资都留在了杂物间门口。

直到离开那栋楼，他才闷声道："长官，1415是……"

"嘘。"秦知律猛地揽住他。

皮手套捂上安隅的嘴，皮革气息充斥了他的感官，秦知律指向对面的楼梯口。

路灯昏黄，猝然一道反光让安隅看清了对面一楼平台上扭打在一起的两个家伙，其中一个四肢高度畸化，毫无悬念地压制住了另一个普通人。等到那东西离开，秦知律松开手思忖着说："开始吃人了。"

安隅忽然问："您就那么确定他吃的是人吗？"

"嗯？"

安隅嗅着风里留下的血腥气，垂眸道："长官，我想起了一些事情。我觉得被吃掉的也是感染者，只是还没显化。"

熟悉的进食画面让他回忆起摆渡车上的巨螳螂。那东西杀死一整车的人，却只吃掉了一部分尸体，每一口咀嚼都伴随着咔嚓脆响，嚼的不是人类骨骼，而是螳螂节肢——螳螂在紧张和饥饿时吃同类，这是天性。

秦知律听他解释完，掏出了终端。

安隅看着他打字："长官？您听见了吗？"

秦知律"嗯"了一声："我在增加战报节点。"

"什么节……"安隅猛然一僵。比利说过，正确与错误都要记录。如果秦知律认为他推论错误，一条节点汇报上去，他岂不是又危险了。

见秦知律严肃不语，安隅逐渐绝望："我很抱歉，如果说错……"

"我增加的节点是，螳螂感染关键逻辑第一环，推论者，安隅。"那双黑眸中忽然漫开一丝笑意，虽然只有一瞬，但却冲淡了压迫感，"忘了？尖塔论坛上还挂着一个有史以来最悬殊的赌盘。"

安隅一下子没反应过来："什么？"

"你不是问我怎么收服尖塔吗？"秦知律淡道，"教你第一条——翻盘时，得让他们知道输在哪儿。"

安隅呆了一下。

秦知律的口吻很像笃定他一定会翻盘。安隅从来没想过要收服尖塔，他只想好好苟着，长官是不是误会了什么……

不等他分辩，秦知律便正色道："螳螂应该分三阶段畸变，第一阶段是四肢，只要接触感染源就会自发完成；第二阶段是躯干；第三阶段大概是头，从第二阶段起需要吃同类来获取进化。”

安隅点头，他凝视着刚才螳螂打架的地方想了一会儿：“长官，我有点害怕。可以给我一把武器吗？”

秦知律掀开风衣。

“不要枪！”安隅立刻说。

他努力不显露恐惧，视线看向秦知律的大腿——那里绑着一把通体漆黑光亮的短刀。

“想要这个？”秦知律挑眉，“这比枪难控制，非常锋利，容易反伤到自己。”

安隅伸手从他腿上抽出那把刀，反手别进腰侧，遮在风衣下。

“谢谢长官。”他轻声说。

晚上，全城再次断电，只有极稀薄的月光穿透瘴雾，天上又下起淅淅沥沥的“水母雨”。

资源长一见他们回来，就喊他们去仓库帮忙分装物资。

安隅站在客厅不动：“你们先去，我想找点吃的。”

资源长一下子看过来：“很饿？”

安隅语气平淡：“你跑一天也会饿的。”

“是吗？我倒觉得还好。”资源长意味深长地打量着他，“橱柜里有很多面包，去吃吧。”

“嗯。”

安隅目送他们离开，从橱柜里掏出一整条粗面包，转身往走廊另一个方向去。

他一边走着，一边喃喃道：“你当然觉得还好。”

房子笼罩在幽黑和寂静中，只有脚步和吞咽面包声，他路过小仓储间，推开最里面的门。

资源长的房间很宽敞，窗缝并没有胶封，但却也无水母和水虫的叨扰。

安隅打开唯一的衣柜。

柜子里塞着乱七八糟的衣物，昏暗中依稀能辨认出资源站的制服，以及……

“在找什么？”声音突然出现在背后。

安隅翻衣服的手停顿。

他没有回头，把剩下的一截面包塞进了嘴里。

“这么饿吗？”资源长的声音喑哑带笑，“你不会真的出问题了吧？”

安隅慢慢吞咽着面包，让那些美味的麦仁安抚他心中缓缓升起的、难以平息的烦躁。

资源长好像在很有耐心地等他吃完，也好像只是从背后观察他到底有没有畸变。

安隅的视线终于锁定了柜子一角。

角落里的衣服领口有一个军标，那是军部专用的防感染服，上面干涸着大片血迹。

有畸变者血液的衣服，哪个正常人敢往房间放?

安隅咽下最后一口面包：“大人，您好像有点期待我出问题。”

他倏然回头，往日里空茫的那对金眸凝神盯向资源长：“您和摆渡车上那位一样，也错把我当成同类了吗？”

【废书散页】

05 长官幻想

守序者们说，人人都想被律监管。

但没人敢想象那会是一种怎样糟糕的体验。

尖塔一号长官，冷酷，果决，从不给周遭眼神。

他不可能是有耐心的引路人，也绝不会给出赞扬和肯定。

情绪价值？痴人说梦。

被他监管，人前风光，人后要一颗强大的心脏吧。

直到后来安隅加入了尖塔。

“原来只是我不配。”那些死鸭子纷纷感慨道。

08　食物的反杀

昏暗的月照下，资源长难耐地动了动腿。

他的膝盖似乎正在向上移位，小腿比例拉长，把裤管从中间顶了起来。

安隅凝神听着纤维拉扯的声音，自言自语般地说道：“又照了一整天，终于要完成一阶段畸变了吗。”

话音刚落，资源长的衣袖和裤腿同时撕裂，巨大的螳螂足舒展而出，朝他平削而来!

安隅霎时弹起后翻，轻盈落地，透过空中被卷起的尘土，他俯身手撑地面凝视着对方。

资源长惊讶：“没见识的低保蛆，竟然能躲开。”

“多谢夸奖。”

他的见识确实很少，所以只要见过的，都能记住——资源长的攻击模式和白天那只螳螂人如出一辙。

稀薄的光线将摇摇晃晃的镰刀影打在地上，安隅缓道：“生存指南是您伪造的吧，螳螂应该恰好要靠灯光开启畸化，灯照是一级畸变的原料，一级完成后就要改成吃同类。你们不仅要和水母竞食，还要同类残杀，这种机制让53区面临重新洗牌，您的地位不保。”

“该怎么办呢？”他抬眸注视着资源长，“只能先用生存指南骗大家开灯开启畸变，再趁他们还没摸清规则，用饼干换走他们的光源，确保他们比你慢，成为你为下一阶段储备的食物。”

资源长亢奋地晃动着镰刀状的前肢：“看来你遇到一级进化完的家伙了，但是，你怎么怀疑上我的？”

“反了。”

“什么反了？”

“逻辑反了。”安隅越过那具丑陋的躯体，看向他身后的走廊，“人人都知道，您是最卑鄙的人。”

屋里弥漫的腥酸让他产生了一瞬回到低保宿舍的错觉，眼前甚至浮现出凌秋说话的样子，凌秋真的教给过他很多东西，那些经年累月的碎碎念，已经长进潜意识。

他凝视着走廊漆黑之处：“我邻居说，高尚是卑鄙者最拙劣的谎言。大难临头，您主动收留我们，一出手就给面包，还不够荒唐？”

“原来从一开始你就在怀疑我……我在贫民窟竟然从来没注意过你。”资源长声音里逐渐掺上嘶吟，“说对了，你们是我储备的食物，做人和做螳螂不都是这样吗？”

“是这样没错。可是大人——”安隅的视线倏然回到他脸上，金色的眼眸中，瞳孔迅速凝缩渐成一线，他仿若叹息，“我们这些食物，也有权利对规则不满吧。”

叹息还未落地，镰刀足突然劈来！

安隅闪身的刹那，那道利刃忽然从重砸变成平扫，他再次闪身侧滚开，却随即被另一边挑起，抡在墙上！

一声巨响！安隅的身体重重从墙上弹起，又被镰刀足叉了回去！

安隅的心跳迅速失控，颈间动脉狂乱鼓动，隔着皮肤亲吻着足刃。

“人类之躯不可能撼动畸变生物。”资源长阴暗地看着他，“你邻居难道没教你这个？”

安隅抬起头：“确实没有。”

墙上的灰土扑簌簌地落入头发，他屏紧一口气，两臂抵着镰刀足用力向外挣，一毫米，一厘米，青筋在额角暴起，两柄镰刀间的缝隙越开越大——

资源长忽然卸力，在安隅挣脱跃起的一瞬，再度劈向他的肩膀！

安隅被从空中直接扣落，膝盖重砸直下！

沉重的镰刀把他按进地里，庞大的阴影笼罩下来，他跪在资源长脚下濒死般喘息着。

“熟悉的画面。”资源长冷笑，镰刀足高悬在他头顶，“看来53区人永远是我的食物。”

安隅一次又一次深吸气，直到肺底快要炸裂，心跳才稍平复。

他轻道：“十年前跪在这里的，确实是食物。”

一瞬的静谧后，他倏然仰头，直面那锋利刀刃：“但今天，世道变了。”

弓紧的腰身猛地扬起，资源长只来得及看到他身子一闪，手摸向身后，一道雪亮的光从自己身下笔直上挑，在幽暗的房间里甩出一道利落的弧线。

在他视野丧失的刹那，耳边响起一句低语：“今天，我只想再次跪在这里，了结你。”

之前在摆渡车上，安隅就没想通军官为什么朝螳螂后脑开枪，弱点明明该是眼睛。

资源长左眼鲜血溅射！

安隅双手握住刀把，在空中高举过头，以自己为武器，借下落的势能将他反压在地！

刀刃在螳螂的关节上擦出火花！

巨大的镰刀足在地上狂乱挣扎，灰土飞扬，安隅几乎要被拱翻，但他咬紧牙关，一次又一次把那庞然大物压制回去！

人类之躯，只要有必胜的决心，也足以和畸种一试。

十年前，凌秋带他离开资源站，一边“呸呸呸”地吐着烟灰一边说：“跪下并不可耻，只要你达到了目的，跪下只是一种胜利的姿势。”

在刺耳的嘶鸣中，安隅猛吸一口气，再次高扬起刀，用尽全力插进那关节！

他从未如此使过力，直到一声硬脆的碎裂声响，宣告了这场区区人类和畸种相搏的终局。

安隅一把扼住资源长的脖子：“说！小又在哪儿，凌秋在哪儿！”

在那金眸的厉视下，挥舞在空中的两柄镰刀足逐渐无力：“不认识……”

挣扎的镰刀划破安隅的耳后，鲜血滴落，他浑然不知，只错觉般地感到周围的空间都在波动。

“他来找你拿过物资！前两天，从前那么多年，他都来找你拿物资！”

“好多人路过，我不记得了……凌秋……这些名字有点耳熟……最近我好像忘了很多东西……”

资源长仅剩的右眼球转向墙上——家里到处都贴着这个小姑娘的照片，但他想不起来她是谁。前两天的雨夜，她突然出现在资源站门外，一只水母人在后面追，她拼命拍门喊爸爸，但他却只感到奇怪。

他与她隔着一道门缝注视彼此，那双清澈的眼眸惊慌而悲伤，那堆触须在她腰上收紧，另一个女孩突然冲出来，斩断触须，抓着她跑走了。

那一刻他奇怪地感到一丝释然。

资源长视线落回安隅耳后滴血处：“我好像很难抑制对你的渴望，你真的不是一个同类吗？”

果然和摆渡车上那玩意脑回路一样。

"很抱歉，让您失望了。"安隅猛地把刀拔出，横刃一抹，割喉！

鲜血喷射到天花板，又淋淋漓漓地浇在他的头上脸上。

许久，短刀"当啷"一声落地，安隅从资源长身上下来，脱力地滑坐下来。

一道高挺的身影自漆黑处现身。

秦知律道："这就是你所谓的，要武器是因为——害怕？"

安隅手腕搭在膝上，埋着头，安静的房间里只有他剧烈的喘息声。

许久，他才颤声道："原来您真的站在那里。"

"虽然不可思议，但感觉你能单杀，而且难得听你说这么多话。"秦知律踏进来，"看来不擅长聊天并不意味着不会表达，你发起疯来挺能说的。"

大脑的人说，鼓励安隅多表达，可以提升他的社会性。

秦知律递来一条手帕："为什么要杀资源长？"

安隅手抖得厉害，只屈了屈手指。

"被所谓规则踏在脚下无法站起的人已经够多了。"他轻轻复述秦知律白天的话，"这难道不是您隐晦的指令吗？"

秦知律意外，愣了半刻，轻笑一声："表面驯顺，倒打一耙。"

他用手帕垫着抬起安隅的下巴，站在他面前一下一下地替他擦拭着脸上的血。

冷沉的皮革气息覆盖下来，压住了周遭的腥味。

安隅在昏暗中仰视着秦知律，那双黑眸有时压得人窒息，有时又好像会让人感到安全——比如此刻。

"你有一种特质。"秦知律忽然道。

"什么？"

"一点点人性，和很多血性。"——是天生的杀器。

"但你还需要成长。"秦知律客观地说，"胆子太小，我从没见谁杀一只还没畸变完的东西，能应激成你这样。"

安隅觉得自己应该是被嫌弃了，低声道："等我搞清楚异能就不会这样了。"

他忽然有些低落："可惜小又不在这，没法找房管长兑现他的承诺了。"

给他擦脸的手顿了一下，又继续擦拭起来。

秦知律说："一套永居公寓。"

"什么？"

“单杀资源长的战绩奖励。地点你选，什么样式，也是你选。”

安隅一下子呆住，眸光颤抖，下意识要起身。

“别动。”秦知律蹙眉，“还没擦完。”

他擦干净安隅脸上的血，拨过他的头，动作停顿了下：“你耳后有一道疤。”

那是一道大约四厘米长的疤，已经平整，但颜色却还鲜红。

安隅想了想才说：“哦，从小就有。”

皮手套蹭过外耳廓，秦知律帮他把在打斗中松动的耳机重新贴顺。

房间里太安静了。

安隅平复下来，才终于想起自己该有的表现，于是在手帕再次触碰到耳后时，他嘶了一声，轻道：“疼，长官。”

秦知律动作一僵，过了好一会儿，才似乎又笑了一声，继续给他擦了两下伤口：“我在仓库里找到了方舱笔记。”

“方舱笔记？”

“这是常识。军部驻扎在主城方舱，所以他们在通讯瘫痪时的留言叫方舱笔记。”秦知律递来一叠纸笺，“资源长拿到了军部的笔，但他没见过真正的方舱笔记，所以错误地沿用了主城与饵城在对接物资时的文件形式。”

安隅心想，原来长官从一开始就看破了谎言。

纸上的墨迹被鲜血晕开，但由于笔力深刻，那些字仍清晰可读。

军#142059，张勋少尉，于53区。

瘴雾冲散了小队，信号丢失。我将在此留下方舱笔记。

水母融合在雨里，进入上下水，这座城市高度暴露。

但水母似乎也受到限制——八小时无法融合人类，就会消亡。

电力突然恢复，我感到手脚僵硬，我明明一直穿着防护服，也没见到任何节肢类。

情况不妙，我得趁清醒去找发电站。

这应该是最后一次留言了。祝后面的同伴防御成功。

秩序至上。

军#150833，陈卢风中尉，于53区。

我在发电站找到了方舱笔记，但没有找到张勋少尉。

能源核失踪了，一定有超畸体在暗中搞鬼。

我的肢体也开始僵硬，我看到了螳螂化的人类，但没见过螳螂本体。

我的意识即将丢失，晚上的饥饿感难以忍受，吃正常食物似乎会延缓畸变，但我内心更渴望吃同类。

很抱歉，张勋少尉，我也将丧生于这场基因掠夺。但我会把自己对人类的威胁降到最低。

祝后面的同伴防御成功。

秩序至上。

军#129674，克里斯少校，于53区。

我是本次行动指挥官，我在陈卢风中尉的尸体上找到方舱笔记。

陈卢风中尉死于干脆的自我决断，死时尚未出现明显畸变。

拿到这页笔记后，我也开始四肢僵硬。

我怀疑畸变基因被编码在电能里，辐射到人身上。

我的肩膀已经结壳，但却还没熵增，这是前所未有的畸变现象。

我决定放弃人类身份，快速畸变。人类需要亲眼得见，才能学习与战胜。

我将把方舱笔记留给凌秋军士，他会跟踪我的变化，搞明白这诡异的畸变。

这对我们都很残忍，但这是我们该做的。

祝后面的同伴防御成功。

秩序至上。

还有最后一页。

昏暗之中，安隅垂下眸。他不想翻到下一页。

如果凌秋在这儿，大概会对他突然流露出的难过情绪表示惊讶。

秦知律手上一顿："我先看？"

安隅摇头："一起吧，长官。"

这篇笔记写满了一整页。

军#215001，凌秋预备军士，于53区。

我从克里斯少校手中接过方舱笔记，少校已经开始螳螂化。

猎杀六个螳螂人后，他完成了躯干和头部畸变。

完成躯干畸变，少校基本失去人类意志。

完成头部畸变，他僵在地上停止活动。谨慎起见，我没有上前查看。

我在白天躲进居民楼，遇到一群聪明的孩子，得给他们找到食物。

天黑后我从楼里出来，克里斯少校却失踪了。

资源长很排斥我对灯光的提示，他不对劲，我必须离开。

我将把方舱笔记留在仓库，相信后面会有同伴路过。

凌秋没有死。

安隅松了一口气，看向最下方力透纸背的小字。

1.城市存在多重畸变源，危险程度水虫<水母<螳螂。

2.水虫不具备感染性，水母能融合人类基因，螳螂更复杂，但最终走向未能观测。

3.基因熵增存在延迟，不要盲目相信终端的检测功能。

4.超畸体习惯部署多重防御来隐藏自己，内城极有可能存在更强大的畸形生物，请务必小心。

“你的邻居很优秀。”秦知律点开终端，输入凌秋的军号。

资料页上的照片是凌秋收到军服那天坐在低保宿舍门口拍的，踌躇满志，头像旁挂着一枚火焰勋章——2150届新兵榜一。

对着那久违的笑容，安隅有些出神。

笔记的最后，凌秋写道——

我将竭尽全力深入内城寻找能源核。如有可能，请替我带离T区5栋1414户的安隅，他几乎不开灯、不出门，畸变可能性很小。

53区已经无可救药，但这里是我的家，安隅是我唯一的亲人。

人类秩序高贵，53区即便沦丧，也同样高贵。

【碎雪片】

凌秋（1/3）世界之大

贫民窟的天井是一个小小的正方形。

站在井底向上望，腐朽破败的楼笔直通天，看得久了，会觉得，这个世界就是这样了。

只有安隅喜欢这里。

他喜欢狭小的角落，那会让他感到安全。每当我说起外面世界之大，他都会有些焦虑。

坦白说，迈入主城那一天，我也有点焦虑。

但很快，我的名字跳上了主城军部新兵榜首。

那些出身主城高门大户的同辈，叫我新兵王。

我已经迫不及待要等集训结束给安隅打个长长的电话了，如果他那时候醒着的话。

得让他知道，外面的世界确实很大。

但并非不可攀登。

09 给，请享用

安隅对着“唯一的亲人”几个字有些茫然。

他从没思考过他和凌秋的关系，亲人这种东西离他太远了。

秦知律忽然问：“不开灯？你喜欢黑？”

安隅回过神：“没有，只是没必要开灯。”

担心秦知律误会，他又道：“长官放心，我应该不是什么鼠类畸变……”

秦知律盯着他：“不开灯，不出门，喜欢找角落，胆小，容易应激，激动时却很疯。”

还爱哭。

安隅被盯得发慌：“我很抱歉……”

“不需要道歉。”秦知律的语气竟缓和了下来，“你有喜欢的东西吗？”

试验室里失明的严希也问过相同的问题，安隅问：“面包算吗？”

秦知律顿了顿：“会经常低落吗？”

安隅摇头，又点头。

他很少有情绪起伏，不过沮丧倒确实是常态，毕竟谁天天吃不饱还能开心得起来。

“有伤害别人的念头吗？”

安隅立即摇头。

“那伤害自己呢？”秦知律紧接着问。

安隅犹豫了——比利说过，秦知律看中的就是他的忍耐力。

秦知律探究地注视着他：“有过，是吗？”

安隅陷入了“说实话”和“取悦长官”之间的纠结，有些焦虑地看向墙角。

秦知律叹了口气：“疼痛会让你感到安全？”

“会吧。”

安隅不讨厌疼痛，疼痛可以衡量与死亡之间的距离，对他来说，疼痛就和终端显示的生存值没什么区别。

为了顾全长官的喜好，他又补充道：“您放心，我很擅长忍痛。”

秦知律眉心微沉：“那到什么程度会无法忍受？”

“不死就行。”

秦知律回忆起安隅的审讯录像——接受诱导试验前，安隅曾向审讯者确认自己不会死，好像完全不在意那些被反复强调的“剧烈痛苦”“非人道试验”，只要一句不死的保证。

走廊外突然响起“滴——”一声，排风系统开始呼呼送风。

电力猝不及防地在夜里恢复了。

安隅惊讶地看向秦知律，猜到螳螂感染方式后，他默认超畸体为畸形生物们划了界限，夜晚属于水母，本不该给螳螂供电。

“看来蒋枭遭遇了超畸体。”秦知律道，“那东西的战损或死亡，都影响它对这座城市秩序的控制。”

对面居民楼里陆续亮起灯来，一户接一户，漆黑的城市逐渐被笼罩在一片惊悚的光晕下。

早上还以为外城有三成居户沦陷，但现在两极反转，是尚未暴露的人只有不到三成。

秦知律看着对面的楼房：“超畸体在压力之下可能会加快所有人的畸变进度。”

话音刚落，窗后那一道道人影从身侧抽出长度骇人的手臂，镰刀挥向同屋人的脖子……

刀影在温暖的光照下交错闪烁，一场血腥皮影剧在这座城市里安静上演。

安隅站在漆黑的房间里看着这一切，手垂在身侧，瞳孔却在一下一下不正常地收缩，他轻问道：“长官，这些东西会让您烦躁吗？”

秦知律转过头：“烦躁？”

“嗯。”安隅垂眸不再看对面，“有一种……想要把它们清洗干净的念头。”

每当看到大批畸种，他的意识深处就会产生一种空灵却磅礴的呼啸。

就像雪原上的风。

灯火忽然熄灭，城市刹那间陷入漆黑。

几秒钟后，灯再次亮起。片刻后，又熄灭。

53区像一个接触不良的灯泡，血腥剧场随之不断跳闪。

秦知律思索道：“蒋枭攻击性不弱，葡萄是优秀的辅助，他们占不了上风，看来那东西比想象中厉害。”

“我们要去帮忙吗？”安隅不是很想遇见蒋枭。

“等比利修复好队内通讯再说，应该快了。”

安隅摸了一下贴在耳朵里的薄膜耳机，它还从未响起过。

加速完成一级畸变的螳螂人从楼里出来猎杀同伴，残破的尸体横陈满街，腥臭的血液顺着雨水流入下水道，将肮脏带去每一处。

任何正常人见到这样的画面都会神智崩溃，而安隅只是安静地看着这一切。

“注意找完成三级畸变的螳螂人。”秦知律吩咐道。

“我在找。”

从一级到二级，有些家伙需要吃四五个，有些只需要吃一个，但现在整条街还没有三级出现。

路灯跳闪的频率减慢了，黑暗的时间越来越长。

安隅看着忽闪的街道：“蒋枭会出事吗？”

“暂时不会。葡萄虽然不擅长打架，但控场意识很好，如果打不过就会带他撤离。”秦知律顿了顿，“但我希望蒋枭不要应激太过。他的精神稳定性一般，容易失控。”

“失控会怎样？”

秦知律没有回答，皱眉看着外面。

街上的螳螂人逐渐汇聚到了一起，厮杀还在进行，但它们正朝着同一个方向不断涌来。

是资源站，这里有东西在吸引他们。

安隅突然转身：“我去喂一下他们，长官。”

他一把拖起资源长，磕磕绊绊地往楼下走去。

片刻，那道身影出现在漆黑的长街上。

秦知律站在楼上看，大片畸种黑压压地涌来，战损的螳螂人狼狈逃窜，只有那道小小的人类身影，拖着一具畸种尸体，迎着畸潮缓慢前行。

在距离螳螂群还有几十米远时，安隅停下了脚步。

他在畸潮中看到了白天微弱抗议过以灯换粮的男人，还有砸了秦知律后吓得尿裤子的家伙，还有罗青小姐，很不幸，她也没有逃过。

女性柔美的面庞下爆满青筋，深绿的硬壳和手臂肌肉虬结在一起，她暂时只完成了四肢畸变，但挂着鲜血和螳螂体液的光头却让同类不敢靠近。她和还是人类时一样，用一只手回护着身后弱小的螳螂女儿。

小女孩四肢还没畸变完，低着头把双臂藏在身后。

安隅不知道自己在想什么，回过神时，已经脱下风衣朝罗青扔了过去。

罗青眼中的凶狠散了一刻，她迟疑着把风衣披在女儿身上，遮住她正不断畸化的四肢。

小女孩终于抬起头，眼泪落下，无声无息。

空气忽然变得潮湿，安隅抬手去接——53区再次淅淅沥沥地下起雨来。

面前的螳螂畸潮越来越拥挤，人类意志虽没彻底消散，但兽性已无可遮掩。

安隅注视着他们，这之中的绝大多数很快就会被同类吃掉，人类畸化成螳螂，有更残酷无理的生存规则等着他们，但——

他忽然笑了，抬手一抛："给。"

你们想要啃噬殆尽的，不堪的旧日。

资源长的尸体悬空时，整座城市陷入片刻死寂。

那些螳螂人不约而同地抬头，浑浊的眼中映着同一道抛物线。

嗵!

沉重的闷响终于落地。

嘶喘声突然响彻天际，亢奋的，愤怒的，崩溃的。

它们一拥而上，瞬间便蚕食了资源长的尸体。

安隅转身往回走。少了那件风衣，囚服下的身影单薄得要命，让人担心他随时会被身后的黑夜吞没。但每当熄灭的路灯重新亮起时，他都又朝着来时的方向走过了一小段，将深渊割裂在身后，独自穿越那漆黑雨雾。

安隅回到资源站楼下，秦知律正背对着他看向长街的另一边。

一个穿着防护服的宽阔身影从街角走过，路灯亮起时迅速躲进阴影，待灯熄灭后继续快步前行。

"长官……"安隅迟疑道，"那该不会是……"

秦知律点头："军部的幸存者。"

暴雨如注，城市彻底重归黑暗。

"褚宁上尉，军号283410，第二清扫小队队长。我队现存六人，很高兴在此时此地见到您！"

这个三十多岁的魁梧大汉已经被折磨得面色蜡黄，在街角被秦知律叫住后，他就把他们带到了垃圾场的旧车库。

六名军人逐个接受着秦知律的查验，安隅独自坐在门边的地上，透过破洞看着外面的水母狂潮。

雨水的黏稠程度远超从前，砸在地上发出“扑哧扑哧”的声响——那已经不是雨，而是成千上万的水母，伞帽下抖动着絮絮的触须，落地后快速蠕动，给大地披上一层波澜起伏的雨衣。

秦知律说，超畸体回到了安全的地方，这是它过度修复的反应。

一只小水母顺着破洞爬进来，伞帽吸在门上，安隅把它揪了下来。

细长的触须立刻盘住他的手指，伞状体深深吮住一小块皮肉，带来一阵熟悉的细小蜇痛。

安隅握拳，水母液从指缝间滴落，旁人看来就像他捏爆的一样，但只有他自己知道，水母在他攥拳前就已经爆掉了。

地面的积水倒影里，那对金眸亮了一瞬，又迅速恢复了漠然。

凌秋的笔记帮他想明白了一些事，他总是在接触感染源后眩晕，那应该就是异能出现的前兆，被强大的畸种感染，或是首次接触的感染源都会加重反应，摆渡车那次他就直接失去了意识。

此外，同样咬了他，水虫不会爆，水母却会。区别在于水虫只是啃咬，但水母却在主动融合人类。

褚宁朝这边喊道：“你的手在流血！”

秦知律也看过来，安隅拉下袖子：“没事的，不小心割到了。”

在拖着资源长的路上，他割破了掌心，让鲜血流得到处都是，但那些因分食资源长而舔舐了他血液的畸变者都没爆。

这证明爆掉畸种的不是什么毒液，而是他身体里藏着一个有自主意识的东西，会在被摄取时反扑。

安隅点开终端，生存值89.1%，来自打斗消耗和外伤。

他有些不安地摸出比利给的药膏，挖一指抹在掌心。剧痛模糊了他的视线，他在蒙眬中继续一坨接一坨地往伤口上糊。

远远地，秦知律又往车库门边多看了几眼。

许久，安隅终于从剧烈的药物反应中平复下来。

空前的暴雨让湿度急剧上升，他感觉自己的脑子如同浆糊。

“请您下达指令，我们全力辅助！”

“虽然53区已经移交尖塔，但我们绝不袖手旁观。”

“克里斯少校为了搞清真相而投身畸变，我们更没有理由退缩。”

……

安隅头昏脑涨地看向车库深处。

破漏的防护服让那些军人只能被动地躲在车库里，食水短缺，精神重压，战力早已损失，但此刻那些恳求声却很赤诚。

他抱着膝盖，静静地观察着他们。

人类因智慧而高级，但却又总做出一些违反生物趋利避害本能的决定。高级与愚蠢混杂在一起，让这种生物变得很复杂。

不仅是眼前这些人，还有自我了断的陈卢风中尉，主动畸变的克里斯少校，孤身前往内城的凌秋，还有……

安隅在沉思中合眼睡着了。

不知过了多久，安隅在睡梦中忽觉四肢麻木，耳边传来黏稠的声音，像把手插进一桶胶水里缓缓翻搅。

那个声音让人很不舒服，他挣扎着苏醒过来，眼前的景象却让他身子一僵——

漆黑的车库里明明灭灭地亮着光，光源来自第一晚见过的水母，小山丘似的体型压着那些军人。

暴雨源源不断地把小水母吹打进来，融入大水母身体，让大水母迅速膨胀。

面前的水母探出一根细长的触须刺入军人头顶，触须们从地上撬起他的身体，伞状体猛地张开，将他整个身子吸纳进去，伞腔里腾起血色烟雾，水母餍足地舒展。

透明的腔体迅速填充了血肉，分化出四肢，片刻后又切换回水母形态。

褚宁和秦知律不见了。

秦知律休息的地方正被一只最大的水母占据着，它的伞腔里还有一颗人脑，那颗脑让它散发着一种别样的智慧感。

那只水母忽然向安隅蠕动过来。

糟糕的是，安隅的视线范围开始收窄，像一台缓缓关闭的电视机。

世界逐渐黑掉，周遭的声音、潮湿的腥味也一起消失了。

凌秋说过，吃毒蘑菇会致幻致盲，自然界中很多生物都携带类似的毒素。他的症状应该来自水母释放的某种神经毒素，与感染无关。

安隅维持着抵墙而坐的姿势，做好准备迎接剧痛。

这只水母很强大，他希望自己接受的刺激足够强，能摸索出眩晕后究竟会发生什么。

可他迟迟没有等来水母的接触。

他无从感知周遭情况，犹豫了一会儿，还是将刚涂过药的掌心按在满是沙砾的地面上，用力擦了两下。

血腥气应该会更诱惑畸种，安隅想。

这间破落的旧车库此刻挤满了水母，军人已经全部被融合，只剩一个弱小的人类抵墙坐着，金眸因暂时失明而空洞地凝着空中某一点。他安静地坐在那儿，掌心一下一下地蹭着地面，鲜血渗入沙土。

大水母终于又蠕动起来。

大概因为安隅是唯一一个坐着睡觉的人，它有些不好下手似的在他周围逡巡了半天，冷韧的身体挤压着他，像是要将他挤进墙里。

透明的触须从四面八方伸过来，探进安隅和墙之间的缝隙，一圈一圈地将他缠绕——颈、背、腰，就连刚刚擦在地面上的掌心也被包裹，每一寸皮肤上都传来紧实的压力。

触须把他向前拉了一下，拢向自己的方向。

安隅忽然有些警觉：这东西怎么不蜇他？如果它放弃刺入，直接把他整个人吞掉——别说眩晕后的异能了，他用来保命的爆体还会被触发吗？

水母的伞状体向两边抻开，在他的身体搭过来时密密地将他包裹住，如同一个杀人拥抱。

仿佛过了一个世纪那么久，盘在安隅身上的触须又一圈一圈地松开了。

那些触须轻轻地将他的上半身重新搭回墙上，就和最初拉他靠过来时一样——轻拿轻放。

【碎雪片】

罗青（2/2）恩赐

畸变不是我人生中最大的污点，那根发鞭才是。

上天从不薄待我，阴差阳错地，我还是没能摆脱畸变的命运。

但当那个狗东西的尸体被抛在空中，我开始感恩这畸变来得如此及时，阻止了我懦弱的屈服。

安隅，我从前很少注意他。

谢谢他的恩赐。

10 以命为试

安隅不知昏迷了多久，直到耳边的雨声逐渐清晰，世界从一片漆黑中一点点透出影像，车库里早已没有人也没有水母，只剩一地血污，墙角孤零零地丢着一只皮手套。

终端显示生存值82.4%，源于手掌的伤口炎症，没代谢干净的神经毒素，还有过度饥饿。

他去把手套捡起来，这只手套在秦知律手上显得冷硬，但攥住才发觉皮子很柔软。

他戴上手套，快步离开腥臭的垃圾场。

刚到门口，远处亮起一个人影，耳朵里突然炸开一阵嘈杂音，安隅愣了半刻才意识到是从未响起过的耳机。

杂音持续了十几秒，比利的声音突兀地传来："喂喂喂？这个波频是谁……安隅吗？可以听到吗？"

"竟然真的修好了……"安隅不可思议道。

他早就习惯了世上有无数他不配触碰的科技，但用异能来操控科技还是让他感到很神奇。

"谢天谢地！能搭上一个，剩下的就好说了。"比利长吁一口气，"律和你在一起吧？"

"唔……"安隅看着远处走来的宽阔身影，"他不见了。"

"不见了？待会儿我找一下。哦对了，我们之间大概隔着十公里，你需要什么帮助吗？"

安隅及时地想起比利是纯粹的情报系，打架没用，于是道："可以替我回一趟资源站吗？"

"行啊，我离那儿挺近，要去干什么？"

“一楼的橱柜里有面包。”

“要多少？”

安隅不假思索：“全部。”

“……饿疯了吧你。”比利嘟囔道，“那先这样啊，我赶紧搜索一下律的波频。”

安隅轻声道：“谢谢。我这边也有事要处理。”

他切断了通讯。

远处人影刚好走到他面前，是褚宁中尉。他对着安隅长舒一口气：“太好了，你还活着！我趁天黑去搜索能源核，看到很多巨水母，赶紧回来通知你们。秦知律呢？”

安隅奇怪地看着他：“你都没看到，怎么还问我？”

“他不是和你在一起吗？”

安隅摇头：“你不怕他吗？”

褚宁不明所以：“为什么要怕？”

“难道你自己意识不到吗？”安隅顿了顿，伸手指着他，“你的脑袋像呼吸灯一样，在发光啊。”

褚宁的脑壳已经完全透明化，一颗人类的脑花悬浮在里面。脑花逐渐萎缩，周围的神经却愈发粗壮，虬结在一起，颤抖飘荡，就像水母的触须。

安隅一跃而起，借跪摔的势能用膝盖重重砸向他的腹部，反手拔刀扎进他的肩膀！

血液溅出，但褚宁无动于衷，他轻而易举地把安隅从身上掀飞，触须从衣袖下张扬而出，狂狷地飞舞。

“你错过了唯一的逃命机会。”他伸手指了指自己的头，“刀该朝着要害。”

安隅从那对阴冷的眼中看见自己的影子，像只脆弱的蝼蚁。

他的双瞳猛然缩紧，竭力一刀砍断身边缠绕的触须，转身便跑，将柔弱的后背完全暴露给褚宁。

触须从身后追来，一把勾住他的脖子，把他拖了回去！

“之前没发现，原来你只是一个基因纯粹的人类，你能跑哪儿去？”

安隅胸口剧烈起伏，再一次用尽全力割断缠绕脖子的触须，往远处狂奔！

还没跑出几步，触须又将他抽翻在地，再粗暴地拖回！

鞋子在地上摩擦掉了，他不管不顾，再割断，再跑！

“好顽强的人类。”褚宁的声音像隔着几重海水一样诡谲。每当触须刺入安隅，刚释放一点基因，安隅就会斩断那几根触须，而褚宁纵容了这小小的逆反，一次又一次，把他重新拖回身边！

这场玩弄猎物的游戏让他兴奋得几乎维持不住人型，眼白逐渐透明，瞳仁里弥漫出血雾，越来越多的触须从身体中绽出。

他太亢奋了，以至于没有发现安隅一次比一次跑得快，就像能突然向前位移一小段距离一样。在重复多次后，这一小段变成了十几米。

尽管在停住的一瞬身体摇摇欲坠，斩断触须的动作变得迟缓，但安隅奔逃的刹那却越来越快！快到周围的空间都似在波动，他冲出去后，与其说被触须追上，倒更像是站在原地等着触须将他拖回去。

终于，安隅力竭地被彻底圈住，拖回畸种怀里。

流血的双脚赤裸地踩在积水中，他气息奄奄，双手无力地拉着缠绕在颈上的触须。

“我都有些怜惜你了。”褚宁一圈一圈将他缠紧，贴着他湿透的背，感受着人类激烈的心跳。

“你的基因好像与众不同，我能嗅到那种纯粹的美味。”他在安隅耳边轻念，“让我尝尝吧。”

安隅没有再跑的意思，他似乎认命了，垂下眼，额头的血迹滚落在眼睫上。

“求之不得。”他轻道。

突然响起的警报声盖住了这轻飘飘的一句。

“我记得这个警报，嗯……”褚宁努力回忆着，“对了，这代表你的生存值低于60%。你跑得这么欢，一定很怕死吧？我这就替你解脱。”

他不甚熟练地将牙抵在安隅肩头，磨了半天，最终还是用回老法子——触须。

猎物已经放弃挣扎，放松地任由触须从颈下刺入，刺穿皮肤、筋膜，向更深的地方探去——令人战栗的美味已经叩响了门，但褚宁却突然瞥到安隅垂着眼，眼中的一丝笑意。

他猛地意识到不对，触须后缩，可在那一瞬，一只骨节暴突的手一把抓住了他的触须！

“别退缩啊。”安隅偏过头，投以一瞥，“正因为我怕死，当我愿意以命相搏，那说明——”

金眸倏然一凛，一把将那根触须用力刺入自己深处！

“我有赢的把握。”

仅存的人类智慧没能战胜本能，像婴儿的吮吸反射一样，褚宁疯狂汲取安隅的基因——沉闷的“噗”的一声响起时，他都还没意识到发生了什么。

尽管那颗脑花还保留着一些思考的能力，但它只是一颗脆弱的脑花，看不到也猜不到，自己已经永远地失去了脑壳的庇护。

它掉在地上，很快便彻底消无，随着一地爆裂留下的黏液流入下水道。

垃圾场一片死寂，只剩下淅淅沥沥的雨，和安隅剧烈的喘息声。

他的心脏前所未有地狂跳，像一头要挣脱出来的野兽——不，也许要挣脱出来的根本就不是心脏。

他支撑不住，身子一晃，倒在雨里。

耳机这时吱哩哇啦地又响了起来，比利嘟囔道："资源站附近也太多螳螂人了，我尝试引爆它们，怎么试都不成功。这新异能也太难触发了，早知道就该多拿水母练练手。"

安隅躺在雨里，努力地压抑喘息，虚弱道："大夫……有没有可能，当时爆掉水母的不是你。"

"不是我是谁？难道是你啊？"比利哈哈大笑，"别开玩笑了我的宝贝，你不会又要说什么兔子安的被动能力了吧，你个基因熵0.2的人类，要是首次畸变就能觉醒这么大能耐，我直接去死算了。"

为了避免比利因为羞愧真的自裁，安隅选择了闭嘴。

"面包我只拿了一部分，太多了，根本带不了那么多。"

安隅闻言一个激灵，挣扎着睁开眼："你可以先把它们藏起来……"他停顿住，没有说完后面那句"之后我拖回宿舍去"，因为他好像没有听见自己的前半句。

"医生？"他试探着喊了一句。

也没有听见。

全世界突然变得很安静，雨声不知何时停了。

被触须注入体内的不仅有水母基因，还有大量神经毒素。他的听觉再次消失，黑晕逐渐笼罩视野，熟悉的酥麻从四肢向头顶蔓延……

身体里那种冲撞欲出的东西又来了，胸膛起伏得像要将心脏也爆出。

不能晕，起码不能晕在危险的露天环境。

躺在积水里，他抽搐挣扎了许久，终于爬了起来，在雨中双手摸索着向前走，可没走几步，他"嗵"的一声又摔回地上，一动不动，像死了一样。

滚落在地的耳机里溢出比利的喊叫："你怎么了？说话啊，什么动静？！"

"喂，我才看到你的生存值只有50%了，你遇到畸种了吗？"

"安隅！说话！"

……

雨幕下的世界一片死寂，许久，地上的人忽地又挣扎起来，再次艰难起身。

安隅怀疑自己畸变成了水母，迈出去的每一步都轻飘飘的，感受不到陆地，也感受不到双脚。他已经不知道自己究竟是在抵抗神经毒素，还是在抵抗一些更诡秘的存在，他只知道不能妥协。

——要证明自己的可控性。

不知反复摔倒多少次后，死寂的世界忽然漏进来一丝声响，此时神经毒素的效果开始减退了。

漆黑的世界里，一个脚步声从身后逐渐靠近。

安隅浑身绷紧，手摸向腰间的短刀。

他一把摸到刀刃，皮肉划破的疼痛让脑子清醒了一些。

待脚步声贴到身后，他撑着即将沉沦的意识，再次朝刀刃摸去。

一只手猝不及防攥住了他的胳膊。

他的身体在一瞬间紧绷到极致，又忽地松了下去——囚服早被抽破了，熟悉的皮革质感摩擦着他的皮肤。

秦知律的声音在耳边响起："别伤害自己，是我。"

"什么都别想，尝试控制心跳和呼吸，不要喘得这么厉害，你要学会克制应激反应。"他把安隅往自己这边带了一下，通过身体接触让他感受到自己，"力竭是正常的，你做得很好。"

安隅从没听过长官这么温和的声音。

他很想看清他此时的神情，但视觉还没恢复，只能感受到那件风衣环到身前，罩住了暴露在外的皮肤。

身体深处诡秘的东西突然沉寂，一种不熟悉的感觉蔓延开——或许就是大脑的人说他缺失的那种名为安全感的东西。

秦知律改站到安隅身前，敞开风衣两襟，更彻底地将他遮掩于其下——其实他也可以把衣服脱下来给安隅，但或许是安隅此刻看起来太单薄了，就像是，如果在雨中捡到一只受伤的小兔子，人会本能地想把它揣进怀里。

"想睡就睡吧。"

安隅发出几声羸弱的气音："长官能承诺我安全吗？"

秦知律似乎点了头："嗯。"

“我控制住了……那个东西。”气若游丝的声线中似乎掺了一丝笑，像邀功，有些得意。

秦知律愣了一会儿，伸手拢住他的后脑：“很了不起。”

顺着他的动作，安隅的额头抵住秦知律的肩。

随着意识逐渐流失，他嗫喏道：“我基本上确定自己的异能了。我是兔类畸变，是……兔子安的同类。”

黑暗自意识深处降临，彻底将他吞没。

秦知律却僵了一下，迟疑了好半天。

“我以为你知道，那是动漫里的角色。”他蹙眉道，“之前54区的兔类畸变是早就被发现过的普通兔类基因感染，这个世界上没有，至少暂时没有，你说的那种兔类超畸体。”

安隅已经听不见别人说话了，意识迅速流逝，他和世界的联结只剩下被长官拥抱的感觉——一种很新奇的体验。

陷入昏睡前，他好像捕捉到了一丝什么。

他可能是疯了，竟然怀疑车库里那只抱了他很久的水母是长官。

虽然他没有证据。

【废书散页】

06 猎心时刻

尖塔流传着一本最让我想吐槽的邪书，叫《安隅神能妄言》。

那玩意问世前还有个引子，是名为《聊一聊被安隅大人猎到的瞬间》的论坛帖。

我更愿称之为《死鸭子抱团帖》。

在一众疯狂崇拜的发言中，有一个来自“匿名”的早期跟帖格外不同。

——“他奄奄一息，但小小得意时。”

全尖塔的人都实名嘲他杜撰意淫，毕竟怎么可能有幸见证这种时刻。

但我总觉得那家伙身份不一般。

所以谨慎如我，跟嘲时选择了匿名。

11　兔类畸变

安隅睁眼时，发现自己身处一辆货车车厢，歪斜的视野随着行驶颠簸着。

一双猩红的眸刻毒地盯着他。

安隅一下子坐直了。

从身上滑落的衣服提醒了他为什么一别两日，蒋枭还是那么恨他——他披着秦知律的风衣，昏睡时一直靠在秦知律肩上。

“……”

在队友炙热的注视下，他艰难地回忆起凌秋讲过的一个八卦，住在楼上那个胸大腰细的女人搭上了资源长，不仅因此拿到大量高级货，还裹着资源长的制服在其他贱民前走来走去。

凌秋给她的评价是：妖艳贱货。

“醒了？”秦知律随手拾起风衣。

那只手套已经被收回去了，安隅忽然意识到自己好像还从没见过秦知律的手。

“比利已经重建了53区的波频，葡萄和莱恩在前面开车。”秦知律朝车尾看了一眼，“他们在内城遇见了瑞金中尉。”

角落里的军人满脸胡茬，没什么精神地冲安隅点了下头。

蒋枭突然咳嗽起来，安隅这才发现他虚弱地靠着墙，浑身都是暗色血迹。

“蒋枭伤惨了。”比利一脸惆怅，“你也不让人省心，律带你来时吓死我了，一身的伤。”

安隅的外伤已经得到照料，生存值回升到75%。

他突然想起昏倒前的事：“资源站的面包呢？”

比利直翻白眼：“能拿上的我都拿上了。除了你，没人稀罕那玩意。”

安隅顺着他指的方向看到角落里堆着的面包袋，浑身的紧绷感终于卸掉一些。

蒋枭讥讽道：“贱种就是贱种，除了吃，你还会琢磨点别的？”

除了吃，还会琢磨取悦长官，每天都在琢磨。安隅张了张嘴，又把话咽了回去。凭借他有限的聊天经验，这句话可不能说。

但蒋枭似乎读懂了他的心声，杀意快要从那双红眸中爆出来了。

安隅只能装作无事发生地挪开视线。

秦知律忽然看向蒋枭：“汇报精神力。”

车厢陡然静谧，蒋枭的手不自在地遮在终端上。

过了许久，他才道：“已经不再下降了。”

“我问的是目前数值。”

蒋枭胸口起伏，别过头道：“48。”

比利在一旁赔笑：“那个，虽然跌破了50警戒线，但离30还远着呢，别这么……”

“你应该清楚，30是底线。”秦知律平静得令人发冷，“控制好自己，不然一旦跌破30——”

蒋枭猛地扭回头来：“我就得死吗？”

冰冷的机械咬合声，秦知律把专杀畸种的热能子弹弹匣扣进手枪：“你只能死。”

安隅噤若寒蝉，静止般地盯着地面。

蒋枭散发的难过情绪几乎要挤爆车厢，他忽地朝安隅看来：“那么我想问，一个基因熵0.2的人类，一身外伤暴露，他接触了多少畸种？他的精神力又下降到多少？”

“他？”秦知律朝安隅瞟一眼，把枪收回枪套，“接触了三次。单杀一级畸变螳螂人，被巨水母缠绕，单杀水母人。”

“单杀两个畸变者？你啊？”比利瞪圆了眼，“怎么做到的？！那玩意我来都费劲——等等，这不重要，你现在精神力多少？有没有畸变？”

秦知律看着安隅的侧脸，淡然开口：“没有畸变，精神力也没有下降。”

进入53区以来，这个弱小的人类一直不声不响地观察着，每一次看似被迫应对危机的行动，实际上都在靠近他自己的目的。

口口声声说怕死，却胆敢拿畸种来试异能。被镰刀架在颈上，被水母反复刺入，抽翻在地粗暴拖行，直至感官尽失摔倒在雨里，终端上的精神力从未变过。就仿佛在这具脆弱的身体里，藏着一颗高高凌驾于一切之上的大脑，旁人只能被俯瞰，休想染指。

车厢里死寂了片刻。

比利喃喃道：“你知道你有多……诡异吗？”

安隅避开蒋枭目眦欲裂的瞪视，皱眉转向秦知律：“您怎么知道我被巨水母缠绕？”

“这不重要。”秦知律自然地收回视线，“先看这个，记录仪拍下了蒋枭他们的战斗过程。”

“哦。”安隅只能略不甘心地点开终端。

战场在一处脏乱的汽车站。

超畸体是个二十来岁的年轻男子，脏绿的头发，皮肤泛着死气沉沉的青白，站在死角里对着镜头阴恻恻地笑。

安隅一下子按了暂停。

“怎么了？”秦知律观察着他的反应，“认识？”

“嗯……”安隅拿起终端确认，“0313。”

竟然是他。

那个人住在和安隅同一栋楼里的最逼仄的角落，0313是低保编码，没人知道他的真名，也无人在意。

他独来独往，唯一的朋友迁去了54区——就是那个试图把兔类基因带入53区的感染者。他混进53区后直奔0313，尽管还没敲门就被击毙，0313却还是因此被认为不干净。

安隅在目睹枪击之后吓得睡了好几天，醒来才听说0313失踪了，有人目睹他深夜走入了运河。这没什么好意外的，每年都有贱民莫名其妙地自杀。但那条运河原本是连接两条海洋的活水，前阵子却突然停止流淌，溢满恶臭。

秦知律问道：“是孤儿？”

安隅点头，又摇头。

凌秋提起过，0313有父母，很多年前搬去资源更充沛的9区了，他们有三个孩子，两个都进了主城，只有0313被遗弃。

比利嘀咕道：“生三个孩子，竟然有两个是高基因熵？”

“这种事很难说。”蒋枭哑声开口，“大脑一直在研究什么基因组合能提升下一代高基因熵的概率，似乎已经有点眉目了。”

比利叹了一声：“死在运河里，难怪有那么多水生畸种孩子。”

安隅不明所以：“孩子？”

秦知律让视频继续播放。

超畸体周围爬满千奇百怪的昆虫和软体动物，黑压压地朝蒋枭爬来。

蒋枭下半身蛇化，金红的蟒蛇尾横扫过畸潮，蛇鳞展开刃浪，无数畸种尸体被扬撒向空中，超畸体身上随之大片爆血。

安隅盯着屏幕："杀死孩子，超畸体会受到反噬？"

"他受到反噬，就是城里电能错乱的时间点。"秦知律解释。

"那为什么很快就又……"

安隅还没问完，超畸体就阴笑着吐出了舌头。

像蛙舌一样细而韧的长舌，令人眼花缭乱地吞吐着，被抽舔到的伤口迅速愈合，新一批畸种从他身下涌了出来。

蒋枭强撑着坐直："我们暂时将它命名为蛙舌，它的能力是意识投射、基因辐射和自我修复。53区所有畸种都只是它复制出的一小段基因，它的意识编码在孩子身上，让它们保持一致行动，先获取人类基因，再弱肉强食，不断自我筛选，直到孵育出新的超畸体。"

"这位伟大的妈妈自己没有战斗力，但能源源不断地生孩子，让孩子占领这座城市。孩子受伤会反噬妈妈，但妈妈可以通过自我修复来产生新的孩子，这个过程需要的时间是——瞬间。"蒋枭笑得讽刺而绝望，"这里没救了，除了像当年95区那样热武器清城，我想不到其他出路。"

安隅想了想："有比水母和螳螂更厉害的孩子吗？"

"看完。我没义务向你汇报。"蒋枭又靠回墙上，疲惫地闭上眼。

视频中，不计其数的畸种被那道仓红的蛇尾裹挟而起，血液和黏液如雨般纷落。

超畸体爆血不断，它立即故技重施，吐出舌头——就在这时，镜头后突然飞射出数根深紫色藤蔓，利落地勾住了那根舌头！

祝萄站在高处，纤细的身影稳立于气浪之中，神情专注，几根藤蔓柔柔地覆着蒋枭的伤口，其余则尽数扯住超畸体的舌头，四两拨千斤地控制了整个局势。

蒋枭蛇尾高扬，果决地向超畸体的脑袋抽去——

一声重响！突然出现的一根水母触须把蒋枭击飞，狠狠刺入蛇尾！

等等！不是水母！

镜头摔在地上翻滚几周，终于仰起视角看到上方巨大的怪物——那是一条将近三米的人形章鱼，腰部以下盘旋着几十根触手，它们粗大得恐怖，每一根的尖端上都扭曲着不同的人脸。

蒋枭闭眼咳了两声："当时我的终端报警报疯了，它的基因熵至少有十万，那些脸都是它吃掉的同类。水母和螳螂还在外城斗，但内城的章鱼早就完成多轮筛选，登上53区食物链顶端。它是妈妈的好大儿，聪明强大，并且依旧对妈妈非常忠诚。"

一直沉默的瑞金中尉起身："你们的人受了伤，不能一直开车，我去换他。"

蒋枭也缓慢起身："我也不想把时间浪费在看垃圾睡觉上。"

"对了。"他又顿住脚，"根据莱恩探查，内城一共有八只一模一样的'妈妈'，推测只是超畸体复制的分身，真正的超畸体还躲在暗处。"

压抑的氛围笼罩了车厢。

秦知律神情凝重，像在做某种重大的考量。

"不管怎么样，还是先向全城发送警示。"比利叹了一声，"远离雨水，不要开灯，螳螂只吃同类，对吧？"

一直沉默的安隅忽然轻声说："还有，水母只能感受动态。"

比利惊讶："什么？"

安隅看着车厢地面："被水母缠绕时，不挣扎就没事。"

到53区的第一晚，他趴在窗前看水母落在水虫身上，那些水虫一动不动，过一会儿水母就蠕动走了。当时他以为畸种都是一伙的，直到后来发现水母和螳螂之间的竞争关系，才意识到保持静态或许只是水虫的求生本能。

"老天爷！"比利痛心疾首，"出发前我赌你活着回去怎么才赌了一个积分啊！"

蒋枭冷道："没凭没据的推测。"

安隅轻轻摇头："验证过的。"

被车库里那只大水母缠绕时，尽管紧张得要死，他还是努力保持了静止——虽然他现在有点怀疑那只水母不是因为这个才没伤害他。

他忍不住又瞟向秦知律，秦知律平静回视。

安隅从和长官的微妙对峙中挪回视线，闷道："反正，看过的东西我都能记住，不会出错的。"

凌秋说，这是贱民天赋演绎到极致的表现——内化一切所见所得，不仅仅是食物。

等大家都走了，秦知律拎了一袋面包过来："吃点东西。"

安隅立即把纸袋圈在怀里，刚咬了一大口面包，忽然听秦知律问道："晕倒前，你说你的异能怎么了？"

一口面包差点噎住，安隅低头掐着手里的纸袋，含着面包囫囵道：“就是……畸种的感染似乎会让我发生一些变化。”

秦知律也跟着低了低头：“什么变化？”

“能跑得比较快。”安隅把面包咽下去，声音逐渐变小，“就像少尉录音里说的瞬移。只是水母人可能基因熵还不够高，这项能力只有一点觉醒的迹象。”

“嗯。看来只有真实的畸种基因才对你奏效，诱导试验的模拟频率不行。”

安隅悬着一口气：“感染只是开始，一旦它尝试获取我的基因——就会被……爆体。”

这项能力听起来非常像一个超畸体。

安隅吞了吞口水，不知道这会让秦知律怎么看他。他很清楚，这些异能只能被动地对试图感染或摄取他的东西使出来，如果秦知律突然拔枪给他来一下——这种朴素的方法，一定会让他死得很难看。

他焦虑得想要再吃一百条面包，轻声道：“虽然我是兔子安的同类，但我没有失智。长官，我是可控的。”

秦知律严肃地盯着他：“你真的知道你在说什么吗？”

“知道的。”安隅轻轻搓着破碎的囚服布料，“我会尽量多杀几个畸种，证明自己。”

秦知律忽然低了下头，安隅仿佛见他勾了勾唇角。

“好。”他抬起头时又恢复了淡然，“多杀几个畸种，也尽量多救几个人吧。”

他抬起手，在空中静止了一瞬，还是落在安隅头上，压了压。

“你们说什么呢？”祝萄从里面出来，纳闷道，“兔子安是什么，我怎么没听过？”

见秦知律没有阻拦的意思，安隅闷道：“是我的畸变型。”

“你畸变了？畸变型是兔子？”祝萄皱眉，把他上下打量了一番，表情像在看一块过期的压缩饼干，“兔子畸变会长成你这样？”

安隅不明所以：“你了解兔子畸变？”

“我太了解了。”祝萄咕哝，“兔类畸变很酷，你不太典型。”

“酷？”安隅没听懂，“什么意思？”

“搜一下，197层长官资料。”

安隅在终端上点了点。

唐风，25岁，军部有史以来最年轻的精英上校。在执行清扫任务时感染畸变，基因型是羚羊兔。

照片上的唐风一头深灰色头发，浑身包裹在漆黑的紧身作战衣中，宽肩窄腰，兼具力量与肉感。他肩扛炮筒，锐利地直视镜头。

祝萄骄傲一笑：“我长官，酷不酷？”

“……”

安隅终于想起了这个词汇，凌秋在讲八卦时经常使用。

“其实我也——”他下意识反驳，却又止住了。

祝萄问：“你也什么？”

凌秋说过，如果他从小能吃饱，好好长大，别总裹着破口袋似的衣服，应该也挺酷的——但是算了。

安隅面无表情地向后坐了坐：“没什么。”

在这种事上攀比应该不能增加长官对他的好感。

面包没有，房子没有，小命没有，身材好又有什么用。

【废书散页】

07 不祥之数

守序者们最讨厌的数字就是3。

精神力30是分界线，跨越它，就彻底不再是人。

濒临30被处决的还算幸运儿，要是跌破30再死，那才是惨绝人寰。

另外，尖塔新人最常犯的社交错误都和数字3有关。

比如不长眼的，非要端着餐盘去加入人家的两人午餐。

电梯门打开，看到里面有两个人，还非要往里闯。

这种家伙活该混不下去。

12 好大儿

天蒙蒙亮时，供电恢复。

内城区街头倾倒的电子屏上忽然跳出几行字。

白日不开灯，夜间禁用水。
水母猎活物，螳螂食同族。

大街小巷的电子设备里，一个机械男声絮絮地念叨着同样的内容。

街角开着一家极小的五金铺，柜台后的窄缝连把椅子都塞不下，店老板死在门口，尸体已经发臭。

“小又，你听到了吗？”姗姗蹲在柜台后小声问，“不用害怕螳螂和水母了，我们可以出去了吧？”

她拢着单薄的裙子：“我想回资源站，那天我明明在门缝里看到爸爸了……”

蹲在对面的小又想了想：“好。”

已经三天没找到食物了，而且她也很担心她的父亲。

小又迟缓道：“回到外城就分开吧，我爸是对的，等他丢了工作，哪有外城人和内城人交朋友的道——”

话音未落，姗姗扑过来一把抱住了她：“别说丧气话！等人类重建秩序，一切都会回归正常的！到时候再好好和他聊，你爸比我爸听劝多了。”

温热柔软的气息紧紧地箍着小又，她只犹豫了一瞬，便张开双臂用力回抱住那个颤抖的小身体：“好。等人类重建秩序。”

潮湿的桥洞下，罗青怔怔地看着自己的手脚："重建53区的秩序……"

螳螂足不见踪影，此刻她看起来和畸变前没有任何区别。但遍地被啃噬破碎的螳螂尸体和脑海里那丝残忍的意识又提醒着她，那道无法翻越回去的鸿沟。

她看向角落——她的女儿伏在地上，只有脖子以上保留着人类特征。

罗青走过去蹲下，亲吻那双浑浊的眼："别怕。妈妈带你去找更多食物。"

"让新的人类，重建53区的秩序。"

*

"内城人口密度更大，但感染比例却很低。我们盲降前，已经有人帮大家组织好了求生秩序。"祝萄递给安隅一张脏破的字条，"虽然信息不完整，但正是这些帮大多数人挺过了最艰难的几日。"

安隅对这个字迹再熟悉不过。

【军部提醒】

远离所有灯光，夜间不要用水，最好独自藏匿。

一旦肢体僵化，望及时了断。

祝平安。

——凌秋，军#215001

"他把字条撒遍大街小巷，还破坏了内城全部路灯。好像还只是个新兵呢。"祝萄把车厢门推开一条缝，看着朦胧的街道轻声道，"就是这样可爱的人，才让我一直不敢忘记，我永远应当是人类。"

光线在他脸上打下一道明暗分界线，深紫的瞳仁安宁而悲伤。

安隅发现自己比从前更能感知别人的情绪了，虽然距离他踏上那列摆渡车才过了几天而已。

"只要保留人类意志，都是一样的吧。"他轻声道。

"不。"祝萄回首微笑，"虽然我们能控制自己不去感染人类，但无法绝对保证。在尖塔，只有高层大人被允许自由外出，其余守序者永远无法重回人类社会。你见过196层的亚萨吗？他畸变前是优等生，现在还常去塔顶远眺从前的学校。你只要见过一次那个背影就会懂了。"

进入内城区后，众人弃车出发。

秦知律命令全员搜找“蛙舌”，比利独自追踪暗处真正的超畸体。

有蒋枭在，安隅尽可能远离了秦知律。

“你害怕吗？”祝萄问。

安隅正远远地看着蒋枭的后脑勺，下意识地点头。

“那给你这个。”祝萄递来一个小东西，“虽然律说你很稳定，但章鱼人可不是外城那些东西能比的。”

安隅一愣，低头看着掌心那颗小小的紫色风干果实。

“不要说出去啊。”祝萄压低声音，“虽然我的叶子取之不尽，但葡萄果实几个月也结不出一颗，我长官说这些报恩的小果子提升精神抗性的效果比叶子好千倍，我只偷偷给过他一个人。”

安隅下意识攥起掌心，不可思议道：“白送给我？”

“嗯。就当庆祝你和我长官同类畸变吧，虽然我觉得你不像。”祝萄拍拍他，“不用太担心，厉害的守护章鱼只在蛙舌附近出现。”

最先搜找的区域是北方集装箱与楼房，守序者们各自行动，只有同为人类的瑞金中尉一直走在安隅身边，和他一间一间地排查着人去楼空的公寓。

“安隅……”他回忆着，“我好像听战友说起过你，你认识凌秋吗？”

安隅惊讶道：“您在内城见过凌秋？”

瑞金遗憾摇头：“只在训练营时听他提起过你。但想不起来他说的是什么了，这几天太累了。”

“他在军部还好吗？”

“很好，老兵都喜欢他。”瑞金笑了两声，“很少有新兵从训练营出来就能直接上任务，前途无量啊。不过，谁能想到这个任务……”

他停顿住，没有再说下去。

安隅也没再问。他快速推开一扇又一扇的门，努力不去想。

扫完一层，他们在走廊上遇见了莱恩。

相比蒋枭的咄咄逼人，莱恩沉默的注视让安隅更不舒服。

瑞金和莱恩保持一段距离，问道：“您还有哪里没搜过？”

莱恩傲慢地指了指上面。

瑞金点头往楼上走，安隅正要跟上，莱恩忽然道：“两个人类，抱团有什么意义？”

他觑着安隅："你直接去顶层。"

顶层格外安静，地上的虫子也明显少了。

安隅推开一扇门，环视过每一个角落，退出来，去下一间。

当他推开最后一扇门时，突然闻到一股熟悉的气味，像很多个脏臭的人类的体味混合在一起，还掺着一丝若有若无的腥气。

屋里很黑，窗帘拉得严严实实，他抬脚往里面走。

身后忽然传来"啪嗒"一声，灯亮如昼。

安隅定住脚，灯光将身后那东西的形状投射到他面前的地上。

人类的躯干下蠕动着大团黏糊糊的触手，高大雄伟的影子将他完全笼罩。

说起来，最近常有人送他东西，那位太太的红豆饼，长官奖励的公寓，祝萄的葡萄干……而这，是莱恩给他的"礼物"。

他瞟了眼终端生存值，回过身。

这只章鱼人自腹部向上维持着人型，它营养水平不错——几十根粗大的触手尖端都涌动着人脸，有一些格外粗壮的，里面甚至有两张狰狞的脸在相互推挤。

安隅认真地看了每一根触手，确认没有凌秋后，松了一口气。

"人类，而且竟然是个真正的人类……"章鱼人似乎有些困惑，触手盘成巨大的吸盘吸住地面，上身从空中降下，腥臭的脸贴近安隅的鼻尖，反复地嗅。

安隅被熏得有点想吐，忍着问道："真正的人类很少见吗？"

章鱼人笑了，一根触手缠住安隅的脖子，把他挤到墙上，里面的人脸兴奋到变形，扬起尖端在他脖子上戳来戳去，像护士在找下针的地方，其他触手嫉妒地尖叫着。那些诡秘的叫声曾让蒋枭精神力暴跌，但安隅却感觉毫无波澜，他甚至认真倾听了一会儿——很遗憾，不是人话他听不懂。

章鱼人忽道："你好像不怕我。"

安隅顿了一下："怕的。"毫无说服力。

章鱼人审视他片刻，闭眼深深吸气。

安隅能感受到那种疯狂的渴望，只要遇到他，螳螂、水母、章鱼都会变成一个德性。对这些畸种而言，他似乎是特别的美味。

触手终于抵住了颈下一处凹陷，人脸从厚韧的章鱼皮里撑出，獠牙大张，咬了过来！

滑腻坚硬的牙齿触碰到皮肤，安隅的脖子上却忽然一松——章鱼人竟然又将触手缩了回去。

它闭目强忍，浑身散发着吃不到好吃东西的失落，喃喃道："你身上有水母的味道，内城的水母早被淘汰了，只剩一些垃圾在外城游荡争抢……你这么美味又弱小的人类，怎么可能活着从外城进来？而且你好像很渴望被我吃掉。"

它猛地睁开眼："你有毒，是吧？"

金瞳骤然一缩：被看破了。不愧是连蒋枭都称赞过聪明的好大儿。

章鱼人露出了然的诡笑："你是经过独特畸变的猎食者吗？保留人类基因的假象，通过被吃来狩猎其他的东西？"

安隅抬眸："我哪里装得不够像？"

"你看起来太自信了，下次你可以更恐惧一点。可惜，没有下次了。"触手又缠了上来，在他的脖子上一圈一圈箍紧，章鱼人在他耳边嘶笑道，"虽然有毒，但还是很弱小，掐一下就会死，是吧？"

安隅没有回答，他难以抑制地呼吸急促，瞳孔逐渐竖立。

触手越收越紧，就在要箍碎他脖子的刹那，那对金眸倏然冷厉。

安隅抽刀斩下一截触手，一把抓起："那只能换我吃你了。"他高高扬起满是黏液的章鱼足，猛地刺向颈下的旧伤！

鲜血溅射！

猛烈的眩晕几乎要把意识拍碎，在安隅自己还没反应过来的一瞬，他已经出现在了房间的另一角！

果然没猜错，只要感染基因熵足够高，瞬移就会觉醒得更彻底。但这丝念头刚闪过，"啪"的一声巨响从身后掠过，安隅直接倒在了地上。

后背炸开空前的剧痛，像被火烨掉一层皮，抽打他的那根触手在空中兴奋地蜷曲。

黏液透过伤口迅速入侵体内，感染加剧，他瞬间又出现在了房间的另一个角落。

"啪！"又一鞭如影随形！

章鱼人笑得张狂："原来你有能力！可惜在这小房间，你能跑哪儿去？"

它下面的触手顷刻间胀大数倍，空间几乎盛不下，无论安隅瞬移去哪个角落，都有随即而来的重鞭等着他！

在挨了第四下后，安隅撑不住了。

连续使出的瞬移耗空了体力，那种感觉又来了，冰冷的清醒感和难抗拒的昏沉交织在一起，他极力抵抗那个东西的降临，但这一次的抵抗格外艰难。

章鱼人忽然问："你可以去掉毒性吗？"

“什……么？”安隅虚弱地抬起头。

那东西竟然一脸纠结：“自己把体内的毒源剖出来，让我吃了你。”像极了为了减肥而要求食物给自己降低卡路里的疯子。

章鱼人开始洗脑：“我可以向你保证，你融入我会非常快乐的，你看，它们都很快乐。”

触手们黏糊糊地摆动起来，集体发出疯狂的笑声。

安隅皱了下眉。

他突然意识到，此刻烦躁的或许不是他，而是他死死想要抵抗的那个存在——那个存在非常憎恶畸种。

他闭眼回想被秦知律持枪灌喉的情形，恐惧能帮他保持清醒。

“我为什么要答应？”

章鱼人像个演说家：“世界变了，蠢货才甘愿沦陷黑暗，聪明人顺势成为主宰。我的兄弟姐妹也都面临抉择，那些有志气的任意融合人类身体，没出息的则永远活在别人皮下。你想怎么选？”

安隅脑海中突然闪过一丝可怕的念头。

但他来不及细思，章鱼人的触手再次缠了上来，他咬紧牙关，又一次冲破到了房间的另一端！

这已经是第五次了。他心跳如雷，耳鸣到几乎听不见别的声音。他很清楚——这应该是清醒下最后一次用出瞬移。

然而触手的鞭打如影随形，章鱼人为逼他就范，这一鞭极狠！

安隅痛得几乎哽咽出声，他怀疑脊椎被抽碎了。终端已经开始报警，然而那蛮横的触手又一次扬起，他绝望地咬紧牙关，闭眼再次尝试催动能力——

噼啪！

整面柜子被平整地切开，碎屑迸溅一地！

然而，安隅毫发无损。

“打歪了？”章鱼人哼笑，“对不起，我太兴奋了。”

安隅撑着膝盖站在原地，对着空气发愣。

触手刚才擦着他的头发丝抡过，但没有伤害到他分毫。

意识深处那种磅礴的呼啸更强了——昭示着他刚刚绝对成功动用了力量，但他自己没有移动。

来不及思考，又一鞭接踵而来，再一次的，擦着他掠过！

这一次，安隅在剧烈的眩晕中看清了——触手在即将碰到他的一瞬突然发生了跳跃，频闪一样向外挪了几毫米。

碎玻璃的倒影中，金眸不知何时罩上了一层冰冷明亮的赤色，红瞳映着他身前的一小块空间，在触手频闪的刹那，那块空间也发生了瞬间的挤压和回弹。

章鱼人严肃下来："怎么回事……"

安隅体力已到极限，那个"东西"就要降临了——只要他胆敢再尝试突破一次……

外面忽然传来沉重的拖地摩擦声，就像另一只更庞大的章鱼人。

"不会吧……"他虚弱地看向门口。

地面随着那东西的靠近开始战栗。

凌秋明明说过，没心没肺的贱民运气一般不会太差。

安隅绝望地思考，自己究竟是还不够没心没肺，还是不够贱——理论上不应该如此倒霉，这两样他都做到极致了。

这么弱小的他，哪里够两只章鱼人吃?

【废书散页】

08 生存警报

守序者们都很烦终端的生存警报。

他们说那玩意除了制造焦虑外什么用没有。

毕竟打着架呢，再报警又能怎么着。

该死就死。

但安隅很喜欢这个功能。

他甚至希望增加一个倒计时提醒，比如"如果继续受伤，您的生命将在三秒后终止"。

在他比比划划地给大脑研发员下需求时，守序者们的脸色真的很难看。

13　获得性基因表达

地面的震颤愈演愈烈。

安隅抵着裂开的墙，鲜血凝在睫上，世界在一片猩红中波动。

“有人抢食？”章鱼人疯狂道，“休想！”

四根最粗大的触手腾空而起，瞄准安隅，同时削砍下来，只要命中，对方即粉身碎骨！

安隅的红瞳在燃烧，似有股力量在飘摇的身体内呼啸。

就在他决定放任那“东西”挣破而出的一瞬，一道黑影从四根触手中钻过，缠上他的腰，将他轻巧地带了出来！

冷韧粗壮的黑色触手，散发着让人安心的皮革气味。它们环在安隅腰际，挤压着他的身体。

安隅回头仰望他的长官。

有那么一瞬，他以为这是昏迷前的幻觉，但还是忍不住好奇，低头看了看长官的下半身。

肌理分明的腰腹下盘桓着数不清的触手，有一些甚至没能完全挤进来，堵塞在门框外。纯粹的黑，毫无肮脏和罪孽，甚至有一丝奇异的美丽。

如果蒋枭在这儿，一定会跪在这些触手前膜拜。

秦知律视线扫过安隅泛红的眼眶，杀意陡然压迫，数道黑影利落而出，顿时将刚才的四根杀器齐根绞断！

凄厉的嘶鸣几乎要割裂狭小的空间，那些断肢击碎天花板，碎铁片纷纷掉落。

几根黑色触手及时缩回来，在安隅头顶搭了一把伞，另一根触手将他挪到身后，往墙角里拱了拱，而后垂下来挤进他怀里——像个玩具。

满地都是咕嘟咕嘟冒泡的章鱼血沫，安隅不敢直视，只在心里反复默念：永远别惹长官生气。

他突然想到自己那双昭示着失控的红瞳，赶紧低头，下意识用怀里冷韧的触手贴了贴发烧的左耳。

触手扫到耳后那道旧疤，体内的呼啸竟忽然安静了——虽然安隅感觉那个“东西”并没有离开，但却仿佛暂时获得了安抚。

他抓住救命稻草似的把触手搂得更紧，头深深地埋进去。

刚有点社会性的监管对象好像被打自闭了。

秦知律眸光更沉，看向坍塌在地的章鱼人：“还有哪只？”——还有哪只触手打了他。

章鱼人痛得抽搐，它被削掉的是最强壮的触手，其余触手软趴下来，人脸贴在地上瑟瑟发抖。

它呢喃道：“你吃了多少个？为什么你的触手里什么都没有，却比我强这么多……我们明明是一样的基因……”

声音陡然一顿，它抬头绝望地仰视秦知律：“难道妈妈给我的基因不完整吗？”

秦知律道：“自己问去。”

漆黑的触手呼啸而起，把剩下的足肢一根接一根绞断！

此起彼伏的惨叫吓得安隅把触手抱得更紧了。不知是否是他的错觉，好像他抱得越紧，秦知律就杀得越狠。

片刻，地上只剩下倒在血泊里的半个人身和一地翻滚萎缩的章鱼脚。

“妈妈……”它临死前还在困惑，“我不是最好的孩子吗……为什么总要我们在竞争中残杀，为什么总是对我有所保留呢……”

安隅听着那些呓语，忽然想到了0313。

凌秋曾感慨，0313的父母像挑选货物一样用基因挑选孩子，没被选择的0313一定很委屈。

但安隅实在想不通为什么要把自己的日子寄托在别人的选择上，哪怕那个别人是父母。他抬头仰望高倨于触手之上的秦知律，终于忍不住问道：“长官，您到底是什么？”

杀意消散。

秦知律回过身：“获得性基因表达。我可以获取任何生物的基因，有选择地表达它们的特征。”

安隅心道：您果然是个怪物。

“纯种生物基因熵不超过10的定律对我不奏效。”秦知律继续道，“我是人类，但由于基因熵过高，无限趋于稳态。不仅能自由表达，还永远不受感染。”

他与安隅走向两个极端，但很巧合地，都成为悖论。

秦知律开始收敛那累赘的章鱼基因，触手持续收短，他的身体也从高处降落，降到和从前差不多高时，被安隅搂着的那只触手从怀里溜了一下。

安隅下意识揪住，往回扯了扯。

这个小动作把秦知律拽得有点疼，但他停顿片刻，暂停了收敛基因的进程——他保持着略高于平时的高度，下半身是一堆蜷曲的章鱼脚，其中一根被安隅抱在怀里。

安隅嘟囔道：“那个巨水母果然是您吧。”

秦知律很自然地说道：“那晚超畸体过度修复，雨水中全是水母毒，我恢复意识时已经来不及救军部的人了。干脆尝了一点水母基因，变成它们才能了解更充分。”

安隅“哦”了一声，忍不住又斜眼瞟向秦知律身下盘桓的触手们。

凌秋说，强者们都很介意被问隐私。

可他忍不住了。

“长官，您的裤子呢？”

秦知律语气陡然转冷：“少管。”

安隅缩了缩肩膀，又问：“那您在车库里缠着我，是想暗示水母的弱点吗？”

他没得到回答，但从秦知律淡漠的表情中，他隐约觉得那是个否定的答案。

安隅搂着章鱼脚走得很慢，秦知律和他保持同速：“莱恩把你引过来的？”

“嗯。您要插手吗？”

“自己想办法解决。”

走廊另一端，祝萄和蒋枭迎面走来。

蒋枭痴狂地盯着秦知律，目光顺着漆黑光亮的章鱼肢体游走——来到被安隅搂在怀里的末端。

安隅默默撒开了那根抱了一路的触手。

秦知律瞟他一眼：“这东西的基因熵很高，你有被激发出新的异能吗？”

“没有。”安隅下意识隐瞒了诡异的空间波动，“它没主动感染我，表面黏液的感染性有限，我连瞬移都费力。”

祝萄走近，藤蔓从指尖伸展而出，柔柔地搭上安隅脊背和腰腹的伤。

清凉感冲缓灼痛，终端上，生存值迅速回升。

安隅突然理解了比利对奶妈崇高的敬意。

秦知律也看着终端上跳动的数字，思忖道：“你从没接触过章鱼基因，不知道感染充分的话会发生什么。”

安隅其实也很想知道。他预感还会遭遇这玩意很多次，如果有可能，他很想早点把疑似新觉醒的能力搞明白。

他忽然抬头望向秦知律，欲言又止。

秦知律：“嗯？”

“基因感染会触发我，如果感染方式不是刺入呢？如果是……”安隅咽了口吐沫，“其他形式的摄取呢？”

秦知律闻言愣了片刻，难以置信地看着他：“胆子大了……”

“那算了。”安隅转身道，“虽然那家伙有点恶心，但我从小就不挑……”

“站住。”

秦知律冷着脸从安隅腰侧抽出原本属于他的短刀，挑起一根脚，用手帕仔细擦拭了末端，利落地削下，小小的一块，在良好的控制下几乎没有出血。

“给。”他递章鱼脚的动作像在递刀。

以他对这只睚眦必报的小兽的了解，他有理由怀疑，安隅只是想报复那晚自己变成水母吓他。

安隅接过来咬了一小口。冰凉滑韧的口感，有一丝丝鲜甜。

咽下去后，除了觉得胃里凉凉的，没什么异常。

秦知律面无表情：“好吃吗？”

“滑滑的，挺不错。”安隅诚实作答，“但好像没用。”

蒋枭表情更诡异了。

他正要开口，祝萄就及时拉住了他，打岔道：“律刚才单独解决了一只章鱼人，你这边也有一只，蛙舌应该就在附近。中尉和莱恩呢？”

“我去找。”安隅把剩下的章鱼脚揣好，从秦知律手里拿回短刀，“请您在这里等我一下，我有个发现需要汇报。”

时间刚到下午，但雾瘴之下，夜色已经浓郁。

室外场地弥漫着不同寻常的死寂。安隅环视四下，目光最终锁定远处那排粗壮的柳树，缓缓走过去。

柳树下横陈着人类的尸体，均死于割喉，鲜血浸透了周围的土壤。

在如今这个世界，甚至会叫人担心那些柳树会因为泡在这样的土壤中而发生人型畸变。

安隅有些担心地回头看柳树，视线顺着树干向上，停住。

“您好。”他举手对站在树上的瑞金中尉打了个招呼，声音还有些虚弱，看着瑞金嘴角残留的血迹若有所思，“果然是您……看来还保留着吃同类的念头，但这具身体限制发挥，咽不下去，是吗？”

瑞金从树上跳了下来。和那些运动能力夸张的畸种不同，他虽然身手矫健，但在下来的过程中需要踩树干当台阶，最终落地时还下蹲缓冲了一下。

安隅将终端收回，看着上面的数字。

基因熵显示，是人类。

“人类通过三级畸变彻底螳螂化，躯壳死亡风干后，破壳而出的东西又回归了人类基因。”安隅喃喃自语，“肉体回归，但螳螂意识却已经完全降临在人类身体上，原来如此。”

难怪在蛙舌所有孩子中，只有螳螂没有初始的实体，它们要完成的根本不是基因融合，而是意识入侵。一个螳螂人一旦完成三级畸变，现有手段就再也无法甄别。

安隅感觉大开眼界：“凌秋从来没说过世界上还有这种畸变方式。”

瑞金面色阴森：“你是怎么怀疑上我的？我伪装的这个身份进入53区第一夜就死了，还没来得及留下任何资料。”

他很谨慎，初见守序者被盘查身份时，他特意报了瑞金的名字——根据宿主记忆，瑞金已经死亡，没有被记录在方舱笔记中，并且是此行唯一一个在离线资料库里查不到照片的人。

安隅诚实道：“你的章鱼哥哥不小心揭了你的老底。”

章鱼人口无遮拦，那句“你竟然是真正的人类”已经让他感觉很怪了，但那家伙发表演说时竟然又热情放送了第二弹：“有志气的任意融合人类身体，没出息的则永远活在别人皮下。”

水母融合人类身体，而螳螂永远活在人类皮下。

“你竟然活着出来了，是那几位守序者救了你？”瑞金脸上闪过一抹嫌恶，“也不错。我现在作为普通人类，想杀章鱼确实很难。”

——还真是兄友弟恭。

安隅垂眸看着地上融在一起的两道影子，往旁边挪开一步划清界限，轻声道：“别给自己贴金了。”

虽然保留了人类基因，甚至还继承了相当一部分人类记忆，但只要有畸种意识在，人类的尊严，已然万劫不复。

安隅很讨厌瑞金，因为他意识到瑞金从一开始就盯上了他——螳螂喜食同类，现在变成“人”了，也自然渴望猎杀纯人类，他一直在找机会杀他。

他手摸向腰侧：“你说你伪装了身份？那请问，这具身体真正的主人是？”

瑞金抬手从防护服上撕下中尉肩章，露出上校校徽。

“克里斯。”

以身试验，去完成三级畸变的克里斯上校。

安隅轻轻闭了一下眼睛。

“上校。”他对着暗色的大地轻声道，“您辛苦了。”

*

莱恩从楼里出来时听到大树后有声音。

他绕过粗壮的树干，只见遍地尸体，安隅跪在瑞金身上，刀锋剖开了中尉的喉咙，大量鲜血正渗入泥土。

安隅垂下的白发上溅满鲜血，他喘着粗气喃喃道：“亏我……还和你聊那么多凌秋的事。”

莱恩惊道：“你干什么，疯了吗！”

“快了。”安隅像是疲惫不堪，许久才深吸一口气，缓缓从瑞金身上起来，“我正好有话对你说。”

他站到莱恩面前，抬起有些昏沉的头，凝视着莱恩。

“那个深处的东西很难控制，一直不肯走，我快要压不住它了。”他的语气仍然低弱，像在打商量，但那双眼睛却再也无法让人从中感到软弱，取而代之的，是上位者般的冷酷傲岸。

莱恩竟被一个眼神镇住了，冷汗爬上僵硬的脊背。

那似乎是一种本能的畏惧。

“这次，原谅你了。但——”金眸瞳心轻缩，“没有下次。”

【废书散页】

09 多元熵增

从2148年冬至开始，畸变的走向逐渐离谱。

起初只有最单纯的基因接触感染，

后来53区出现了光电辐射和意识入侵，

再后来……

人们逐渐意识到，这场熵增不仅是基因层面。冥冥之中，有一双手，推动着世界上所有的生命、物质、思想，统统走向混乱。

光是认识到这一点，就让多年来投身于抗争生物畸变的守序者们陷入绝望。

唯二淡定的是199层那两位。

律说，他守护的，从始至终都是秩序，而非人类基因。

安隅则表示没上过学，听不懂这些。

14 凌秋

安隅气喘着往回走，忽然察觉地面震颤。莱恩掠过他，全速赶往正北方剧烈摇晃的巨大集装箱。他刚追到门口，就差点被气流拍出去，他扑开沙土，艰难地向里看去。

秦知律又恢复了战斗时的高度，迎面对上一只比他更高大一倍的章鱼人。

这只章鱼通体反射出黄铜色的金属光泽，有上百只触手，每一只足尖里都拥挤着三四张人脸，最粗的一根正安静地被其他触手拢在后面，像被保护，又像被幽禁。

祝萄立在远端，一根又一根葡萄藤从袖中飞出，缠绕在蒋枭流血的伤口上。蒋枭双目赤红，蛇尾卷起锋利的刃浪，渗出黏稠的毒液，竭力替秦知律抵挡频频骚扰的小触手。

沙石四溅，莱恩在黄铜章鱼凌厉抽打的触手间飞跃冲挡，被击中倒地，又一跃而起，向章鱼身后的蛙舌冲击——那只蛙舌的形态和视频里的看起来完全是复制粘贴，身下正源源不断地爬出畸变生物。

莱恩的嘴巴扯向两侧，不规则的唇沿圈出一个黑洞，他卷着鲜红的舌头，手臂细而软地垂在身侧，延伸出长长的枝蔓，那些小畸种中邪般朝他走来。

诱敌成功，他用枝蔓轻轻一扫，将它们吞噬入体——二重畸变方向，食人花。

极度混乱的战场，让人不寒而栗。

秦知律独自与主力触手对抗，巨大的肉体撞击声给人一种刀刃相碰的错觉。

一根粗壮的黄铜触手朝他抽来，人脸张开獠牙，瞄准他的腹部！

它刚靠近，数根葡萄藤从秦知律身后飞射而出，死死捆住那两只尖牙！祝萄站在高空，控制着藤条，纤细的身体里延伸出无穷无尽的藤蔓，清甜的气息被卷入气流，遮住章鱼的腥臭。他自己已经要被藤蔓包围了，而秦知律在他营造的时间窗里闪身避开攻击，将那根触手狠狠弹开!

尖牙被葡萄藤拉扯而出，脓血泼洒遍地!

安隅一直盯着安静栖伏在最中央的那根最粗的触手。它并不参与这场战斗，但却散发着让人忌惮的力量。那会是章鱼人的软肋吗?

他试探地向前走了两步，想看清那根触手里面是什么。可刚靠近门口，黄铜章鱼瞬间朝他看了过来，金属纹路的眼中绽放出安隅熟悉的兴奋。

“人类……”它轻声念道。

趁它分神，秦知律的全部触手腾空而起，卷起粗犷的风浪，直奔着它柔软的脑壳重击而去!

黄铜章鱼立即抽身与他肉搏，两方都在迅速膨胀，地上的小章鱼人越来越多，蛙舌仍躲在大后方忘我地产崽，如同一个母慈子孝的产房现场。

安隅太阳穴直跳，这群庞大的畸种军团在挑战他的神经，或者说，在挑战他体内那个东西的神经。

混乱之中，秦知律的声音传来：“还有力气吗？”

“嗯。”安隅从腰侧摸出那把短刀。

“需要你。”秦知律说。

远处的蒋枭忽然爆发一声不甘的吼叫，蛇尾将黄铜章鱼一根触手彻底绞断，但蛇尾也被豁开，皮肤迅速染上铜色。

安隅无暇顾及，漆黑的触手捆上他的腰，直接将他腾空送到黄铜章鱼面前，几乎和它脸贴脸——那是一张扭曲的人类面孔，脸颊和脑门上曲张的血管像迷宫一样蜿蜒缠绕，随着呼吸在皮下错乱地涌动。

很多守序者都不敢近距离直视高基因熵的畸种，精神会崩溃，但安隅毫无惧色，黄铜章鱼的面庞完完全全地映在那双澄澈的眼眸中，他用力划出短刀——一击未中!

触手贴着安隅抽碎地面，秦知律回撤及时，安隅毫发无伤。

秦知律果决道：“大胆砍，砍头。”

安隅眸光凝聚：“是。”

秦知律带着他在空中挪腾，不需要他诱敌自伤来打出瞬移，那根触手仿佛永远知道他下一次想从哪里出刀，对方又将从何方来袭。

这是他们第一次配合战斗，却像是搭档过千百次一般默契。

但黄铜章鱼的触手实在太多了，安隅始终无法接近它的脑袋。

汗水从额上滚下，他气喘道：“长官，还是让它……”

“不行。”秦知律拒绝得干脆，“你已经临界了。”

话音刚落，莱恩忽然发出一声痛嚎——黄铜触手插在他的胸口，将他直掼向断裂的钢筋！

秦知律立即出手把他从钢筋前拉了回来！他重重坠地，大片鲜血从口中漫出。

安隅听见了黄铜章鱼朝这边冷笑。

冷汗瞬间爆发，但他却已经来不及回头。余光里的重鞭已在脸侧，就在这时，那根沉睡的最粗大的黄铜触手忽然动了起来，一闪来到安隅面前，替它将那根抽来的触手狠狠弹开！

巨大的撞击声让整个集装箱都陷入了可怕的共振，嗡嗡声不绝于耳。

电光石火间，安隅好像看见了那根触手上的脸。空气仿佛凝固了，直到短刀从高空坠落，发出一声无力的脆响。

秦知律蹙眉问：“受伤了？”

安隅没有回答，他像回到了最初的空茫状态，许久才喃喃道：“凌……秋？”

触手发出诡秘的哀鸣，一张安隅最熟悉的清俊的面孔，又一次在那触手后一闪而过。

安隅想过很多次他到主城后和凌秋的重逢。

想过凌秋穿着笔挺的军装，大步穿越训练场来到他面前，也想过凌秋一边搓洗着满是汗味的背心，一边吐槽在军营被大人物欺凌，或是干脆把帽子一摔：“凭什么收回宿舍？我回53区理论！”

后来53区失守，凌秋独自潜入内城，几张字条救了数十万人。安隅觉得他现在最有可能藏在某个隐蔽的角落，静静等待着下一次出击的机会。

那无数个脑补的场景中，他唯独没敢想到现在这个。

一只小船能漂在世界这片苍黑无涯的海上，多亏有一根扎在水底的木桩，松松地系着它。他认识的人确实很少，但并不妨碍他坚信凌秋是最有智慧的那一个，凌秋就是那根木桩。

这根木桩本应永恒牢固。

黄铜章鱼怒极，这根它最得意的触手是融合了一个极强的同类才长出来的，它舍不得拔除，但这触手一直不听使唤。

秦知律再次攻击时，凌秋加入了战斗，与漆黑的触手一齐奋力切砍——砍向母体！

黄铜章鱼愤怒地嘶鸣，终于决定斩断反骨！

凌秋没有躲开。

他将自己暴露在凶猛的攻击下，在空中疯狂搅动，直到大半触手都与他的根部缠在一起，将黄铜章鱼脆弱的脑袋暴露在外。

秦知律控住另一半，喊道："等什么呢！"

一语点活了静止的安隅。

他在高空中，视线几乎和凌秋平行。

凌秋的根部已经断裂了九成以上，很快就要坠落了。他平静地注视着安隅，虽然只能发出诡秘的声音，但安隅却仿佛听见了那些话。

在过去的十年里，凌秋说过很多次。

安隅，别再睡了，做点什么吧。

凌秋断裂的瞬间，尖端朝安隅甩来，安隅默契地一把抓住——尖端在他手上迅速收窄萎缩，化作一杆笔挺锋利的长矛。

漆黑的触手扬起，带着安隅凌空，安隅双手举起尖矛，腰身在空中划出一道凌厉的弧线，自高空俯冲而下，对上那比他庞大千百倍的东西，竭尽人类之力，狠狠地，一把将凌秋插入黄铜章鱼裸露的大脑！

脏污的脓血，如同一场壮观的雨泼洒而下，淋淋漓漓地浇透了每一个人。

安隅手中一松，放任手中的重物坠地。

满地触手爆裂，无数章鱼人在地上翻滚，其中有一只的人形保留度很高，但他不挣扎，只是平静地躺在血泊里。

凌秋胸膛以下全部触手化，眼中跳动着不寻常的红光，涣散地看着高空中的安隅。许久，那双眼中的红光渐渐褪去。

"才几天不见，怎么混到守序者队伍里去了？还跟着……"他看向安隅身后那傲岸的身影，喃喃道，"尖塔一号长官，我最崇拜的人类。"

安隅好像被一股庞大的力量扼住了喉咙，他清楚地听到小船底端木桩崩裂的声响，世界的黑海扑面而来，让他再不知归处。

他空茫了许久，直到秦知律将他放回地面，才机械地蹲下，捡起刀，又一步一步走到凌秋面前。

从触手的数量来看，凌秋有能力成为很强的一只，但最终却只落得被同类猎食的下场。

但即便被猎食，他亦从未屈服。

大量鲜血从凌秋口中溢出，他透过集装箱顶的破洞，看向外面的苍穹。

瘴雾让53区显得有些陌生。

他其实从不怨恨人类分级，不憎恶饵城的丑陋，他只想走出去，做更多事。

若说唯一有愧——大概是他一直都知道邻居不太对劲，但却帮着瞒了这么多年，或许只是因为十年前，小安隅住进隔壁时，澄澈的金眸盯着他手里的面包，喃喃道：“好香。”

从那天起，他便把安隅当弟弟，虽然那家伙总是对他直呼其名，别人问起，还会没良心地否认：“哥哥？不，我是孤儿，凌秋是我的邻居。”

这怪不了安隅，他对人类社会接触实在太少了，他没什么人性——也或许他压根就不是人。

凌秋用眼神召唤安隅靠近，轻声道：“你身上好像多了一种东西，让我想要触碰，又感到危险。”

安隅只是看着他。

凌秋勾了勾唇角：“往后真的要独自面对世界了，不要畏惧它的庞大，记得吗，你曾让我提醒你，敢赌上最后一线生机的人不会输。”

安隅茫然地动了动嘴，他不记得自己什么时候说过这句话。

凌秋望着黑蒙蒙的天空笑了。

虽然兜兜转转，他还是回到了53区。但也好，他也回到了安隅身边。

“成了守序者，真好。”他喃喃道，“我再也不用担心你是什么……虽然到最后，我们都不是人类了。”

安隅低声道：“你一直是人类。”

“也对。”凌秋用轻阖眼皮的方式代替点头，对着天空喃喃道，“我确实失去了人类躯体……”

“但我从未失去，人类的意志。”

“安隅，愿你我皆如此。”

一如初见时。

畸变迅速蔓延，凌秋颈部之下的人类特征已全部消失。

安隅手颤了一下，刀刃将一道冷芒映在凌秋的脸上，为那双黑眸重新点亮高光。

凌秋终于释然地笑了起来。

“谢谢。”他轻声道，“跪下也是一种胜利的姿势，这次换你来守护我的尊严。”

“如果可能，也代替我，破开这瘴雾吧。”

刀落下时，秦知律想要阻拦，但最终还是放任安隅亲手斩断了唯一有羁绊之人的脖子。

属于人的部分，和属于畸种的部分，终于彻底划清了界限。

过去十年里，每当安隅又说想睡觉，凌秋都很无奈，但最终他也都温和地道了晚安。

“睡吧。”安隅在淋漓的血色中闭上眼，轻声道，“做个好梦，凌秋。”

“晚安，哥哥。”

【碎雪片】

凌秋（2/3）小人物

和安隅一起抠抠搜搜混日子、斗嘴、抢面包吃的时光最值得回味。

虽然在旁人眼里，那烂泥般的日子臭不可闻，但我乐在其中。

我一直都明白，自己只是个抓着一手烂牌出生、连说句普通都实属贴金的小人物。

但我偏偏把这手烂牌打得哗哗作响——我能撬动的，我能触碰的，我能守护的，一切都已做到极致。

生命流逝的最后几秒，我看到尖塔一号长官投来肃穆敬重的注视，死亡在那一刻的成就感面前毫无分量。

这短暂的人生如同一座理想游乐园，我一路游刃有余赢到最后，虽然多少有些时光匆忙的遗憾，但，也不可说不痛快。

早知未必有归途，但若再来一次，我依旧会选择全力以赴。

【碎雪片】

凌秋（3/3）告别

即便生于烂泥，葬于污垢，我的理想依旧高洁。

安隅，很开心你住进我的隔壁。

15 人类基因失守

凌秋的尸体下压着一把重型狙击枪，火焰纹饰是专属于新兵王的荣耀。

在内城破坏路灯时，他不小心感染了章鱼基因，但他非但精神力没有下降，还用这把重狙爆头了上百只章鱼人，直到子弹用尽。

原本他打算回去后直奔尖塔报道，却不想没能等到——那些弱小的章鱼畸种麻痹了他的神经，如果早知道会遇见黄铜章鱼，他至少会留一颗子弹。

哪怕是给自己。

安隅从地上拖起重狙，抬眸看向集装箱一角。

失去好大儿的蛙舌进入了疯狂生产状态，蒋枭杀意爆发，赤红色从瞳仁染向眼白，浸透章鱼黏液的蛇尾开始隆起肉芽。

一株葡萄藤死死缠住他，祝萄喝道：“停下！你在失控！”

“来不及了。”蒋枭冷道，“我停不下了，就让我来做最后一件事。”

蛇尾又胀大一倍，将蛙舌拖曳到空中，重重抽打在地！

蛙舌无声地破碎，来不及自疗，再一次被抡摔在地，巨大的爆裂声和蒋枭疯狂的笑声混在一起，整个集装箱都在轰鸣。

蛙舌胸部以下碎得不成样子，拄着地面将残破的身体拖到墙角，看着蒋枭。

“欢迎你。”

这是安隅第一次听到蛙舌的声音，像一个偏执的少年，或者说，像0313。

阴沉的视线缓缓扫过所有人：“欢迎你们。”

生命力从那双眼中飞速流逝，指缝间生长出透明的上皮组织，又迅速干瘪了。

它死去的一瞬，笼罩在53区上空的瘴雾也随之淡去一大截。

安隅口袋里的终端忽然疯狂叫了起来，刹那间冲进上百条消息，均来自上峰，最新几条——

【断联超过12小时，已派遣增援部队。】

【已同步羲德，完成前序任务后即刻赶往。】

【增援部队临时带队者：搏。】

安隅点开天梯，搜索“搏”。

196层呼应似的闪烁。

代号：搏（亚萨）

196层监管对象

直系长官：羲德

畸变型：黑颈鹤

基因熵：30280（初始值）

战斗特长：声波干扰、空中搏击、空中射击

综合战绩：1亿9千万

搏是个输出系，基因熵和战绩都比祝萄还要高得多。

机器报警声骤响，祝萄握着终端慌道：“莱恩精神力下降到33！蒋枭32！”

他们都重度感染，伤口涌动着诡异的肉芽，难逃再次畸变。

黄铜章鱼的基因熵太高了，被它感染的危险不亚于普通人第一次畸变。

安隅忽然想起秦知律在车上冰冷的宣告：跌破30，只能死。

秦知律踩着警报声走向莱恩，莱恩乞求道：“也许我能撑住，律……”

警报更响了，莱恩30！

“抱歉，你没有机会了。”秦知律摸向腰侧枪套，沉道，“谢谢一直以来为人类秩序的坚守。”

话音刚落，终端再次报警，莱恩精神力29！

清醒迅速从那双眼中流逝。

一声沉闷的轰鸣后，莱恩终于还是倒在了血泊中。

集装箱里安静得可怕，秦知律后退一步，向尸体低头。

他连致哀的姿态都是坚硬的，冷酷的眸向下，让人看不出情绪。

又一声警报。

葡萄颤声道：“蒋枭精神力下降到31……不，还在……”

“砰！”

果决的枪响打断了机器警报，子弹的劲风让安隅脸颊附近的发丝随之扬起，秦知律收枪，大步上前。

蒋枭被子弹掼在墙上，许久才低下头看着胸口的破洞。

打他的这一枪竟然是普通子弹，虽然伤口造成了迅速失血，但弹道避开了心肺。

诡异的肉芽骤然停止生长，就像被按下暂停键。

致命伤会暂时打断畸变进程。

“长……”蒋枭空洞地看向秦知律，似乎想叫“长官”，又咽了回去，“您要救我吗？”

秦知律看着终端上定格在30的数字：“可以试试。你愿意吗？”

蒋枭笑了。他看向秦知律的眼神近乎贪恋：“您愿意就好。”

秦知律审视着他胸前的弹洞：“我的高混乱人类基因可以打断其他畸变，为你恢复精神力多争取一些时间。当年大脑试过利用这一点去拯救所有濒临失控的畸变者，但大批试验发现，我的基因进入别人体内，只有0.1%的概率收缩为纯粹人类基因表达，其余情况下，基因完全表达，接受者会陷入人体永恒失序。”

秦知律摘下手套，在食指关节附近划了一道，屈指将流血的关节重重顶入蒋枭的伤口。

蒋枭哽咽了一声：“什么样的结果，我都接受。”

秦知律很快便收手，拂去了关节处附着的黏液。

这是安隅第一次看他摘下手套的样子，手指修长分明，并没有什么异常。

基因感染起效很快，蒋枭从墙上滑倒在地，脸埋进破碎的沙石，闷闷地呜咽着。

秦知律看着他抽搐的样子：“你自己找个地方藏起来，如果精神力能撑到增援赶到，就让他们把你带回去。”

蒋枭极轻微地点了下头。

“但如果没有撑住——”秦知律停顿，“陷入人体永恒失序必死。谢谢一直以来为人类秩序的坚守，辛苦了。”

蒋枭喃喃自语似的问道：“救我，不救莱恩，为什么？”

“你比他有更高的价值，而且我不认为他熬得过我的感染。”

蒋枭似是笑了下："我以为是因为他对安隅下手。"

"对我的监管对象出手，就是在挑衅我。"秦知律平静陈述，"但我不会为此刻意放弃守序者的生命。"

蒋枭挣扎着抬起失神的眸："如果我撑过二次畸变，可以获得您的监管位吗？"

秦知律没有犹豫："不可以。我不需要你。"

蒋枭没再出声。

安隅跟着秦知律走到集装箱门口，停步回头看。

空旷的集装箱放大了血液滴落的声音。蒋枭倔强地连痛哼都没有发出，绷紧全身无声而绝望地抵抗着。

"长官……"

"我不会答应，他也清楚。"秦知律道，"欺骗反而会加重他的恍惚。"

安隅摇头："我是想问，您的基因可以感染超畸体吗？"

"可以，但感染的结果同样不受控制。"秦知律说，"基因无限错乱而死亡，这是最理想的结果。"

"但它们也有可能耐受，却不表达为人类，而是变成一个基因熵无穷高的东西。"秦知律语气微沉，"当年的95区就是个意外，那是我第二次，也是最后一次对超畸体用基因感染。"

"一个基因熵无穷高的超畸体……"安隅问道，"95区发生了什么？"

"别问了。"祝萄拉了他一下，"律没有提起过，他不愿意回忆。"

安隅点头，追了上去，秦知律却驻足低语道："95区加速演绎了世界的终局。"

*

主城，黑塔。

通讯恢复后，守序者的战斗记录瞬间涌向指挥部，上峰决策员有序汇报着。

"比利，负责情报网络——节点1，通讯重建；节点2，追踪超畸体。"

"葡萄、蒋枭、莱恩，负责识别超畸体——节点1，遭遇蛙舌，行动人蒋枭；节点2，超畸体异能判断，行动人全体。蛙舌资料已上传，莱恩已牺牲。"

顶峰问道："秦知律呢？"

"律，负责秩序整顿——节点1，识别螳螂感染逻辑第一环，关键行动人……"飞快汇报的声音顿了下，"安……隅。"

顶峰惊讶道：“他？”

上峰决策员迟疑道：“节点2，清除螳螂畸变传播者，行动人，安隅。”

他深吸一口气：“节点3，识别水母感染逻辑，行动人，安隅。”

“节点4，清除军部水母感染者，行动人，安隅。”

“节点5，清除守护章鱼1号，行动人，安隅、律。”

屏幕聚焦在那道穿着破烂囚服的身影上。

安隅和审讯影像里没什么分别，站在一众守序者之间，因为太安静弱小，反而显得扎眼。但或许是因为白发沾了鲜血，眼神不再那么空茫，他似乎又与受审时截然不同。

“安隅有战报吗？”

“有——”决策员犹豫了一下，“他写文书还不太熟练。”

顶峰命令调出安隅的战报。

安隅，负责获取长官的好感和信任。

节点1：推测自己的畸变型（兔子安）。

节点2：向长官展示痛苦，取悦长官。

节点3：获得长官夸奖（一点点人性）、奖励（一套永居公寓）。

节点4：遭到长官嫌弃（作为普通人类，杀死一只低级畸种，竟然会应激成这样）。

节点5：激活异能“瞬移”，证实畸变型确实为兔子安。

节点6：缴获资源站面包若干（想要留作奖励，希望黑塔考虑）。

岂止不太熟练，简直乱写一气。

黑塔陷入一种尴尬的沉默。

一位决策员犹豫道：“他是不是对自己的任务有什么误解？”

“但他确实也完成了真正的任务。”另一位轻声提醒，“虽然没人指望是他来完成。”

“单杀两个畸种，他初次畸变的基因熵应该很高吧。”

“可他好像还没畸变啊。”决策员对着终端回传数据头皮发麻，“基因熵还是……零。生存值出现过很大波动，最低到过45%。”

“精神力呢？”

“没有波动过，始终是满值。”

空气仿佛停止了流动。

许久，顶峰才道：“去搞清楚，‘兔子安’是什么东西。”

*

53区。

网络重连后，记录仪终于恢复了正常工作。

安隅凝视着那颗飞到他面前的只有核桃大小的机械球。

“现在黑塔的大屏幕上投射着我们每个人的画面，你正在和几百个上峰决策员对视呢。”祝萄笑道，“恢复了外界通讯，上峰就能统一指挥，我喜欢这种明牌打的感觉。”

秦知律忽然问：“瑞金呢？”

“他……”安隅仍在凝视着那颗球，“我本来正要向您汇报他的事。”

他将挂在肩头的重狙向上提了一下，像在照自己背枪的样子，但其实不是——在机械球小小的映像中，身后远处的废墟里逐渐走来很多身影。

“长官。”安隅轻声问，“您看到了吗？”

繁忙的上峰决策员们集体暂停下手中的工作。

有人对着大屏幕茫然道：“竟然还有这么多未感染人类？”

“战报说蛙舌不止一只，这群人怎么敢这就出来？”

顶峰道：“近点。”

镜头缓缓向守序者身后的废墟推近。

而在现场，大地震感渐强，安隅等人转过身——成千上万的人正向集装箱靠拢，不仅有人类，大量水母、螳螂人和章鱼混在中间，人类与畸种互不侵犯，甚至有种诡异的协调感。

那种协调感来自眼神——无论是畸种还是人，眼神都是一样的空洞，仿佛满城丧尸。

秦知律沉思道：“母体死亡，播撒给孩子的智慧随之消失。残留下的，或许只有为妈妈报仇的本能。”

“长官，我杀了瑞金。”安隅轻声道，“螳螂三级畸变后，螳螂躯壳死亡，人类基因重塑，但畸种意识会降临在人身上，继承记忆。瑞金，不，他的真实身份是克里斯上校，就是这样的畸变者。”

他将目光投向那些丧尸般的东西：“这些看起来没有畸变的人，在生物层面上确实还是人类，但他们早就不是了。”

祝萄呆住：“所以……不杀母体，我们就无法筛出三级畸变后的螳螂感染者。而杀死母体，所有畸种都会变成杀戮机器？”

黑塔指挥厅陷入死一般的寂静。

直到有人颤抖道：“热……热武器！”

另一人喊：“守序者全部撤回！我们放弃53区！”

“能源核找到了吗？有可能带走能源核吗？”

“实在不行，能源核也可以放弃……”

“律，请回话！”

慌乱中，本应密传给秦知律的语音，在所有守序者的耳机中响起。

秦知律果决道：“能源核不能放弃，一旦发生次级引爆，能量会辐射到周围几十个饵城。至于53区……”他停了下来，似在权衡。

安隅注视着长官的侧脸，安静地等待。

黑压压的畸潮已近在眼前。

秦知律终于道：“我确定53区人类基因失守。真正幸存者估计不超过百分之十。但即便如此，还远不到讨论放弃的时候。”

公共频道里响起一声笑，轻若气音。

这是所有人第一次听见安隅的笑声。

他从肩上解下凌秋的重狙，枪托朝外，反握在手中，像端着一把又钝又重的砍刀：“那我就陪您战斗到底。”

【废书散页】

10 战斗记录

黑塔要求守序者随时随地做战斗记录。

虽然我向来鄙夷公文，但不得不承认这项流程的高效。

毕竟多数死鸭子都很莽撞，能在通讯重建的瞬间让上峰接管决策是再明智不过。

不喜欢动脑的死鸭子们也为此毫无怨言地学了起来。

在安隅到来之前，他们都规规矩矩地遵守上峰规定的文书格式。

但后来，他们学坏了。

开始有人在括号里批注自己的心情——（厉害吧）（强不强）（泪目，真不怪我）。

更有甚者效仿安隅索要奖励——（我觉得这个节点值十万积分）。

最令上峰无语的是一些恋爱脑——节点1：因思念男友归心似箭而超速缴杀畸群……

逼得上峰开启格式审查，不合规就倒扣战绩积分。

但没过多久，这项新规由于“让安隅感到精神压力过大”又被默默取消了。

16 弱点时间

夜晚，全城再次陷入黑暗。

北方集装箱几百米外就是那条肮脏的城市运河，桥洞隧道里，安隅坐在地上狼吞虎咽地咬着面包。这已经是他吃掉的第六条了，连续的战斗把人掏空了，他从没这么饿过。

终端显示，生存值90%。

藤蔓从安隅身上收回，祝萄长吁一口气："我尽力了，其余的生理亏损来自疲劳，只能祈祷任务赶紧结束，回去起码睡上12个小时。"

"谢谢。"安隅边嚼边观察着身上已近愈合的外伤，盘算着回去后睡上一个月。

比利发送完全城广播，感慨道："出来前没想到会这么艰难啊。"

"上峰还要我们弃城。"祝萄摆弄着从自己身上扯下的一片葡萄叶，"还好律拒绝了，不然真不知道以后要怎么回忆这次任务。"

安隅闻言看向里面。秦知律坐在隧道深处，长腿一屈一伸，一身黑衣隐没在黑暗里。

进来桥洞后，他就独自去了里面。

长官似乎有些低落，安隅心想，虽然他不太可能正确感知别人的情绪，他看了一遍记录仪拍摄下的影像。

长官确实很不对劲。

不久前，集装箱外上演了一场血腥的站桩射击。

由于畸潮太庞大，他们本应迅速脱身，等增援到来一起行动。但画面中，秦知律高立于断裂的石墙，手枪换上专杀畸种的热能子弹，一枪接一枪，将汹涌而来的畸种成排击毙。

那些遗漏的，就交给安隅冲进畸潮补刀。

安隅恐惧开枪，因此补刀的方式是用重狙砸爆那些脏东西的脑袋，纯纯的体力活。

祝萄喊了几次要撤，可秦知律充耳不闻。那对黑眸沉得可怕，安隅早就力竭了，回头好几次，却都没敢开口。

他们一直撑到秦知律的储弹终于打尽。

回来后他就独自进了隧道深处。

安隅拉住探身过来拿面包的祝萄，轻声问："是因为弃城的指令吗？"

祝萄往里面看了一眼，笑笑："应该不是吧。"

他对着有小臂长的粗面包不知如何下手，索性掰开一半分给安隅："当年在95区，他请求杀死两百八十万人。律有一颗很大的心脏。"

安隅抱膝想了想："长官是个善良的人。"

"唔？"祝萄眨眨眼，"别人第一次听说都吓死了，他可是按下那个按钮的魔鬼。"

"凌秋说，判断一个人的善良，要看他愿意为其他人承担多少。"安隅轻声道，"两百八十万人，那个按钮很沉重。"

祝萄看着他的眼神忽然变了。

安隅平静地询问："怎么了？"

"没。"祝萄摇摇头。他想起大脑评价安隅人性淡漠，像一头小兽。可小兽如此单纯，一眼就能看清人。

"律一直在承担，替所有人承担。"他说道，"秩序是他的底线，远远凌驾于情感。"

粗麦仁在嘴里咀嚼很久才能嚼烂，祝萄嚼得腮帮子发酸，实在难以理解安隅对这玩意儿的痴迷，他含着面包小声道："律只是弱点发作了。"

安隅迷茫："长官有弱点？"

"律的异能确实强大得不讲道理，但也很受限。他是一个信仰秩序至死的人，太频繁地摄取畸种基因会让他陷入嗜杀和负面情绪中，大脑评估为某种自我厌弃。"祝萄嘀咕道，"不过他能调理好自己，毕竟是所有人的仰仗嘛，放他自己安静一会儿就好了。"

"哦……"安隅点头。

祝萄压低声："但是，如果他发作得很严重，把自己彻底关起来，就千万别凑上去。"

安隅吓了一跳："凑上去会发生什么？"

祝萄神色少见的凝重："还活着的人，没人知道究竟会发生什么。"

桥洞里安静了一瞬，安隅点头，用力咬了一口面包。

祝萄忽然笑："所以你的异能到底是什么？和兔子安很接近吗？"

"……"安隅脸色一下子有些难看。

祝萄继续逗他："黑塔发你的那个动漫看了吗，好看吗？"

安隅更郁闷了："还好吧。"

进入桥洞不久，他就收到了黑塔传来的动漫片段。主角是，兔子安。

那是一个顶着兔头、穿着人类服装蹦蹦跳跳的卡通形象，生理年龄只有六岁，支棱着两只长长的耳朵，走起路来屁股后头还抖着一小团雪白的圆尾巴。

由于看起来天真温顺，人类把它收养进超畸幼儿园，殊不知它会在夜里偷偷潜入居民区吃人，在被警察追捕时，它瞪着一双通红如血的眼睛跑得飞快，开车也追不上，但是绝对、绝对算不上"瞬移"。

以及它发动大招"引爆"的方式是——丢炸弹。可爱的圆尾巴就是炸弹，揪下来，丢出去，屁股后头会再出现一颗，取之不尽，简直逆天。

黑塔附言只有简洁的三个字——很幽默。

安隅看完后消沉了足足半小时，连面包都让他食不知味。

祝萄又一次捂住了肚子："你太可爱了，天啊，这么艰难的处境，我竟然和比利抱头笑了十分钟。"

"不要再笑了……求求您了。"安隅无力道。

他从没看过动漫，更不用说逛社交媒体——低保户连手机都没有，第一次拥有电子设备就是这台终端。

比利冲他挤眉弄眼："据说最新一集中，人类已经抓住了兔子安。你害怕吗？"

安隅不想和他说话。

凌秋曾说，人与人的悲喜并不相通，这句话在此时得到了充分印证。比利和祝萄笑得眼泪都出来了，他却煎熬得坐立不安。

兔子安是虚构的，那他到底是什么？

迄今为止，他基因熵仍然为零，对自己的异能一知半解——他担心地看向隧道深处——秦知律还会相信他"可控"吗？

"安隅。"深处的秦知律忽然开口，"过来。"

安隅后背一紧，起身慢吞吞地向深处走去。

比利和祝萄的玩笑声在身后逐渐模糊，直到四下只剩滴答水声。他站在秦知律面前，不安道：“长官。”

“嗯。”

他在等着秦知律审问，但秦知律只是安静地注视着他，那道视线一如既往地难捉摸，但，似乎比往日少了些压迫。

安隅想，他应该没有感知错，长官确实在低落。这或许是一个取悦他的好机会。

他下意识地掏出剩的半截面包，刚递过去，手又顿在空中。

其实秦知律应该不爱吃粗面包，每次都会把自己那份让给他吃。摆渡车上的女人也说过，主城伙食很好，看不上这些穷人食品。

安隅正要缩回手，秦知律接过了面包，咬了一口，咀嚼很久才咽下去。

“比想象中好吃。”他淡淡开口，“别乱跑，在这待一会儿。”

“哦。”安隅纳闷，他什么时候乱跑了。

但他还是小心翼翼地在秦知律身边坐下，看着秦知律沉默地进食。

熟悉的皮革气息让他忽然想起车库里那只水母，雨夜失明时包裹住他的风衣，还有不久前，那些圈着他的触手。

进入53区后，他总是被这样的气息包围，以至于渐渐地不再关联到雪原上的恐吓，反而觉得安全。

安隅思考了一会儿，张开手拢住秦知律的肩膀。

那个冷硬而坚定的身子一下子僵了。

“您已经做回人了。”安隅笨拙地组织着语言，“只要您想，就能做人。不要讨厌自己。”

秦知律怔了许久，幽暗之中，他的眼神似有波动，虽然仅一瞬而已。

安隅拢得很费力，他没有触手，只能用薄薄的手掌摩挲着秦知律的风衣。

气氛有些凝固，他犹豫了一下，又将“示弱”故技重施道：“长官，我浑身都疼。”

他其实有点发烧。

人类之躯，即便祝萄愈合了那些伤口，积累的炎症还是让他持续发热，以至于哪怕隔着衣服，秦知律也能逐渐感受到他在升温。他小声喊疼，热烘烘的气喷在秦知律颈间——冷寂的眸中慢慢地有了一丝温度。如果祝萄在这儿，一定会惊讶于他这么快就从消沉状态中走了出来。

“不要矫情。”秦知律有些无奈，“祝萄给你止血了。”

提到这个安隅就有些强迫症似的焦虑：“可他只能帮我恢复到90%。”

“不然呢，你以为治疗系能力就像给车加油那么简单吗？”秦知律瞥他一眼，

“找死时不见你谨慎，90%反而要斤斤计较。”

安隅意识到自己挨训了，但他不打算还嘴，凌秋警告过他“挨打要立正”，而且他觉得长官训话反而比沉默时要……不那么吓人一些。

他拉起囚服，指着诱导试验留下的瘢痕继续自说自话：“刚才在外面打太久了，旧伤总被撞到，而且之前比利的药涂了后一直疼。”

“知道疼，就不要总以身试险。”秦知律伸出手，“刀还给我。”

安隅警惕地捂住腰侧：“为什么？”

“凌秋死了。”秦知律毫不委婉，“你不难过吗？”

金眸倏然安静了一瞬，但安隅紧接着皱眉道：“这和收回我的刀有什么关系，您不是已经给我了吗？”

“那是我的佩刀，临时借你用，不是给……”秦知律欲言又止，“算了。留着吧。”

他起身往外走：“但不许伤害自己。再难过也不许。”

安隅摸不着头脑地应了一声。

秦知律拎着比利的药箱回来，从角落里抠出一个圆圆的白色小药罐，淡淡道：“这个不疼。”

安隅发现他翻比利的药箱就像凌秋知道家里的食物都放在哪儿一样熟练，仿佛过去的某些时刻，他曾这样翻找过无数次。

秦知律坐回他身边，顿了顿，摘下手套。

黑暗中那双手更显修长，手指挖了一块药膏，轻轻涂抹在安隅的瘢痕上。

有点痒，安隅想，原来摘掉手套后，长官的手指也是温软的。

上过药，秦知律和安隅一起出去，把包往比利怀里一丢：“增援部队还要多久？”

“马上了。”比利从桥洞里探出头去，“今天亮得还挺——”话音陡然停住。

祝萄问：“怎么了？”

“怎么好像有人开灯啊……”比利喃喃道。

八只蛙舌倒了一只，供电限制失效了。

“不会吧！”祝萄一下子站起来，“不要开灯、不要开灯，广播说了这么多——”

安隅突然瞳心一缩：“你刚才播报了什么？”

那一刹那的凌厉让比利结巴了一下：“就、就是生存小技巧啊……还是之前的讯息，加上你新发现的，三级畸变后会以人类身体复生，螳螂意识与人类记忆共……”

他突然打住，猛地扭头看向外面。

远处亮起第一盏灯后，光点一个接一个，逐渐从点连成片，从桥的另一面延伸过来，数量甚至远超秦知律估计的10%幸存比例。

53区幸存者在获知螳螂畸变结局后，毫不犹豫地放弃了苦苦坚守的防线，转身投入那黑暗。

“这群脑残到底在想什么？”比利毛骨悚然，“是被天灾逼疯了吗？竟然想要做畸种？！”

外面星星点点的灯火逐渐燎原。安隅望着那片光晕，垂在身侧的手蜷曲了一下，似要攥紧，又松下去。

“能逼疯人的只有人。”他按捺下刚那一瞬间莫名涌动的情绪，自言自语般地道，“饵城人，也许根本不在意作为人类还是畸种存在。一旦让他们知道了畸变后不会死，不会失忆，反而会因为有了畸种意识而掌握重写规则的机会，还能怎么挽留他们呢？”

比利满脸错愕，舌头打结道：“可……人类高贵，守护人类尊严难道不是理所当然吗？”

话音刚落，安隅突然一把攥住他的领口：“高贵和尊严跟53区有什么关系？你告诉我，对53区来说，畸种意识占领有什么可怕的，他们又有什么反抗的理由？”

阴霾的黑夜里很难有星星。

53区曾幸运地拥有过一颗，但也在刚刚陨落了。

凌秋陨落后，这座饵城再无光亮。

比利像只死僵的鸽子，脸色煞白道：“我说错话了，对不起……我不知道你会想得这么……深。”

“抱歉。”

安隅松开手，闭眼深吸气，努力按压下那仿佛藏在他意识深处的蠢蠢欲动。

“走吧。”秦知律忽然抬脚向外走，站到桥洞口，又回头看着安隅。

高大的身影遮住了那片令人心碎的灯火。

安隅愣了一下：“去哪里？”

“去做你邻居没做完的事，你不是都答应他了吗。”

秦知律神色很平静，但话语中却带着笃定：“我们去替他，破开这瘴雾。”

【废书散页】

11 弱点时间

秦知律的“弱点时间”是尖塔几大恐怖现象之一。

但凡见过他对畸种杀欲爆棚，就会对这几个字产生心理阴影。

尤其死鸭子们还会有那种“其实我也算畸种”的人人自危感。

但据说如果只是陷入杀欲，那他发作得还不算很厉害。

倘若他彻底安静下来，把自己关进房间——

那最好赶紧离开。

离开那一层，不，还是离开那栋楼稳妥。

17 降临

凌秋离开后，安隅能察觉到，意识深处那个东西正在缓缓推一根绷紧的弦。当兔子安的推断破灭，桥对面灯火燎原，他仿佛能听见丝丝崩断的声响。

就快要压不住了。

然而，他忽然也没那么想压住了。

北面的畸潮比之前更加壮大。

原本没感染的人纷纷从藏身的角落走出来，加入了它们。

比利接通了街角五金店门口的音箱，站在高处喊道：“主城承诺重整53区！会给你们有尊严的生活，请人类自觉离开畸潮！重复，主城承诺——”

话筒突然被一只手取走。

片刻，安隅平静的声音透过那台老旧失真的机器传出——

“超畸体被消灭后，其他畸种都会变成无意识的丧尸。”

“能听懂话，就说明您还没开启畸变，还能回头。”

“混在畸潮里，随时会被畸种攻击。一旦畸变，会遭到主城的射杀。”

“饵城人是无法获得尊严的，但离开畸潮才有可能活下去。”

“活下去的人——”安隅顿了顿，“会有面包吃。这是主城唯一能承诺的。”

满是诡异嘶叫的街道忽然寂静了。

许久，第一个迟疑着转身往回的人才出现。陆陆续续地，畸潮终于开始缩小。

安隅回身，秦知律正在背后看着他：“这也是凌秋教的吗？”

安隅一愣：“什么？”

“不放弃每一个人类。”秦知律神色和缓，“只是他用了写字条的方式，而你用喊话。他确实对你产生了很深的影响。”

风不断吹起安隅的头发，发丝间有残留的血腥气缭绕，他立在风里怔了一会儿。虽然猜不透长官说这些话的意图，但他却莫名地觉得获得了安慰。

“长官，我可以单独行动吗？”

秦知律有些意外：“干什么去？”

“去学习。”安隅轻声说。

几分钟后，畸潮中。

鲜血从安隅左肩绽放，他一把将触须扯出，另一手抡狙砸向水母人的头部。大团玫瑰色血雾在透明的脑壳中升腾。

耳机里，秦知律不赞同道：“异能已经测试完毕，非要反复把自己逼到临界是为什么？”

“我想看得更清楚。”安隅微微气喘，“我好像已经开始适应这种临界了。”

“大脑说你很怕死。”

“是的，非常怕死。”所以才必须搞明白，我以后到底能凭借什么活着。

又一只畸种靠近，镰刀折射的寒芒晃了安隅的眼，他一跃将它扑倒在地，镰刀扎进锁骨下方，剧痛和恍惚交织涌现的刹那，他看向右前方——那一点在他的注视下存在感突然变得很强，仿佛只要稍稍放松，就会立刻被吸过去。

但安隅咬紧牙关，按捺下了那种冲动。

他终于，在清醒状态下摸到了能力的“开关”。

瞬息之间，螳螂反压到他身上，刀刃晃在喉前。

“长官。”他气声道，“帮一下……打不过了。”

枪声响起，螳螂人从他身上倒下。

“真不让人省心。”

安隅疲惫地撑起身：“谢谢您。”

他正要继续寻找下一个目标，头顶天光突亮，几十道身影鼓动着巨大的畸变羽翼据立高空，羽翼下撑起机械骨架，上面密密麻麻地排列着枪口，科技与生物畸变结合出令人望而心惊的战力。

领导者是个少年，颈侧攀附着黑云纹饰，羽翼根部洁白如雪，向外展开乌黑的长翅。黑羽呼啸，翼组守序者顺应他羽翼所指，大片闪光轰炸而下，翻搅起尸山血海。

搏。畸变型，黑颈鹤。

他下调高度到安隅上方，一瞥：“就是你拿到了律的监管位？一个人类，闯进畸潮里找死吗？”

翼组纷纷接入作战公频，讥笑声四起。

“小大人，管他干什么？”

“他喜欢在长官面前表现呗。”

“战场上还要帮律照顾金丝雀，这可不像您的作风。”

“按53区里的时间，他已经在这超过三天了，你看他学会了什么能耐。”

“用枪托砸畸种，算不算？”

“哈哈，废物得有点好笑。”

黑塔的加密频道里，上峰也质询道：“安隅，你不是说自己激发出了瞬移吗？”

“嗯……”安隅不太熟练地摆弄着终端上的聊天频道，“但是叫瞬移似乎不够准确。”

“那叫什么？”

安隅没回答。他想找秦知律，但点了半天都没找到那个私人频道，只好又跳回公频，在所有人的耳机里说道：“长官，我去集装箱了。”

这次秦知律没有多问，只道：“搏，保护一下。”

“是。”

畸潮被秦知律和翼组守序者们阻挡在身后，安隅转身向集装箱走去。

“集装箱是干吗的？”

“第一只蛙舌的埋尸点吧。”

“他去躲猫猫吗？”

“离谱。一个人躲到后方，还要搏跟着保护。”

“心疼搏。”

“羲德大人还没过来，不然非一巴掌扇死这窝囊废。”

“确实窝囊，跟畸种打两架能打出一身血。”

“他的生存值只有68%了，又废又脆，早死早超生。”

安隅脚下一顿，回头看着身后的搏：“请问，有吃的吗？”

搏一愣：“什么？”

“面包，饼干，补剂。”安隅说，“什么都行，我不挑。”

“太荒谬了哈哈哈。”

“都要被这小子的无耻逗乐了。”

“搏现在脑袋里全是问号。”

“搏真的在翻口袋了！”

“不翻能怎么办啊？律交代的。”

“建议组建心疼搏联盟。”

搏把所有补剂都递了过去：“这是有精神镇定效果的能量液，你得小口喝，普通人对这玩意的……”

安隅已经一仰头，空了一支。

“……”

安隅疑惑道：“普通人怎么了？”

普通人一口气喝整瓶，会精神错乱，血管爆裂。

但搏没有吭声，他盯着安隅的眼睛——根据资料，安隅本应有一对澄澈的金眸，但此刻那双眼睛只有瞳心半圈是金色，一团妖冶的红正从外围悄无声息地向内蔓延，他低顺的语气中也涌动着一丝微妙的压迫。

出发前，搏听了一些流言蜚语，都说安隅总是一副楚楚可怜的样子，让人想一指头摁死。

他忍不住想，是时候在尖塔普及一下义务教育了，不能再放任那群畸变得失智的家伙误解“楚楚可怜”这种最基本的词。

三支能量补剂，安隅只舍得浅尝一支。

“谢谢。”他礼貌地把剩下的递给搏，“请帮我保管一下，战斗结束后再还给我。”

搏：“……”

集装箱周围静得诡异。

刚一靠近，黑塔通讯就响起：“里面好像有东西。”

“嗯……听到了。”

安隅凝神听着寂静中熟悉的窸窣声。他本想借1号蛙舌的尸体用用，但现在似乎有更好的选择。

他切换去公频：“请问，可以来一个治疗系吗？”

频道里安静了几秒，随即怒骂和爆笑一并炸响。

“你到底以为自己是谁？”

“知道治疗系多稀有吗？我们全队才配一个，你说要就要？”

“讲个笑话，一人躲藏，要配一人保护、一人治疗。”

“这厚颜无耻的嘴脸，真想把他丢进畸种堆里一起炸了！”

“律要是再给就说不……”

祝萄接入：“我来。”

频道瞬间安静。

祝萄停顿了下：“安隅，我行吗？”

安隅松了口气：“谢谢。请等在集装箱门口就好。”

“开什么玩笑，葡萄主动去奶？还问行吗？行？吗？？？”

“尖塔第一奶妈……”

“不是说风大人专用，偶尔跟律，其他高层都要哄他开心才可能被翻牌子吗？”

“他到底凭什么？？”

搏惊讶道：“葡萄竟然主动辅助你。”

安隅想了想：“他是个很好的人，还送我很珍贵的东西。”

搏很想问送了什么，但骄傲黏住了他的嘴。

“也请您等在这里，别被里面的东西发现，不然会影响我发挥。”安隅关掉了公频，声音低下来，“蛙舌很谨慎的。”

上峰决策员们纳闷道：“他到底要干什么？”

“估计被打得脑子不清楚了。”

“大脑的人在吗？他是不是有自虐倾向？”

“没有。安隅有些孤僻，但绝不至于自虐。”

“可律的战报中记录了他的应激性自虐行为。”

“我代表大脑重复，安隅绝无此类情况！”

……

安隅并不知道黑塔和大脑已经为他吵了起来，进集装箱前，他及时回忆起第一只好大儿殷切的叮嘱，于是深吸一口气，咀嚼着浑身的疲倦和疼痛踏进了那道门。

角落里，第二只蛙舌面色红润地跪坐在蒋枭面前，长舌从蒋枭的胸口刺入，无数小东西顺着舌头窸窸窣窣地流入蒋枭体内。

蒋枭已经虚弱得只剩轻微颤抖，瞳心完全散去了意识。

长舌突然抽回，带出淋漓的血肉，蒋枭顿时像破碎的娃娃一样散倒在地。

2号蛙舌回头，惊艳地看着安隅："人类？53区竟然还有这么好的胚胎？"

安隅脚步猛地顿在几米外："你……你是什么东西？"

他忽然看向地上的蒋枭，瞳心猛地一缩，掉头就往外跑。

瞬息间，冰冷湿滑的爪蹼从身后搭住了他的肩。

安隅背对蛙舌，唇角上扬，但那含笑的唇中却吐出惊惧的声音："我什么都没看见！你放……"

"你比他更适合做新的母体。"蛙舌打断他，"他体内不知道是什么东西，乱得要命，但你不一样，你简单得像梦境一样美好。"

安隅战栗的身体忽然平静下来，他低低地重复道："像梦境一样……美好吗？"

痛苦的声音从喉中滚出，蛙舌在他背上抓出几个血洞，细韧的长舌从最深的血洞中刺入。

终端狂震，生存值陡然跌至50%！

大量混乱基因从伤口涌入的刹那，安隅忽然找回了一些雪原上丢失的记忆——巨螳螂冰冷的镰刀刺入骨髓翻搅，在失去意识前一瞬，他看见摆渡车车体突然弯折，车头那一边造型独特的座椅竟顷刻间来到了他面前。

他从回忆中回过神时，身体已经不受控地闪了出去，但只闪出两三米，就被强烈的晕眩感拍倒在地。

在外人视角看来，仿佛只是一次失败的逃跑。

长舌从后面卷上安隅的脖子，蛙舌借力一勾，又灵巧地贴了上来："跑不掉啦。"

黑塔中，决策员皱眉道："这就是所谓的瞬移？"

"能力不及预期，他现在很危险。"

"搏！还在等什么？蛙舌要用安隅复制，阻止它！"

集装箱外的搏却在迟疑。

因为另一个频道里，秦知律在漫天射击声中问道："我收到了50%的报警。他怎么样？"

搏其实有些摸不着头脑，只能陈述所见："被蛙舌吓得掉头就跑，但又被拖回去了。”

“哦。”秦知律语气从容，“随他去吧。”

几声枪响后，秦知律又用随意的口吻说道：“在诛死与被诛死中自我试探，我选的监管对象还算让人期待吧。”

“……”搏怀疑自己幻听了。

葡萄接了进来：“律，蛙舌虽然战斗力不强，但基因熵比守护章鱼还要高，我担心安隅的精神力。”

“纯属多余。”秦知律淡道，“如果我没有观察错，他在绝对意义上不容感染，也不受影响。身体和精神，哪个都无法驯服。”

搏愣住：“什么意思啊？”

蛙舌第二次将细长的舌探进安隅体内。

生存值再次骤降，只剩25%！

那根弦，就快绷断了。

安隅咬牙强撑，聚精会神地看向集装箱对角线最远端。

在他的世界里，时间流速好像忽然变得很慢，这一次他看得格外清晰，移动的其实不是他，而是远端那一点突然闪现到他面前，就像雪原上反折的车头一样。而他自己，其实只是在远方到来时，轻轻踏出一小步——

便瞬间出现在遥远的另一端！

频道里突然死寂。

黑塔中的人呆若木鸡，集装箱外的搏和祝萄也面面相觑。

“异能者？”蛙舌愣了一下，随即笑得更张狂，“跑得再快也没用！”

它的舌头一下子伸得更长，像一道细韧的鞭，挟着呼啸的厉风，朝安隅纤细的脖子抽来！

这是致命一击，但这次安隅不打算躲避。

光是摸清瞬移还不够，他真正想做的，是复现让第一只章鱼触手偏离轨迹的能力。

安隅骤然回身，双脚扎在原地，凝聚全部精神对抗着疯狂想要躲避的本能，以人类最脆弱之处直面索命的长鞭！

绷紧的四肢青筋暴起，他轻声道：“葡萄，拜托了。”

“噼啪”声划破空气，颈上刹那间迸出热流，大量空气迅速从肺中流失……身体向后腾空倒下时，无数声音错乱地涌来。

终端爆炸般的警报声：生存值12.5%——10%——5%——!

搏大骂道："你就只能躲一次，不早说？！"

上峰决策员们惊慌喊着："葡萄！葡萄快点！"

伴随着祝萄急火火往里冲的脚步声，一个沉稳的声音打破了嘈杂。

"还有意识吗？别怕，2.5%不算太糟，调整呼吸，不要让生存值继续下降。把战场交给搏和葡萄，别管任何事，也别再抵抗你说的那个东西——就让我们看看那到底是什么，我相信你，不会失控。"

相信……

生命飞速流逝时，安隅反倒平和了下来。

他按照秦知律说的放弃了抵抗。身体砸地弹起的一瞬，世界肃寂，山呼海啸般的絮语涌入意识。

于虚空之中，他依稀看到了一道横贯天地的人形剪影。而他伸出满是伤痕的手，触碰到了那庞大的存在。

搏和葡萄冲进来，只看见一地的血，安隅倒在地上，空洞地睁着眼。

蛙舌刚从他体内抽出的舌头再一次卷了过来。

而就在近身的一刹那，舌尖一节突然发生了不可思议的扭转，静止一瞬后，骤然断裂！

搏崩溃道："这又是什么？！"

黑塔已经乱成一片。

"这绝对超越了生物畸变！他到底是什么东西？"

"或许刚才的不是瞬移！"一名大脑研究员突然跳了起来，"他改变位置靠的不是速度，而是……空间！对！他的瞬移和蛙舌折断都是空间错乱的结果！一定是这样！他是个空间系能力者！一个前所未有的奇迹！安隅是个奇迹！"

蛙舌的鲜血溅到安隅眼皮上，他终于转动视线看了过来——红瞳剔透，瞳心竖立。

生存值降至岌岌可危的1.2%时，警报戛然而止。

那个本应奄奄一息的人起身，一把扯住了那条不知死活的舌头。

鲜血从指缝间滴落，安隅甩手一抡，一声锋利的鞭哨划裂空气，蛙舌被重重抽打在远端的墙上！

集装箱半面墙体崩塌，蛙舌腹部爆裂，不计其数的畸种迸溅而出。

那根长舌从安隅手中滑脱，迅速向自己身上的伤口舔舐而去，然而在舌头回缩前，安隅已先一步，瞬间出现在蛙舌面前。

死神贴面。

惨白的手攥住蛙舌的脖子，把它从地上举起，红瞳冰冷，如凛冽深渊。

“让你打了三次，效果只有如此。”他冷蔑道，“混乱的废物。”

话音落，清脆的骨裂声响起！

蛙舌濒死之际，舌头本能地卷向安隅的喉咙，安隅另一手抬狙挡住，顺势旋转几圈后猛地一扯——恐怖的撕裂声穿透了所有人的耳膜。

鲜血从蛙舌口中溢出，顺着安隅的手臂淌下。

肮脏的尸体终于坠地。

红瞳向下瞥过一地六神无主的小畸种。

“搏。”安隅神色恢复了和缓，回头对呆在身后的人道，“有劳，打扫一下。”

他拉了一下破碎的衣摆。囚衣下包裹着的仍是那具人类的脆弱之躯。

【废书散页】

12 降临日

53区决战那天，后来被称为“降临日”。

除了上峰和少数几个在场的高层守序者，无人知晓到底发生了什么。

正是这份神秘，开启了之后守序者们无穷无尽的猜测和推论。

虽然那些猜测逐渐走向离谱。

但不容争议的是，在那一天，神确实悄无声息地降临过。

有人问过搏，对神的初印象。

搏想了很久才说：恐怖但优雅，会用敬语，很有礼貌。

18　不驯

黑塔，所有人对着屏幕发愣。

“他究竟是什么……”

“变成红瞳，和察塔少尉的录音吻合。”

“瞬移……不，管它叫什么呢，也吻合了。”

“目前好像都是防御能力，他有必杀招吗？”

“那就要看他还能不能觉醒出新的能力了。”

“除了律，所有守序者的异能都来自生物特征，这是我们拥有的第一个空间系异能者！”

顶峰突然道：“生存判定1.2%，战力反而飙升……被暴击后起来的，真的还是他吗？”

轻飘飘的一问，让整个指挥厅陷入死寂，那道血气森森的身影占据着所有人的视线。

顶峰道：“帮我接通秦知律。”

*

集装箱里，祝萄精疲力竭地收回藤蔓，终端显示安隅的生存值已经恢复到65%。

他几乎要被安隅掏空了，袖口里垂下的藤蔓干枯硬脆，上面片叶不剩。

搏一声不吭地用热能喷枪冲刷着地上的畸种，留下一地焦炭。

新的蛙舌死亡，会引起又一波尸潮，但面对此刻的安隅，他没有任何开口提醒的冲动。

远处趴伏在地的蒋枭忽然动了一下。

他虚弱地睁开眼，许久，眸中才重新拢起一丝微弱的意志。

果然，律不会监管一个废物……他很想苦笑，但已经没有力气了——在律一行人离开后，他独自躲到附近的隐蔽处，侥幸熬过了二次畸变，却被第二只蛙舌乘虚而入，抓回这里做新的胚胎。无尽的畸种基因注入体内，他感觉自己像一个巨大的垃圾桶，不知道精神力还剩多少，也不敢想自己现在还算是什么东西。

一滴泪从那双不屈的眸中滑落。

蒋枭在泪光折射中看着安隅向他走来，手搭向腰侧。

如果没记错，那里插着秦知律从不离身的短刀。

蒋枭闭眼道："动手吧。"

成为守序者那天起他就知道，终有赴死之日，死在人类手上总比死在畸种手上要好。

安隅在他面前站定。

"精神力33，比我们离开时上升了一点。"他看着屏幕上的读数，"看来你虽然精神稳定性差，但意志却很顽强。"

蒋枭难以置信地睁开眼，他这是……被表扬了？

他缓缓抬头，视线艰难地上移，终于落入那双剔透的红瞳，直面上位者的审视。

在那一瞬，他忽然产生一种强烈的预感，自己的命运正被面前的人攥在掌心。一念之差，他可以重获新生，抑或永堕深渊。

安隅忽然从腰侧抽出手，蒋枭心中一悸，正欲闭眼，嘴里却忽然被塞了一个东西。

软软小小的一颗，凉津津，带着馥郁的腐甜。

"哎！"祝萄无力抬手，欲言又止。

略带酒香的葡萄甜感在舌尖浸润开。蒋枭怀疑自己听到了一声奇怪的"嘤"，正纳闷是谁发出来的，就看见一条蛇尾从自己身下难以自抑地弹出，在安隅周身疯狂蜷曲——想触碰却又不敢，只在空中虚虚地拢着，沦为一只感激得不知如何是好的撒娇小蛇。

"这是奖赏。"安隅起身，垂眸看着他，"熬下去。"

蒋枭竟从那个眼神中感受到一丝仁慈。

他在泪雾蒙蒙中看着安隅重新背上那把重狙向外走。

"葡萄，有劳，照看好他。"安隅边走边道。

"啊？"祝萄愣道，"可我已经……干了……"

"那就鼓励他。"

"……哦。"

集装箱外，迅速壮大的尸潮让守序者防御得有些狼狈。

公频里骂声连成片。

“畸种怎么还能越杀越多？”

“黑塔乱成一片了，我混进频道听了一耳朵，好像说是安隅杀了第二只蛙舌。”

“找能源核去！杀什么蛙舌啊？”

“这不是给战场添乱吗？故意的吧！”

“要不是律在这儿，我真的……哎，律呢？”

“似乎去接顶峰的紧急通讯了。”

“呵，赌一把，顶峰对安隅下了杀令。”

“哈哈，大家都这么想的，所以你赌不起来。”

“别笑了，十点钟方向，有个人类小女孩。”

远处，小又正跌跌撞撞地往畸潮里挤。

清澈的眼神让她在遍地的行尸走肉中格外显眼。

房管长只完成了一级畸变，人类躯干晃荡着螳螂足肢，黑瞳被眼白吞噬得只剩一线，在畸潮中木然地向前挪动。

脚边响起一声柔软的呼唤时，他没有任何反应，继续向前迈着步，直到突然被什么东西绊了一下。

他低下头，看着抱住他足胫的小女孩，突刺划破了女孩细嫩的胳膊。

“爸……”小又呆道，“真的是你……”

房管长将那障碍物踢了出去。

小又仰摔在地，另一只螳螂人迎面而来，朝着她的脸抬起细长的后足。

枪声骤响！子弹擦着房管长的脸飞过，他身后那只即将踩到小又的螳螂人顷刻间四分五裂！

百米之外，秦知律一手执枪，暂停了顶峰的通讯。他将枪口转向房管长。

灰白的螳螂体液流了一地，小又对着擦破的掌心呆了一会儿，突然爆发一声尖叫，转身扑向房管长。

“爸！你看看我！是我，小又，你仔细想想，你——”

冰冷的镰刀搭上她的胳膊。

小又心跳骤停，抬起头，却见自己父亲瞳孔中最后一丝黑色消失了。他烦躁地嘶叫着，冲一直阻挡自己的生物扬起了镰刀。

第二声枪响。

这一次，小又看清了螳螂人倒下的全过程。畸潮涌动，只有她搂着残尸凝固在原地，直到终于被那庞然大物砸倒。

秦知律刚好打空一个弹夹，在公频下令：“去把人带回来。”

一个守序者犹豫道：“她伤口暴露了，恐怕——”

话还没说完，畸潮中，一只手突然提起小又的衣领。

小又茫然抬头，对上面前的光头女人：“罗青姐，你也——”

话没说完，罗青就面无表情地朝她扬起了刀！变成行尸走肉的畸种会减少对人类的猎杀，但那并不意味着安全，因为它们的行为会变得完全不可预测。

一切发生在瞬息之间，秦知律还没来得及换弹，守序者们尚在犹豫小又是否值得挽救，那把刀已经扎了下来！

少女的鲜血染红了地面。小又跪在地上，被突然冲出来的姗姗拢在怀里。

尖刀深深没入姗姗的后背，黏腻的血沫从她口中涌出，小又茫然地伸手捧，却怎么捧也捧不尽，直到一只冰凉的小手攥住了她。

小姑娘的生命如此脆弱，以至于在生命的尽头连一个字都吐不出来。

其实姗姗知道父亲坑害同僚，但她选择做一只鸵鸟。她也知道，父亲那天没开门一定有问题，但因为害怕，还是求小又陪她回去。

她本想等一切结束，再郑重地说声对不起，还要说谢谢那天拉着我的手，带我逃出生天。

可惜，不是每个人都能得到把话说完的机会。

姗姗把小又的手放在掌心，轻轻合拢，像从前怕她撒开风筝一样。但这次，是怕她撒开自己。

小小的身体里流出一地血，像一滩红湖。

红湖映出一道寒芒，罗青拔刀再次朝小又扎了下来！

但这一次，那道寒芒停在了空中——小又的脸上青筋狰狞，她徒手抓住刀刃，生生从罗青手里掰了下来，又反手掷出！

刀扎进罗青的肩膀，她嘶叫着再次朝小又扑了上来！

枪声瞬间连成片，但众目睽睽之下，在第一声枪响前的一瞬，罗青已经向后砸倒在地——身上不见任何弹孔，只有喉咙上一条平整的切口。

守序者们愣住了。

“是……什么东西？”

“怎么死的？”

“谁杀的？比子弹还快？”

“割喉？不会是——”

畸潮之中忽地折射出一道冷光——刀刃上血珠滴落，滑过刀名刻字——“秩序”。

秦知律不离身的短刀，尖塔无人不识。但用刀的人，显然并非秦知律。

安隅立在畸潮中心，倏然回眸。

风卷着他的头发向一侧吹去，沾满鲜血的白发在那双红瞳前拂动。

公频里忽然响起搏的声音：“安隅，集装箱已按吩咐清理完毕。请允许我正式介绍自己，我是196层受监管守序者亚萨，代号搏，很荣幸与您在战场上相识。”

公频一片死寂，没有第二个守序者敢说话。

安隅捻起囚服衣角擦了秦知律的刀，插回腰间。他捂着小又的眼睛将她带到安全的地方，下一瞬，自己出现在秦知律面前。

秦知律立在断壁高处，安隅站位稍低一些，抬头道：“长官，第二只蛙舌已经清除。”

自从他醒来，所有人都在躲闪他的目光，只有秦知律还如常与他对视。

“还知道叫长官……”秦知律审视着他，“看来没有完全丧失意志。”

顶峰怀疑安隅体内降临了另一种意识，从某种层面来讲，和被螳螂基因辐射的人没什么区别，只不过降临在他身上的东西过于强大，对这些畸种形成了降维打击。

安隅递出终端，让秦知律查看他的基因熵和精神力：基因熵，零；精神力，依旧是满分。

“长官，我掌控瞬移了。”安隅说。

秦知律点头：“大脑称它为空间折叠。你的能力类似虫洞效应，是在一瞬间将空间中的两点重叠在一起，于是你自己或其他目标物，都可以实现定点穿越。”

“空间……折叠。”安隅品着这几个字。

秦知律盯着他：“你还知道自己为什么来这里吗？”

安隅抬眸：“为了向您证明我的价值和可控性。”

秦知律立刻问：“那你现在要如何证明自己仍然可控？”

安隅还没来得及回答，忽然听到一声机械弹响，冰冷的金属顶上他的胸口——仿佛回到那日的雪原。

秦知律执枪道：“不管你体内降临了什么，热能子弹都足以毁灭人类之躯。”

这一次，安隅没有惊惧喘息，唯有双瞳红得更加浓郁。他用胸膛顶着枪口上前一步，伸手攥上秦知律的颈：“可我比子弹更快。”

秦知律的喉结顶着他的掌心：“你已经体力不支。”

话音刚落，安隅便收紧了手，手中的脖子上顿时出现淡红色指痕。

耳机里，上峰急火火地喊着让他和秦知律都不要冲动。

安隅又顶着枪口逼近一步，贴在秦知律脸侧：“那就试试，体力不支的我和长官谁出手比较快？”

“想杀我吗？”秦知律平静地审视他，“想杀他们吗？”

他指了下那些聒噪不断的守序者。

安隅停顿片刻：“这个我，憎恶的只有畸种。”

“可我与他们本质上都算畸种。”秦知律说，“尤其是他们，保留了人类忠诚的畸种罢了。”

“不一样。”安隅摇了摇头。

他在思考怎么和秦知律解释，这些守序者给他的感觉就像贫民窟里那些恶臭的人，生而悲惨，被命运磨出尖牙和阴暗，确实不讨喜，但绝对罪不至死。但他还没来得及开口，视线忽然不经意地落在秦知律的唇上。

这是安隅第一次这么近距离地看见秦知律上唇角那枚浅浅的疤痕。他忽然失神了片刻，松开攥住秦知律脖子的手，向他唇上触碰去。

仿佛隔着遥远的时空，他曾做过相同的事。

几乎在同时，抵住胸膛的枪口也挪走了。

“我相信你。”秦知律说。

安隅怔了一下：“相信什么？”

秦知律把枪上旋，底部只有一片黑洞——他根本还没换上新的弹匣。

“大脑应该会提醒您，真正的虫洞效应不止针对空间，还有时间。到目前为止，他已经展示出难以估量的价值，而我相信他值得更高的期待。我也相信，他有极高的可控性，这种可控源于他对自己的认知，而非受制于人。”秦知律拨了一下耳机，继续对通讯另一端的顶峰道，“我愿意担保——虽然现在没人能给出合理的解释，但并没有任何其他意识降临在安隅身上，他只是应激性觉醒了某种深藏的状态，仅此而已。”

“他从未丧失自我。他的意志不受驯服，也不容捕获。”

【废书散页】

13 虫洞效应

如果一定要用科学去强行解释安隅的能力，大脑能想到的第一个词就是“虫洞”。

那被认为是宇宙中可能存在的“捷径”，物体通过这条捷径可以在瞬间进行时空转移。

虫洞的存在只作为假说，被佐证和驳斥了数百年。

以至于当安隅轻轻巧巧地展现了空间折叠和定点穿越——哪怕那短短的距离和宇宙概念相去甚远，仍旧在这群拥有人类最高智慧的精英的心底炸下了一颗惊雷。

据说在那一刻，那些顶级的头脑都在思考着如何运用安隅。

但只有秦知律想的是，安隅还值得更高的期待。

19　废土狩猎

秦知律话音刚落，53区上空忽然划过一道炙热的风。

死寂许久的作战公频突然活了过来，守序者们激动道：“羲德大人！”

安隅抬头，一抹英姿飒爽的身姿划破瘴雾，舒展开巨大的羽翼，火焰流金的羽毛在热浪中猎猎作响——没有机械辅助。

那个人在空中转体，振翅用力扇下，狂风将汹涌而来的畸潮逼退一截，热风擦起流火，将沾染的畸种焚烧成灰。

火光在那双金红的眼眸中跳跃，羲德笑道：“我来了。”

代号：羲德（白无霜）

尖塔4号高层

畸变型：幻想生物-凤凰（疑似）

基因熵：28万

战斗特长：巨翅狂风、烈火、强光

综合战绩：109亿

秦知律把枪别回枪套：“终于来了。”

“抱歉，被荒野上一群难缠的鸟拖久了点。”羲德洒脱一笑，目光转向安隅，“这就是你终于选到的小朋友？”

“长官好。”频道里响起搏恭敬的声音，“是的，安隅刚刚加入尖塔。”

安隅这才想起羲德是搏的监管者，他们一个明烈，一个孤高，除了都是年轻的鸟之外，似乎没什么共同之处，但却又让人觉得理所当然在同一阵营。

“幸会。看来我们搏很喜欢你。”羲德从安隅身上收回视线，“律，怎么打？”

秦知律道：“畸潮交给你，其余守序者尽力搜救幸存人类，我和安隅去找能源核，找到后……”

他看向一眼望不见尽头的畸潮——这，还仅仅是两只蛙舌死亡招来的数目。

“人类撤离，热武器清城。”

“长官。”安隅看着破败的街道，“热武器轰下来，53区还会存在吗？”

秦知律摇头：“会彻底消失。”

“会不会有遗漏的幸存者？”

“会有。”秦知律声音微沉，“只能尽力而为。”

“调整作战计划，守序者保守抵御畸潮，您去找能源核，我要单独行动。”安隅果断修改了秦知律的指令，一连串说完才停顿了下，“好不好？”——那根本不是“好不好”该有的语气。

秦知律看了他片刻：“没大没小。”

安隅认真道：“我在请示您。”

“你在命令我。”

“那……”安隅面无波澜，“求求您，听我的。”

羲德在一旁愣了半天，突然没忍住笑了两声：“你好像和传言中不太一样啊。”

秦知律不与安隅计较：“你要干什么去？”

安隅转身看向远处。

瘴雾和畸潮让53区彻底沦为一片恐怖废土。也许他并没有凌秋说得那么没有人性——尽管在凌秋死前，他确实不知何处是家乡。

肃杀的眸光扫过满城破败：“我要把53区还给凌秋。”

*

安隅将畸潮抛在身后，背起凌秋的狙，独自踏入城市废墟。

八只蛙舌倒了两只，如果算上躲藏在背后的真正的超畸体，他还有七次试炼的机会。

耳机里很嘈杂，黑塔的质询没完没了，他本想切去秦知律的频道图个安静，又忽地想起抵在胸前的枪口——金属硌在旧伤上，冷冰冰。

于是他把所有频道都静默掉了。

一阵热浪从头顶掠过，羲德道：“我在你上空巡航，有事随时呼叫。”

安隅没怎么惊讶："秦知律让的？"

羲德又笑："当面叫长官，背后直呼其名？"

安隅脚步微顿。

其实他是无意识的，也许是因为……有点生气吗？

生气是一种很陌生的情绪。那种"状态"到来后，他的脾气似乎变得很差，那些从前害怕的守序者已经成了无足轻重的蝼蚁，长官的合理考验也让他不满。

一直在泥土里仰望苍穹的人突然开启俯瞰视角，才发现世上本无庞大之物。

羲德没有揪住这点不放："你要去哪里？"

安隅背着枪继续前行："找人。"

觉醒后，他好像有一种微妙的感知。尽管这座饵城早已布满脏污，他却能依稀察觉到哪里更脏。

他淡声道："巡航可以，但离我远一点。"

三十分钟后，内城西侧工厂突然传来巨大的爆破声！

回传到黑塔的画面里，整栋厂房都仿佛在空气波动中被挤压变形了一瞬。

被安隅命令停在远处的记录仪只捕捉到一道白影从爆破的建筑里直挺地飞出来——那正是安隅，破墙而出，砸在街对面的柱子上许久才跌落，单薄的身体在地上起伏着，因疼痛而急喘。

黑塔一下子慌了，强制开启频道。

"什么情况？打不过吗？"

"安隅！听见请回话！"

"请检查自己的状态！"

许久，安隅才缓缓从地上撑起来。

"我还好，只是有些用力过猛。"他呛了两声，低语道，"确实很像折叠起来……"

这一次试炼效果还不错，连续的瞬移把蛙舌和守护章鱼气得发狂，大量畸变基因注入体内，果然让他的掌控力大幅提升，他现在已经能稳定地感知到那一瞬的"折叠"了。

很美妙的体验，无视空间与距离，只需要挑选两个点，定点穿越的可以是他自己，也可以是被选中折叠的其中一"点"上的任何物体。

唯一美中不足的是，他正借着极限状态尝试挪动整座建筑，那只章鱼却偏偏在这个节骨眼上没忍住尝了他一口。

爆体和空间错乱同时发生，巨大的空气震动直接把他弹了出来——真的摔得很痛。

“什么叫用力过猛？”

“里面是什么畸种？”

“畸种死了吗？”

“3号蛙舌，还有它的守护章鱼，都已清除。”安隅从废墟中刨出凌秋的狙，“我继续搜捕下一只。”

“没必要杀死全部蛙舌，这只会给翼组增添不必要的工作。”

“安隅，你要对你的战场决定做出解释！”

“不要觉醒能力就贪功冒进，要顾全大局！”

“就算不在意大局，也请不要玩火自焚。你的能力才刚刚觉醒……”

“我知道我在做什么。”安隅停下脚步，想了想，“你们好像能强制接通频道？那我先关一下耳机，实在是太吵了。”

上峰：“……”

世界终于安静了。

安隅走后，记录仪在废墟里搜索一圈，没找到任何畸种尸块，只有满地脓血与黏液。

黑塔再次陷入集体沉默——察塔少尉曾在临终录音中描述了安隅的另一项能力——吞噬或引爆。

引爆听起来需要借助外力，而且畸种爆裂后起码应该留下一些皮肤组织，不会消失得这么干净——他们忍不住怀疑安隅“吞噬”了那两只东西。

难怪不让人跟着，估计是觉得自己的吃相太过恐怖。这个贫民窟出身的家伙，异能才觉醒几天，就开始有包袱了。

紧接着，集市附近的黑巷里出现了同样惊天动地的动静，片刻后安隅独自气喘吁吁地出来。

而后，他赶到内城南侧的某居民楼。

这一次的战斗耗时格外久，直到顶层一扇玻璃忽然爆裂，安隅被粗壮的触手从窗内抡出来时，黑塔的人几乎要集体中风了。

安隅背朝地面急速下坠，无数破碎的玻璃在眼前划过，一阵炙热的狂风忽然自高空吹来，羲德俯冲而下，一把抓住他，咬牙切齿道：“你找死时还真是拼命！”

安隅在风中睁了睁被血糊住的眼，语气平和：“这边有两伙蛙舌，一家六口聚餐，我差点没打过。”

他身上的每一道伤都意味着感染，异能在滋养下野蛮生长，虽然战力爆表，但这具人类之躯已经到了强弩之末。

安隅有点后悔把剩下的两支能量补剂还给搏保管了。

“你有带补剂吗？”

“小朋友才喝那种东西。”羲德低头瞟他，“还能撑住吗？”

安隅在热风中眯了眯眼，缓慢地“嗯”了一声：“刚才有一只好大儿突然醒悟了，所以我没能杀掉。你收尾吧，我去南边。”

“醒悟？”羲德纳闷，“它醒悟什么了？”

安隅轻声道：“我的……必杀技。”

对话通过羲德的耳机传回黑塔，上峰立刻展开了疯狂地讨论。

羲德听了一会儿，好奇问道：“所以你的必杀技是吞噬？看不出来啊，长得干干净净的，竟然能咽下那么脏的东西。”

安隅被放到地面，整理了一下被风卷得乱七八糟的囚服：“虽然我不挑食，但我的必杀技不是吞噬，是……被吞噬。”

他对着积水照了照自己的样子——衣着褴褛，满身重伤，如果收敛起眼神，仿佛下一秒就要破碎。其实，他觉得自己和兔子还是有相似性的，他们看起来都非常弱小，容易招来歹念。

动物因贪而亡，而他恰好利用贪婪狩猎。

决战前的最终站，内城南侧。

53区唯一的医院发生了前所未有的崩裂。

大屏幕上，那栋医院大楼像一个长了脚的发条玩具，在地面上疯狂地震颤弹跳，直到钢筋断裂，砖土瓦解，整栋楼面目全非。

这次安隅是站着从医院里出来的，肩背大片鲜血顺着衣摆滴落，惨白的面色衬得那对红瞳更加冷冽。

一丝餍足的笑意，看得黑塔的人背后发冷。

决策员看着回传数据，战栗道：“生存值12%，基因熵零，精神力满分。”

顶峰质疑道：“他究竟是贪功嗜杀，还是故意受伤？”

他命令大脑研究员：“再复核一下心理评估结果。”

研究员绝望得想哭，其实他已经偷偷复核好几遍了，因为连他自己也逐渐无法相信安隅心理没病，他纠结许久，才吞吞吐吐道：“他确实只是有一些孤僻。但……他在测试中表现出极度的求生欲，也许在小概率下，这种求生欲会反向表达，体现为一些……受虐倾向。”

编完这些，他差点被自己的想象力感动哭。

顶峰却如释重负地“哦”了一声：“这就对了。秦知律的战斗报告也差不多是这么写的。”

“……”研究员只能苦笑着沉默，同情地看着屏幕上被定义为有受虐倾向的小可怜。

安隅刚解决掉医院附近最后一只蛙舌，正站在街角碎裂的橱窗前，用从医院顺来的纱布擦脸。

一块纱布叠两下，正反两面能分成八个小格子。他把每一个小格子都擦得完全脏透了，才舍得换下一块。

终端上亮起羲德的通话申请，他重新开了耳机。

“我好像知道你在干什么了。”羲德的语气有些匪夷所思，却又难掩欣赏，“不断迫近生理极限，来摸索能力上限吗？”

不完全对。

但安隅并不打算解释，纱布绕开脸上的血迹，只将那些脏污的畸种黏液拭去。

擦过脸后，橱窗里的人依旧是一副快要被打死的样子，只是看上去比刚才干净了一点。

羲德哼笑：“律的小朋友还真有趣。不过你想健身没必要找蛙舌，直接冲进畸潮杀个痛快不就完了？你看你现在搞的，知道外圈的畸潮有多恐怖吗？我的属下要集体爆发密集恐惧症了。”

安隅的动作猛地一顿——尴尬，他把那些人给忘了。

“让你的人放行吧。”他轻描淡写道。

“不拦了？”羲德惊讶，“那畸种大队就会分头去给妈妈们扫墓了，怎么，你打完架还顺手在那些地方埋了炸药？”

“暂时分开而已，更盛大的重聚在等着它们。”安隅语气平淡，“能源核找到了吗？”

“还没。比利一直找不到真正超畸体的位置，那东西太畏缩了，八个复制体全部死亡，它却头都不冒一下。”羲德叹了一声，“律已经排查了所有能量波动异常的地方，一无所获，现在基本确定能源核只能在最终的母体手中。”

橱窗里，那双红眸中浮现一丝嫌恶。

“最脏的东西。”安隅轻声道，“我猜也是。”

染透鲜血的囚衣在风中卷曲，这衣服快让他穿烂了，将布满伤口的皮肤裸露在外。

好可惜，本来还想等一切结束后把这件囚服带回去穿上十年呢。没想到落得个这么破烂的结局，比贫民窟发的麻布袋还不如。

对了，53区的贫民窟就在城中央，这座饵城建立最初就是为了收容贱民，随后才向外扩建。

12%，已经没力气打架了啊……

安隅对着橱窗上自己的影子轻轻眨了下眼。

看来还是要听好大儿的话。

“我想回家一趟。”

【废书散页】

14 它缓缓苏醒

我有一位宿命般的朋友，姑且称为朋友吧。

他能比正常人看见得多一些，因此自视甚高。

我并不十分喜欢他，但我承认他多年前的一句预言确实有道理——

神不屑于光临低维人间，除非因意外暂时沉睡于此。

所以世上从不会突然出现庞大之物。

它亦需要在自我摸索中缓缓苏醒。

20 埋葬旧日

贫民窟。

53区最高耸逼仄的建筑群围立于此，收容着人类的苟且与倾颓。

塌陷的钢架在楼体之间歪斜着，将林立的楼群切割成灰黑色的废墟。

死一般的寂静，只有鞋子踏在水上的声响。

安隅背着狙行走在狭窄的街道上，红瞳冰冷肃杀，风过，他用视线缓缓巡视着四周。

囚衣已被鲜血浸透，他步速很慢，虚弱与杀意交织出诡异的压迫感。那种压迫透过记录仪，穿越几千公里，笼罩在上峰黑塔之上。

安隅已经十分钟没有搞事了——这是死神狂暴前的安宁。

耳机里突然“嘶嘶”响了两声，秦知律的声音响：“还好吗？”

安隅蹙眉，手摸上耳朵，秦知律又道：“我的通讯无法被强制挂断。”

“……”

“有两只章鱼通过进化分离出了个体意识，母体死亡并没有让它们成为丧尸。它们把手伸向了幸存的人类，我刚才花了点时间解决。”

安隅张口：“哦。您没必要向我解释。”

秦知律客观道：“这不是解释。我希望你学习掌控全局，了解一切可能发生的变故。”

安隅顿了顿：“知道了。”

右前方倒地的灯柱上忽然闪过一丝反光，安隅步伐未停，继续向前走了两步后，猛地抡起肩上的狙，反身跃起，将狙重砸在地！

积水与灰土迸溅，那只刚从水中探出半个脑壳的小章鱼畸种被砸爆头，浓稠的黏液混入水中。

安隅捡起残破的章鱼组织，发现这只畸种格外弱小，让人怀疑它究竟有没有感染能力。

“还在打架？”秦知律语气停顿了一下，“你伤得很重，生存判定只有12%了。”

“谢谢长官关心。”安隅扔了章鱼继续往前走，“我还好。”

秦知律这回沉默了很久，久到安隅忍不住扫了眼终端屏幕，确认对方还在频道里。

“在生气？”秦知律忽然问。

安隅脚下倏然一顿。

“没有。”他神色冷淡，“我在战场上觉醒了难以解释的状态，长官的试探和考验合情合理。”

“以后不会再用枪指着你了。”秦知律似是叹了一口气，“我没想到，雪原上给你留下的心理阴影会一直延续到你状态觉醒之后。我很久没判断失误过了，太过自负，很抱歉。”

他说很抱歉。

安隅的思路卡壳了一瞬，因为“我很抱歉”在凌秋传授的语录库里几乎是最示弱的一句，用于求和保命，仅次于“求求您了”。

他一下子有点茫然，凌秋只教给他说这句话，却没教他怎么应对别人说这句话。

安隅绞尽脑汁，终于回复道：“您从前也有判断失误的时候吗？”

秦知律“嗯”了一声：“95区，我跟你说过的。”

祝萄说，95区是秦知律不愿提的经历。

这似乎，也是在示弱。

安隅眨了眨眼，终于放缓脚步：“我没有生气。请长官不必担心，我可以继续完成任务。”

“我知道你可以，我只是有些担心你。”秦知律不等他回答，又道，“我知道你要干什么，你需要我，我现在过去找你。”

安隅等待通讯挂断，跳去了羲德的频道：“在哪儿？”

羲德语气有些烦躁：“我在畸潮聚集的几个地点之间巡逻。我说，你搞这么大一出，不会是想让上峰精准轰炸吧？没用的，要想确保畸变基因彻底消亡，必然要动用热弹，别说好几个轰炸点，就算只有一个点，53区也会变成一个地表深坑。”

安隅想了想：“落地才能夷城，如果是在空中呢？”

“空中？”羲德像是听到了天方夜谭，“所以你究竟是想炸死畸种，还是想炸死我的属下？”

安隅没有多作解释，吩咐道：“从现在开始，别离我太远。转告上峰，二十分钟后发射热武器，打击点在低保T区，不用管能源核位置。”

他突然想到秦知律希望他锻炼的“全局视角”，于是想了想又补充道：“让你手下休息吧，找舒服的位置，观赏畸潮集体长跑。”

羲德半天没回复，安隅奇怪地摸上耳机：“频道故障了吗？”

羲德深吸一口气：“我在等你解释原因。”

频道里沉寂下去，羲德暴躁地捏着终端：“你总得告诉我去哪儿找你吧？”

“低保T区，我以为我刚刚说过了。”安隅驻足仰望高耸的贫民危楼，眼神更加冰冷，“准确地说，T区5栋，1414室。”

他闻到了，一种空前令人作呕的腥臭——倒是很会找地方藏。

安隅边上楼边审视着身上的伤。

蛙舌2号在他颈侧留下的致命伤已经被葡萄治愈，但打架时的擦撞、章鱼触手鞭打下的血沟、当初刑讯和基因诱导试验导致的淤伤，都在战斗中一次次被撕裂——还真是体无完肤。

他站在1414室门外，半天都没有动。

记录仪从楼体外面透过窗户观察他，只见他缓缓低下头去，染血的白发遮住了脸，胸口逐渐开始起伏。起伏越来越剧烈，他的身体也随之颤抖，那把狙从肩头滑落，枪托砸在地上。

黑塔中的人立刻焦急起来。

“他怎么了？”

“伤得太重，估计撑不住了！”

“12%，任何守序者在这个数值上都早就瘫了。”

“安隅……他毕竟还是人类基因，血肉之躯啊……”

“低保区周边守序者，立刻向T区5栋靠拢！不惜一切代价，保证安隅的安全！”

“等等……先等等！他好像在自言自语！”

“他说什么？”

“镜头推近！有人会读唇吗？”

记录仪焦急地在几扇窗之间绕来绕去，终于找到一个方向，捕捉到了安隅的脸——他刚好缓缓抬起头，红瞳中的冷冽散去，慢慢地，笼上了一层茫然的神情，像一只重伤后发着抖等待死亡的小动物。

这只小动物嘴唇翕动，还在持续重复着那些口型。

指挥厅寂静数秒后，终于有一人不确定地说道："他好像是反复在说，'你伤得很重、你快要死了……'？"

突然裸露出的真相让死寂再次笼罩了指挥厅，黑塔中的所有人看着安隅无声地自言自语，有人怯怯道："他是真的快要不行了，还是在自我洗脑？"

"都是。或许这正是他狩猎的手段。"

顶峰将屏幕放大聚焦到那道身影上，低声道："安隅……你到底要干什么？"

*

挨着这一层的公共厕所的1414室，是安隅的宿舍。

这里常年弥漫着腐烂的气息，在低贱的贫民窟里贱出了让其他低保户甘拜下风的水准。

但此刻，更浓烈的畸种腥臭掩盖了从前的气味，空气中还仿佛有一种令人不安的波动，像是巨大的能量。

片刻后，安隅的嘴唇终于不动了，他伸手按向门上的密码锁，密码是默认值1222——他的生日。但凡知道他ID的人就能轻易破解，但他从不担心家里失窃，毕竟家徒四壁。凌秋曾说，如果有人愿意把安隅本人偷走，那是再好不过。

想到凌秋当时瘪嘴无语的样子，红瞳中闪过一丝温度，又迅速恢复到空茫的状态。

"滴"一声，一个听起来很没礼貌的电子女音说："身份识别成功，低保户安隅，允许入内。"

低保户安隅……

安隅瞟了门锁一眼，推门而入。

这实在是一间逼仄昏暗的房间，还没有尖塔宿舍的厕所大。

七八只纸箱子开口朝外摞在一起，组成了简易的柜子。柜子里丢着几件补丁打烂的衣服、两包压缩饼干，以及凌秋日复一日塞进来的《饵城日报》和他自己手写的《53区八卦小报》。

除此之外，就是房间里唯一的家具——一张狭小的单人板床。

床上背对门坐着一个人，身材和那些蛙舌一模一样，手里拿着一个小小的金属多面体抛着玩，听到门响才回过头来。

安隅在看清那张脸时，红瞳猝然缩紧。

人的脸上，整齐地排布着两列十只眼睛，其中八只已经变成了血洞。

但令安隅震撼的不是这个。

他以为超畸体会和蛙舌一样长着0313的脸，它此刻甚至还穿着编号0313的那件救济衣服，但它的脸——却和凌秋长得有七八分相似。

安隅的视线落在床上。那里扔着一张《饵城日报》——被军部录取后，凌秋的事迹传遍了53区，他是低级人类区中走出的骄傲，为此他的照片霸占了整个版面，但此刻，脸部那块纸却被挖空了。

十目蛙舌比着自己人类基因的长相捏造了八个复制品，却竟然又比着凌秋的模样，给自己换了一张新脸。

安隅的耳机忽然响起。

一个沉稳的中年男声道："我是顶峰。安隅，他手上的是能源核，小心一点。"

能够支撑主城穹顶运转三年的东西，此刻就在十目蛙舌的指尖打着转，像个小孩玩具一样被拨弄着。

安隅与十目蛙舌视线相撞，向后退了一步，反手握上门把手。

十目蛙舌的行事逻辑和复制品们很像，见突然撞上门的猎物要跑，近乎本能地吐出血红的长舌，将一记狠厉的重鞭烙在安隅肩头!

房间太小，意外闯入的人类撞在墙上，又无力地跌坐在地。

从这个人类身上，十目蛙舌嗅到了浓烈的恐惧——卑贱人类的恐惧。它不知道外面到底发生了什么，只知道辛苦制作的复制品一个接一个死掉了，正犯愁怎么重建自己精心设计的城市秩序，这家伙就送上了门。

"我好像在哪儿见过你……"

十目蛙舌歪过头打量着安隅，这个人类有些眼熟，或许是被它吞噬基因的那个男孩认识的人，但这不重要，重要的是他的基因纯粹得不可思议，是很好的胚胎选择。

但……似乎还有另外一种莫名的吸引力，让它很想将他拆吃入腹，连骨头都不剩——是养来用，还是吃掉好呢?

安隅半截身体倚着墙，垂下的头发缓缓地滴着血，那双红瞳，目光已经涣散，透露着濒死的气息。

十目蛙舌后知后觉，这个人类好像进来时就已经受了重伤，现在又被它抽了一记，虽然胸前还有起伏，但浑身的战栗透露出人类休克的前兆。

是养是吃，都得尽快做决断。不然养也养不活，吃也吃不新鲜。

蛙舌嘶笑，舌头兴奋地舔舐着自己的嘴巴。跟复制品们不同，它的舌更加细韧锋利，遍布倒钩状的血管，混乱的基因就在那些血管中涌动——也在安隅肩上刚撕裂的伤口中涌动。

它在向安隅迈步的一瞬，终于没能克制住本能，决定享用这个美味的食物。

做出这个决定后，前所未有的亢奋冲击着它的神志，以至于它没意识到，身后的空间正在反复地左右对调，而这座大楼底端突然产生了震感，就像在平整的地面上小幅跳动。

它的食物凝视着他，也似乎在凝视它的后方，它听到食物轻声道："失望。"

十目蛙舌在安隅面前蹲下，用尖锐的指甲挑起安隅的下巴："你说什么？"

"你的基因，竟然和你的八个复制品一模一样。"

十目蛙舌嗤笑："当然。你都说了，是复制品嘛。"

"可它们起码比你能生，所以我以为你也会有点过人之处。"

"生产确实是我的天赋，但我讨厌自己费事。"十目蛙舌改用腹腔发声，鲜红的舌头绕上安隅的脖子，一圈又一圈，直到那截脆弱的人颈被缠绕得完全看不见，舌尖挤进去，抵在安隅的喉咙上。

"等一下。"安隅呼吸受阻，气若游丝道，"为什么选择53区？"

"什么为什么？"

安隅气声道："为了能源核？"

"能源核？你说这个吗？"蛙舌从口袋里掏出能源核，随手往床上一扔，嗤笑道，"人类自以为是的小玩意。"

它凑近安隅，一边期待地动着鼻翼一边回忆道："我在运河里遇见了一个可怜虫，融合他之后就想去他家看看，但很奇怪，虽然从他的记忆中获取了他的地址，但怎么找都找不到，直到前几天才突然发现，原来他家就在我融合他的那个地点附近，我从这里路过无数次，竟然从来没发现这儿有一座人类城市。"

"这儿还挺不错的，尤其是这个房间——"它举头环望四周，忽然眼睛一亮，"对了，这个房间散发出的美味和你很像。"

"美味……"安隅低语着重复，"你说的可怜虫，0313，你还有他的记忆吗？"

"0313？"十目蛙舌皱眉，突然有些烦躁似的，"什么记忆？"

"童年的记忆，没有被父母坚定选择的记忆，被遗弃又被践踏的记忆，唯一的朋友畸变后第一个想到要害他的记忆，独自走入那运河的记忆……”安隅喃喃道，“你不应当忘记。”

他低声细数着这些过往，对面那两只仅存的眼睛剧烈收缩着，像要炸出血来。

绕在他脖子上的舌头再度缩紧了，十目蛙舌腹腔里发出一声歇斯底里的尖叫：“你胡说什么？！”

安隅呼吸困难，但语气却更笃定了：“每类畸种都被设定了独特的优势和限制，它们必须遵守你的游戏规则，不断竞争，自我筛选，一层一层爬到你面前争宠。低劣的统治方式。”

“八个复制品长着0313的脸，而你却把自己变成了凌秋——一个和你一样生长于污泥，却能燃起一身光亮的人。这张脸暴露了你嫉妒的根源，也更暴露了你的卑贱。”安隅无力地垂下头，呢喃声却透着刺骨的寒，“你实在不该偷他的脸。”

十目蛙舌冷笑：“看来你认识这张脸的主人？”

它其实并不记得自己与人类融合后为什么捏了这么一张脸，就连安隅说的那些生物链规则，也似乎只是它遵循本能随意制定的。但或许这个人类没说错，因为在他讲述那些0313的过往时，它感到头有些痛——它的脑袋里应该还保留了一颗小小的人脑，虽然那颗脑已经无法自主思考，但既然脑的主人与它混合超畸化，它就也永远无法摆脱那颗人脑的影响。

十目蛙舌道：“等我吃掉你，再去重新寻找胚胎。重建秩序很快，不用担心。你成为我的食物，也许能亲眼看到那一天，也会感到与有荣焉的。”

“是吗。”对面人类的声音倏然冷了下去。

濒死的虚弱感顷刻消失了，那双涣散的红瞳聚焦，嘲讽而嫌恶地凝视着它。

安隅抬手伸进一圈圈缠绕着脖子的舌头中，一把将舌尖扯了出来。

那条手臂明明骨瘦如柴，力气却大得可怕，十目蛙舌一时没能挣开，眼看着安隅扯着它的舌尖抵上肩膀——刚刚被它抽破的伤口处。

“重建秩序，确实很快。”安隅轻声说，“但不是你的秩序。”

“嗤”的一声，舌尖被安隅抓着刺入自己身体！

十目蛙舌意识到不对劲时，本能已经驱使它的舌尖探向深处那难以名状的诱惑，它要品尝的那一瞬间，巨大的轰鸣声从脑中和身体中炸响，它甚至来不及低头看一眼自己的身体，仅剩的两只眼睛便同时爆裂。

身体四分五裂，大块的组织只存在了一瞬，便在空中如像素般分解。

状态觉醒后，他以为自己彻底泯灭了人性。

当他想起凌秋，恍惚间竟觉得状态消失了一瞬，在那一瞬，巨大的难过包裹住了他。

黑塔。

离屏幕最近的人上下嘴唇碰在一起，颤抖许久才发出声音："爆……体！他的必杀技不是吞噬，是……诱导自爆！"

荒原上消失的巨螳螂，废墟里不见踪影的章鱼和蛙舌，前几次"狩猎"中不允许其他守序者靠近，纵容畸种将自己重伤，冷眼注视着终端上的生存值暴跌，再带着一身血气自我催眠……

一切，都终于有了合理的解释。

顶峰命令道："重新梳理对安隅的观测。"

研究员站在指挥厅中央，声线高亢而战栗。

"第一，不受感染。强行感染会触发异能，感染加剧的过程即是异能成长的过程。尚不知有多少种异能可被触发。

"第二，不容获取。只要尝试获取他的基因，就会……分解式自爆。

"第三，绝对意志。人类目前已知会损害精神力的三种情况——濒死、恐惧、直视混乱，均无法对其造成任何干扰。

"第四，降临状态。在迫近生理极限时，会以难以解释的状态苏醒——体能大幅强化，异能成长加快，极度自我，意志与身体都更加强韧。"

他深吸一口气，努力遏制着心尖的战栗。

"守序者安隅，暂时分类为空间系能力者，目前觉醒异能：空间折叠、被动引爆。他已经超越了人类目前所有可想象的异能上限，但他确实没有、也不可能发生生物畸变，他……仍然是人类！他的弱点，也是这具人类之躯。"

有人颤声道："安隅还好吗？他很久没动过了。"

"生存值已经下降到不足5%了，他伤得好重，还能挺过去吗？"

屏幕上，安隅一动不动地在血泊中呆坐着。

那双眼眸中的赤色愈烧愈烈，寂静中，一滴泪忽然从眼眶中滚落。

"他在哭吗……"大脑研究员怔道，"律在战报里说，他有很强的血性，但个人情感非常淡漠。在出发前的所有试验室测试中，他也从未真正流过泪。"

准确地说，安隅确实因疼痛和恐惧生理性哭过很多次，但这是第一次真正流露悲伤。

许久，他才缓缓从地上撑起来，晃到床边，把能源核小心地揣进口袋，又走到柜子旁拆了两块压缩饼干，站在原地安静地咀嚼。

他打开作战公频，那里如预料般吵闹翻天。

“警报！全城的畸种都在向T区5栋靠拢！”

“畸潮移动的速度非常快！我们真的不阻止吗？！”

“预计五分钟内，它们都将冲入安隅目前所在的大楼！”

“不太对劲，自从真正的超畸体死亡，这些畸种的生命似乎开始相互关联了！”

“是啊，老子明明杀死了一只，转眼就爬起来，见了鬼了！”

“可能要同时杀死所有畸种，否则它们会无限重生！这到底是什么鬼东西！”

“热武器呢？主城！热武器到哪里了？！”

黑塔立即接入。

“距离热弹发射还有8分30秒！”

“热弹落点：T区5栋。地面覆盖半径：全城。”

“所有守序者，请在翼组的配合下进行高空规避，安全高度：3000米。”

“安隅！羲德准备接应你！请带能源核安全撤离！”

门被推开，羲德大步进来：“你还好吧？跟我走！”

安隅背对他，嚼着饼干踱到窗边。

低保宿舍唯一的优点是视野好，站在这儿，能将整座饵城收入眼底。

铁灰色的城市废墟中，大片黑压压的畸潮从四面八方迅速拢来，一眼望不到尽头，像要蔓延到天际，重续那刚刚消散的瘴雾。

将53区夷为平地，确实是最干净的处理方法。

但是他不允许。

纵然昔日也非乐园，他亦绝不能容忍这里今时沦为废土。

安隅一把推开窗，染血的发在风中鼓动，他垂眸看着已经涌到楼下的畸潮，从床上揭过那份饵城日报。

头版头条：《专访首位出身53区的军部长官！凌秋：贫民窟与理想国》。

缺失了照片笑脸的报纸在空中打着旋飘落。

一声清越冷冽的鸣叫划破天际，羲德带着安隅冲上高空。

地面上，大批丧尸畸种正疯狂地挤进那栋建筑，它们为了冲进去，不惜将肢体压缩、折叠，踩踏着彼此，争先恐后地涌入。

安隅一手抓着羲德的背，神色恢复冷冽。明明已经离那栋楼很远了，但楼影却依旧清晰地映在他的红瞳之中。

不仅是5栋，周边所有被畸潮殃及的建筑都在那对红瞳中浮现，如神明之眼。

高楼开始震颤，随着安隅胸口逐渐剧烈的起伏，那些高楼一次次瞬间闪烁到空中，又重重砸回地面，每一次落地都有大量畸种被抖落，但它们又很快爬了回去，张牙舞爪地追赶“末日列车”。

闪现的高度一次次增加，第四次突闪，高度足有近百米，以至于它跌落时，大量钢筋与碎土块滚落，楼已经濒临瓦解。

羲德突然明白安隅想干什么了，一种惊悚的感觉爬上神经，他突然感到背上那个奄奄一息的人非常可怕，又非常可敬。他想做的事极度疯狂，绝对超越了贫民窟小喽啰该有的认知，甚至超越了远方黑塔中那群人类精英。

“安隅。”羲德轻声道，“百米已经很了不起，但还远不到规避高度，放弃吧。”

安隅伸手抓住羲德的肩。过重的伤势让那只手冰冷，习惯了高体温的羲德被他冰得打了个寒战。

“还没尽力，我还没有用到你。”安隅说着，瞟向羽翼周边窜动的火焰。

羲德的畸变体征是凤凰金翼，畸变基因通常在畸变体征器官中浓度最高，透过那些赤金的火焰，他看到了翅膀下不属于人类的肌骨与血管。

他自言自语似的说道：“资料显示你的基因熵有28万，不知道和十目蛙舌谁高……”

羲德愣了一会儿，反应过来时几乎难以相信自己听到的：“不是吧，你还有没有点人性？”

安隅认真答道：“有，但不多。长官说的。”

他轻轻触碰着那炙热流火的羽翼，轻声道：“我还从来没有接触过鸟类基因，而且你的畸变方向是幻想生物，应该会有不错的效果……”

羲德沉默了片刻，忽然笑出声：“你这个疯子！”

难怪安隅反常地让他不要走远，原来一直在等着这一刻——或许从他开启第一场狩猎时，他就已经想好了这一步。

秦知律千挑万选，最后竟然监管了这么一个聪明又坏心眼的家伙！但也许，正是这种家伙，才够资格俯瞰天梯。

凤凰金翼凶猛地划破云层，羲德眼中跳动着狷傲：“不过，我最喜欢疯子。”

金翼下的血管鼓出，安隅抽出短刀划破掌心，又反手挑开了那根血管。

伤口迫近流火，剧烈的灼痛让他另一手死死薅住羲德的翅膀，羲德“嘶”了一声，却顾不上劝阻，他正调动自己全部的精神去主动感染安隅。

耳机里，黑塔决策员们集体惊慌。

“羲德！你在感染安隅？”

“他疯，你也陪他疯吗？”

“你们到底要干什么！”

“53区不重要，安隅才是最宝贵的！听懂了吗？”

“他虽然不会畸变，但感染会带来生理伤害，他已经临界了！”

“他快要撑不住了，羲德！停下！”

安隅自动屏蔽掉那些声音：“克制住自己的欲望，不要尝试获取我的基因。”

“我在努力抵抗，我现在大致能理解那些馋虫了。”羲德咬牙切齿，“你到底是什么东西……”

安隅轻叹一声：“这就是问题了，已经走到这一步，我却还不知道自己到底是什么。”

攥着翅膀的手越来越紧，羲德第一次在疼痛中感到兴奋，但终端越来越刺耳的生命报警又让他也不免有些担忧，正要喊安隅的名字，忽然听到一声巨响——

地面上，整个低保区的数十栋高楼突然消失，下一瞬，直接闪烁至高空。

耳机里搏颤声汇报道：“长官！不知道发生了什么，低保区突然出现在高空，高度1050米！”

这一次，那些大楼悬浮在那个高度静止住了，没有下降，但羲德感到安隅已经浑身紧绷，竭尽全力，却也只能让那片区域停留在那个高度而已。

报警声撕心裂肺，持续的感染使得安隅的生存值从5%又迅速下降到3%。

“安隅。”羲德遗憾道，“规避热弹的纵向高度要3000米，你尽力了，你……嘶！”

安隅竟将那根血管反手插入自己胸口。

生存值2%!

羲德在巨大的惊悚中竟然察觉不到痛，颤声道：“安隅……住手！你撑不住的，你……”

安隅聚精会神地注视着空中楼影，那对浓郁的红瞳中，低保区楼群再次从高空突然消失，瞬息后出现在更高处。

“长官！”搏颤抖道，“高度1400米——”

又一闪!

“1500——”

“黑塔通告。热弹将在30秒钟后发射，预计36秒抵达，请守序者注意规避。”

“1600——”

“1800！”

1%!

羲德背上猛地一沉，安隅已经撑不住了，双膝跪在他背上，才堪堪撑起上身。

血色正从那本就苍白的脸上迅速消失，唯有那双红瞳燃烧着疯狂，他稳住身体后，又一次，将匕首伸向了羲德另一只金翼。

“安隅——”羲德眼眶温热，“人命可贵，但跟53区的人命相比，你对人类的价值更大！收手吧！”

安隅耳机里的频道不断跳转，上峰、研究员、守序者……认识的，不认识的，都在疯狂接进来劝阻他。

“安隅大人，不知道您在干什么，但请您收手吧！”

“不要为了一座饵城牺牲自己！53区不值得！”

“这座饵城已经没有几个人类了！”

“这是一座空城！是一座空城啊！”

蒋枭虚弱的声音在一片嘈杂中显得格外真切：“请您活下去……不要做傻事。”

安隅在剥出羲德第二根血管前，从耳朵里扯下那片薄膜耳机扔了。

吵得要死。

这群人凭什么觉得可以左右他的决定。

他竖刀于眼前，刀刃映入红瞳，从中切断高空悬立的楼影。

落刃之时，一阵清冷的风忽然吹过，一只手从身后圈住了他的身体。

有一刹那，安隅几乎下意识地想要将刀直接捅向身后，但他很快便醒了过来——因为他的身体已经记住了被手套摩挲的感觉。

秦知律临时获取了搏的基因，振着一对漆黑宽阔的羽翼，立于高空，肃杀之气盖过了羲德的一身流火，他将安隅搂在怀里，目光触及安隅胸前淋漓的鲜血，皱眉。

“状态觉醒，不把长官放在眼里也就算了，从哪儿学的阳奉阴违？”他低声责备，“我有没有说过，让你等我？”

安隅凝视着高空中的楼群：“放开我。”

切断和羲德的联系，再加上迅速流失的体力，让他失去了对那片空间的掌控。

低保区正在重力作用下迅速下降，且降速越来越快。

“距离热弹落地还有最后10秒！”

“所有守序者注意规避！”

“律！立即带安隅撤离！”

秦知律也扔了耳机。

“我说过，我知道你要干什么。”他语气沉静，“也说过，你需要的是我，只能是我。”

安隅察觉那个说话声离他越来越近。

黑翼扇动空气，在庞大的气流振动中，那只手将他揽得更紧了。

“专注。你可以做到的。有我在。”

秦知律轻轻侧过头，挑了半天，终于找到一块没有旧伤的位置，将牙齿抵在安隅颈侧。

安隅忽然一怔。

秦知律确实只是个人类。正因如此，他常常下意识地会忘记，秦知律才是目前人类已知基因熵最高、最混乱的存在。

“5！”

颈侧的皮肤被牙齿割开，一丝轻微的痛楚弥漫。

巨大的呼啸声自安隅意识深处而起，席卷之处，是前所未有的磅礴和安宁。

他尚未意识到发生了什么，已经快要落地的低保区倏然消失了，而后冲破所有人的视线，出现在规避高度之上！

“4！”

空中的守序者几乎看呆了，惊慌地临时下调高度防止误伤，但还没来得及就位，低保区再次一闪——高度6000米之上，远离了全部的楼宇和人群，让他们连仰望都吃力。

“3！”

最后一闪！

万米高空，那个陪伴了安隅十年的地方，终于和53区彻底分离。

安隅扬起头，红瞳中映照着高处灰黑的断壁残垣，和楼影里满载的畸种。

没有等来倒计时结束，热弹在万米之上，与空中的低保区轰然相撞！

一朵白亮的蘑菇云在高空炸裂，升腾，又消散。

世界在巨大的声浪和火光中归于死寂，所有错乱的生命在那一刻消失殆尽，瘴雾消散，只剩下天际刺眼的光和热浪，以及秦知律揽在安隅腰上的，那只手。

终端的生存判定停在了1%，或许是秦知律创造的伤口太小，他的感染竟然没让安隅的生存值继续下降。

那种状态悄无声息地离开，他的心像是突然被挖空一块，陷入巨大的空茫。

他低下头，看着地面上小小的饵城。

53区终于回归了往日的样子，只是从前的低保区已彻底消失，只留下一块光秃的土地。

他终于把53区还给了凌秋，也终于亲手埋葬了这里，埋葬了这个丑陋、苟且、绝望的，这个给了他哥哥、陪伴他懵懂生长、又注定从他生命中剥离的——贫民窟。

【废书散页】

15 传说

有一位传说中的守序者。

他是与尖塔未曾谋面的同行人。

没能等到灾厄终结，也未亲见秩序回归。

但他获得过一滴眼泪。

【主城一】

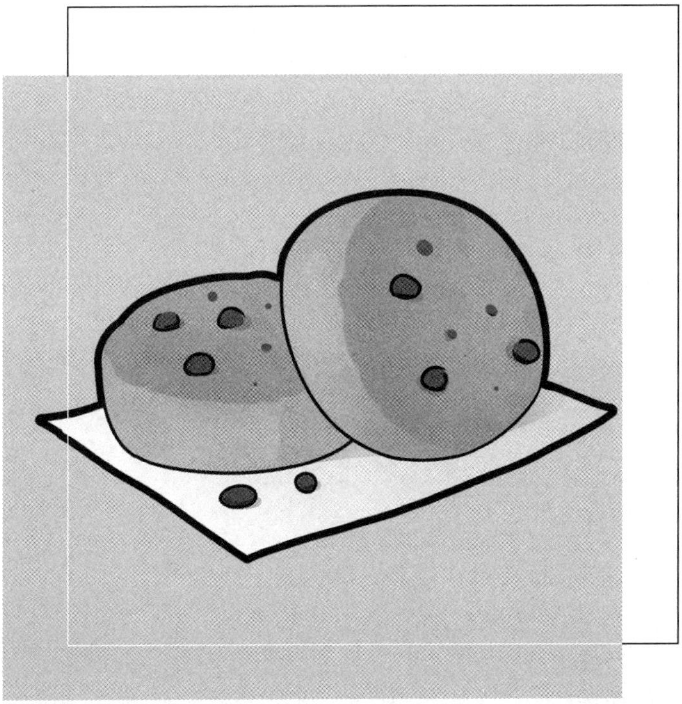

21　第八天

“所以，永远不要自以为是地剖开一只弱小的兔子。因为无人知晓，在那微如露水的眼珠背后，是谁在窥视苍穹。”

教堂的最后一声钟声落下，诵台后的男子合上诗集，安然微笑。

“这是今天的最后一首诗。明晚是为53区举办的夜祷会，希望您带着一颗平和的心前来。那么，主城晚安。”

人们从高低错落的木椅上起身，怀抱诗集，向他点头致谢。

一个小女孩蹬蹬蹬跑上台：“眼！为什么兔子这么厉害？”

“那只是个比喻。”他笑着把她抱起，指着玻璃缸里一尾纤细的金鱼道，“把兔子换成它也是一样的。庞大之物喜欢隐匿在微小的视线中窥视，因为它们从不需要彰显自己的存在。”

小女孩想了想：“金鱼确实很弱，我妈妈说，金鱼畸种很难感染人，就算感染了也对人类没什么威胁。”

她伸手撩开他银灰色的发，在他的额头上湿漉漉地亲了一口：“诗人，你为什么叫眼？你也想成为庞大之物窥视世界的眼睛吗？”

一位穿长裙的女人走过来，把她接回自己怀里：“不许没礼貌。”

女人转而虔诚地对眼行了一礼：“诗人，明晚见。”

眼温柔微笑：“晚安，夫人。”

等待人群散尽，他卷起衬衫袖摆，把散落一地的蜡烛一一吹灭，在幽暗中沿着盘旋向上的楼梯一级一级走上塔尖，站在窗前仰望。

苍穹之上，月光格外稀薄。

“第一枚制动齿轮，竟然越转越平稳了。”

深灰的眼眸中似有星云快速流动，静谧而璀璨，他喃喃道：“已经七天了吧……”

*

安隅一直昏睡到第八天傍晚。

坦白说，这比他预计的要短太多了，他听说后甚至有点焦虑，担心自己因为睡太少而折寿。如果不是有个自称是上峰之一的家伙坐在对面盯着他，他很想直接闭眼进入下一觉。

约瑟，三十岁左右，白胖，说话轻声轻气，喜欢假笑，并自以为掩饰得很好——这是安隅和他相处十分钟后的判断。

这种人自称上峰实在太过诡异，就像此刻的这间实验室一样诡异。

被临时改造过的大脑试验室，墙壁贴着据说有助放松的绿色壁纸，墙角堆满大大小小的毛绒兔子，屏幕上还在循环静音播放着《超畸幼儿园》。

据约瑟说，这一切都是为了让安隅在睡梦中也能感受到被主城爱着。然而安隅怀疑这些阴险的主城人正在尝试一种很新奇的刑讯方式。

尤其是，此刻他面前摆了满满一桌子面包——长的圆的，鼓的扁的，嵌着水果、淋着奶酱、撒满糖霜……房间里浓郁的香甜让人昏头，约瑟声情并茂地介绍了每一款，但安隅始终没有表情，因为眼下场景实在太像凌秋科普过的“断头饭”了。

“您有什么不满吗？”约瑟小心翼翼地观察他的神色。

上峰把他的神秘状态称为“降临态”，降临态结束后，他看起来就像完全回到了从前。

只有安隅自己能感受到差异——他永远失去了敬畏之心，降临态结束后，脾气确实温和下来，但那更像是主动选择缩回到被凌秋教育过的礼貌壳子，和外界保持友好与疏离。

安隅垂眸想了一会儿：“长官呢？”

“律在履行一些工作义务，就快回来了。”约瑟挤着一脸横肉微笑，“您很渴望见到他吗？”

“嗯……”

虽然说不上怕，但这些掌握资源的人类组织仍然让他不安。毕竟人类不是畸种，可以用一百种朴素的方式杀死他，只有秦知律能在人类面前保住他——这是秦知律承诺他的。

约瑟立刻低头唰唰唰地写了起来。从他进门起，安隅每开一次口、视线挪动一次，都会触发这种速记行为。

约瑟试探地问道：“根据我的观察，您此刻的性格介于初始态和降临态之间，更偏初始态，这符合您的自我感知吗？”

“算是吧。”安隅回忆着，“那天我确实有一点失去耐心。”

约瑟的圆脸隐隐发绿，小声嘀咕：“只有一点吗……”

安隅诚恳道：“很抱歉，降临态到来时，我似乎没有自我约束的意识。虽然我从未遗忘我的邻居，但当时我把他教导的礼仪全都抛到脑后了。”

“哦不不不！”约瑟慌乱摆手，“那也是一种，嗯……很棒的人格魅力，当时包括我在内的所有人都为您独特的气质所折服。”

大颗大颗的汗珠子从他脑门上滚下来，他强颜欢笑道：“但您现在的样子我也很喜欢！您和我都不会战战兢兢，我们站在一种平等的关系上交流——”他机警地停顿，“您觉得呢？”

安隅摇头：“不平等。如果你们想杀我，我仍然只能接受。”

约瑟膝盖一哆嗦：“不会！我代表黑塔对您献上崇高的敬意，我们不会再伤害您了，请您务必要相信这点！”

安隅并不相信，他看了看门，又一次问道：“长官到底去哪儿了？”

“他很快就会回来。放心，他知道您在这里。”约瑟指着桌上的面包说道，“苏醒后的第一餐本该清淡些，是他执意让我们给您准备面包的。”

这句倒比较可信。

安隅想了想，终于朝面包们伸出了手。他没有碰那些高级货，而是保守地选择了角落里的粗麦面包。牙齿咀嚼上富有韧劲的麦仁，他的坐姿明显松弛了一些。

约瑟又低头写了几笔，说道：“请您保持现在的放松状态，接下来我想代表黑塔和您聊聊。”

比利说，重大任务后的谈话非常繁琐，上峰要求事无巨细地回顾每一个环节，事后还要提交厚厚的报告书，没有十天半个月绝对写不完。

安隅做足了心理准备，但约瑟却道：“关于53区，上峰理解并感激您所做的一切，律希望我们不要打扰您，因此报告将由其他守序者完成。我们主要想和您沟通之后的事。”

他说出的每一个字都经过再三斟酌：“您可以选择离开，但我们真切期盼您能正式加入尖塔。留下来，最直观的好处是衣食无忧。尖塔有顶级餐厅，还有大量娱乐设施。此外，任务中获得的战绩积分可以等额兑换现实货币，满足一切物质需求。”

“而您还将拥有特权，由于您是人类基因，可以自由进出尖塔，我们为您安排了两位主城生活助理，尖塔里是比利，尖塔外是严希，此外，您也无需顾虑守序者每年至少两次任务的考勤指标。”

安隅消化了半天，有些吃惊：“意思是，一辈子不干活，白吃白住到死也行吗？”

约瑟摆出一个略显僵硬的微笑：“是的，我们对您的人生观已经有所了解，完全尊重。”

“那——刚才说的免费餐厅……”安隅犹豫道，“每个月有餐标吗？”

“餐标？”约瑟反应了一下，连忙摇头，“当然没有！随便您吃！”

不用出任务，活在主城穹顶保护下，有吃有住，食物不限量。

凌秋常常鄙视他白嫖低保资源的行为太不要脸，要是知道了他甚至能白嫖到尖塔头上，不知会作何感想。

安隅放空了一会儿，又拿起一条面包，一边咀嚼一边思考——凌秋死了，低保宿舍炸了，53区其实已经和他没什么关系了。

约瑟又道：“您不必着急作决定，可以在主城休息一段时间慢慢考虑。”

“那休息期间……”安隅看向桌上的面包。

“包吃包住！”约瑟已经彻底跟上了他的思路。

谈话的最后，约瑟正色道：“我们还有一个不情之请。您的空间系异能独一无二，只有黑塔、大脑、尖塔高层人士知情，希望您能暂时对190层以下的普通守序者保密。”

安隅困惑道：“可是在53区，很多人都看见了。”

“但他们并不了解到底发生了什么。”约瑟微笑，“现在尖塔流传着各路传言，还请您保持沉默和神秘。此外，我们也希望您能过得开心，有烦恼时多向外寻求帮助，尽量不要伤害自己。”

安隅有点发懵：“不要伤害自己？”

“可以吗？”约瑟的语气像在恳求。

好奇怪的要求。安隅只能点头，困惑地又拿起一条面包，一边掰成方便随身携带的小块，一边皱眉思考。

约瑟低头在记录上写道——

“要求安隅控制自虐行为，不可避免地对他造成了心理压力。”

“目前已知能缓解安隅心理压力的事物包括：面包（首选），律（其次），居所与金钱（再次）。”

很快，上峰就安排了人送安隅回尖塔。

这一次，没有头罩套头，自动驾驶的车上除他之外只有一个人。

“严希。”

“被您记住名字，我很荣幸。”严希失明的双眼一片空茫，微笑道，“53区爆炸后，全世界都在下雪，昨天夜里雪忽然停了，我还在想您会不会醒，再睡下去就要错过纪念53区的夜祷会了。”

夜祷会……

凌秋提起过，人类基因分级制度拆散了太多家庭，绝大多数主城人都有至亲好友分散在各个饵城，因此每当饵城遭灾，看似平静的主城实际上溢满泪水，人们会齐聚中心教堂，为逝去的同胞办一场祝祷诗会。

“抱歉，我不该这么快就提起53区……”严希的声音低下去，“你邻居的事，我很遗憾。”

安隅偏过头看着车窗外。

主城没有风雪，清洁而恢宏的建筑高低错落，夜色下的街道流光溢彩，满是忙碌和欢声笑语。

这是饵城从未有过的景象，凌秋说过，在几十年前，这是人类习以为常的安宁。

安隅轻声问：“你在这里有其他亲人吗？”

严希笑笑：“没有了。我也是后来才知道，父亲不久前遭遇了畸种袭击，母亲和妹妹都在那辆摆渡车上遇难了。”

安隅回头看着他：“那以后呢？”

“生活总要继续，万幸，我还有喜欢做的事，大脑已经帮我研发了机械眼，手术安排在今晚的夜祷会后，我很快就能重新做研究了。”严希笑笑，“听说我会成为您的助理，请您不要感到压力，如果您选择离开，也可以把我当成一个主城的朋友，想起时随时找我。”

他顿了顿，对着安隅的方向微笑：“我很乐意恭候您。世上还活着那么多人，但只有您见过她们最后一面。”

安隅对着那双空茫的眼，一时无言。

他果然还是不擅长安慰人，长官除外。

严希轻声道：“其实去年我回过一趟53区，那时上峰正在确定能源核的藏匿地点，我负责去53区做技术勘察。当时我开车从我家楼前路过，远远地还看到了妹妹。那天在下雨，她捏着一块豆饼坐在楼门口画画。可惜，能源核是高度机密，我没有停车。”

“我猜，她们这次应该是来给我过生日的，说不定我妈还做了豆饼……”严希吁了一口气，低笑一声，“我是真的有点想念那个味道了。”

安隅下意识道：“豆饼的味道确实……”

“我不该和你说这个，抱歉。”严希抬手抹了下眼角的晶莹，那双无神的眼看向窗外，“无论如何，灾难结束了，痛苦也总有散去的一天。安隅，不知道你有没有喜欢做的事，那会帮你熬过失去陪伴的日子。”

他把终端还给安隅，屏幕上跳跃着生存值——100%。

这是安隅第一次看到这个美好的数字，巨大的安全感包裹住了他。

严希对着他的方向微笑：“安隅，欢迎来到主城。”

*

人类不能踏入尖塔，严希只把安隅送到门口。

安隅再一次见到了那座雕像。它寂静地伫立在尖塔一楼大厅中央，穿军装的男人肃穆直立，双手托起一枚徽章，徽章的形状是层层叠叠的草芥包裹着一颗火星。

安隅轻声读出雕像底座的刻文。

“《人类联合法案·守序者誓约》，

“永远对人类忠诚，无论我以何种形式存在。

“我接受一切有保留的信任。

“我接受一切无底线的利用。

“我接受一切不解释的处决。

“我将永远对人类忠诚，无论我以何种方式毁灭。

“——守序者自我约束。”

雕像的男人轮廓沉肃刚毅，好似有种微妙的熟悉感。

“安隅！”

一声尖锐的鸟嗓差点把安隅吓死，比利站在电梯口冲他激情挥手：“你终于回来啦！”

透明电梯笔直向上，电梯外经过的每一位守序者都不约而同地停下了脚步，多数人毕恭毕敬地朝安隅低下头，还有一些注视着他，目光复杂，但已不再如从前那样轻蔑恶毒。

“你知道有多少人崇拜你吗？老天爷，53区的事在尖塔传得沸沸扬扬，所有人都在等你醒来，终于！”比利挺着胸脯，仿佛扬眉吐气的是他，“我就说你肯定不普通！你必然是天选之子！”

安隅皱眉：“你当时说的好像是，每个畸变者都以为自己是天选之子，但最终只是个有点能力的小喽啰。”

“我那是说我自己！上峰没告诉你吗？我已经荣幸当选为你的小喽啰了！”比利推着他离开电梯，“你在53区的东西已经放回宿舍，你清点好，看还缺什么抓紧下单。”

安隅一头雾水：“下单？我哪有钱。”

“战绩积分啊。”比利纳闷道，“你没看看自己的结算吗？你现在可是暴发户。随便买，购物花掉的积分不会从资料卡中删掉，当然如果是下注输掉的就要扣了。”

终端个人页有一个资产入口，安隅点开明细——

【53区秩序整顿任务】战绩积分结算

参与积分：20，000（已结入）

完成积分：39，374（已结入）

队伍S级评价：50，000（已结入）

个人SSS+级评价：888，897（已结入）

【资产转入】律于7日前赠予武器“秩序”（已归属）

【积分转入】律于7日前预约转入“主城公寓一套”等价战绩积分（待结入）

【积分转入】律于7日前转入54，900，000战绩积分（附言：100万赔率109.8，一人一半）（已结入）

“想不到吧！”比利叉着腰，“那个匿名下注百万积分的大佬是律！他在出发前就开始给自己的监管对象攒原始资本了！开盘那天，匿名和葡萄基本一人一半瓜分了对面全盘，紧接着一笔天价转账飘出来，大家才回过味儿来！我跟你讲，整座尖塔彻夜灯火通明，没人能睡着！那帮畸贼一个个嫉妒得发狂，健身房想找个空沙包发泄都排不上号！安隅！安隅你听我说话了没？！”

安隅听不到。

捧着终端的手轻轻颤抖，他盯着最终的汇总资产——55，898，271战绩积分，开始茫然地查位数。

“别查了我的宝贝儿，五千五百多万！”比利咋舌，“不用律奖励，你自己也能在主城买顶级公寓了！”

安隅立即问：“但公寓还是由长官出钱来买，是吧？”

“是。”

熟悉的声音从身后响起。

安隅回身，秦知律不知何时站在了他的身后，依旧是一身硬挺的黑色风衣，冷沉肃穆。但不知是否错觉，时隔八天，长官的眼角眉梢更加冷寂，像浸染了风雪。

安隅的视线落在他的唇上——那道小小的旧疤安静地贴在嘴角，秦知律的唇色比往日淡了些，有些苍白。

“可算回来了。”比利如释重负，压低声问，“这次还好吗？”

秦知律随意地“嗯”了一声，目光把安隅从头到脚扫视一轮，淡道：“看起来，恢复得不错。”

安隅拿终端给他看：“长官，我终于100%了。”

仿佛错觉一般，对面冷沉的黑眸中有一瞬的松弛。

“我知道。我有权限查询你的数据。”那个声音有些疲惫。

安隅问道：“您这几天究竟在干什么？”

“履行一些早就习惯的职责义务，只是这次时间长点。”秦知律把手套向上提了提，“好在赶上了。走吧。”

“去哪里？”

“53区夜祷会。”秦知律顿了顿，“去和凌秋，认真道别吧。”

【碎雪片】

严希（1/2）错过的豆饼

从来没人告诉过我，那次转身是我和她们重聚的最后一次机会。

听到消息后，我还算平静。

毕竟生活在这样的时代，聚少离多和咫尺天涯都该被习惯。

但如果重来一次，就算冒着被处分的风险，我也想停下车和妹妹打个招呼，

让她把手里的豆饼掰给我一块。

豆饼的口感其实很粗糙，只有清淡的面粉香和豆香，也没什么能让人痴恋的甜味，

但咬上一口却能让人心安很久。

没有人能忘记妈妈惯做的味道吧，

无论在怎样的世界，这一点都不会变。

22　面包店出兑

晚风带着钟声走遍主城。

中央教堂的地上摆满白色蜡烛，燃烧的烛泪流淌过底座上刻印的名字，中间的巨蜡，属于53区所有不知名牺牲者。

诗人手捧祷文诵读，平静的声音中透出力量。

“为每一个逝去的灵魂祝祷——

“我们，于今日将思念燃尽，化作烛火伴您远行。

“愿您安宁与自在，再无苦痛和惊慌。

“愿伟大的造物，怜悯每一个弱小的存在，赐予我们、赐予它们永恒。”

人们围立在烛圈之外，双手合十，闭目跟随他祝祷。

人群中，安隅托着一根小小的白色蜡烛，对着底座上的刻文怔忡。

在战斗中牺牲

——守序者：凌秋

“长官……”

“虽然他与尖塔中的大多数守序者未曾谋面，但他确实是同行人。”秦知律语气客观，“失去凌秋，于你，于尖塔，于人类，都是损失。”

那一簇小小的烛焰在安隅眼前扭来摆去，跳得很有力量。一滴烛泪淌下，在落到安隅手背上之前，秦知律伸手将蜡烛取走了。蜡油滴在皮手套上，立即凝出一小块乳色的蜡斑。

安隅立即道：“我很抱……”

“不需要道歉。”

秦知律倾倒掉过多的蜡油，用一块手帕把蜡烛仔细擦干净，又捧给安隅。

安隅正要接，他却忽然又把蜡烛往后一闪，让安隅扑了个空。

“嗯？”

“我发现你有几句话总是张口就来，像是背得很熟练。”秦知律凝眉思考了一会儿，“我很抱歉。您说的对。求求您了。还有……”

“谢谢和祝您成功。”安隅下意识接道。

他接完就立即抿住了嘴，因为在那双黑眸中捕捉到一丝好笑的意味。

“这也是他教你的？”秦知律笑问。

安隅闷闷地“嗯”了一声，望着那簇烛火：“您要是希望我改掉——”

“不用。”秦知律重新将蜡烛捧还给他，“不需要刻意改变。你早晚会逐渐回归自我，或许就是所谓的降临态，但渐渐地，它也不会再难以控制地降临在你身上，你会掌握开关，然后毁掉开关，与自我更融洽地相处。到那一天，你不再受任何摆布，看不出任何人的影子，只有你自己。唯有你的思想，你的意志，才是永不熄灭的烛火。”

安隅对上他深邃的注视，轻声重复道：“我的思想和意志？”

“嗯。”秦知律朝诗人的方向颔首，“专心吧，为凌秋祝祷。”

那道沉肃的身影纵然匿于人群，却依旧挺立肃寂，他和所有人一起跟随诗人念诵。

“为凌秋祝祷——

“迎着光亮，斩断深渊。

“理想，必将在更好的世界得到存续。”

诗人深吸气，将祷文捧到那座巨大的白蜡前，看着它燃烧殆尽。

平和的目光扫过人群，他轻轻勾起唇角，提声道：“忧思在我心里平静下去——”

人们跟随开口：“忧思在我心里平静下去。”

“正如暮色降临在寂静的山林——”

“正如暮色降临在寂静的山林。”

诗人停顿，淡淡微笑：“没有一片雪花会消融，正如每一分思念都将永远留存心中。那么，主城晚安。”

安隅品味着最后一句话：“没有一片雪花会消融……”

秦知律道：“人们用消融与否来分辨正常的风雪和灾厄的风雪。那些伴随灾厄而来的雪片永不消融，逐渐凝成白茫茫的雪原，笼罩住穹顶之外的世界。大脑做过很多次采样，每个碎雪片都被检测出了混乱的频率和能量波动，但无法拆译。因此雪只是个象征的名字，那根本不是雪，没人知道那是什么。”

安隅听得有些出神，凌秋从来都只教他如何在这个世界上活着，却从未像长官一样告诉他这个世界究竟是怎样的，以及，应当是怎样的。

人群开始散去，那些衣着体面的主城精英虽然红着眼眶，但神色已经恢复了平和从容。

安隅举头环望高旷的教堂塔顶：“凌秋说，主城充满理性，原来也会有信仰吗？”

秦知律摇头：“这只是自我开解，算不上。主城从不比饵城轻松，极致的高压让人们需要随时随地寻求开解，所以诗人在主城的声望很高。”

安隅闻言看向诵台上那道纤细柔和的身影：“那除了找他开解，还有真正的宗教吗？”

“主城禁宗教。绝对理性，绝对价值，绝不辜负。这是主城的使命。”秦知律顿了顿，“我知道饵城遍地宗教，潦倒苦痛的生活确实需要信仰依托，因此上峰从不插手。”

秦知律话音落，忽然道：“你等我一下。”

他走向人群中一个高大的男人，那人穿着华丽的黑绸衬衫，袖子挽起，结实的手臂上盛开着大片黑蔷薇文身，气势逼人。

安隅只瞟了一眼就收回视线，继续观察着诵台后的诗人。

诗人就像笼罩在一层雾后，蒙眬温和，毫无攻击性，让他罕见地觉得舒服。摆渡车上，小女孩读的那首诗应该就是他的作品。

察觉到他的视线，诗人放下手中的东西，朝他走来。

“我好像第一次见到你。”他优雅地微笑，“我叫眠。请问，该怎么称呼？”

“安隅。”

“很特别的名字。”诗人注视着他，“你的眼睛让人感到平静。正好，可以帮我拿几根蜡烛吗？我想上塔顶找一本诗集。”

“好。”

安隅从地上拾起两根没有刻文的蜡烛，跟在诗人身后，一步一步攀上那环形的台阶。

教堂到处都散落着诗集，有种浪漫的凌乱感。诗人翻找了许久，终于将一本没有名字的诗册握在手里，回头望向窗外，轻道：“我总是能在苍穹上看到一大团波动的破碎红光，你能看到吗？”

安隅茫然地看向外面——那只有一片干净的夜空。

诗人笑笑："无妨，就当我是写诗写魔怔了吧。那些汇聚的破碎红光越来越壮大，但几天前，东南角那几团忽然融在了一起，不再乱动了，我也为此舒心不少。"

他微顿："我在它们背后看到一枚齿轮的轮廓，是齿轮延伸出的制动线束缚住了那些红光。"

安隅很少遇见会让他想要聊上几句的人，可惜此刻他搭不上话，因为凌秋没教过天文。

诗人将手里的诗集递给他："请收下吧。"

"送我？"

"就当是谢礼吧。"诗人笑道，"我把宁静带给主城，自己却常常思绪烦躁，看着你的眼睛让我很平静。这是我没有公开发表过的诗集，如果有读不懂的地方，可以随时来教堂找我。"

*

主城的夜晚满是霓虹。

安隅跟着秦知律步行回去，秦知律问道："上峰和你说过，希望你留在尖塔吗？"

安隅点头："我还在考虑中。"

他犹豫了一会儿："长官，您当时为什么选择我？因为我的基因熵是零吗？"

"不仅是基因熵。"秦知律自然地答道。

"那……"

"还有精神力。听说你在诱导试验中精神力毫无波动，那一刻我就做出了决定。"

安隅不明所以："这很罕见吗？"

"前所未有，这代表着绝对意志。"秦知律转身看着他，"绝对意志，加上绝对不受感染，你达成了一道不可破的秩序。"

安隅有些茫然，他觉得长官虽然在看着他，但并没有和他对视，而更像是专注地凝视着他的眼睛。

从对面的玻璃橱窗中，他也看到了自己金眸的倒影。

看着看着，他的眼睛直了。

"唔？"秦知律意识到不对劲，回头看向身后。

一尘不染的玻璃橱窗后整齐地排列着木质面包架，一筐筐面包摆在架子上，有朴实粗犷的黑麦棍子，可爱的小雪球似的牛奶团子，层层浇注果酱的黄金起酥，淋满可可糖浆的油炸甜圈……

橱窗后的牌子上写道——旺铺转让。

安隅眼睛还在发直，秦知律已经转身，推开了那道温馨的木门。

清脆的风铃声响。

“你好。买店问价。”

*

女老板年近五十，身材微微发福，笑容温和：“本店只售不租，并且只卖给要继续开面包店的人。九千万一次性付清，赠送全套设施。”

安隅傻眼：“九千万？”九千万能买半个53区了。

秦知律却道：“不贵。”

“是呀，商铺和住房价格可不同，这儿又是主城中心，背靠核心商业区，白天不愁客流。喏，南面五公里就是军部方舱，那群大小伙子喜欢夜跑加训，从方舱一路跑到我这儿来，把面包全抢空。”女老板笑得合不拢嘴，“真能吃啊，我们面包师傅每天午饭后就要张罗着晚间上架了，不然都喂不饱他们。”

“军部……”

安隅视线忽然落在墙上，那里贴满食客们的照片，有十几张都是穿军装的年轻人。

右上角，他竟然一眼看到了凌秋。

洗得发灰的黑背心扎进军裤里，他在人群中高高举着一条咬了几口的棍子面包，腮帮子鼓鼓溜溜，笑着看向镜头。

女老板感慨道：“有面包就有希望，如果不是身体不行了，我真不舍得把它转出去。”

安隅感到心跳加速。

“能再便宜一点吗？”他听见自己小声问。

女老板问：“你有多少？”

“五千五百万。”

女老板笑容温和，友好地把他们请了出去。

*

回到尖塔，安隅仔细清点了从53区带回来的物资。

从资源站缴获的面包一个不少地冻在小冰柜里，搏送的两支补剂安静地摆在床头，此外，还有已经烂得抽条的那身囚服。

他从囚服口袋里如愿摸出半根章鱼脚，长松了一口气。

这是他当时特意没吃完留下来的，打算作为“秦知律周边”，找个机会送给蒋枭，缓和一下紧张的关系。

洗过澡后，安隅点开了战绩积分商城。

那些高杀伤武器、顶级食材、艺术品……都骗不走他的钱，他直奔目标，给自己挑了两样必需品。

一是外套分区最便宜的罩衫，背后有一个宽大的兜帽，能完全遮住头和脸，对社交困难人士非常友好。衣服只要199积分，每添加一种染色要多付150积分，安隅毫不犹豫地跳过了染色步骤，保留初始的纯白选项。

另一件则是高科技材料绷带，商品描述写道：能阻隔绝大多数的刀刃——即便真的被割裂，独创的材料也能迅速创造表面张力，让绷带下裂开的伤口完美对接，告别血流而亡的风险。它如同一件可穿戴装备，可以重复使用，水洗无忧。一盒两条。

绷带一盒要3999积分，这个价格已经高到会让安隅产生犯罪感，他点进点出十几次，最终靠着回忆锋利的蛙舌从百米之外朝脖子抽来那一刹那，才咬牙下手。

总计消费4198积分，账户余额55894073积分。

要想买下面包店，还差三千四百多万，这趟53区任务入账大概一百万，想要攒够钱，还得再做35次相同难度的任务。

安隅捧着终端发呆，把这个算术题心算了一遍又一遍。

终端忽然弹出秦知律的聊天框。

【想买面包店吗？】

安隅眼睛一亮：您承诺的公寓，可以换成面包店吗？

【不行。价差太大。】

安隅想了想：那可以把公寓的钱折给我吗？

【也不行。答应奖励什么，就是什么。】

安隅缓缓打字：求求您了。拜托。

隔了很久，对面再次冷冰冰地抛来三个字。

【不可以。】

不要脸的法子失效了。

安隅叹气，正打算关掉聊天框，屏幕又弹出新的消息。

【但可以借钱给你，不限时、无利息，只要你永远留在尖塔。】

【售价偏低，尽快考虑。】

条件很诱人，但留在尖塔这事让安隅有些不安，尤其是当它加上了“永远”二字。

一念之差，刚到手的自由人生和浩荡家财就要离他而去。

可那间明亮的面包店，竹篮里散发的面粉香，凌秋开朗的笑脸，又都对他有着莫大的吸引力。

他焦虑地走到墙角，抱膝坐下，心不在焉地戳着终端。

个人主页里躺着999+好友申请，系统已经自动灰掉了普通守序者，帮他一键通过了那些来自190层以上的申请。

安隅发现自己可以看到好友的“朋友圈”，和对外公开的个人主页动态不同，朋友圈里发的东西只有互为好友才能查看。

五分钟前，祝萄刚发了一张照片。

照片上，一身黑色紧身作训服的唐风正伏案写材料，身边的文书已经堆成小山高，桌上散落着咖啡罐。

下面还配了文字：

写53区任务汇报这种苦差事果然还是要交给长官，我们植物哪做得来这个。

下面跟着一片“哈哈哈”，唐风回复道：惯的你。

两小时前，搏也发了一张照片。

拍摄点是尖塔塔顶，夜色下的主城恢宏而安宁，构图中心刚好是教堂。

搏没有留下文字，只敲了一个白蜡烛的表情。

朋友圈迅速帮安隅补上了这几天尖塔高层发生的事，就像他从前每次沉睡醒来时收到的《53区八卦小报》，竟让他忽然产生了一种安定感。

刚返回主城那天，祝萄已经完全被榨干，尖塔第一奶妈的骄傲让他对自己在最终时刻没能奶上安隅而耿耿于怀，自闭到在房间里和自己生闷气。

唐风为了哄他，违规半夜带他去一家无人超市散心。祝萄坐在推车里吃冰淇淋，开心地对着长官的镜头比耶。

随后几天，唐风去出了一趟任务，他在任务中故意接触了基因熵比自己低的狼型超畸体，顺利完成了二次畸变，目前的畸变型是“羚羊兔”叠加“灰狼”。

那条动态下跟着全体高层的评论，就连秦知律都回复了一条“恭喜”。

昨天清晨，羲德带着搏去沙滩边看日出。搏裹着一件工业风的大外套，有些无措地举着两根燃烧的烟花棒。照片远处还有另外两道身影，只是跑得太远了，没有被镜头捕捉清楚。

尖塔高层，似乎远比外界感知到的有温度。

安隅继续往下刷，指尖忽然一顿。

八天前，秦知律也发了一条，只有两个字——出现。

秦知律的头像是一片深黑，账号创立于十年前的2138年5月。自创立起，只发表过两条内容，除了八天前那条“出现”，就是创号之初留下的两个字——等待。

安隅不知道这两条文字是否有所呼应，但它们相隔十年，如果真有呼应，这份等待也太过漫长。

他正出神间，门忽然被敲响。

门没关严，直接从锁扣里滑开，秦知律出现在门外。

安隅起身：“长官有事吗？”

秦知律举起终端朝他晃了晃。

“我还没想好……”安隅犹豫着，“可以再给我点时间吗？”

“不需要纠结。”秦知律语气果断，“不如我们再简单一点。不强迫出任务的前提下，你在尖塔留一年，一年后，如果你愿意永远留下，那我们的欠债一笔勾销。如果你要离开，我们再讨论还钱的事。”

一年后，面包店应该已经有可观的收入，安隅眼睛一亮：“那利息和期限呢？”

“不变，不限时不收利。我很快就要去出任务，要买店尽快，明早前给我答复。”秦知律说着转身欲走，忽然又想起什么，回头道，“对了，忘记问，你现在还能用出异能吗？”

“唔……”安隅反应了一会儿，“您是指这个吗？”

下一秒，他从秦知律对角线遥远的另一头瞬间出现在秦知律面前。

昏睡几天，操作不那么熟练，有点叠过头了，导致他几乎贴着长官的鼻尖。

秦知律沉默片刻：“其实你口头回答就好。”

“……哦。”

安隅默默向后退了一步，尽量委婉道：“现在也还可以主动使用能力，但比较受限。比如刚才这一次，我现在就有点饿了，而且……”他有些心虚地停顿，“有点想原地睡觉。”

他说完却发现秦知律皱眉看着地上，压根没听他在说什么，他顺着长官的视线低头——地上躺着半截漆黑的章鱼脚。

秦知律的表情十分复杂。

“没吃完吗，还带回来了？”秦知律顿了顿，“可能已经……不太新鲜了。要不，丢了吧？”

安隅闻言立即把章鱼脚捡起来，揣回口袋。

“我要留着的。”他警觉地看着秦知律，“要永久收藏。”

秦知律愣了一下：“永久收藏？”

“它很重要，以后的安全感就靠它了。”安隅捂着口袋，“让我留着它，可以吗？”一脸正义虔诚，完全不像喜欢收集长官畸变肢体的变态。

第二天清晨，安隅终于决定接受借钱盘店这件事，打算去找长官签一份书面协议。

一开门，地上摆着一个巨大的黑色盒子，他揭开盒盖，对着里面的东西陷入迷思——那是一只足有半人高的漆黑章鱼玩偶，十几条软乎乎的触手团在盒子里。

安隅困惑地把那玩意从盒子里抱出来，触手自然而然地垂下，在他的身上轻轻摩擦——体积有点太大了，说不清是他抱紧了章鱼，还是章鱼抱紧了他。

安隅在尖塔商城里检索到了商品编码——章鱼型哄睡玩具，1800支长绒棉配合古法织布手艺，打造顶级亲肤感。软萌治愈的章鱼微笑让人身心放松，漆黑的颜色设计完美融入黑夜，温柔细腻的触手将您环绕，让您安睡久久。价格：12999积分（可通过商店7折回收）。

困惑的金眸在看到价格的一瞬骤然亮了起来。

秦知律从隔壁出来，略微停顿：“这是任务结束的小礼物，如果你不喜欢的话……”

“喜欢。”12999，打折出掉净赚9099元。

安隅将章鱼抱得更紧了：“谢谢长官。它是我的了。”

【废书散页】

16 葡萄与搏

尖塔高层小朋友们劣迹斑斑。

违规的事从不少干，而且大多数都有长官撑腰。

比如葡萄，眼馋人类社会，风就隔三岔五半夜带他去逛无人超市、玩午夜游乐场。

对此，上峰只能睁一只眼闭一只眼。

搏比葡萄更渴望回到人类社会。

但搏太过孤高，因为被明令禁止，所以绝不越雷池半步。

他只会在难过时独自跑到塔顶那方狭窄的小窗前，远眺从前的校园。

后勤每隔一段时间上去，总会发现好几排空可乐罐。

搏很少直白坦露情绪。

每当察觉到他情绪波动时，義德就会带他去海边放烟花，虽然大家都觉得搏并不喜欢这种幼稚的活动，但不得不承认，照片里炽烈的花火映在他眼中格外好看。

——像是能把那冷清的小孩点亮。

23　代号角落

“安隅，您即将正式加入尖塔，请确认。”

“确认。”

“您的绑定武器分别是重型狙击枪‘破晓’和短刀‘秩序’，分别继承自守序者凌秋、守序者律，请确认。”

“确认。”

“作为高层直系，您将拥有代号，上峰建议为‘空间’，您可以自行修改。”

“不需要修改。”

天梯上，199层的金色光点闪烁，一张资料卡在所有守序者的终端上自动弹出。

代号：空间（安隅）

199层监管对象

直系长官：律

畸变型：无

基因熵：0（绝对感染抗性）

战斗特长：降临态（重度危险，触发条件待探知）

综合战绩：5589万

守序者们还没消化完，系统再次弹窗。

【律已将安隅的代号修改为“角落”，附言：一个安全的小角落。】

安隅不明所以地看向秦知律。

“你不是上峰的工具，不要用异能类型来命名。”秦知律冷淡地瞥过上峰沟通员，顿了顿，对安隅和缓道，“一个安全的小角落，希望这既是代号于你的意义，也是你于人类的意义。”

“谢谢长官。”

安隅轻瞟了一眼墙角。

他有点喜欢这个代号。

每月一次的守序者会议，讨论高层事宜和近期畸变现象，在190层会议厅举办。

高层及天梯TOP100守序者全员到场，其他人观看直播。

安隅一身白衣，宽大的兜帽罩住头发和眉眼，跟在秦知律身后。他出现的一瞬，整间会议室都静了下去，而论坛上则刷得快要炸了。

【他终于来了！！！】

【白发白衣，好酷。】

【安隅：白色不祥是吧？没关系，让你们知道什么叫不祥。】

【哪有不祥？感觉他本人和主页被贴的标签一模一样！】

安隅落座点开主页，头像下方刚刚拥有了第一枚粉色标签“谦逊强者”。

【嗯……我只能说，给他贴这种标的显然没去53区。】

【据说他在53区极限生存值不足1%，但是没感染。】

【而且那个神秘的降临态……我只能祝你终其一生不会领略。】

【据说畸种们人间蒸发，为此还有个新词——纳米级死亡。】

【嘘，我听说是“吞噬”。】

【不无可能，食堂人说他饭量巨大，还不挑，给什么吃什么。】

【听说醒来后吃了一桌子面包……】

【那算什么，听说在53区吃了一座饵城资源站的面包……还吃了两口律……】

【律也是能随便吃的吗？？？】

安隅的终端突然又跳出一条系统提示：恭喜您获得新的守序者标签（来自匿名队友）！这是您在任务中备受瞩目的表现！

安隅点回主页，“谦逊强者”被挤到了第二位，左侧赫然出现一枚血红的标签——“穷凶畸饿”。

金眸中缓缓浮出一丝困惑。

坐在旁边的秦知律忽然低声道：“还挺贴切的。”

安隅茫然地抬头，秦知律一本正经道：“不必理会，以后会有更离谱的。”

安隅心情复杂地点回论坛，更离谱的已经出现了。

【谢邀，53区增援之一。吞噬和暴食可能有，但感觉他的异能方向更像精神虐待。】

【那岂不是和炎长官差不多？】

【不太准确，应该是更高级的精神控制之类。】

【看看蒋枭现在的样子……】

【不过他居然拿基因熵远高于自己的畸种完成了二次畸变，怎么挺过来的？不是说他精神稳定性很差吗？】

【据说他获得了安隅的祝福。】

【安隅的能力不是精神控制吗？】

【不只有控制，还有祝福，总之所言必中、所愿必达……】

【这么神……神？】

安隅快要怀疑自己不识字了。

他带着满满的困惑点开蒋枭的资料卡——由于赌输1亿战绩积分，从天梯15一落千丈至900多名，但基因熵上升至接近4万，畸变型“红射毒眼镜蛇”后新增了“霞红章鱼”，战斗特长也多了一项“触手鞭打”。

这下好了，最想杀他的人每天都在变强。

安隅沧桑地点进蒋枭的主页，几秒钟后，困惑地“嗯”了一声。

旧标签“狂热律粉”消失了，取而代之的是一枚新的标签“安隅崇拜者”。

如果没记错，他从前的签名——“我必与您并肩”，这个“您”是指秦知律。

而现在签名则改成了“感谢您的宽恕”，这个“您”——安隅很不想承认，他怀疑是自己。

秦知律瞟来一眼：“怎么了？”

安隅有点郁闷：“那半截章鱼脚，早知道当时就该全吃掉，现在都不新鲜了，好浪费。”

秦知律好像被这句话震住了，他消化了好一会儿，清清嗓子：“下次有机会再切给你。”

安隅立即摇头：“那倒不用，您留给其他需要的人吧。”他人生的饥荒期已经终结，坐拥吃不完的面包，这不比章鱼触手干净卫生多了。

凌秋说过主城人热衷开会，但他没说会议竟然这么无聊。

“人类基因在进化，五年前，一只基因熵300的昆虫可以无差别感染半座饵城，而现在，成功率只有不到20%。”

“大脑对遗传与基因熵的研究已经有了相当的进展，相信不久的未来，基因配型能帮助全人类提升感染抗性。但这背后的伦理问题还需要斟酌。”

“人类的基因抗性在进化，可畸变方式也在改变，53区已经出现了光电辐射和意识占领，超畸体能轻易篡改时空秩序，我们面临的混乱，或许早就不止于基因层面……”

安隅正犯困，终端弹出了严希的消息。

【店铺过户手续马上完成，登记名称为“角落面包坊”。店里原本的两位员工要留下吗？】

安隅一下子精神过来：薪水多少？

【麦蒂夫人负责烘焙，月薪一万二。许双双做店长，月薪一千块。在主城几乎不可能有更低的用人成本了，尤其许双双，只要一千块几乎是做慈善，她不缺钱，纯粹喜欢面包店的工作。】

安隅立即让严希把人留下，再点开两个员工的资料细看。

麦蒂，42岁，高鼻梁深眼眶，有12年烘焙经验，不仅精通所有面包类型，还很喜欢研发新口味。

许双双，26岁，扎着高马尾的很爱笑的女孩子，毕业于顶级学府的能源专业，毕业后沉迷投资，是业内极有声望的匿名投资人，去年的客户平均年化收益率45%，她个人年收入高达——

安隅把终端捧到眼前：“三千万？”

会议厅瞬间安静。

正在汇报的守序者恭敬道：“角落大人，您听错了，照然的基因熵不是三千万，是三万。准确地说，是三万二。”

安隅更茫然了，什么照然？

秦知律瞟了他的终端一眼：“继续吧。”

察觉到长官的不满，安隅匆匆回了一句“务必把许双双留下”，然后装模作样地抬头看大屏幕。

屏幕上的照片摄于中心体育馆。聚光灯下的红衣男子身材高挑纤细，栗色长发披散及肩，他手握立麦，脆弱美艳的面庞和桀骜不可一世的姿态让满场观众为之疯狂。

安隅后知后觉，凌秋提起过“照然”这个名字——出身饵城的时代巨星，在主城有无数狂热粉丝，每个月都有富豪邀请他到主城演唱。

“三天前，照然在返回饵城的路上遭到畸种群体袭击，跟随保护的军人不幸牺牲，但他却完成了畸变。由于同时感染了花豹和血雀两种基因，初始即为二重畸变，基因熵32096，能保留下人类意志实属罕见。可惜，他拒绝加入守序者阵营。”

叹息声一片。

对保留人类意志的畸变者而言，尖塔是唯一出路。上峰不可能放任这种潜在的感染源回到人类社会，如果他拒不加入守序者阵营，就会被秘密暗杀。

坐在秦知律对面的人忽然开口道：“这人我要了。不管他愿不愿意，直接送来尖塔。”

熟悉的黑蔷薇文身，是那天在教堂里秦知律特意过去说话的男人。

安隅点开了他的资料。

代号：炎（靳旭炎）

尖塔2号高层

畸变型：黑虎、黑蔷薇

基因熵：32万

战斗特长：近身搏击、粉碎、精神虐待（陷入绝望）

综合战绩：145亿

安隅的视线在“精神虐待”上停留了一会，因为刚才在论坛上也有人提起过。

他顺手也点开了198层受监管守序者的资料。那是一个代号为“眠”的女人，原名沈澈，此刻就坐在他对面，气质沉稳利落，让人联想到刀锋的清冷。

代号：眠（沈澈）

198层监管对象

直系长官：炎

畸变型：睡莲

基因熵：11024（初始值）

战斗特长：净化（种子感染）

综合战绩：4.4亿

羲德挑眉：“要了的意思是？”

“我的第二个监管位。”靳旭炎看向沈澈，“等人过来，你带他熟悉一下环境。”

沈澈利落道：“是。”

羲德笑道：“最近高层新来的小朋友有点多啊，我们安和宁也才来没多久。”

搏旁边空着两个位子，羲德打了个哈欠继续说道：“安今天情绪不是很好，宁在陪着他。唉，敏感的小朋友怎么都跑我这边来了。”

搏惊讶道：“长官觉得我也敏感吗？”

羲德笑眯眯地：“你最敏感。”

他随手开了一罐汽水推过去：“敏感和情绪化是两码事。”

搏恭敬地接过汽水，有些无措道：“如果我任务中有哪里不够决断，请长官一定直说，我会努力改正。”

“谁说我们搏不决断？”羲德笑着摆手，“放眼尖塔，除了长官们之外，就属我们搏最决断了。”

几位高层都在笑，羲德按了一下搏的头：“优等生，放轻松点。”

安隅一边听着他们说话，一边把高层的资料卡全点了一遍。

尖塔目前有5位高层长官——1号长官律，监管安隅一人。2号长官炎，监管沈澈。3号长官唐风，监管祝萄。4号长官羲德，监管搏、安和宁三人。最后一位长官代号深仰，畸变类型是鲨鱼，她似乎正带着监管对象出任务，没有到场。

安隅翻完资料卡，突然意识到每一队都有优势战场，比如炎组擅长雨林沼泽，风和祝萄更适应平原，羲德几人毫无疑问是空中战斗者，没有出现的深仰一队则直指海洋。

至于他和长官就很难定位了，按照长官的异能，或许最契合的战场是动物园。

而他不适合战斗——床才是他的归宿。

终端震动，严希又发来一条消息。

【商铺手续和员工合同全部完成，恭喜，您现在正式成为角落面包店的老板了。】

*

次日。

主城最普通的午后，中央商业区老字号面包店换上了一块小小的木质牌匾。

牌匾上歪歪扭扭地写着几个字：角落面包。

一个年轻的“老头子”从对面科技公司大楼里闷头冲过来，一推门却没推开，抬头才发现门上的标识——新菜单赶制中，三日后营业。

他茫然地把脸贴在玻璃门上，往里瞄了一眼。

店内装潢没怎么变，但面包架空空荡荡。

柜台后，店长小妹还是那个店长小妹，女老板却不见踪影，取代的是一个白发白衣的年轻人，趴在柜台上对着平板电脑皱眉沉思，小妹表情也比往日凝重。

“怪了。”那人嘀咕一句，不甘心地转向旁边的便利店。

他小跑两步又回过头，飞快拍下店门发到工作群。

【悲报！面包店换老板了，是个白毛反社会男。】

往日只会回复“好的”与“收到”的群瞬间爆炸，一串哭泣和疑惑的表情包飘了出来。

店里，安隅托腮叹气。

“我真的要选择B吗？”

许双双缓缓抬头，对着天花板翻了今天的第一百个白眼。

“老板啊，你要是信得过我就爽快点。信不过我就找别人。”她嘀咕道，“就您这点儿钱，五千五百万，在我的客户里垫底都不够，我坑您干吗？”

安隅纠结道：“第一次投资，让我再想想。”

他的理财诉求是在一年内把五千五百万变成九千万，还清欠长官的钱。

许双双说今年市场动荡，要实现60%以上的年化收益率，就要选择高风险的组合B，但有一定亏损的概率。

以安隅的习惯，他更想选年化5%到10%之间的组合A，旱涝保收。

许双双深吸气：“这么说吧，选B，今年就算赔它十个点，明年依旧有赚翻倍的可能。但你选A，就算每年都拉满10%，也要六年才能达到预期收益率，六年啊！姐姐我孩子都上主城第一小学了。”

许双双打算今年和未婚夫结婚，每天都在琢磨科学备孕，三句话不离孩子。

安隅叹气：“那好吧。”

许双双一下子笑弯眼：“这就对喽，跟我投你放心，赌上兜里最后一分钱，绝对不会输。”

安隅听到这话忽然怔了怔，下意识向墙上凌秋的照片看去。

凌秋死之前说，他曾让他提醒自己——敢赌上最后一线生机的人不会输。

这太匪夷所思了，他绝对没和凌秋说过这句话，这话甚至超出他的认知范畴，乍一听还有些震撼。

身后门帘一掀，浓郁的面粉香从烤盘上传来。

麦蒂笑道："出炉了！两种粗麦仁面包，来尝尝。"

角落面包店的菜单即将大换血，要全部按照新老板的构想来。老产品只保留了麦蒂拿手的多重芝士酸种面包，因为根据前店主的记账，"那个叫凌秋的新兵很喜欢芝士酸种包，预订了半打，说等集训结束后带回老家给弟弟尝尝"。

安隅看到那行预购记录后，立即把这款面包保留了下来。

"原本的粗麦仁面包，改用更优质的酵母，用风炉烤箱烘烤后会诞生优秀的气孔，保留富有嚼劲和麦仁颗粒的口感，气孔的存在又会让它更好咀嚼，不会再越嚼越噎。"麦蒂介绍道，"而升级款，则用燕麦和燕麦麸皮替换掉糙麦，增加少许蜂蜜和牛奶，口感更软弹，适合已经被工作摧残到肌无力的上班族们。"

安隅认真品尝过两种，眸中流露出神采："都不错，可以上架。"

许双双给新面包拍照："我发到咱们官号上去，给新面包起个名字吧，老板。"

安隅想了想："原始版叫'角落面包'，作为招牌。升级版就叫'蜂蜜软燕麦'吧。"

"妥！"

麦蒂有点担忧："粗麦面包确实耐吃，但不太符合主城人的口味，当招牌的话，我有点担心销量。"

安隅摇头："没关系的。"

他没什么赚大钱的野心，等投资收益还了房贷，之后只要能养活两位员工就行了。

买这家店只是因为墙上那张凌秋的照片——凌秋和面包，是从前他的世界里最真切的安全感。现在世界变了，但他依然想要留住这两样东西。

许双双嘿嘿笑："我倒觉得主城人见惯了精致甜点，说不定会对咱们的'废土风'面包眼前一亮，有风险才有收益嘛。"

"废土风……"麦蒂表情更复杂了，她叹着气摘下围裙，"那好吧，您设计的另一款正在里面放凉，五分钟后就能品尝了。我家里还有点事，先走了哈。"

"那我也撤了，把这个给银行送去。"许双双在安隅眼前晃一晃刚签好字的投资代理合同，"不后悔啦？"

安隅深吸气："嗯。"

"痛快！"

门上的风铃哗啦啦地响过，店里安静下来，只剩安隅一个人。

他趴在柜台后，一边嚼面包一边刷着终端。

因为许双双在运营面包店的社媒账号，安隅闲时也会上去看看。他从前没玩过社交媒体，最近对刷热搜有点上头。说来也怪，以前凌秋疯狂灌输世界上每天都在发生什么，他完全提不起兴趣，现在凌秋不在了，他反而自己关注了起来。

这两天网上最火的话题是通过父母基因配型来提高后代的基因熵，紧随其后的，是时代巨星照然的畸变，再之后，可能是蹭上了生殖基因熵的热度，在84区流行的锦鲤神教连着好几天上了热门。

关于这个锦鲤神教，据说只要拜过，孩子的基因熵就绝不会低于夫妻双方中较低的那个。

这种玄学对饵城人民而言很"鸡肋"，但在主城却掀起了轩然大波——孩子的基因熵有可能低于主城阈值，是主城所有父母最大的恐惧。上面严禁主城搞宗教，所以就连许双双都正打算带着未婚夫去饵城拜一拜。

风铃又哗啦啦地响了起来。

"你果然在店里。"严希推着一个小小的拉杆箱进来，"律明天就要出任务了，你今天不回尖塔吗？"

严希此刻是鸳鸯眼。

手术很成功，他选择左眼保留失明的金眸，右眼替换上冰蓝色的机械眼球。机械眼远看和人眼差异不大，凑近才能看见机械纹路和瞳孔深处的闪光。经过几天练习，他已经能使两颗眼珠行为同步，甚至在笑的时候会让人觉得右眼也在笑。

安隅起身道："要回的。从明天起，我还要上尖塔的体训课。"

秦知律不强迫他出任务，但要求他增加体能和战斗训练。毕竟他对所有畸种都有神秘的诱惑，即便在穹顶之下，也没人知道明天会发生什么，他必须学会自保。

"那也不错。"严希把拉杆箱推到安隅脚边，"喏。"

"这是什么？"

严希一顿："凌秋留在军部的东西。"

空气安静了一瞬，安隅盯着拉杆箱不语。

“他队友说，这里有行李、衣服、没吃完的能量饼干，还有些奇奇怪怪的日记，写的好像都是……都是些……”

严希似乎有点难以启齿，安隅勾了勾唇，轻声道：“都是些军部和主城的八卦。”

“啊，对。”严希如释重负，“你知道啊。”

“嗯。”安隅把拉杆箱拽到身后，“谢谢。”

“小事。”严希宽慰地在他肩上按了按，“我得去一趟大脑，走，顺路送你回尖塔。”

“等一下。”

安隅叫住他，转身进了后厨。

片刻，他从里面拎了一个长条状的便当盒出来，便当盒用印着红豆图案的布包着，上面打着一个结。

严希一怔，垂在身侧的手轻轻颤了一下：“这是……”

“其实——”安隅顿了顿，“豆饼的味道，我也尝过一次。”

对面的呼吸忽然急促起来，严希左眼蒙上了一层水膜，机械眼则有些无措地转来转去。

安隅把便当盒沉甸甸地放到他手里。

“本店新品，‘往昔豆饼’，帮我试吃一下吧。”

严希声音颤抖：“它……”

“上面的红豆，按照那位太太说的，提前用蜜腌过。”

许久，严希才从蝴蝶结里抽出面包描述卡。

【往昔豆饼】

饵城的粗面包经过重新加工，放一些豆子烤成喷香的豆饼。面粉香混合着豆香，是让人安心的味道。远赴主城的孩子曾嫌豆饼不够甜，妈妈就对它做了小小的改良。

“这一回，特意用蜜腌了红豆，好甜哟，不过，和主城的吃喝肯定不能比。”妈妈做饼时又骄傲又忧虑地说道。

一滴泪从严希左眼眶掉落，浸湿了那张描述卡：“安……安……我……”

安隅用瘦瘦的手轻轻握住了他拿着卡片的手：“虽然味道永远不会一样，但已经很像了。”

安隅轻声说：“以后，欢迎多来光顾。”

【碎雪片】

严希（2/2）神是普通人

安隅正式加入了尖塔。

其实我早有预感，那是他的宿命。

听说尖塔里处处流传着对他的猜测，“穷凶畸饿”、精神控制、神无人性……

但我知道，他只是一个普通人。

一个见过太多苦痛，所以不会被轻易触动，也提不起兴致去流露情感的普通人。

关于冬至，关于摆渡车，关于车上他和她们之间究竟发生了什么，他一字未提过。

每当我说起母亲和妹妹，他都表现得有些无措和木讷。

以至于当那盒甜豆饼递到我手里时，我发现自己已经很难评价他。

他不像外界传言的任何。

但，无论外界如何传，我也不会替他反驳。

因为所有的评价都与他无关。

或许就像秦知律早就道破的那样，他的意志不受驯服，也不容捕获。

【安隅面包日记】

01 面包自信

中央商业区那家老字号面包店易主，是最近的热门话题。

“明天就开业了，据说没有任何优惠活动！”

“怎会如此？新老板没做过生意吗？”

“我听说香香软软的牛奶团子下架了，呜呜呜！”

“没有三重生巧黑森林的我要如何通宵写代码啊！”

“心好痛，我好爱这家店，但我预感到它要凉了……”

……

尖塔，已经关灯的宿舍里，安隅缩在被窝里和两位员工发消息。

许双双：老板，咱们要不就发个券吧，意思意思也行，9折您舍不得，那95折呢？98折呢？

安隅：一分钱一分货，我们的面包足够优秀，不用让利。

麦蒂：我们的面包真的能行吗……

许双双：老板啊，“废土风”爆红主城只是我随口说说的。跟同行相比，我们的面包简直就是废墟里的傻瓜啊！

安隅：那我就更有信心了，你们没听说过一句话吗？引领世界的永远是我们傻瓜。

麦蒂：……没有。

许双双：……傻瓜是您，别带我们。

安隅关掉终端，翻了个身，安然睡去。

不管店员们有多焦虑，他总有一种即将卖脱销的美好预感。

24　奶妈收割机

电话里始终有迅猛而清晰的吞咽声。

安隅大口大口咬着手里的奶油蛋糕，绵软的蛋糕体完全不需咀嚼，在奶油的包裹下顺着喉咙丝滑地游下去。

秦知律道：“蒋枭说你的力量增长很快。”

安隅猛地一噎。

蒋枭是他的体训老师，秦知律选的人，并且没有提前告知他。原本打算敷衍了事的安隅在走进健身房的瞬间差点爆炸。

安隅回忆了一下这几天发生的种种，严谨道：“他是变态。”

这位超级大畸种教练完全意识不到他只是一个脆弱的人类，每天死命给他加杠片，更恐怖的是，在他快要被杠铃压死时，蒋枭在他耳边说道：“您纤细的肢体绷起肌肉时实在太让人赞叹了。”

安隅被他变态到失语，挨着肌肉炸裂的酸痛，面无表情地继续做动作。

不料蒋枭眼神更疯狂了：“您面色惨白的样子让我想到降临日，那真是终生难忘的画面。”

安隅咬紧牙关道：“可以闭嘴吗？”此话一出，那双红眸几近战栗。

蒋枭呼吸急促：“您真是……”

安隅扶额：“长官，我真的知道错了，求求您给我换个教练吧。”

秦知律淡声道：“错在哪里？”

守序者开会那天，安隅把章鱼哄睡玩偶挂到了商城回收站。

他没想到的是，回收站仅对买主开放，系统直接把9099积分打回了秦知律账上——那是秦知律出任务的前夜，安隅正在练习祝萄教他的长官出外勤前要说的吉祥话，秦知律就拎着那只章鱼敲开了他的门。

不堪回忆。

安隅眼神涣散："祝萄说，一旦收下别人的心意，就是向对方承诺会好好珍藏。因此，把礼物转送、退掉，都是不礼貌的行为。"

"嗯。"

安隅仰头对着面包店的天花板放空："我很抱歉，凌秋没教过我这个。"

秦知律语气很平："那你打算如何补救？"

安隅按照祝萄教他的："我准备亲手为您烤一个面包，等您任务回来后就能吃到，可以吗？"

秦知律未置可否，但冷淡的语气似乎终于缓和了一点："新店开张，生意怎么样？"

安隅沉默了一会儿。

"第一天卖了五万块。"他顿了下，"一共也只卖了五万块。"

空荡荡的店里只有他和许双双两个人。

许双双已经破罐破摔了，躺在椅子里敷着面膜玩手机。

开店当天的生意其实还不错，老字号本来就有不少关注，许双双发在社媒上的一条"废土风面包"小火了一波，几款面包都早早售罄。

但紧接着，竞争对手们和便利店蛋糕一致打出了"主城特供"标语，安隅还没搞明白怎么回事，店里生意就凉了下来。

今天从早到现在，无人上门。

"我正在试吃别家的面包。"安隅又拿起一块酥脆的拿破仑，"主城人果真离不开奶油吗？"

秦知律思忖道："黄油、奶油、乳酪，这些东西只在主城供给。人们需要有东西时刻提醒自己是主城人，并非平白无故地承受高压，而是有最优渥的资源作为交换。"

安隅搞不懂主城人。

他挂断电话，在网上查了一下，现在全世界只有黄氏集团做这些工艺复杂的乳制品，老板是个四十来岁的男人，不仅家族资产雄厚，还极富声望，每年都会拨出巨款来赈济饵城和资助大脑科研。

那句统一的"主城特供"标语就是黄氏提出的，因为是原料供应商，所以迅速覆盖了全城所有甜品店。

许双双放下手机："你知道咱们就像什么吗？"

安隅毫无生气道：“什么？”

“妄图撼动巨龙的泥鳅。刚从土里冒个头，以为能被世界温柔拥抱，结果被巨龙一爪子踩回了泥里。”许双双随手抓了一条角落招牌面包，扫码支付，“反正没生意，我申请休假三天，可以不？”

虽然嘴上吐槽，但许双双是现在唯一的“顾客”了。

安隅叹气：“休吧。休多少天都行。”

许双双笑眯眯地对他双手合十：“谢谢老板。”

*

严希来接安隅回尖塔时，安隅正小心翼翼地把搅拌好的波兰酵种送进冷藏室。

严希惊讶道：“律还要好几天才回来，你现在就开始做了吗？”

“麦蒂说波兰种发酵是一门学问，可能会失败几次。”安隅说着，用终端设了一个16小时的闹钟。

退出时，他不小心瞟到自己空荡荡的账户，忍不住叹气。

5500万拿给许双双投资后，他又有穷人忧虑了，忧虑到时不时点开“任务征召大厅”扫两眼——虽然不想拿命赚钱，但看着那些悬赏积分也能解解眼馋。

最近风雪不断，征召大厅里的任务发领节奏极快，新任务基本不会停留超过两小时，只有一条任务像钉子户似的杵在那里不动——

在过去的几个月里，以84区为中心，22座饵城共汇报了上千起人口失踪。经无人机初步排查，那些饵城只断断续续地出现过极微弱的异常频率，但并没有探测到畸变生物。这种现象在穹顶以外的世界就像刮风下雨一样普遍，很难和人口失踪建立联系。上峰本不打算管，但84区的锦鲤神教最近在社媒上很火，这些案件终于还是被舆论顶到了风口浪尖。

在系统里，这个任务被定位为“搜救”和“治疗”。厉害的守序者没人愿意接这种脏活累活，倒是有几个常年空窗的情报系跃跃欲试，但最终也都因为无奶妈入队而自动解散。

安隅刷了一会儿征召大厅：“对了，长官是一个人出任务吗？”根据他的观察，系统从没派发过单人任务。

严希笑笑："也不算任务，算帮忙吧。"

"帮忙？"

严希略作犹豫："应该也没什么不能说的。尖塔现在有五位长官，除了律之外，都是近几年出现的高天赋畸变者。但实际上高层应该有九位，有四个和律一样的初代畸变者在尖塔成立之初便离开了。他们和上峰的关系很差，每当面临应付不过来的畸种入侵，只会向律求助，律从不动用尖塔资源，都是独自前往的。"

安隅对这些历史一无所知，问道："他们在哪里？"

"人类基因分级制度正式提出时，受到了他们的强烈抵制，他们带着一批畸变者和不甘被分到饵城的普通人独立出去，在北面建立了'平等区'。没有科技庇护，平等区面临更残酷的畸种袭击，十年来，两位初代已经在抵抗中死亡，一位因病离世，只剩下一位，叫弥斯。"

"初代……"安隅想了想，"长官是什么时候畸变的？"

"胎儿时。"

严希道："你应该知道，大灾厄始于26年前——2122年，尤格雪原突发异常频率波动，全世界降下特级风雪，第一批畸变者由此而生。当时律只是腹中胎儿，他的母亲是位作家，和一位做科学考察的朋友在尤格雪原采风，直接暴露。由于她没有出现畸变特征，上面允许她正常分娩，律出生后就被列入首批基因熵测试的名单。那场测试送检普通人和畸变者共一万人，律是唯一极度离群样本，虽然只有1岁，但已经突破百万上限，因此被认为是初代高天赋者之一。其他几个初代长官都比他年长二三十岁，在和上面闹掰之前，也算看着他长大。"

安隅问道："那他们是什么时候离开的？"

"2138年，也就是律十六岁那年。"严希叹气，"大灾难后，世界消停了很久，久到人们以为那是一起不会重演的宇宙偶然事件。没想到八年后，各地又陆续出现了异常风雪，起初只引起小规模基因变异，但又过八年，律十六岁时，第二场世界级风雪降临，大批正常人突然畸变，世上开始出现了超畸体。人类原本的城市分布并不严格按照基因分配，不少低基因熵的人因为才华和能力出众，也可以居住在主城。但在那一年，上面正式提出了基因分级，五名初代高层，只有律选择了接受。"

"2138年……"安隅突然想起秦知律发表的那条"等待"，就是在那一年。

严希笑笑："你不知道这些也正常，十年前的事了，那时候你才几岁？八岁？"

安隅"嗯"了声："刚从孤儿院转进53区。"

"很少有小孩子在高畸变风险孤儿院被观察那么久。"严希感慨道，"社会资源有限，一般观察半年就会放掉。”

安隅说：“因为他们认为嗜睡是一种异常。”

“被怀疑有异常，难道不该永久观察吗？”

“因为那年我嗜睡的时间突然大幅缩短，他们又觉得可能只是个疑难杂症。”安隅轻声道，“八岁之后，我的昏睡时间突然缩短到一两周，最长也就一个月。”

严希差点喷了：“那你八岁之前要睡多久啊？”

安隅道：“每年只醒一两个月吧。”

严希正色：“看来传言非虚，您确实很畸。”

安隅沉默着看向窗外。他对严希说的两个时间点有些介意。

小规模的异常风雪重新出现于大灾难的八年后——那正是孤儿院捡到他的那一年，也是孤儿院为他认定的一岁。而第二场世界级特大风雪与那又相隔八年，那刚好，是他昏睡病毫无预兆好转的节点。

安隅道：“大脑现在已经放弃研究我了吗？不是说我身上有很多悖论吗？”

严希笑道：“那你要问律。”

“长官？”

“53区回来后，上峰希望大脑用真实的畸变基因重启测试，看能激发出你多少种异能。”

安隅感到毛骨悚然：“可是每次剧烈感染，都有可能造成生存值暴跌。”

“理论上，试验可以完美把握尺度，及时停止。”严希顿了下，“但律不同意，他说觉醒的开关已经被按动，你可以遵循自我意志逐渐觉醒，非必要情况下无须铤而走险。律和上峰之间一直有一种微妙的相互牵制的关系，他不同意就没办法。”

安隅对着窗外放空了一会儿，忽然又想起一件事：“我昏睡的那几天，长官好像很疲惫，他到底在干什么？”

“抱歉，这个我无可奉告。”严希轻声道，“你可以直接去问律。”

回到尖塔后，安隅又忍不住对着自己的账户发愁。

临睡前，他给许双双发消息问道：今天的收益有多少？

许双双秒回：度假刚开始，勿扰。

或许是过度焦虑，安隅这一觉又睡得久了一点，睁眼时已经过去三天。

终端里塞满了蒋枭的问候。

安隅没理他，直接点开许双双的聊天框。

【休假结束了，收益怎么样了？】

他到餐厅去拿了一盘面包，边吃早饭边等许双双回复。

昏睡三天，尖塔里没发生什么大事。

195层的长官深仰结束任务回来了，听说连着整顿了四个海洋时空失序区，清理了一大片海域。

被炎看中的照然前天进入尖塔，但还没露过面。

任务征召大厅里，84区周边的人口搜救任务还孤零零地挂着，万年领不走。

手机弹出麦蒂夫人的消息。

【老板，冰箱里的波兰种已经过度发酵了，您什么时候放进去的？】

安隅无奈回复道：抱歉，睡了几天。重新弄一份放进去吧。

【好的。双双呢？她不是今天该回来上班吗？】

还没回来?

安隅纳闷地给许双双打了个电话——没有信号。他突然有种不好的预感，许双双不会卷款跑路了吧?

安隅立即打给麦蒂：“这几天有联系过许双双吗？”

“没有啊。”麦蒂压低声音，“她不是去84区为未来孩子的基因熵祈福了吗？我没敢打扰她。”

“哦……难怪没信号。”安隅松了口气，“应该在路上。”

他挂断电话，随手刷新页面，却见征召大厅里那条钉子户任务突然变了，任务收益等级由D变成C。任务描述也已替换——

【84区锦鲤神教整顿】

近日，由于基因生殖话题热议，大量主城人前往84区参拜锦鲤神教，截至目前，所有参拜者均已失联。军部探查锦鲤神教时，意外在祈愿湖底挖出大量尸体，其中验明身份的均已证实为周边饵城失踪人口。现将两案合并，请守序者前往整顿。

风险评估：低级风险。

小队推荐：5人（至少1名治疗系）。

应征要求：暂无队长，自由入队。

安隅眼前一黑。

“5500万……”他疲惫地扶住额头，“许双双……”

任务更改后，论坛上又飘出了情报系守序者试探组队的帖子。

【有没有治疗系大佬愿意出个任务呀？您休息就好，简单任务我可以自己做。主要是应付系统的人员要求，求大佬看看我。】

类似的帖子有几十个，可惜，高傲的奶妈们并不理睬。

安隅内心祈祷快点有人去救许双双，在焦虑中度过了一上午，但直到午饭时仍然无人肯接。

他对着失去5500万的账户，手指一颤，轻轻点了一下屏幕。

【系统提示：守序者角落已经申请任务“84区锦鲤神教整顿”！触发高层自动领队规则，成为队长！】

消息一弹，守序者们还在纳闷这位声称绝不接任务的大佬怎么突然出现了，系统紧接着又弹了几条。

【天梯No.945守序者蒋枭加入队伍！】

【角落已将蒋枭挪出队伍。】

【角落已修改任务参与方式为“队长通过制”，附言：来治疗系。】

片刻的沉寂后——

【高层守序者祝萄申请入队（附言：我已经恢复好了）。】

【高层守序者安申请入队（附言：单体治疗量全尖塔第一）。】

【高层守序者宁申请入队（附言：治疗+情报双线均衡，能维持安的情绪稳定）。】

【根据尖塔规则，安、宁 必须组合入队。】

安隅还没明白组合入队是什么意思，终端就开启了疯狂震动模式，几十条通告连续飙出——

【天梯No.14 守序者楚辰申请入队（附言：能控能奶，愿意耗尽）。】

【天梯No.27 守序者布莱尔 申请入队（附言：一步不落，严守血线）。】

【天梯No.52 守序者风间天宇申请入队（附言：会做血仓预警，接受随意设定最低生命值）。】

【天梯……】

全尖塔的奶妈都涌了上来。

安隅的个人主页刷新，一枚新的标签从天而降——“奶妈收割机”。

【废书散页】

17 奶妈讨厌法则

治疗方向的辅助系是尖塔食物链顶端。

因为稀少，也因为必不可少。

即便是超强的输出系守序者，也要努力经营好和任何一个末流奶妈的关系。

奶妈们对队友的挑剔程度令人发指。

在尖塔，会被奶妈拉黑的标准有五条——

1. 不顾死活往上冲。

2. 反复残血，反复求拉。

3. 生存值还没跌破80%就开始求奶。

4. 生存值一次性低于50%才想起来求奶。

5. 动不动就消失在视线范围内，让人想奶都找不到人。

奶妈们死守底线，成功让所有守序者养成了好习惯。

直到安隅出现。

据说，安隅最厉害之处在于能集合以上所有雷点。

——但依旧被爱。

“奶妈的嘴，骗人的鬼。”死鸭子们如是啐道。

信祷之鲤

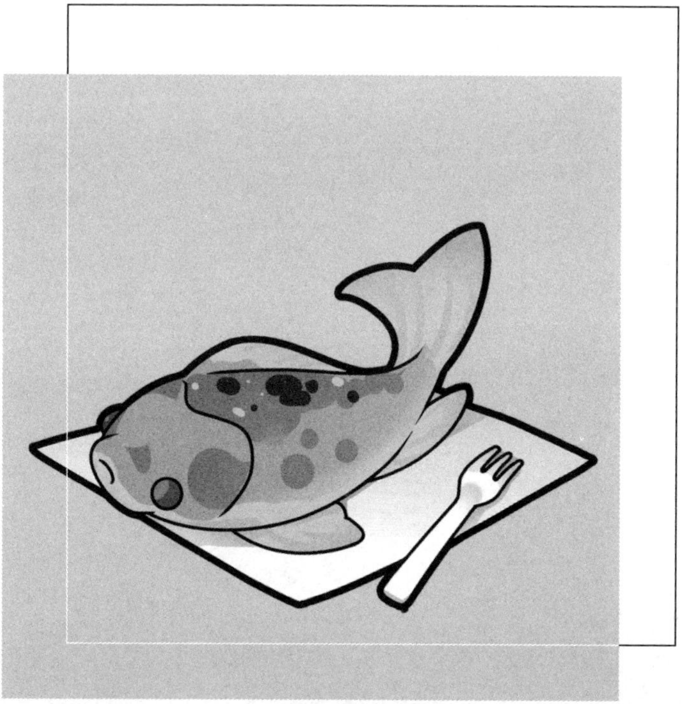

25　祈愿之湖

申请轰炸终于结束后，系统又弹了一条侦察情报——84区出现的异常频率来自锦鲤和金鱼。

锦鲤和金鱼，两种基因型很相似，对人的感染概率极低，杀伤性弱，易清除，属于危害度可以忽略不计的畸变生物。

可想而知，结算收益会很难看。可此刻，全尖塔都在等待安隅做决定。

几分钟过后——

【角落已一键剔除输出系守序者！】

【角落已一键剔除情报系守序者！】

【角落已一键剔除辅助控制系守序者！】

【高层守序者葡萄已入队！】

【天梯No.52守序者风间天宇已入队！】

论坛上顿时哀号一片。

【我明白了，真正的强者只带奶妈。】

【说起来，律的监管对象是可以选拔专用奶妈的，不知道会花落谁家。】

【他刚才通过了风间天宇，是擅长控血位的纯奶……】

蒋枭的聊天框闪烁不停，安隅把他静音，在自称尖塔单体治疗量第一的“安”上点了一下。

系统同时弹出了两张资料卡，卡上两人同名同姓，代号分别取了名字的一半——

代号：安（安宁）

196层监管对象

直系长官：羲德

畸变型：大白闪蝶

基因熵：26739（初始值）

战斗特长：信息素侦察、蝶阵保护、蝶息疗愈

综合战绩：9164万

代号：宁（安宁）

196层监管对象

直系长官：羲德

畸变型：蓝闪蝶

基因熵：26739（初始值）

战斗特长：信息素侦察、蝶语抚慰、蝶息疗愈

综合战绩：1.9亿

他们基因熵完全一致，都属于蝴蝶系畸变，有侦察和治疗能力，区别在于安能额外提供一层保护，而宁有精神治愈力。

安隅看着照片上的两个少年——安和他一样是罕见的白发，有着一对剔透的橄榄色眼眸。宁的头发和眼睛都是柔美的蓝紫色。他们长得一模一样，但气质完全不同，镜头里的安看起来冷且凶，宁则温柔近人，带着朦胧雾气般的笑容。

【属性提示：守序者安、宁为分裂畸变者。】

安隅怔了一下："双胞胎？"

"不，他们是一个人。"羲德站在门口爽朗一笑，"安宁，20岁时在峡谷受到蝶群袭击。苏醒之后，完整的意志已经消失，分成了安和宁两个人，分别感染大白闪蝶和蓝闪蝶基因。他们两个就像把一个人不合群的一面和合群的一面强行切开，安算是有一些性格缺陷，但他们两个之间意念共享，你有事跟宁说，安也会知道。"

"唔……"安隅感到神奇，"要安的话，必须要宁吗？"

他不需要精神增益，像安这种能减伤又能治疗的奶妈更符合需求。

"必须。"羲德正色道，"安很难沟通，如果没有宁，他极容易崩溃。守序者在任务中精神崩溃很危险，而且一旦他出事，没人能保证不会牵连宁。"

安隅犹豫道："那要宁的话，就不要葡萄了。"

羲德笑道：“他们不一样，葡萄是提升精神抗性，宁是净化已经受到的精神污染。做队长不能光考虑自己的需求，你不需要精神增益，但队友需要。”

几分钟后，天梯上公告刷新。

【角落已将风间天宇挪出队伍。】

【小队人员已锁定：角落，葡萄，安，宁，潮舞。】

【请应召守序者即刻出发！】

安隅收拾好装备下去，蒋枭和风间天宇正站在大厅雕塑旁等他。

风间天宇是个红头发小个子，有着一双猫科动物般的大眼睛，让人一眼就能记住。

蒋枭朝安隅迎上来：“让我跟您出一次任务，我一定会向您证……”

“很抱歉，我暂时不需要你。”安隅脚步不停地走过他，在风间天宇旁稍顿住脚。

踢掉这位纯奶妈，替换上熟悉水底环境、半控半输出的潮舞，是羲德的建议。

他还没开口解释，风间天宇便干练地朝他欠身：“下次，我会等您。”

安隅松了口气。

虽然不会有下次任务了，但他还是点点头：“有机会就一起。”

离开大厅时，安隅余光发现风间天宇已经走了，但蒋枭还站在原地。垂下的头发遮住了眼，看不清表情。

他隐隐觉得蒋枭有点低落，但拿不准这和自己有没有关系。

正纠结着，秦知律就拨来了电话。

“你主动领任务了？”

“是的长官，事发突然，我的店长在84区失踪了。”安隅语气停顿，捂住话筒低声道，“她在帮我打理5500万的投资。”

“……”秦知律沉默了一会儿，“注意安全。”

“好的长官。”安隅虚心问道，“您还有什么指示吗？”

“克制点，别把奶妈们用废了。”秦知律说，“对了，我的面包怎么样了？我后天回去能吃到吗？”

“呃……后天……”

安隅飞速盘算开——根据天梯数据，同等级任务的平均完成时间在1.2至1.4天，以他队伍的配置来看，应该能比平均速度更快。

于是他信誓旦旦道：“能吃到的，请您放心。”

*

安隅攥着午饭没吃完的半条面包，边往嘴里塞边登上飞机。

刚推开门，他就呆在了门口，面包都差点掉到地上——机舱里有一坨不明生物。

“你踩到我头发了。”一头瑰色海藻般长发的少女翻了个白眼，暴躁道，“抬脚！”

“抱歉……”安隅连忙往后退了两步。

资料卡的照片完全没有体现出潮舞真实的发量——她站在那里时，就像一根单薄的棍子支起身后繁茂汹涌的长发，即便人不动，那些头发也像有生命似的，遵循着某种韵律轻拂。

羲德说，潮舞是个叛逆的未成年少女，不能惹也不好惹，一定要绕行。

于是安隅熟练地假笑，绕过那些头发进到里面去了。

奶妈们正在开小会。

祝萄坐在驾驶舱里介绍经验：“要有心理准备，每次都会很极限。趁着他没找事儿时，能满血尽量满血，不然等打到5%以下，你心态肯定比他先崩。”

宁坐在一旁，周身缭绕着一片让人心神宁静的磁场，他笑道：“我长官说安隅丝血都能撑很久，血仓极厚，连你都扶不了几次。”

“嗯……”祝萄想了想，“我满状态下，也就能顶他两个半吧。”

“果然，好深的血仓！”宁感慨道。

祝萄幽幽一叹，转而透过后视镜看向宁身边的少年：“我没想到安也会主动报名。”

坐在宁旁边的少年抬了下眼，又沉默着低下头。

那就是安，他很巧合地和安隅穿着同一件白色罩衫，但他的衣服沿着轮廓勾了一圈橄榄色混合浅金色的边，给整件衣服增添了光影的质感。

宁拍了拍安的手背：“毕竟是把你掏空的家伙，安很好奇。全尖塔的奶妈，没人不想挑战吧。”

祝萄似乎早习惯了安不吭声，笑道：“我估计，安能顶住他三次。”

安又抬了下头。

宁说：“拼一拼，四次差不多。”

“我们的差距有那么大吗？”祝萄撇了下嘴，“当然，你要是把减伤也算上，就当我没说。”

他转而又笑弯了眼：“无所谓咯，反正论人气和综合实力，我还是尖塔第一奶妈。”

安依旧不吭声，白发隐匿在兜帽下，他嚼着口香糖，视线瞥过门口的安隅，面无表情地吹了一个巨大的泡泡。

安隅和他们打过招呼，在宁的对面坐下了。

羲德没说错，宁自带的柔和气场会让人不自觉地放松，即便是社恐也愿意靠近。

“资料看了没？”祝萄招呼道，“听说军部还在挖84区的祈愿湖底，已经挖出了上千具女尸，地都要挖穿了。”

安隅顿了顿：“女尸？”

之前的案情通报只说失踪人口，没有明确性别。

“嗯。”祝萄声音微沉，“全部为年轻女性……腹中有胎。”

*

和53区不同，84区没有出现时空错乱。

飞机平稳降落，一切通讯设备正常。热门宗教的存在让这里的生活水平比53区好不少，来来往往的人大多穿着得体，街上还开着不少小饭馆，一个小女孩抱着半袋面粉在妈妈腿边蹭着走，虽然离他们很远，但眼神没从安隅一行人身上挪开过。

祝萄对潮舞嘀咕道：“你的头发太惹眼了，就不能剪剪吗？”

“越剪越长，我也很绝望啊。”潮舞攥拳，“本来要绑起来的，但长官在睡觉，我没忍心喊她。它们最近又变多了，我自己根本够不到。”

“对了，这次任务怎么样？”

“我还好，长官累坏了，今年乱象暴增，我能感觉到，潮汐也在变化。”

潮舞说着，向四周张望一圈：“好奇怪，锦鲤神教那么火，上千具女尸从祈愿湖底挖出来，这里的人竟然没有任何恐慌。”

祝萄低声说：“或许消息被封锁了。失踪人口都是年轻女孩子的事没有出现在任何报道中，就连我们，也是登上飞机后才知道的。对了，安隅也没提前收到情报吧？”

安隅脚步微顿，许久，才“嗯”了一声。

从踏入84区起，安隅就没开过口。

那双金眸看似平静，却好像正逐渐变得空而深，垂在身侧的手臂上隐约可见绷紧的肌肉——这归功于蒋枭的残酷训练。

他忍耐着："你们闻不到，也听不到吗？"

大家愣住："什么？"

宁忽然惊讶地看向安："你也听到了？"

安没吭声，只伸手攥住他的手腕，把他往身边拉近一点。他立即揽着安的肩膀轻拍，对安隅道："他很容易受到精神干扰，所以也听到了一点点你说的那种声音，那是什么？"

"一种不间断的絮语。很轻，但很吵，让人……心烦。"安隅说着，举头向上望去。

84区的天空蔚蓝如洗，没有一丝污垢和阴霾。那令人烦躁的絮语像从高处空旷之地传下来，但又仿佛被踩在脚下，空间感很错乱。

不仅如此，空气中飘散的腥臭熏得他快要吐出来了。

安隅把缠绕在右手腕备用的绷带解开，又一圈一圈缠得更紧密了些。那双金眸愈发透亮，在84区明朗的日光下，瞳孔外圈已隐隐泛起一丝红线。

祈愿湖在84区的最中心，但此刻已经不允许任何居民进入，高达数米的警戒线将那一大片区域严密封锁，外面有军人层层把守。

越靠近那里，安隅瞳孔外圈的一线赤色就越浓郁，絮语和腥臭在反复撕扯着他的神经，对他而言无异于受刑。

向军人亮明身份后，那道严密的警戒线才向他们打开。

踏入的一瞬，所有人都愣住了。

"好美的湖……"祝萄怔忡地感慨道。

那是一汪极清浅的湖水，湖面映着蓝天白云，微风掠过，日光在湖面上折射出无数跳跃的点和线，光影仿佛将空间切割成了若干个小世界，每一个世界都炫目澄净。

锦鲤神教的祈愿池并无锦鲤，它没有任何雕塑和装饰，干干净净的一汪湖，就连湖底散落的钱币都光可鉴人。

但，明明周围立着数米高的围栏，那些围栏却并未映在湖中。

湖中，蓝天白云下，是整座城市的镜像。

潮舞问道："你们挖出的上千具女尸呢？我们的人说闻到了腥臭，可这里什么也没有。"

祝萄吸了吸鼻子："已经到藏尸点了，我们不该还闻不到吧？是我鼻子坏了吗？"

军人面露犹豫："不，理论上来说，您确实不该闻到任何味道。"

“为什么？”祝萄皱眉，碾了碾脚下的布，“你们在地上铺这玩意干什么？”

警戒线内、湖边之外，地上铺满银色的遮光布。

“情报的表达比较模糊，事实是，我们确实看到了上千具女尸，但并没有挖到它们。”军人说着向手下示意，沿着警戒线站一圈的军人同时弯腰，揭开了地上遮挡的布——镜面般的地表之下，层层叠叠地铺陈着数不尽的裸体女尸。

尸体从胸部往下已全部鳞片化，背上拱着橙金色半透明的背鳍，下身收拢成鱼尾，末端是剪刀状散开的尾鳍。腹部圆滚肿胀，里面好似有东西在蠕动。她们的面部青紫狰狞，眼白凸出。

潮舞僵住，许久才颤声道：“金鱼明明很难感染人……我从来没见过这么多金鱼属畸变者。”

不仅如此，在每一具金鱼女尸那圆滚的腹部下方，寻常人类女性耻骨的位置，长着一只眼睛——那只眼睛才像正常人类的眼睛，好像正透过大地，死死地盯着人看。

军人沉声道：“过去几个月，84区及周边饵城一共上报了1204例少女失踪案，经过清点，这里一共有1200个虚相。我们还在排查剩下4人的身份，很快就会有结果。”

宁惊讶道：“虚相是什么意思？”

“她们看起来就在地下不到一米的距离吧？可我们向下挖了十几米，什么都没有。她们就像在另一个平行世界，在现实里只能看到投射的虚相。”

“不是平行世界。”安隅忽然道。

他把视线从地上那密密麻麻的诡异女尸上挪开，望向澄净的湖面：“是折叠空间。”

祈愿湖有着一种童话般脆弱的美感。

风让湖面上起了涟漪，一圈圈缓缓推向湖心，又静谧地消去。

安隅脚尖踏上那涟漪，一步一步轻轻走向湖心。风吹落了他戴着的兜帽，垂在额前的碎发向后轻卷，露出一汪金瞳，瞳仁深处隐现红光。

白发白衣的少年站到湖心，垂眸，看着安静躺在湖中心的一枚钱币。

84区锦鲤神教特有的祈愿币——信祷之币。正面是首尾衔接围成圆圈的四条锦鲤，反面是一滴泪。

长官没有说错，“状态”到来的边界的确在逐渐模糊。

很神奇，明明他还没有受到特别强烈的刺激，但从踏入84区、感受到那些絮语和腥臭时起，他对空间的掌控感就像是忽然回来了。

沉睡八天后，他以为自己会退步，但此刻，那种掌控感却似乎比53区时更强了。

安隅用脚轻轻碰了碰那枚祈愿币——纹丝不动。

“这就是入口。以这枚祈愿币为重叠点，有空间在这里被折叠了。”

他说着闭上眼，试图打开那枚祈愿币上的入口。

一瞬后，他又倏然睁开眼——被拒绝了。

宁在身后忽然轻声道：“要为未出世的孩子祈愿的，锦鲤神教的教义——信祷者入。执念者得。释然者出。”

风把宁轻柔的声音送到很远，在湖面上似有回响。

安隅原本眸光冷厉，因为被拒绝而格外不悦，但听了这话后，眼神迷惘了一瞬。

“为……未出世的孩子祈愿？”他茫然地看向宁，“我们吗？”

潮舞吹了声口哨：“随便喽，脑海里随便想个未婚夫未婚妻，祈求未来的孩子基因熵不低于你们中较低的那一方就可以了。”

于是几人并排而上，纷纷随手捞一枚祈愿币开始准备祈愿，只有安隅面无表情。

——他的基因熵是零，无论他做不做这个祈愿，他的后代都不可能比他低。

“安隅快点，我们最好同时进。”祝萄催促道。

宁点头：“嗯，不要和奶妈走散。”

安隅麻木地看了他们一眼，弯腰捞起一枚祈愿币在掌心，闭上眼。

祈愿开始的那一瞬，风忽然停了。

安隅排空思绪，脑中的意识却怔了一瞬。

他没有想到，出现在脑海里的会是一只漆黑光亮的小章鱼——或者说，是他的长官。

【碎雪片】

宁（1/3）我们

睁开眼那一瞬间的感觉非常奇妙。

我感到前所未有的意志独立，但又怅然若失，像失去了很多东西。

后来大脑的人告诉我，是“我”变成了“我们”。

大脑的人还说，我更接近安宁从前的性格，平易近人，温柔得体。

而安的脾气则有些出乎意料——安宁本人情商很高，从不会缩在兜帽里用沉默表达抗拒。

我能感觉到，人们不太喜欢安，有事时从来都只和我商量，尽量不去招惹他。

但我一直明白，我和安合在一起才会是一个完整的，有血有肉的人。

哪怕合起来后，安的存在感会不那么强。

我常常静静地陪着安，他在我身边会变得很平静，安静地抱着我。

这无关任何感情，那只是一个人的自我安抚。

好吧，安或许确实是有一些性格缺陷。

但我爱他。

——我爱那个不那么讨人喜欢的自己。

26 信者之柱

微风再起时，安隅睁开眼。

被折叠进信祷之币的世界澄澈明亮，不见饵城的昏暗，也无野外的白茫。

一身职业套装的高挑女人快步进入街角咖啡店，在等咖啡的两分钟里托腮对着窗外发了会儿呆。

她离开后，店长进后厨端了一大盘曲奇出来，笑眯眯地把它们一片一片摆成花瓣状，收入玻璃柜。

背着贝斯的少女打着哈欠，用钥匙拧开了街角酒吧门上锈迹斑斑的锁。

这里像主城，但主城人的日子显然没这么闲适。

街上人很少，除了突然出现的两个异类外，只有女人。

安隅和安扭头看着彼此。

安隅叹气："看来还是走散了。"——祝萄、宁、潮舞都不见踪影。

安恹恹地与他对视，僵持几秒后，他们同时转回了头，又同时把被风吹掉的兜帽罩回了头上。

"这条街有点眼熟，好像在主城见过。"安隅沿着长坡向下，"你有印象吗？"

安在他身边走着，不出声。

"这里似乎离中央教堂不远。"安隅又说。

又等过两分钟后，他叹气道："因为我刚来主城没几天，所以问你有没有印象。"

安终于开口了："我没见过主城。"

"……抱歉。"安隅后知后觉地想起，安宁是饵城人，在山谷遇袭畸变后睁眼就在尖塔了。他们从未真正迈入人类主城。

这个藏在信祷之币的世界里，恼人的絮语更加清晰，腥臭味弥散在每一个角落，让这个目之所及皆美好的世界格外诡谲。

安隅咬肌绷紧，努力压抑心头翻涌的不悦。

安轻轻捂了下耳朵，脸色有些苍白。

他把兜帽往前拽了拽："想找宁。"

安隅憋了一路，终于忍不住问："你是自己提交的入队申请吗？"

过了很久，安才恹恹答道："已经后悔了。"

他们跟着路牌的指引走了十几分钟，果然找到了中央教堂。

教堂里也空无一人，从教堂重新出发，没多久，安隅出现在熟悉的街角，举头仰望那块小小的招牌。

——希望面包。

这是出售前的面包店。

木门推动，风铃轻响，许双双在柜台后探头出来，笑道："面包售罄啦，这几天我们面包师傅没来，不好意思啦！"

简单聊过几句后，安隅确定，许双双的记忆倒退了。

她不认识他，一边嘀咕着老板和麦蒂莫名旷工，一边锲而不舍地把电子时钟上的日期从9月30日往后拨四天，可无论拨多少次，日期又会回到9月30日。

她嘀咕道："这四天不知道怎么回事，日历好像坏了。"

这个世界的时间被固定在9月30日，每一个进来的人记忆也倒退回各自的9月30日，但人们仍然会感到诧异，因为日子在流逝，可日历永远停滞在那一天。

安隅翻了翻任务情报——第一起失踪人口上报发生在10月14日，而饵城判定人口失踪的标准正是14天。第一例失踪者是一个20岁的姑娘，叫沈荷，是84区一家包装生产厂的普通女工。她没有亲人，报案者是她同宿舍的工友，那个小姑娘在一个多月后也出现在了失踪名单里。

"你们是饵城来的人吗？"许双双把他们两个从头到脚打量一遍，咋舌道，"白发白衣太不祥了，少出门吧，小心被狂热分子拖进摄像头死角里打死！"

安隅："……"

安："……"

"面包真没了，我去给你们弄点饭吃吧，一看你们两个就长期营养不良。"许双双嘟囔着起身进了后厨。

安隅到堂食区落座，抬手点亮了桌上的装饰蜡烛。

安走过来："去找宁。靠得足够近时我会有感觉的。"

"你先坐下。"安隅道，"陪我试个东西。"

安的脸色有些难看，虽然他听到的絮语声很微弱，但足以扰乱他的精神。

他手动了下，一只白色蝴蝶从袖口中飞出来，舒展着纤薄而宽大的白色翅膀，上面有绿金花纹，在空中扑扇了两下后便消失掉。

他咬了咬嘴唇，定定地看着安隅，见安隅没有反应，便转身走到最里面去了。

蜡烛腾起一小撮火苗，安隅把桌上透明纸巾盒里的纸巾掏了出来，只留下一张，然后挪远了点，专注地看着它与蜡烛之间。

余光里，他看到墙角处的安把后背贴在墙上，抱住了膝盖。

安隅忽然问道："除了找宁之外，你尝试过其他方式缓解不适吗？比如……封闭空间？"

安不明所以地看着他。

而后，他的视线忽然被安隅面前的桌子吸引了——桌上的蜡烛在注视下突然消失，下一瞬，纸巾盒里的餐巾纸毫无预兆地出现了一个黑边，四周似有若隐若现的火光。黑边迅速蔓延，转眼就吞掉了大半张纸。

纸巾盒在桌面震动，里面像是有什么不稳定的东西即将弹出来一样。安隅定定地盯着那个纸巾盒，金眸中隐有赤色流转。

许久，纸巾盒彻底安静了下来。纸巾燃烧殆尽，盒中若有若无的那簇火光也终于消匿了。

安怔道："你的异能是……"

安隅闭上眼，紧绷的手臂放松下来："空间折叠。"

他对空间折叠的第一个用法是瞬移，那是在生命威胁下应激触发的——叠，但只叠一下，靠瞬间的折叠与弹开实现定点穿越。

直到刚才看到那枚信祷之币，他才忽然意识到，也许他也能让两个点稳定地重叠，将原本的空间在重叠点上稳定封存，就像是……

"空间禁闭。"安隅补充道。

安看着他的眼神变了。

"什么味儿啊？"许双双忽然从后面小跑出来，四处张望一圈，"什么东西着了？"

没人回答，她一低头看到了透明纸巾盒里的黑灰，伸手道："这什么玩意……"

"别！"

“啊！”

许双双一把将烫手的纸巾盒抛了出去，疯狂吹着手：“什么玩意啊怎么这么烫！！”

安隅：“……”

他到后厨熟练地翻出烤箱手套戴上，把地上的纸巾盒捡回桌面，又把摔掉的盖子小心翼翼拼好。虽然这大概率是个虚幻世界，但这纸巾盒也算是他的资产了，包含在未来九千万的店费里。

金眸轻轻扫过纸巾盒，赤色一闪，那枚“消失”的蜡烛神不知鬼不觉地又回到了桌面上。

吃饭时，许双双一直在手舞足蹈地讲自己为明年筹备的婚礼。

她和未婚夫是大学同学，他们打算结婚第二年就要孩子，只要一个，最好是女孩，因为研究证明女性平均基因熵要稍高于男性，超过主城门槛的概率就更大一点。

“不然的话，骨肉分离还是其次。”许双双忽然安静下来，对着窗外空旷的街道叹了口气，“我会觉得自己愧对主城啊。这几年，主城的基因熵门槛一直在下降。全世界天生高基因熵的孩子越来越少了。”

安隅低头给秦知律发消息。

【长官，我学到了一个空间折叠的新玩法。大空间在折叠后可以被收纳进小空间里。回去可以陪我练习一下吗？】

小圆圈转啊转，信号丢失，无法发送。

金眸中的一丝神采消散了，回归冷漠，安隅把终端揣起来，冷道：“废物。”

许双双一顿：“你说谁呢？”

“上峰。”

说是低等级任务，不该有时空失序区，结果呢？情报就没准过。

许双双愣了一会儿，小声说：“这个也怪不了决策者吧，生出什么孩子来还是要靠我们自己，不，应该是靠天意。你对上峰也太苛刻了点。”

安隅沉默，低头往嘴里扒了两大口饭。

坐在旁边的安一直没动筷——外面天色渐渐昏暗，絮语声也仿佛越来越嘈杂，他的手指轻轻抠着凳面，连许双双都察觉到了他的焦虑，关心道：“你还好吗？饭菜不合胃口吗？”

安立即转过头，宽大的帽檐把头遮得严严实实，连侧脸都不给许双双。

安隅问许双双道：“你能听到声音吗？”

“什么声音？哦，你说外面这个吗——”许双双起身推开窗，对着夜色微笑起来。

晚风将诡谲的絮语和腥臭送进房间，年轻的姑娘站在窗边伸展双臂，闭目陶醉道：“锦鲤神教的祈愿之歌，信者在日落时齐聚祈愿，祈愿我们都能生出有高基因熵的宝宝，为家庭，为人类更好地存续——”

安立即起身到远离窗边的另一端去了。

那无尽的絮语带给的安隅只是烦躁，但他却在噪声中脸色越来越白，视线不安地在屋里乱转，最终落在角落的架子上——那是用来晾晒器皿的储物架，上面陈列着大大小小清洗干净的果酱罐。

安隅捻起一枚最小号的银色罐子，那是用来装蜂蜜的，只有四分之一巴掌大。他把一张厚实的烘焙纸剪开，贴着罐子内壁铺了好几层，然后把小罐子在安眼前晃了下：“喜欢吗？”

安不明所以地看着他。

“那就这个吧。”安隅说着，从柜子里翻出一根长长的橄榄色丝带，在罐颈处绕了两圈，打个结，抬手戴在了安的脖子上。

安立即伸手抓向那莫名其妙的玩意，却见安隅眼皮轻抬：“别摘。”

淡淡的两个字，安却忽然觉得手臂很沉，在空中僵持片刻后，竟真的放下了。

安隅深吸一口气，许久才和缓地又解释道：“抱歉，这个之后也许会派上用场，先别摘。”

他说着，看向窗外迅速昏暗下去的天色：“我们应该快要跟宁汇合了。”

*

踩着日落，安隅和安跟在许双双的身后，来到了教堂背后的主城中心。

如果安隅没记错，这里本应矗立着主城最高的一栋写字楼，但此刻，那里却是一道通天的石膏雕柱——柱身上雕琢着一圈又一圈环绕向上的锦鲤，仰头望去，望不见顶。

冲天的恶臭从雕柱下面的地底散发出来——就在此刻他们的脚下，甚至不需要去挖，安隅用脚尖碾了碾，那本应坚硬的石砖触感软塌，隔着薄薄一层石板，他仿佛踩在了什么人的脸上。

暮色降临，空旷的城市中忽然出现了一群女人。

她们都和许双双一样年轻，得体的服装举止透露出主城人身份，她们从四面而来，形成一个圆圈，步步靠近这根雕柱。

絮语声不仅更大，也更为密集。安的身体开始战栗，仿佛不受控地向后退。

在安退到快要贴上雕柱时，安隅伸手拉住了他。

“别后退。”他环视着靠近的人群，轻道，“你的意志不像你想的那样薄弱，不要轻易屈服。”

语毕，他终于在人群中看见了祝萄和宁的身影，另一个方向，披散着瑰红长发的潮舞也正走来——在进入这个里空间后，他们都跟着不同的人，在日落之时，来到了相同的地方。

中央教堂忽然响起钟声——那是主城每晚夜祷的标志。

身后那根通天的雕柱忽然亮起，血色的光晕点亮了夜晚，红光映照着每一位信者的眼角眉梢，在所有人激动而虔诚的注视下，雕柱周围忽然出现了一圈又一圈环绕漂浮的女人。她们就像祈愿币上镂刻的锦鲤一样首尾相连，双眼紧闭，如水中之鱼般绕着雕柱螺旋向上游动，在红光中搅起一圈又一圈无形的旋涡。

安隅抬头向上望——高处的女人逐渐长出了鳞片和鱼尾，再向上，她们已经和地下埋藏的裸尸没什么两样，下身完全鱼尾化。

许双双此时已经走入祈愿的人群，她站在最内圈，带着憧憬的微笑，仰望那雕柱。

她们集体唱诵道——

“为更优质的生育，为更稳定的存续，为女性背负起应尽的责任。”

“请神赐予我高基因熵的后代，让它得居主城，让它为人类创造更高的价值。”

“此生微小，身体与精神，所爱与所求，皆可为后代献祭。”

潮舞从人群中挤出来，皱眉道：“太荒唐了，主城的女人竟然会这么想？”

祝萄思忖道：“或许只是有一点类似的想法，但在这里被放大了。”

在无尽重复的祈愿声中，安也终于缓缓仰起头，望着那通体散发红光的雕柱，雕柱四周漂浮的信者在那双眼眸中游动，安的嘴唇开始张张合合，尽管没有发出声音，眼神却逐渐涣散。

宁迅速拨开人群往这边跑来：“安！”——他伸手扑向安的一瞬，安已经闭上了眼，脚尖轻盈触地，衔接在最后一个女人身后漂浮而起。

紧随其后，站在最内圈的祈愿者接二连三地腾空，向那根雕柱漂浮而去。许双双念诵完最后一句，也终于闭上眼，融入了那浩浩荡荡向上旋转游动的信者。

随着游柱者数量增加，诡秘的絮语更加嘈杂。

青筋在安隅的手臂上暴起，那双金眸中的红光愈浓。

清凉的气味忽然覆盖了周围的腥臭。

诡异的红光几乎燎到宁的发梢，可他周身却忽然生出一方宁静的气场，一只又一只蓝闪蝶从衣袖中飞出，在空中忽闪着荧荧的光点，他在自己创造出的那片雾气般的光晕后微笑，几只蓝闪蝶向上飞舞，飞到闭眼游动的安身边，落在他的唇上，翅膀翕动。

安睁开了眼。橄榄色的眼瞳有片刻失神，而后又重新灌注回神采。

潮舞伸展出瑰色的长发，托着安的身体，让他轻柔落地。

宁立即蹲下，抱住了安。

安的兜帽几乎把宁的头也罩住了，安隅听不清他在对安说什么，只看到安从宽大的袖子中伸出手，紧紧抓住了宁后背的衣服。

精神净化的蝴蝶只拉下了刚漂浮上去的几个人，被拉下的人神情涣散，转眼又没入祈愿者中，再次开始唱诵。片刻后，她们果然又回到了柱子上。

安隅抬头仰望，红光的源头似乎在柱顶——视野尽头完全被刺眼的红光笼罩，就像在藏匿着什么。

“潮舞。”他说道，“我想上去看看。”

潮舞是巨海藻畸变——她的长发不仅可以迅速增殖，还能结成坚韧的网。

安吃力地起身，站在了安隅身后——虽然面色惨白，但他没有忘记自己治疗系辅助者的身份。

安隅却道：“絮语的根源在上面，越向上，你受到的精神污染就会越严重。”

宁说：“请放心，我会盯……”

“要不，刚好让我试一下新的能力吧。”安隅打断他道。

祝萄忽然皱眉：“我怎么有种不祥的预感……你又觉醒了新异能？”

“不算。”安隅摇头，“只是学习到了一个新玩法。”

安的神情忽然有一丝警惕，他下意识地伸手摸向安隅挂在他胸口的那枚小小的果酱罐——还没来得及摘，安隅已经伸手触碰了身后诡谲的雕柱。

那只白皙瘦削的手臂半截没入红光，金眸中赤色流转，瞳心缩紧的一瞬，安在众目睽睽之下消失了，只剩下一枚系着长长橄榄色飘带的小罐子从空中坠落。

安隅指尖轻动，小罐子从几米之外倏然出现在他掌心——很听话，但又很抗拒，罐子在手心震动个不停。

安隅思索了片刻，双手拢住罐子，就像在捂着安的耳朵。

“别乱动，里面应该会很清净。”安隅说着，把小罐子挂上脖子，让它垂在身前。

片刻后，小罐子终于安静下来。

宁怔怔地看着他，祝萄和潮舞也目瞪口呆。

唯有安隅自己轻轻勾了勾唇，似乎对异能效果很满意。

长官说得对，开关已经按下，他可以靠学习和摸索逐渐觉醒，畸种的刺激或许能帮一点忙，但根源还是自我掌控。

“你有点……吓人。”潮舞抱紧了自己的头发。

“虽然我还见过你更恐怖的时候，但——”祝萄咽了口吐沫，“很难说当初和现在，哪个更让人背后发毛。”

安隅看向宁，解释道：“密闭空间会带来平静，而且就算受到精神污染，他也没办法绕着雕柱转圈了。对了，空间折叠应该不会干扰你们的意念相通吧？”

“空间……折叠？”宁愣了许久，“倒是不会……”

“他有什么想说的吗？”安隅问道，“我在罐子里铺了些隔音的纸，有效果吗？”

“他说……”宁顿了下，“有效果。但是……”

“但是什么？”

“他以后都不会出你的任务了。”宁叹了口气，“他说，他讨厌你。”

【碎雪片】

安（1/3）讨厌

蒲萄告诉安，大多数情况下，安隅是一个低姿态、回避社交、会用各种敬语的人。

安觉得蒲萄骗了他，或者说，是安隅骗了蒲萄。

他认为安隅是一个自我、蛮横、为所欲为的家伙。

虽然确实是会用各种敬语……

原本，安平等地讨厌除了我之外的每一个人。

但安隅成为例外——他最让安讨厌。

初次任务合作之后，虽然每当安隅需要，安都会再次跟随，但他仍然拒绝改变对安隅的评价。

他也无法理解其他守序者对安隅的崇拜。

尤其是蒋枭，每当蒋枭采访他，被安隅收纳起来挂在身前是什么样的美妙感觉，他都想要与这个世界一刀两断。

27 重蹈覆辙

越来越多的祈愿者加入了游柱的队伍。

“虽然听不见你说的絮语，但这些祈愿声听多了，我也开始对绕着这玩意转圈产生了渴望。”潮舞看着雕柱怔道，“不知道上面会有什么，好想上去看一看……”

她猛地甩了甩头：“别说安，连我都快不清醒了！”

宁忽然轻声道：“转圈很痛苦。”

安隅抬眸，宁指了指他身前的果酱罐：“安说，上去前确实莫名地渴望，但在绕柱旋转时却非常痛苦，虽然意识浑浑噩噩，但脑海里一直有个念头，希望能赶快停下。”

“什么样的痛苦？”

“深处的意识在受折磨。”宁也有些意外，顿了顿才道，“他虽然也不明白絮语的含义，但在转圈时，他隐约感到被规劝，好像只要放弃一件什么事，就能停下痛苦的旋转。”

“放弃对高基因熵后代的执念吗？”祝萄问安隅，“你能听懂絮语吗？”

安隅摇头。

他丝毫感受不到被规劝，只觉得烦躁，想要削掉那些东西的嘴巴。

葡萄藤蔓从祝萄指尖延伸而出，将一片片能提供精神抗性的小叶子贴在大家身上。安隅随手摘下自己肩头那片，抚平了，按在果酱罐上，清甜的葡萄香缭绕在身前。

宁问道：“你自己呢？”

“我不需要。”安隅语气自然，“如果上面的精神污染很重，请照看好大家，不必管我。”

“这家伙精神稳定性极高。”祝萄嘟囔道，“我们在53区时，他被五花八门的畸种反复打到残血，精神力却从来没有下降过。”

宁怔怔地看着安隅："论坛上的传言竟然是真的……"

雕柱之下，信徒们的祈愿声编织出一道无形的金钟罩，周遭的空气仿佛凝固了，唯有雕柱旁的游柱队伍愈发壮大，在红光中翻起一道道壮丽的涟漪。

祈愿者一圈一圈接连向雕柱跪拜，那些姑娘还未上柱，就已闭目封耳，对周遭的一切漠不关心，只知道越来越大声地吟诵那荒诞的言语——

"为更优质的生育。

"为更稳定的存续。

"为女性背负起应尽的责任……"

在无止境的吟唱声中，潮舞散开瑰色长发，如通天阶梯般跟随漩涡的韵律向高处延伸。安隅踩着脚下密而韧的发毯，向高处走去。

越到高处，絮语越如同一张紧密编织的网，紧紧地笼罩着人的意识。

宁的掌心合拢于胸前，一只又一只蓝闪蝶从他体内涌出，在祝萄和安隅周身环绕。

蝶息阵阵，安隅回头俯瞰——地上的祈愿者已成一圈圈渺小的黑线，而雕柱高处游动的女人身形却越发宽大，怪诞的鱼鳞逐渐嵌入皮肤，她们失去了人类双足，鱼尾拍打着空气，只知道向上、再向上，仿佛高处有着她们最迫切的期盼。

越向上，那种执迷带来的冲击感就越强烈。安隅忽然想起十来岁时的某个午后，他从昏睡中醒来，忽然听见楼下女人声嘶力竭的喊叫声——住在1309室那位四十来岁的女士在分娩中出了意外，贫民窟没什么医疗资源，她活活流血而死，孩子也没能保住。

之后很久，猜测孩子父亲的身份成了低保区的八卦话题，有人说一定是个有钱人，只要把孩子生下来就能带她脱离贫民窟，还有人说保不齐孩子就是资源长的……说什么的都有，但大家最终都嘲笑她明知大龄产子有风险还非要坚持。

她和孩子的尸体被抬走时，安隅就站在楼上打着哈欠放空，凌秋趴在栏杆上，忽然苦笑道："女人生育要忍耐巨大的痛苦，可她们却又总是一往无前。"

那时，安隅随口问道："为什么呢？"

凌秋说："或许对每个人都不一样，可能是追求幸福，可能是执迷不悟，也可能只是被禁锢和强迫吧。"

安隅边回忆着往事边向上走，直到视野内的游柱者彻底失去人类体征，变成一条条闭眼机械游动的鱼，他终于仰望到了顶端——

那里，四条巨鲸般的锦鲤首尾衔接成圆圈，在至高之处无声而快速地转动，盯得稍久一点就会产生幻觉，仿佛那里旋转着的是四个姑娘。

宁轻声道：“浓烈的悲伤。”

悬挂在安隅身前的果酱罐轻轻颤抖，他下意识拢住了罐子，安抚地轻轻摩挲着罐身。

虽然他没有感知悲伤的能力，但也隐约察觉到有一种庞大的情绪从四条巨锦鲤身上笼罩下来，压得人透不过气。

果酱罐上，葡萄叶迅速枯萎干瘪，当他们继续朝巨锦鲤靠近，葡萄叶忽然破碎成了粉末，消失在气浪之中。

大量蓝闪蝶从宁身体里涌出，可这一次，它们还没飞多远，就在空中静静地消散了。

宁蹙眉道：“好强的精神蛊惑。”

祝萄喊道：“大家远离雕柱！”

无穷无尽的葡萄叶在空中飞舞，向众人和潮舞的头发上贴去，它们刚刚附着便枯萎干碎，新的又补上来，一批又一批。祝萄脸色逐渐转白，他却好似没有察觉到一般，从远端逐渐靠近那雕柱。

潮舞的长发也忽然像是不听使唤，发梢轻轻勾了勾绕柱游动的一个女人——那已经不能称为女人了，那只是一条死鱼。

所有人都在无意识地接近雕柱，唯独安隅没有，他神色平静地继续向上走，用手拦住向雕柱飞扬的果酱罐，一次又一次安抚地把它按回胸口。

在潮舞的发梢又一次情不自禁去触碰游柱者时，安隅俯身抽刀，一把割断了那截发丝，地面上神情痴迷的潮舞猛地回过神。

“不要碰。”

淡然的声音顺着长发传下来，她还没反应过来，已经答道：“是。”

一只蓝闪蝶虚弱地飞到安隅指尖，安隅把它捧到唇边，轻声道：“去看顾别人吧。”

他拢着胸前的小罐子，踏着瑰红的发毯，继续平和地向最高处走去。

那四条壮丽的巨锦鲤近在眼前时，絮语成了全世界唯一的声响，红光映在金眸中，诡谲地跳动。

宁在身后喊道：“不要触碰红光！”

可安隅半个身子已经探了进去——什么也没发生。

他仿佛感受不到一丝绝望与痛苦，抬起手，带着一些懵懂的试探，轻轻触碰那几条锦鲤——离锦鲤最近的死鱼突然睁开了眼，它眼白暴凸，猛地蹿起，一口朝安隅咬了上来！

瑰红的长发立即化作发鞭，“啪”地将它抽开。

飞起的鞭梢掠过巨锦鲤，抽下一层火红的鳞片！

安隅道：“不要！”

晚了一步。

那条死鱼从空中坠落，顶端的四条巨锦鲤忽然开始加速旋转，高处的死鱼接二连三地苏醒，所有闭目游柱的女人也都纷纷睁开眼，狰狞地拉扯起潮舞的头发。

地上的祈愿者青筋暴起，凶狠地朝潮舞包围上来。

祝萄立即自高空跃下，于空中操控藤蔓，一圈一圈包裹住潮舞身上的伤口。

嘈杂的絮语几乎要把安隅耳朵吵炸了，他对宁道：“你去顾他们。”

“可……”

混乱之中，安隅的声音却更镇定。

“我倒希望，它真能蛊惑我。”他说着，不等宁答应，挥刀利落地斩断了宁脚下的发丝。

纵然带了全队辅助，可最终，如注定般，他仍只能孤身前往。

高空之中，只剩安隅一人。

近处那些死鱼疯狂地朝他啃噬过来，叼住了他的手腕，幸好绷带阻挡了锋利的牙齿，但鱼太多了，安隅挥赶不及，鲜血迅速从绷带下渗出。

“帮个忙。”他轻声对果酱罐说，“别怕，失控前我会拉住你。”

果酱罐里飞出两只大白闪蝶，罐子剧烈地震颤，安隅眼睛轻闭，在睁开的一瞬，安重新出现在他的身后。

安低着头，双手交叉搭在胸口，气流吹开他雪白的兜帽，他在风中与安隅背向而立，无穷无尽的大白闪蝶自领口袖摆中翩跹而出，在空中编织出一道道流金的光晕——安的守护异能，蝶阵保护。

大白闪蝶将两位白衣白发的少年包裹其中，撕咬上来的死鱼被蝶阵干扰在外，无法靠近。

混乱中，柱顶的四条锦鲤终于停止了旋转，摆动着鱼尾朝安隅游来。

明明一片沉默，却仿佛带着巨大的呼啸。

隔着面前纷舞的蝶阵，安隅看向那些锦鲤——原来它们的身体是透明的，颜色来自腹中那团浓郁的红，准确地说，是无数破碎的红光攒在一起，无序地波动着。

他忽然想起几天前，诗人站在教堂塔尖问他的那句话——“我总是能在苍穹上看到一团波动的破碎红光，你能看到吗？”

安隅伸出手指，穿过蝶阵，轻轻触碰了它们。

指尖传来剧烈的灼痛，鲜血涌出，一只大白闪蝶立即飞上来，吮去了那滴血。

安隅怔忡了一瞬，在被咬的那一刻，他好像听见了什么。

不再是错乱无意义的絮语，而是一个姑娘悲伤的声音，在他耳边轻声叹息道：“我们注定，重蹈覆辙。”

下一秒，刚才咬到他指尖的巨锦鲤骤然爆裂——最低级的畸变基因，无法抗拒获取安隅的天性。

在它爆裂的瞬间，另外三条巨锦鲤也狂乱地朝安隅的手指啃咬上来，地上的人举头仰望，在他们的见证下，巨锦鲤在空中接连瓦解，只剩下四团破碎红光。

安隅忽然有种预感，他想要的答案就在那红光中。

他再次伸出手触碰向红光碎片，然而这一次，接触的瞬间便被凶狠地弹开了——算上进来时那次，这是他第二次被拒绝。

祝萄仰望着高空漂浮的破碎红光，怔道：“这就……结束了吗？”

话音刚落，只见那些破碎红光突然跳跃，呼啸着涌入雕柱最顶端的四条死鱼体内，那四条死鱼漂浮至柱顶，迅速首尾相扣旋转起来，鱼身变化，化作新的锦鲤虚相。

信仰不灭，生生不息。

随着新的锦鲤虚相生成，暴动的雕柱终于重新安静下来，死鱼回到了柱上，底端尚未鱼化的女人也重新闭上眼，继续绕柱游动。

祈愿者结束了今天的祈愿，仿佛意识不到周围少了一半的同伴，她们挂着满足的微笑和彼此道别，相约明晚再来祈愿。

大白闪蝶陆续回到安的体内，他脸色惨白地看向安隅的背影，喃喃道：“你究竟是什么？操控空间，精神免疫，而且……”

侵入者死。

除了“想找宁”之外，这是他第一次主动和安隅说话。

在他的视线中，安隅周身笼罩着一股强大的压迫感，仿佛透露着一种气息，蛊惑人靠近，却又让人不敢靠近。

安隅转过身，瞳中猎猎的红光让安几乎本能地向后退了一步。

“谢谢。”安隅说道。

安怔住了。

“还好有你。”安隅抬头望着空中尚未完全消散的大白闪蝶，“好强大的异能。没有宁在，你依旧很厉害。”

终端显示生存值95.4%——在安的蝶阵保护下，他只被这些畸种啃了几口，加上大白闪蝶及时的疗愈，生命值丢失更多来自体力消耗。

安隅若有所思道：“如果不是精神稳定性差，或许你才该是尖塔最强奶妈。”

落在他头上的那片半枯萎的葡萄叶闻言一阵发抖，愤愤地从他肩上飘走了。

雕柱已暗淡下去，游柱之人也悄然隐匿，静静地等待着下一个夜晚开启。

最终，许双双已经游到下三分之一的高度，再向上三分之一，就会开始结出鱼鳞。也就是说，只剩一天机会，必须速战速决。

宁轻轻拥抱着疲惫的安，一边安抚一边说道：“那几团红光或许是信仰本体。杀死巨锦鲤虚相，它会自动跳跃到下一任宿主上，要想打破它的无限跳跃，就要先抓住它。”

潮舞伤得最重，喘息声直发抖：“怎么抓？我们只是靠近它一点，就已经快要丧失意志了。”

“我可以。”

安隅仰头望着柱顶：“但……它拒绝了我。”

他仍然记得被弹开的那一瞬，尽管他很迟钝，但仍感受到了破碎红光中的愤怒，像排斥异类一样排斥他。如果始终被拒绝，他永远无法解救这里的人。

“信祷者入，执念者得，释然者出。”安隅低声重复了几遍，说道，“你们留在这儿，我要出去一趟。”

宁问：“去哪儿？”

“主城。”安隅说，“教堂。”

【废书散页】

18 重蹈覆辙

灾厄的那十几年，女人承受的惨烈似乎远超男人。

她们的身体被买卖，器官被利用，尊严被践踏。

饵城的女人从未想过反抗。

而主城的女人，主动背上了沉重的镣铐。

这不是一个女孩的噩梦，也不是诞生于末世的噩梦。

在历史的长河中，她们一次次容忍、怯懦、自我牺牲。

这只是可悲的重蹈覆辙。

28 意志拥抱

释然者出。

安隅站在雕柱前再次许愿，睁眼便回到了真实世界。

主城，中央教堂。

安隅站在塔顶的窗旁："诗人，你还能看到天上的破碎红光吗？"

眼透过那扇窗仰望苍穹："一直能。这些年来，那些破碎红光越来越多，无序的波动让人心烦，直到前阵子，第一枚制动齿轮出现，情况才好了一点。"

安隅问："红光究竟是什么？"

"不知道。"眼顿了顿，"也许和这个世界的混乱程度相关吧。无论人类如何抵抗，混乱一直在加剧。"

安隅也抬头看向天空——如那日一样，他什么也看不见。

窗旁的高脚小几上摆着一只玻璃缸，一只小金鱼在里面游来游去。

"主城似乎很少出现动物。"安隅说，"我一个叫严希的朋友说过，任何动物都有突然畸化的可能，所以主城禁止养宠物。"

眼将手指伸进玻璃鱼缸，轻轻搅动着缸里的水："它只是一条正常的金鱼。而且，即便是畸化的金鱼也没关系，金鱼畸种的感染性极弱，常来教堂的都是些女人和小孩，女性和小孩子的基因抗性本来也更高，完全不必担心。"

安隅想到84区深埋地底的一千两百多具金鱼畸变女尸，不做评价。

他沉默了一会儿，说道："诗人，我想倾听一些人的过往，可总是被拒绝。"

眼想了想，微笑："因为你的倾听被认为是袖手旁观。"

安隅茫然："那我该怎么做？"

眼没有立即回答，他抬头眺望苍穹，望了一会儿后，忽然有些困惑地伸手在空中描摹。

“第二枚制动齿轮……”他不可思议地喃喃道，“好像已经有了一些轮廓。”

安隅更茫然了。

夜空中明明什么也没有，让他怀疑自己是个瞎子。

就在他以为诗人不会再回答时，眼忽然道：“不切肤，不知其痛。”

“唔？”

“别用手去触碰，用这里。”眼指了指自己的心脏，“没人愿意剖出痛苦晾晒在他人的视线下，除非对方感同身受。”

安隅立即问：“怎么感同身受？”

“先成为彼此，而后自我审视。”眼思索着说道，“不是每一个记忆都能追溯，痛苦会被大脑自动遗忘，快乐也未必抵得过时间。我一直认为，回忆过去是在精神层面推动时间倒流，普通人尚且无法随心掌控自己的时间，更不用提去唤醒他人的记忆。”

安隅听得似懂非懂，他转身下楼，走到楼梯口又倏然顿住：“如果您真能看见别人看不见的东西——”

“不仅如此。”眼温和地笑，“我似乎还能预感到一些即将发生的事情。”

安隅呼吸一滞，下意识摸向口袋，才刚掏出终端，眼便主动将手腕伸了过来——基因熵9.6。符合基因库记录。

眼自出生起，就是这个傲人的数字。

“你担心的事，黑塔里的人早就担心过了。这么多年来我一直活在黑塔的严密监控下，可以放心。”眼微笑道，“上次和你一起来的那位大人，连他都对人类无害，我又有什么值得你提防的。”

安隅收起了终端。

主城有太多他陌生的人和事，但好在，贫民窟出身让他早就习惯了遇见超出他认知范畴的事物。

离开前，他又问道：“教堂背后那座楼是干什么的？”

主城商业区最高的楼，也是84区里空间雕柱所在的位置。

“黄氏集团的总部大楼。”

黄氏，供应主城所有乳制品的企业。

“那里只是它的商业大楼，它的工厂遍布饵城，从原材料加工，到包装生产，是一条非常庞大的商业链。”眼顿了顿，“想不想知道我突然预感到了什么？”

“什么？”

眼微笑：“我预感，有一条小泥鳅就要拱翻巨龙了。”

安隅一怔——泥鳅与巨龙的比喻来自许双双。

他看着诗人的眼睛，那双深灰的眼眸澄澈宁静，不带任何窥探性，但却又似乎能洞悉一切。

眼举头想了想：“我还预感，小泥鳅可能会因为一点小事，栽个跟头。”

安隅皱眉：“什么小事？”

“不知道。”眼诚恳地摇头，“我只知道，即使我说出了这个预感，似乎也不会改变结局。”

“……”

安隅来时的困惑貌似被解决了一些，可却带走了更多困惑。

当诗人送他到教堂门口，建议他花八百块购买最新著作《预言诗》时，刚才的一切对话都显得非常之不可信。

凌秋说过，无论一个人说了多么触动你的话，当他开始卖货，就可以果断认为前面的都在胡扯。

“我真的没钱了。”安隅说。他的五千五百万还在绕着雕柱转圈圈呢。

诗人温和道：“我知道。但我预感你很快就会暴富。”

“……那就谢谢您了。”

安隅最终还是买下了那本《预言诗》。

返回84区前，安隅回尖塔给自己搞了个临时武器。

那是一把有自动追踪功能的弓箭，火红的箭弓搭配雪白的箭羽，箭芯搭载了燃料推送装置，射程可达近千米。

这把弓箭名为“逐神”，定制价格六百万战绩积分，主人是蒋枭——所以安隅一分钱没花就把东西借到手了。

*

天亮前，安隅背着“逐神”回到了84区。

驻守在祈愿湖边的军官告诉他，已经查明了四个没有找到鱼人尸体的失踪者身份。巧合的是，她们都是84区包装加工厂的女工。

天还没亮，工厂已经开始运转。车间里充斥着机器嗡嗡声，流水线上的几千号人沉默无言，就像没有情感的螺丝钉。

女工们的住处和安隅从前的宿舍差不多大，一个房间住两人，屋里几乎摆不下任何生活用品，两张单板床中间塞着一个纸箱子，上面摆着被从中间剪开的半个矿泉水瓶。

水很清澈，但水里却漂浮着两只死掉的金鱼，瓶底沉着两枚硬币。这两枚硬币比祈愿币更加光亮，几乎可以当镜子照，上面没有任何花纹。

在另外两个女孩的宿舍里，安隅也找到了相同的两枚硬币。

再回到信祷之币里时，时间已经重置回了9月30日，沈荷失踪那天。

祝萄不可思议地问道："你出去一趟，只为了找诗人聊天？"

"因为他说他见过破碎红光。我翻了天梯应用收录的目前所有畸变型和诡异现象，都没提到破碎红光，只有他说起过。"

安隅摸着口袋里的四枚硬币："如果你们硬去接触破碎红光，会发生什么？"

"极大概率会意志永恒沦丧。"宁正色道，"根据昨天的情况，破碎红光有极强的精神蛊惑性，我们没人有把握能撑得过去。"

安隅沉默了一会儿，点头道好。

他转向角落里的安，犹豫一下，还是把果酱罐子拧开了。

安恹恹地别过头去。

"他答应了。"宁叹气，"但他不太高兴。"

果酱罐里里外外都被葡萄叶贴得严丝合缝，有精神净化力的蓝闪蝶缭绕在安周围，安隅把安连同那些闪蝶一起折叠进了小罐子。

"你到底要干什么？"祝萄警惕地盯着他，"我又有53区那种不祥的预感了。"

安隅抬手摘掉祝萄在他身上贴的两片葡萄叶："信徒暴乱时一定会攻击潮舞，护好她。如果出现意外，安的精神失控，也请看顾一下我。"

他顿了顿，又道："生存值可能会下降比较多，辛苦了。"

"……"祝萄的表情开始失控。

安隅诚恳道："尖塔第一奶妈，我一直很相信你。"

祝萄："……你昨天背着我可不是这么说的。"

日落之时，雕柱开启，祈愿重演。

昨天没有上柱的女人再次前往，跪倒在雕柱前大声唱诵。潮舞铺开长发，这一次发毯离雕柱很近，几乎浸没入红光之中，大片蓝闪蝶在柱底包围着她，替她驱散受到的精神蛊惑。

安隅半边身子浸在红光里向上走，金眸中倒映着一道道从身前游弋而过的信者的身影。他眉心轻蹙，眸中赤色渐浓。

祝萄在三分之一的高度停下了，安隅独自向上，直到身边的游柱者开始出现鱼鳞特征，他垂眸向下一瞥——许双双就在下方不远处，很快也将加入鱼化的队伍。

四条巨锦鲤在高处安静地转圈游动，安隅仰望着它们，瞳光凝聚，搭弓引箭。

雪白的翎羽箭穿过红光，破空笔直而上，瞬息过后，四条巨锦鲤之一骤然爆裂，巨大的锦鲤碎片自高空坠落，鱼腹中的破碎红光悬停一瞬，朝向高处的一条死鱼跳跃。

地面上，潮舞和宁眼前一花，只见半空中的安隅身形一闪，瞬间便逆天地出现在柱顶！

那道纤细的身影挡住了被选中的信徒，被破碎红光直接打入胸口。

只一瞬，全队的终端都开始报警——队长生存值骤降至75%！

安隅胸口剧烈起伏，仿佛有一只大手紧攥着他的心脏，他一口接一口地急促喘息，却仍难抵消意识深处剧烈的痛楚。

不仅是破碎红光拒绝他，他深处的“东西”同样在拒绝——一个不属于他的混乱意志被强行吞入体内，让那个东西极度愤怒。

锦鲤神遭到攻击，信徒再次暴乱。

安隅闭目忍耐痛楚之时，鱼人和死鱼疯狂地朝他发起攻击，游在最前面的一只鱼人张开獠牙——就在那对尖牙即将穿透安隅的脖子时，他低垂的眼倏然睁开。

赤色染透半边金瞳，他冷淡地看着一窝蜂涌来的家伙。

众人在耳机里听到安隅的自言自语：“这样搞，可撑不到射四次箭。”

他们以为安隅要改计划，却见高空中的那道身影瞬间退开百米之遥！

远离了疯狂攻击的鱼人，也失去了发毯的承托，那道白茫茫的身影独立高空，在急速坠落时，他沉稳地再度搭弓，三支雪色箭羽连续射出，高处那三条巨锦鲤几乎同时爆破，在空中飘洒下一场壮丽的碎片雨。

气流搅起巨大的旋涡，安隅借气流向上，白发狂舞，发丝背后，那对红瞳炽烈如血。

跳跃的红光映照在他眼中，高空中突然拖出几道白色残影，瞬息之间，他接连闪现三次，以人类要害的胸膛迎接——融合着死者意志的破碎红光打入体内，在相互抗拒中，那些红光反复穿透他的胸膛，终端的警报声在高空回荡。

50%!

25%!

5%!

闭目悬浮于空的安隅忽然又睁开眼。

他睁眼的那一瞬，胸口的小果酱罐四分五裂，无数大白闪蝶翩跹而出，在空中将他包围托起。

安隅躺在蝶阵中，眼皮、鼻尖、嘴唇、手指……每一寸皮肤都在被蝴蝶亲吻，迅速流逝的生命以更快的速度重新灌注回身体，甚至因为过于汹涌，让他产生了一丝恍惚。

安在蝶阵后怔忡地注视着他，似是惊叹，又似敬畏。

无穷无尽的大白闪蝶从纤细的身体中冲破而出，一层又一层地包裹着安隅。蝶息覆盖了全世界的腥臭，蝶阵后的安面色透出苍白，但神态却更沉静。

剧烈的消耗让他的身体变得轻飘，他在高空缓缓下沉，可下沉之时他仍注视着安隅，安隅在那个对视中仿佛感受到了一份信誓旦旦的承诺。

在闭眼前的一瞬，安隅觉得，他似乎会有一个固定的治疗系辅助者了——虽然他不知道之后对方会不会接任务，也不知道对方能否坚定地选择他。

破碎红光反复穿过他的胸膛，絮语在全身游走，那个深处的东西愈发凶猛地拒绝试图融入他的意志，那愤怒不仅是对突然闯入的破碎红光，甚至也包括对他——主动选择与其他意志融合的他。

安竭尽全力，生存值被他反复拉回高位，又一次次跌至岌岌可危的个位数，直到安隅终于抬起手，捂住了胸口。

接纳。

长官说，所谓的降临态只是他自我意识的一部分。既然是他的一部分，无论多么强势，都必须顺从他的意念。

接纳这几份残存的意志，是他的决定。

破碎红光再一次穿入胸膛——这一次，没有溢出。

纵然它们卑怯而脏污，可那个有着绝对意志的高高在上的存在，主动俯下身，拥抱了她们。

终端上，安隅的精神力突然跳跃至0%，一瞬而过，又再次恢复满值。

他睁开眼时，躺在一张低矮狭窄的单板床上——包装生产工厂，沈荷的宿舍。

时钟显示今天是9月30日，沈荷被报失踪的第一天。

枕边安静地躺着一枚光可鉴人的硬币，它和安隅在沈荷宿舍中找到的不太一样，反面多了一行刻字：1-01。

硬币映出他此刻的样子，是一个瘦得两腮塌陷的皮肤苍白的女孩。

门忽然被推开，一个男人走进来说道："第1批次01号，沈荷。"

安隅从床上坐了起来。

他其实并没有动，是这具身体自然而然地做出了这个行为。他的意识进入沈荷的身体，暂时与沈荷的意识共存。

那个男人看也没看沈荷一眼，对着一张纸冷冰冰道："恭喜，根据基因库比对结果，你是与他诞育高基因熵后代概率最高的人，被选中第一批入仓。"

他?

安隅产生疑惑的一瞬，头脑中自动浮现了答案——黄氏集团董事长，黄宙。

那个男人说完这句话后，安隅感到沈荷有一瞬的狂喜，但又夹着一丝担忧。

女孩子轻声问道："也就是说……只要受孕，就能生下合格的孩子？"

"极大概率。反正现在就要接你进培养仓了，你会在那里待到生育完毕。放心，那里好吃好住，还有很多医生。"

沈荷心中很是期盼，但她还是犹豫了一下："那……极大概率是多大概率？万一，我是说万一，孩子生下来后基因熵没达到主城门槛，我和孩子怎么办呢？"

男人不耐烦地翻了翻纸："你的概率是72.5%，已经远高于其他人。真有万一，也不需要等到孩子生下来，你们这种都是会打药催胎熟的，这你应该知道吧？只需要两周，胚胎就能和正常受孕三个月时一样基本成型，到时候我们会有方法对你进行测试，如果证实了孩子基因熵不达标就及时止损，明白吧？"

"哦……这样啊……"

安隅听见了沈荷的心声，她在想，孩子已经基本成型时再打掉会有点伤身体，不过主城来的医疗团队是很可靠的，她还很年轻，不至于真出事。

一旦为董事长生下了高基因熵的孩子，她的命运，家里人的生活，都会发生变化。

"好。"沈荷说，"我需要准备什么？"

"什么都不用。"男人挖了挖耳朵，"婆婆妈妈什么？快点，拿上你的ID跟我走。哦，可以带点贴身的东西，两分钟啊，外面等你。"

“嘭”的一声，门被从外面砸上了。

或许是那个男人的态度太差，安隅察觉到沈荷心里仍有一丝顾虑。但是，对未来强烈的期盼足以将那丝顾虑碾压殆尽。

沈荷把两件内衣和刻着试验者ID的硬币放进包里，临出发前，她抓起一张纸匆匆给室友留了言。

小茹：我要进仓了，两周后就能知道孩子的基因熵。你先等等我的消息，再决定是否接受孕育任务。对了，还有半包没吃完的饼干放在你床上啦。

她带着期待和惶恐，匆匆地背上包，拉开门。

宿舍铁门“咣”的一声在身后关上。

安隅意识猛地一沉，再睁开眼时，又回到了房间里。

这一次，硬币上的编号变成了2-14，反面映出另一个女孩子的面孔，是第二个没找到尸体的失踪者周茹——沈荷的室友。

墙上的时钟显示今天是10月14日——沈荷进仓的第15天。

在周茹的记忆中，沈荷走之后，她就再也没联系上她。

她犹豫了一会儿，还是到走廊上，用公共电话向84区人口管理所报了案，简单说明了沈荷失踪的日期，但并没有提到工厂中的孕育试验。

垂在身侧的手捏着两张纸，一张是沈荷的留言，而另一张是她刚刚收到的基因配型结果和入仓告知书——

测试者：周茹

高基因熵后代概率：62.9%。

入仓告知：

入仓两周后接受胎儿基因熵测试。

若基因熵未达主城阈值，将停止孕育，50000元报酬依约定存入账户。

若基因熵通过，将为母亲制造高基因熵证明，入主城陪伴孩子成长。

周茹把告知书仔仔细细通读过，又把沈荷留下的字条看了好几遍。

她纠结了好几个来回，可最终脑海里只剩下一件事——五万块。

五万块能让她在饵城花上一辈子，她讨厌这座工厂，有了这笔钱，就再也不用坐在流水线上叠那些粗糙的纸箱了。

她犹豫着，最终攥紧右手，把沈荷的字条团成团，扔进了垃圾箱。

安隅的意识从周茹的记忆中分离时，他忽然感到一丝心痛。

那不是他的情绪，而是沈荷的。

脑海中又一次响起了昨晚那个叹息般的声音——“我们注定，重蹈覆辙。”

他不知道两周后发生了什么。

在意识短暂地融入沈荷与周茹的时间里，他翻遍她们的记忆——都停留在两周后接受胎儿基因熵测试的那天。

那个记忆似乎被模糊掉了。

就像诗人说的——不是每一个记忆都能追溯，痛苦会被大脑自动遗忘，快乐也未必抵得过时间。

两人的记忆都停留在入仓的第14天——全身防护服的工作人员敲开门，端着一只矿泉水瓶进来。

矿泉水瓶里游动着一条金鱼。

【废书散页】

19 它做出决定

其实我并不完全认同安隅是真正的神明。

神明习惯了俯瞰——宇宙、生命，在它们面前都如是渺小。

所以它们从不会在意蚂蚁的苦乐悲欢。

既然如此，又怎会收起自己凌驾其上的至高意志，去拥抱卑贱的凡人呢。

抵抗纪结束后，人们复盘出了很多个所谓的转折点。

但他们唯独忽视了那一天——

安隅做出决定，拥抱人性的那天。

29 四重悲剧

安隅第三次睁开眼，身处一间逼仄的库房。

门外是轰隆隆的机器运转声，昏朽的光笼罩在面前男人的脸上。

阿非是女工的工长，十六岁进厂，转眼已经在这里二十年了。

“我说，让你通知大家，你通知了吗？”男人叼着根烟，喷吐着污臭的烟圈，“这么好的机会，咱们自己厂里的姑娘才能轮得到，你知不知道啊？”

阿非犹豫道：“是是是，我明白……但……头两批试验者，沈荷、周茹她们人呢？”

“在休养啊，不是说了吗，孩子基因熵不达标，止损了，大人得休养一阵子。”

“不是说首批入选的六个人概率都在70%以上、第二批的十个人都在60%以上吗？”阿非费解地嘀咕，“这十几个姑娘最后都没中？概率是不是算错了？”

“你懂个屁！就传个话的事，你不愿意，我就找别人！”

“等等！”阿非叫住他，“报名的姑娘们全都要入仓吗？那车间怎么办？”

“不用入仓，概率在百分之六七十以上的姑娘稀罕，往下可就扎堆了。上千号人，哪能一个一个专门看护。”男人一眯眼，“我们统一安排受孕，之后就在厂里一边干活一边养胎，两周后有中的我们就接走，没有中的就止损了，五万块肯定人人都有。”

“那两周后，要怎么看孩子中没中呢？”

男人脚一勾，从角落里踢过来一个纸箱，纸箱里整整齐齐地码着水瓶，每个瓶子里都游动着一条小金鱼：

“这是试剂盒，一人一瓶发下去，受孕后摆在宿舍里就行了，别的不用管。”

阿非心里填满了疑虑和不安，她纠结了一会儿，犹豫着把手伸向那沓传单。

自愿进厂的女工只占一小部分，姑娘们大多是被家人几千块卖进来的，不干到四五十岁谁也别想出去。她知道她们渴望离开这里，还有一些奢望着成家——即使注定代代都葬在饵城，但她们仍对未来留存了最后一丝期待。

阿非终于还是接过了传单。

但转身离开前，意识深处忽然降临了一丝微妙感，仿佛有一个细微却又强势的想法在干预她。

她回过头，注视着上面派下来的男人。

“有几个问题。”她的声音也沉了下去。

男人错愕，不由自主地站直了些：“什么啊？”

“基因配型是哪里来的？”

男人道：“这我就不知道了。但我猜，集团一直在资助人类最顶尖的基因科研项目，拿到数据不成问题。”

阿非沉默片刻：“试剂盒原理？”

她好似惜字如金，不肯多说一个字。

上面不让解释太多，可男人仿佛不受控般地回答道：“经过特殊培育的金鱼畸种，提升了对孕妇的感染率，但如果腹中胎儿基因熵很高，就能保护母体不受感染。”

楼梯间安静了足有一分钟。

“怎么止损？”

“这……这我不能说……”男人的表情开始扭曲，像在被两股力拉扯，细密的冷汗从脑门上渗出，他喃喃道，“知道太多不是好事，不该你知道的事别问，不该看的东西也千万别看……”

他没有说完。

安隅的意志再一次发生跳跃，这次的宿主身材格外瘦小，工服穿在身上晃晃荡荡，像个巨大的麻袋。

十七岁的小宇才被父亲卖入工厂两个月。此刻，她趴在铁门上，透过门缝睁大眼向里面看。

备品仓储室里摆满了装尸袋。

从头到脚严密防护的工作人员正逐个拉开装尸袋核查ID，每核查一个，就从尸体身上取回硬币，把拉链一拉，拎起袋子丢进垃圾道。

长而狭的垃圾道直通地底，掩埋着饵城的肮脏。

在拉链拉开的刹那，透过小宇的眼睛，安隅看见了袋子里的女尸——厚腻的鱼鳞遍布全身，下体半人足半鱼尾，女性耻骨的部位狰狞地长着一只眼。

尸体已经瞑目，唯独耻骨处那只眼还瞪视着防护服后的那些人。

一个防护服叹气道：“概率最高千分之七，最低千分之二，测了快一千人了吧，竟然没有一个成了。”

另一人道：“命中概率太低了，她们到底是怎么肯的啊。”

“概率是夸大一百倍告诉她们的。饵城人就是蠢，自己也不想想，怎么可能有那么高的概率。”

小宇攥着刚签好的同意书惊恐地向后退，脚下一软，突然撞到一个人，她感觉浑身的血液在那一瞬凝固了。

她回过头，看着站在身后的高大身影——防护面罩遮住了那个人的五官，只露出一双死气沉沉的眼，那双眼睛盯着她，像是在盯着什么不该落在桌面上的小飞虫，可以随意捻起，再搓碎。

四个宿主的记忆循环往复，无论安隅如何努力，都翻不到基因鉴定的那一天。

痛苦的记忆已经被大脑自动掩埋，除非找到能够唤醒她们的东西。

在不知第多少次循环到小宇身上时，安隅透过门缝向藏尸间里看去，视线忽然锁定一处——那是一个脏污的蓝色垃圾桶，工作人员每核对一具尸体的身份，就会将尸体身上刻着ID的硬币丢进去。

桶里已经有上千枚硬币，在其中几枚上，他察觉到了一丝似曾相识的意识残余。

这些硬币和那些姑娘一样，见证了所有罪恶。

在又一次循环到沈荷身上时，安隅趁着她把内衣和硬币丢进包里，意识跳跃进那枚镜面似的硬币。

刺眼的试验灯让操作台上的女孩慌乱地偏过头，在偏头的刹那，手中攥着的硬币似乎硌了她一下，意识深处一阵抽痛，像有什么东西突然钻了进来。

“胎儿已经成型，我们现在进行基因熵测试。”

“好……”沈荷的脚在操作台上轻轻蹭了蹭。防护服后的声音是个男人，赤身裸体地躺在这里让她有些不自在，尤其是她的小腹已经轻微隆起。

她舔了下干裂的嘴唇：“那个……不是说，人类科技还没办法测量胎儿的基因熵吗？”

“是的。因为胎儿从成型开始，基因熵会逐渐升高，直到出生才彻底稳定。”

“那你们要怎么……”

“研究发现，高基因熵的孩子，即便还没发育完全，也会保护母体。”

那人说着拧开水瓶，将里面的透明液体泼出，一条滑溜溜的金鱼被他倒在掌心，在防护手套上抽打着尾巴。

沈荷下意识朝他的手心看去。

“别动。”冷冰冰的命令。

沈荷愣了愣，她隐隐感到有一丝不对，意识深处也像是突然多出一种想法，在提示她挣扎。

可她没有行动。

一切早已注定。

穿防护服的医生取来一把手术刀，在她下腹剖开一道口子。

剖口小而浅，只划破了浅层皮肤，像寻常采血。可紧接着，一个冷腻光滑的东西贴上她的伤口，狠狠地一口咬上来，像要从小腹生生扯下一块皮肉！

这个胎儿没有保护母体。

畸变基因迅速入侵，如同一把汹涌野火，鱼鳞以肉眼可见的速度爬满全身，双足畸化成鱼尾。

感染畸变带来前所未有的痛苦，让安隅的意识瞬间从沈荷体内挣出。

但转瞬间，他又进入了周茹。

同样的境遇。

沈荷，周茹，阿非，小宇，她们在同一个房间里，仿佛在经历着一场永不停歇的噩梦轮回。

他本是不容侵染的存在，但却蛰伏在她们的意识深处，一次又一次，体会被感染后畸变的痛苦。

滔天的愤怒几乎要把安隅的意识拍碎了，他又一次感受到深处的那个东西在失控，呼啸着汹涌而出。

沉寂许久的祈愿池，通天雕柱突然炸裂！

绕柱者全部苏醒，鱼人们再次暴动，目眦欲裂地向还未鱼化的游柱者撕咬而去！

诡秘愤怒的嘶叫充满了这个世界，大片蓝闪蝶在空中无力地消散，祝萄等人在剧烈的精神冲击下几乎站立不稳。

而那个在高空中悬浮沉睡的存在却突然动了一下，猛地睁开眼，红瞳燃烧如火。

它本不该如此深入人的痛苦，除非因缘巧合，从人间泥淖中苏醒。

安隅一睁眼，看到的就是无数狰狞的鱼人向祷告者撕咬，刚刚苏醒的祷告者惊慌失措，悲泣声铺天盖地，不仅来自大梦初醒的人类，也来自那些永恒失智的鱼人。

无尽的混乱，如人间地狱。

祝萄的藤蔓束缚着几十只鱼人，那些疯狂的东西撕扯着藤蔓，鲜血从祝萄的四肢迸射出，他根本来不及自疗。

安号召大白闪蝶包裹着祝萄，他忽然抬头望向高空："安隅！躲远一点！"

而高空中的人，听闻后却只垂眸看了他一眼——痛恨与怜悯，都在那一眼中。

安怔忡之时，空中的气流与旋涡突然不规则地扭转，空间仿佛正在被不断压缩和回弹，那些四处游窜的鱼人一个接一个地重叠在一起，像一片片雪花滚成雪团，它们嘶吼着推挤彼此，可却无从挣脱。

禁锢着畸种的空间越滚越大，直到所有祷告者都被潮舞救下，空中只剩下那团堆叠的金鱼畸种，如一轮巨日——除那轮巨日之外，在高空一隅，还剩下一道单薄的身影。

安隅将无数片空间重叠挤压后，摸向身后。

还剩最后两支箭。

他取下第一支，直向鱼人堆射去！燃料在剧烈的碰撞下炸裂，没能炸死那些畸种，只让愤怒的嘶鸣愈演愈烈。

不仅如此，那些鱼人的愤怒好像全都转移到了他的身上，它们疯狂挣命般想要冲破而出，将他撕成碎片。

潮舞在下面喊道："普通燃料没用的！快点离开那里！"

可安隅置若罔闻，他静静地听了一会儿那些愤怒的嘶吼，伸手取下最后一支箭。

雪白的箭羽破风而出，他立即抽出短刀在手腕划下一道。

地上的安怔了一瞬，好像忽然明白了什么，蝶群刹那间朝安隅冲去，安隅被它们环绕的一瞬，连人带蝶同时瞬移到了飞射而出的箭梢之上！

地上的人举头仰望，只看见那道被白蝶缭绕的身影随着箭矢一同扎入畸团中。

巨日在高空中剧烈震动，每震一下，最内圈的鱼人便瞬间消无，那轮巨日也在震荡中不断缩小，直到只剩下被大白闪蝶包裹的安隅。

他从头到脚遍布细碎的伤口，无尽的大白闪蝶纷纷降落在那些小口子上，几乎将他整个人都包裹住。

终端上的生命值平稳回升，他在闪蝶的承托下，自高空缓慢下沉，直到终于落回地面。

高空中重现了四条巨锦鲤虚相，它们转着圈飞速下降，来到安隅面前，迅速收敛旋转成一枚硬币，落在他的胸口。

安隅伸手捂上胸口，轻轻摩挲着它。

信祷之币里，空间在寂静中分崩离析，一阵空气震荡后，众人回到了84区的祈愿池中。

祈愿池地下突然爆出的鱼人死尸让军人们措手不及。

在通天的恶臭和吆喝声中，安隅闭目独自静静地躺在池中心，左手捂着心脏处的硬币，胸口平和地起伏着。

他好像在安睡，没人敢上前去叫他。

祝萄等人站在一旁，军人更是小心翼翼地绕行。

安被宁揽在怀里，看着终端上显示安隅生存值回升到90%，他才收起了大白闪蝶，自己缩到宁的怀里，疲惫地打了个哈欠。

金鱼畸种的攻击性极弱，自爆之前，也只在安隅身上留下了非常浅的口子，即便没有治疗也绝不致命。

只是，那些细细密密的伤口让安隅看起来太破碎了。

在目睹安隅即将独自冲进畸团的那一刹那，没有任何一个治疗系辅助会无动于衷。不管理智如何告诉他安隅不会有事，他都必然倾其所有去守护——这或许是每一个治疗系的天性。

许久，终于还是祝萄小心翼翼地上前，想看看安隅的状况。

虽然终端显示的生存判定很高，但本体显然已经过度耗竭，濒临休克。

就在这时，安隅的终端响了起来。他闭着眼，右手伸进口袋摸了半天，才堪堪把终端放在耳边。

祝萄及时刹住脚，但好奇心使他停在原地，想要偷偷听安隅打电话。

“晚上好，长官。”

“您已经回来了吗？还顺利吗？”

“是的，严希和我简单介绍了平等区的存在。”

“小礼物？给我的吗？谢谢您……我很期待。”

“我的任务刚好完成，五千五……不，许双双救下来了。畸种已经清扫完毕，折叠在信祷之币里的空间也关掉了。”

“嗯……我不确定她们算不算超畸体，但她们现在也在我手里，没有威胁。”

“我还好，奶妈们也很好，没有人被我耗死，请您放心。我们马上就回去了。”

“回去之后，我需要去一趟黄氏集团。处理一些……任务后续事件。”

“好的长官，那先这样，我…………什么？”

虚弱地躺在地上的安隅一下子坐了起来。

他睁开眼，瞳孔中的红光迅速褪去，转瞬间恢复为金眸——茫然无措的金眸。

“呃……嗯……呃……”

祝萄敏锐地发现，安隅的手在颤抖。

远处，宁把已经蜷缩着睡着的安放下，也困惑地看了过来。

安隅痛苦地捂住额头：“您可以听我解释吗？”

电话里，秦知律的声音淡淡的，听不出什么情绪。

但经过一起出任务，以及这些天的相处，安隅已经隐隐感受到了长官的怒火。

秦知律淡声道：“我提醒过你不止一次。”

凌秋曾对他说，如果连你都觉得对方生气了，别犹豫，他就是生气了——以及，如果一个人已经生气了，听起来却很平静，那你最好带上所有面包快点跑。

“是的……我很抱歉……我……”安隅顿了顿，从记忆里翻出了凌秋对他的评价，“我是个没良心的赔钱货，对不起您。”

疑惑挤满了祝萄的脸。

许久，安隅才深吸一口气，把终端挂掉。

这一次，他仿佛才是彻底被掏空了，摊开双手躺回地上，绝望地看着天空，喃喃道：“怎么就给忘了呢……”明明中途还回过一趟主城。

祝萄终于忍不住好奇问道：“什么东西啊？”

“面包。”安隅叹气，“按照你的建议，用来给长官赔罪答应给他烤的面包啊。”

【主城二】

30　记忆回溯

“26年前，大灾厄降临，人类提出联合法案，也称星火法案。在星火法案的名目下，我们先有了定义人类与理智畸变者关系的《守序者誓约》，又有了分割主城与饵城的《宝石条例》。至此，全人类都为抵抗失序而牺牲了部分自由与权利，洪流之下，无人幸免。”

“在今天，我们原本要提出第三项重要条款——《种子条例》，即，利用人类基因配型，繁育更稳定的后代，每一个人的爱情忠贞与肉体忠贞都将为此让道。”

“但最终，我们决定废弃这一提案。基因配型研究将永久终止，人类基因库将被销毁。未来，人类仍将面临至亲分离，但，至少会保有繁育自由——无论前路如何，我们决定为人类，为女性，留下一分不让渡尊严的底线。”

安隅关掉了电视。

这一次，上峰派来谈话的还是约瑟。

“上面一直在困扰基因配型背后的伦理问题，84区出的事刚好成了让上面下决心放弃的最后一锤。”约瑟小心翼翼道，“在汇总您和其他守序者的任务报告后，我们将整理证据，向司法机构正式起诉黄氏。”

安隅问：“那黄宙呢？”

“他本人会被一并移交司法。上峰仅在应对灾厄和畸变时有处置权，但这起事件的核心是灰色产业，因此处置权会归还常规司法部门。”

安隅理解了一会儿：“你是说，涉及畸变的部分，优先由上峰处理，剩下的部分则要交出去？”

“您真聪明。”约瑟憨厚地笑，“虽然您没上过学，但是理解能力满分！”

安隅平静道：“那黄宙就更要留下我们自己处理了，超畸体们还在等着一个交代。”

约瑟笑容一僵：“超畸体不是解决了吗？它们现在在哪儿？”

安隅从口袋里摸出一枚硬币："这里。"

说完这话，他惊奇地发现约瑟圆润的脸逐渐方了。

"这这这、这不是一个钢镚儿吗？"

"噢，超畸体关在里面。我学到了一种新的运用空间折叠能力的方法，起名为空间禁闭。"

两滴汗珠子从约瑟鬓边淌下，他默默往后退了几米，尬笑："您这次带领的不是一队治愈系吗？跟谁学的新玩法啊？"

安隅想了想："超畸体。"

"……"

安隅又补充道："抱歉，我的任务报告还没有写完，我会在报告里仔细介绍这个能力。长官说我的文书水平略差，他要帮我全部重写。但……得多等几天，他因为一些事情有点生气。"

约瑟的嘴巴傻张了半天，因为诡异的地方实在太多，又闭上了。

其他守序者的任务报告里充满了对安隅异能的描述和推测，但那都是上峰已经知情的能力，最关键的部分——安隅昏迷的四分钟里究竟发生了什么，无人知晓。

他斟酌道："我们想要了解，您是如何通过破碎红光获取超畸体记忆的？这是您新觉醒的能力，还是一次偶然事件呢？"

安隅没有立即回答，那双金眸盯着约瑟，似乎注视得很深，但又仿佛和平时没什么两样——安隅看人的眼神一直都是如此，像一只小动物，认真而又漠然。

约瑟等了许久，在他面前晃晃手："角落大人？"

安隅一下子收回视线。

"抱歉，走神了。"他顿了顿，"应该是一次偶然事件，这次的超畸体需要被聆听，破碎红光大概就是为了传递她们的意志。"

"了解！"约瑟把小本子一扣，"那我就先告辞了，稍后严希会接您去进行基因测试，律已经和您说过了吧？"

安隅点头："知道的。"

秦知律从平等区带回来一位新的神秘畸变者，代号"典"，让黑塔和大脑整夜无人入眠。据说，典的身上发生的不是生物畸变，而是人体与物品的融合，是一个真正意义的"异能者"。

大脑恳请安隅和律这两个不怕感染的人接受典的基因注射，以此来证实典确实在生物基因层面没有发生感染。

约瑟松一口气，笑道：“那就好。感谢您的配合。”

送走约瑟后，安隅叹了口气。

在84区融合破碎红光里的意志时，他感受到了和在53区主动感染时相似的冲击，他确实也想过借此激发新异能的可能性。

但他刚才尝试去获取约瑟的记忆，却什么也没有发生。

安隅打开终端，收到了许双双的消息。

从84区返回的生还者忘记了那里发生的一切，许双双甚至想不起来自己去过84区。

【老板，在我莫名其妙睡过去的这五天里，您的资产有盈有亏，账面总体持平。】

安隅略有些失望：哦。

【您听说黄氏老总利用工厂女工为自己孕育高基因熵后代的新闻了吗？好家伙，估计和这个有关，我们店今天的生意还不错耶。】

安隅立即问：卖了多少?

【整整五十条面包！】

“……”这就是诗人说的暴富吗。

【老板啊，麦蒂发您的备选新品您看了吗？】

麦蒂正在构思角落面包的第五款产品，得到往昔豆饼的启发，她这次也想要走经典朴实风味的路线。

安隅点开那封邮件，在糖炸小圆子和红豆小鱼糕中犹豫了一会儿，回复道：鱼糕吧，我们店和鱼有缘。

【什么缘啊？我怎么不知道。哦对了，您写一段产品介绍吧，我发到社媒上去。】

安隅已经对面包店有些失望了，破罐破摔地敲了几行字过去。

【转圈圈小鱼糕】

有诡异祈愿效果的锦鲤形状小鱼糕，如果你有强烈的心愿，就吃一块糕，绕着面包店转几个圈，也许就把愿望放下了。

据说主城人不信这些，所以吃完这口小鱼糕，该干什么就干什么去吧。

*

进入大脑试验室前，安隅在走廊上遇到了几个穿着隔离服的人。

他们远远地看到他，目露惊恐，绕开一个夸张的大弯迅速离开了。

“他们怎么了？”安隅纳闷地问。

严希说道：“这是几个刚刚畸变的守序者，正在接受最后的人类意志测试。”

“喔……”原来是准“同事”。

安隅摸摸鼻子：“他们好像在绕着我走。”

“嗯，估计他们看了今天的热帖，担心被你蛊惑。”严希说着，掏出暂时替安隅保管的终端，调出论坛今日热帖。

【有人来聊聊从84区存档资料里看出什么了吗？】

在任务中，凡是记录仪捕捉到了新型畸变或诡异现象，都会被天梯统一收录进资料库，供守序者们与时俱进地学习。

由于安隅的能力对190层以下保密，所以这次任务的作战记录经历了大量剪辑，只释放出两个小片段，一是通天雕柱炸裂、鱼人狂乱攻击信徒的半分钟，二则是最后那一轮巨大的鱼人球从内至外层层消失缩小，最终高空只剩下安隅。

有人把第二个片段慢速处理了一千倍，他们在高糊并卡顿成幻灯片的影片里逐帧分析，最终也没看清那些东西到底是怎么“纳米级死亡”的。

但是，有三件事得到了确定：一，安隅从始至终没有出手；二，安隅被那些小畸种咬得不轻；三，安隅一度站在风暴中心露出了令人胆寒的笑容。

经过上千楼讨论后，这群没文化但很有想象力的守序者们证实了从前的猜测，给安隅此处发动的能力写了个词条——

死亡指令：受到他精神控制的畸种会主动靠近，并在他面前以令他满意的方式死去。

安隅茫然地继续往下拉。

【为什么他被畸种咬会笑啊……好恐怖。】

【还好吧，不是传言他多少有点受虐倾向吗？】

【在绝对的实力面前，就别关注他的小癖好了，谢谢。】

【第一个片段，安是不是抬头冲安隅大喊了一句话？】

【原来安是会说话的吗……】

【终于有人提这件事了，我觉得这比大鱼球消失要惊悚多了。】

【能让安主动开口，那是什么神人啊？】

【实不相瞒，我有幸跟羲德大人出过任务，整整六天，安一个字都没说过，全是宁在传达。】

【我也和安组队过，原来他不是哑巴啊……】

【据说某次羲德大人伤得不轻，安出动了整整十二只大白闪蝶，导致我一直以为十二只就是安的上限。】

【等等我倒回去数数，他给了角落多少只……】

【别数了，我人生中的三个小时就是这样度过的……】

紧接着，他们总结的第二个能力词条出现了——

热诚收割：激发所有治愈系辅助者的狂热，每一个治愈系辅助者都将为其燃尽生命，一滴不留。

安隅还没来得及对此感到震惊，系统提示，他又收获了一个新的标签。

一枚元气满满的明黄色标签“社交之神”挤掉了“奶妈收割机”“穷凶畸饿”和“谦逊强者”，暂列第一。

安隅对着终端发呆，直到终端自动熄屏。

漆黑的屏幕上映出一张茫然的脸。

直到坐进柔软的按摩椅准备接受基因注射，他还在思考人生——他的人生似乎已经彻底失控了。

大脑的测试人员轻柔道：“角落大人，我是大脑生物基因组测试员艾可，将为您完成本次基因测试。请您尽量放松。由于不希望对您使用约束装置，我把注射器固定在您的手臂上之后就会离开这个房间，十秒钟后，针头会自动刺入。医疗人员在隔壁通过芯片监测您的体征，您也随时可以与我们对话。我代表除您之外的全人类感恩您的配合。”

基因试剂盛在一个精巧的注射装置中，只有深红色的一小点。

安隅点头：“很周全，谢谢您，艾可女士。”

艾可有些受宠若惊道：“这是我们该做的……您果然和同事们说的一样，礼貌而优雅。”

安隅闻言，再一次陷入了茫然的思索。

装置启动后，试验室只剩下安隅一人。

小屏幕上跳动着倒计时，他安静地看着，在数字归零的瞬间，一阵酸麻尖锐的刺痛骤然被针头击打到皮肤上，玻璃管里，深红的试剂化为烟雾，又缓缓消失了。

虽然打过麻药，但一瞬间的疼痛还是让安隅皱眉——他又一次感受到了深处的那个东西，但它似乎只被唤醒了一瞬就又立即沉寂下去，以至于他很难分辨那是不是疼痛造成的错觉。

装置的显示屏中，金眸在一瞬间被蔓延开的红色包裹，但又随着呼吸立即褪去了。

耳机里传来艾可小心翼翼地询问："您的体征全部平稳，请问您有被触发的感觉吗？"

安隅看着那个空空的装置瓶："没有，只是我每次接触其他基因都会不太舒服，虽然它不是畸变基因。"

艾可松了口气："那么，您的测试结果和律一样。至少在生物层面上，这些基因确实没有发生畸变。"

"这意味着什么？"

"暂时很难讲，但也许就和您一样，典会是一个纯人类异能者。"

安隅问道："所以，他究竟是和什么东西在一起融合畸变了？"

频道里沉默下去，艾可似乎在和身边人确认能否透露消息。

安隅安安静静地一边发呆一边等着。

试验室门开启，艾可提着一只黑色的盒子走进来。路过用来监控的单面反光玻璃，她下意识地照了照，一边说道："典是书本向畸变。上峰和律讨论后决定，让他直接进入194层，作为'物组'的初代守序者存在。"

"书本……"安隅怔然抬头。

他正要问什么是书本向畸变，然而一个恍惚，他忽然透过镜子，望进了艾可那双漂亮的碧眼。

意识深处涌起一股庞大的沉沦感，猝不及防地笼罩了下来。

安隅看到了这个房间里的另一个画面。

秦知律坐在此刻他正坐着的这把椅子里，对艾可道："我表达不出任何典的特征，他没有感染性。"

艾可松了一口气，麻利地替他拆除装置："那样就太好了。怎么样？这种注射应该不算很痛苦吧？"

秦知律点头，随手接过创可贴按在手臂上："安隅还没测？"

"是的，按照您的意思，您先测试。"

"那待会儿给他敷一些麻药，还有，避开他身上被鱼人咬过的伤口。"

秦知律说着，有些疲惫地揉了揉太阳穴。

从平等区回来后，他又被无尽的公事缠住了，安隅返回主城后还没见过他，就连任务文书写得不好挨训都是在电话里被训的。

"麻药，好的。还有什么吩咐吗？"

“拔针后反而更疼些，别让他的注意力太集中在疼痛上。”秦知律顿了顿，“刚好，测试结束后把这个给他。”

旁边的小桌上，摆着一只小小的黑盒子。

“别说我给的。”秦知律的神色忽然有些冷淡。

艾可愣了下：“为什么？”

秦知律的黑眸扫过那只小盒子，语气淡然：“不把长官的事放在心上，没有礼物。”

安隅一个恍惚，猛地从那段记忆中挣脱出来。

艾可正在他面前挥手：“您还好吗？”

安隅错愕地再次看向单面反光玻璃——在刚才透过玻璃与艾可对视的刹那，他似乎获取了她的记忆。

“怎么走神了，是不是很疼？”艾可小心翼翼地询问，“律说过，您对疼痛的注意力很强，也很敏感。哦对了，我们为您准备了这个。”

黑盒子里安静地摆着两只被捏成兔子形状的糯米团子。

安隅从试验室出来时，一只手拎着盒子，另一只手捏着一颗糯米团，茫然地往嘴里塞。

严希本应在门口等他，但连着出了两道隔离门都没见人。

安隅用力嚼着软韧香甜的糯米团，独自从门里出来。

走廊上站着一道挺立的身影。

秦知律见他出来，微微颔首：“测试结束了？”

几天没见，那道身形一如往日挺立，但却似乎变得更加冷沉。

“长官？”安隅脚步一顿，下意识看了眼手里啃了一半的糯米团子——兔头已经没了，只剩下屁股和尾巴。

秦知律转身和他一起往外走：“第一次接受这种基因注射测试，来接你。”

“哦……”安隅咽下嘴里的点心，“还好，和基因诱导试验相比，几乎算不上疼。”

秦知律嗯了一声：“我知道。”

安隅轻叹气：“常人或许很难理解，基因诱导试验真的很痛苦。”

“知道的。”

安隅把兔子糯米团吃干净，犹豫了一下：“还有一颗，您饿吗？”

秦知律挑眉：“什么东西？”

“呃……”

安隅陷入了纠结。他似乎透过艾可的记忆，看到了一些不该看到的东西。

然而秦知律看也没看那个盒子一眼：“我的面包怎么样了？”

安隅立刻道：“中午已经烤好了，可以顺便去店里拿。”

他从84区回来第一件事就是冲进店铺，把冰箱里再次过度发酵的波兰种扔掉，换了新的进去。

长官的好感可是他在主城最后一道免死金牌，五千五百万固然可贵，但和免死金牌还是不能比。一想起差点为了任务得罪长官，他就心有余悸。

“等晚上再去拿吧，先去找黄宙。上峰已经同意我们以处理畸变事件的方式来处理黄宙本人，但要求我在场。”秦知律说道，“对了，你在任务报告中写的空间禁闭是什么？”

“呃……有一些复杂。或许我可以演示给您看，比如我可以把您……”安隅低头看向手中的小盒子，又有些犹豫地咽下了未出口的后半句提议。

秦知律却似乎突然明白了什么。

“你要是敢拿我做示范——”他顿了下，蹙眉道，“你真的敢，是吧。”

安隅连忙摇头：“不敢。”

秦知律许久不语。

安隅被他盯得毛骨悚然，眼神不受控地朝长官腰侧的枪套溜去——还好，那里此刻是空的，长官没有带枪来接他。

他回过神，忽见对面黑眸中掩过一丝笑意。

“越来越不好管了。”秦知律淡然说道。

【废书散页】

20 唯心时间倒流

据说，记忆回溯可以被认为是唯心层面的时间倒流。

很多守序者都觉得这项能力非常强大，做梦也想拥有。

可我不这么觉得。

能看到他人的记忆，未必是一件轻松的事。

除非观看者心无尘埃，干干净净地看，干干净净地走。

——不囿于掩埋在时间里的过往，谈何容易。

31　冷酷高塔

黄宙被监禁在自己的房子里等待下一步。

安隅推开那扇富丽厚重的门时，刚好听见他对着电话交代，不出庭、不上报、企业更名之类的事项。

这个房间似乎只是黄宙卧室外间一个临时休息室，但却有十个角落面包店那么大，房间里的一切看起来都很贵，安隅不敢乱碰，于是站在原地，礼貌地等他打完。

黄宙皱眉看着房间里突然出现的白发白衣的人，匆匆挂断电话："你是？"

安隅轻声说："您好，我的代号——角落，是来杀您的人。"

黄宙错愕："什么……"

相隔十米的那个人突然贴到他面前，就在他连眼都没来不及眨的一瞬之间。

白色，确实是不祥之色。

这个向来泰然自若的富豪突然被前所未有的恐惧笼罩住。

杀手有一双澄净得近乎空泛的金眸，瞳心藏匿着深渊，随着瞳孔收缩，那深渊仿佛在朝他招手。

铿——冰冷而锐利的声响，短刀立在黄宙面前，刀尖戳上眉心。

"你……"黄宙声带颤抖，"你等等，先……"

话音未落，刀尖已经猛地朝他扬起。

黄宙本能地狠狠推开安隅，转身往反方向跑去——出乎意料地，那个身体很单薄，一推就开。

这一丝侥幸的念头才刚出现，他猛地刹住了脚——安隅再一次，瞬间贴在他面前。

在那一刻，黄宙突然想到了死神。据说如果一个人命数已尽，死神将如影随形，无论如何都无法逃过。

哪怕他家财万贯，可以操纵舆论，但，他逃不过死神。

“你在消耗我的体力。”死神终于说了第二句话，“就像……消耗饵城仅存的期盼。”

饵城很少有人对未来怀揣憧憬，那些年轻的姑娘除外——尽管她们陷在工厂，但还是在期待着一个相对美好的未来。

本质上，她们和凌秋没有太大区别，只是活得比凌秋更艰难。

安隅再一次悄无声息地扬起刀，然而刀尖即将插入黄宙脑门时，他蓦然停住了。

他偏过头，像是在聆听空气中的什么声音，许久，若有所思般轻声道：“她们不希望你死。”

黄宙惊恐地看着他收起刀，从怀里掏出一枚硬币。

这枚硬币很眼熟，是给那些女人打编号用的。

而安隅手上这一枚稍有不同，上面没有编号，只有四条首尾相衔的锦鲤。

黄宙盯着硬币看的一瞬，突然觉得那些锦鲤似乎游了起来，面目狰狞地看着他。

想到84区那些传言，他猛地一屁股坐在了地上。

“看着我。”安隅忽然道。

恐惧钻入了黄宙的每一个毛孔，深处的意识在战栗，但他却仿佛难以抗拒般缓缓抬起头，撞入那双眼眸中。

仿佛过了有一个世纪那么漫长。

安隅蹙眉，像是对什么不满意，挪开了视线。

许久，他才捏起那枚硬币道：“她们希望，我在你进去之前，为你介绍里面的样子。

“这里只有一根通天的雕柱，雕刻着一千两百具鱼人躯体，她们的耻骨处有一只眼睛，每一个想要利用那道生门的人都将被注视。

“你将带着你最虔诚的、渴望高基因熵后代的愿望进去，绕着雕柱一直向上。这根雕柱永无尽头，这个世界里的时间不会流淌，你将得以永恒游动。

“没有鱼尾，向上游会很难，不过，她们会一直在你身边努力感染你，让你早日长出鱼尾。虽然没有科技加持，金鱼实在很难感染人，但她们——永远不会放弃。”

金属碎裂声响起，黄宙的手掌把手机压碎了。这位富豪尿在华丽的地毯上，和贫民窟里的贱民没有任何区别。

安隅把硬币抛到空中时，耳边又响起了姑娘们的声音。

“凶手，必得切肤之痛。”

“感谢您的降临。”

剔透的银币在那双金眸的注视中打着转上升，又悄无声息地坠落。

它落地之时，周遭空气似有波动，地毯皱了皱，地毯上的人消失无踪。

硬币上变得空空荡荡。

“唔……”

安隅犹豫着，弯腰把它捡了起来。

他能感受到，这玩意已经变成了一枚普通硬币。理论上算是钱，但没有面额，花不出去，无异于一块废铁。

秦知律推门步入：“看到你的新玩法了。”

安隅还是揣起了硬币，认真问道：“长官觉得怎么样？”

“是空间折叠的变式？”

“嗯，和超畸体学的。”

“不错。模仿比以身试险高明得多。”秦知律点头，“你刚才盯着他的半分钟里在想什么？”

“啊？”安隅顿了顿，“走了个神。”

他在拿黄宙练习记忆回溯，但是失败了，就和对约瑟时一样的结果。

*

晚上，秦知律坐在桌前，握着一支古典的钢笔替安隅写任务报告，他写得很快，偶尔停下来问几句细节。

听到治疗的部分，秦知律露出些许惊讶：“安为你出动了多少只大白闪蝶?

安隅正在对着店里打包回来的红豆小鱼糕狼吞虎咽，含糊道：“数不清，中途死了很多批。”

秦知律看着他的眼神忽然有些复杂：“难怪……”

安隅问：“难怪什么？”

“羲德说安回来之后就关在房间里一直睡觉，睡醒吃，吃饱睡。如果不是宁再三担保，他还以为安的情绪失控又严重了。”

安隅点点头，把嘴里的小鱼糕咽下去才说道：“我希望安能成为我的固定辅助。”

他还会有下一次任务，陪长官一起，这是他忘记烤面包的代价。

“你确实可以有固定奶妈。”秦知律翻过一页纸，“但这是双选机制，他也选中你才行。”

桌上摆着一盘面包，依旧是用粗麦打的，表面撒着一层厚厚的亚麻籽，每一个切面上都有用黑芝麻馅勾勒的小章鱼图案。

那是秦知律的夜宵。

安隅看着那些面包：“其实这款也可以上架当新品。”

“不合适。”秦知律头也没抬一下，“味道还凑合，但你店里的粗麦产品够多了。”

安隅叹气：“也是。”

“对了，忘了说。”秦知律笔尖停顿，抬头注视着安隅，“任务完成得很好。”

安隅一怔：“唔？”

“金鱼畸变的基因熵确实很低，但它的背后，是一场旷日持久的秩序与精神的熵增，是人类底线的失序。”秦知律语气低沉而坚定，“如果《种子条例》推行，这场熵增将永远无法回头。84区的真相难以揭晓，但所幸，它最终依旧被人们了解，人类会感谢你对她们的聆听。”

黄氏倒台，一条庞大的商业链断裂，会有大量人为此失业，但，主城之外，更多生命将因此重获新生。

安隅沉默了一会儿，说道：“长官，我上楼一趟。”

他忽然很想再看一看黄氏的商业大楼。

199层再向上，就是尖塔塔顶那一方狭窄的天台。安隅还没走完最后几节台阶，就停在了原地。

搏正在窗边对着外面出神，潮舞站在他的身后，海藻般的长发轻轻呼吸着。

搏的眸中刻着担忧：“每当遇到这种极寒之地的任务，他都会独自前往……长官他纵然一身流火，但不知为什么，那火越烈，却越是替他感到寒冷啊。”

潮舞的长发穿过他的腋下，绕过他的颈，从身后环绕住他，像一株海藻在拥抱。

她轻声说道：“如果觉得他很冷，就试着拥抱他，就像我拥抱你这样。”

搏一怔，下意识地想要回头，但厚重浓密的长发将他裹得有些紧，他抬了抬手臂，最终放弃地放下了。

他任由潮舞用头发拥抱着自己，继续安静地眺望向窗外的万家灯火。

安隅似乎感受到一种很玄妙的氛围，他回忆了一会儿凌秋的教导，默默转身下楼了。

这次任务回来一直没有休息，他已经预感到等报告一交就会睡很久，于是决定把

“逐神”给蒋枭送回去。

蒋枭开门看见安隅，惊讶得半天没说出话来。

“谢谢，它很好用。”安隅把“逐神”递给他，视线在他脸上停留。

几天不见，蒋枭憔悴了很多——冷白的皮肤变成惨白，往日那种疯狂的攻击性消失无踪，显得有些脆弱。

安隅礼貌地询问道：“你怎么了？”

“我……”蒋枭嗓音很哑，“没怎么……”

安隅忽然想起借武器那天他把自己关在房间里，于是又问了一句：“你这几天在做什么？”

蒋枭一下子卡住了。

高傲的他很少有不知所措的时候，他望着安隅，在那双金眸中，他看到了自己的身影——脆弱的身影，因为太差劲而显得十足可笑的身影。

他正欲低头苦笑，脑海里却忽然一沉，整个人定在原地。

安隅也定住了。

蒋枭明明用身子遮着门口，但安隅却看见了房间里的样子——那几天的样子。

蒋枭蜷缩在床上，上半身拱起，蛇尾和章鱼足凌乱地瘫开，有种凄惨的美感。

他颤抖着掏出一支新基因试剂，比在胸口。

类似的试剂枪，床上还有十几支，都是他在过去三天里打进身体的——罂粟的基因。

安隅等人出发后，他翻遍了天梯有史以来的畸变记录，发现植物向畸变最容易觉醒成治愈系，其中，低基因熵的罂粟基因概率最高。

但，用低基因熵的植物触发感染，再次畸变的概率很低，这几天除了接触异种基因带来的剧烈痛苦外，他没有任何收获。

痛苦的汗水将头发一绺一绺贴在脸上，他几乎痛出了幻觉，躺在床上无助地深呼吸，视线几近涣散。

不知过了多久，他才颤抖着又一次举起那支基因试剂。

“来治疗系。”

那天，这短短的四个字从系统里弹出时，仿佛给了他一记重击。

蒋枭咬着牙，再次把基因试剂扎进血管——

安隅猛地从他的记忆中挣脱出来。

蒋枭也一下子回过神来，红眸空茫了一瞬，哑声道：“抱歉，我最近在尝试一些新的锻炼方法，有点累。”

安隅却只惊讶地看着他。

比利说过，治疗系非常少见，如果一个守序者初次畸变不是治疗系，越往后，成功率只会越来越低。

蒋枭简直是满怀壮志的自我感动。

安隅犹豫道：“新的锻炼方法……要不还是算了，你已经是一个攻击性很强的输出系了。”

“不。”那双红眸忽然又变得坚决，“我有我的追求。”

“……好吧。”安隅顿了顿，“那，祝你成功。”

“谢谢您。我会继续尝试。”蒋枭握着弓箭，恭敬地朝安隅鞠了半躬。

即使虚弱，他的脊背依旧笔直。

安隅一边往回走一边思考记忆回溯的触发方式。

跟约瑟和黄宙对视无法触发，跟正在照镜子的艾可在镜中对视则可以——刚才对上蒋枭，虽然没有镜子，但当蒋枭透过他的眼睛凝视自己时，再次成功触发。

诗人曾提点过他“成为彼此，而后自视”，关键不是成为彼此，而是“自视”——被读取记忆的人，必须刚好在“自我审视”。

安隅又推敲了几遍，忍痛打包了没吃完的红豆小鱼糕，下楼敲开比利的门。

“给我的？真的？！”比利鸟嘴都要闭不拢了，“这，不是吧，角落大人半夜上门送夜宵？这我……我……我有点不知所措啊！”

他一边说着不知所措，一边拿起终端咔嚓咔嚓拍起照来。安隅还没来得及阻止，论坛上显摆的帖子都弹出来了。

“……”安隅无语道，“可以帮个忙吗？我今天接受了基因注射，伤口有点疼。”

“是不是发炎啦？我给你看看。”

比利拎过药箱，盖子一掀，自然地拿起角落里的药膏。

那个动作让安隅蓦然想起在53区时，秦知律翻药箱也是这么熟练。

“还真有点发炎，你是不是抻到了？”

“比利。”安隅忽然叫他，语气严肃。

比利疑惑地抬头：“嗯？”

那双金眸正凝视着他，他也盯了安隅两秒，蹙眉道：“怎么了？”

安隅不回答，许久后，他收回视线道：“你手劲太大。”

“啊？”比利当场炸了，“我还没碰到你呢！”

话音刚落，安隅忽然又抬起头，金眸直勾勾地盯着他。

“又怎么了！”比利双手投降，“看清楚啊，我没碰你啊！”

安隅轻声道：“我今天看你的长相好像不太一样。”

“啊？”比利一愣，“哪里不太一样？”

安隅吐字很轻，像喃喃絮语：“在我眼中，好像比以前……”

“啊？”比利下意识凑近他，从那双金眸中看着自己的映像，“比以前什么？”

无数道映像在两人的眼眸中轮回般地映射，安隅意识深处猛地一沉。

几个小时前，秦知律也坐在这个房间里。

他光着上半身，肌肉精练的身上满是血痕。

比利啧啧道：“看来平等区这次的麻烦不小。”

那些伤痕像是被巨型猛兽的利爪抓破，但爪痕下还弥漫着大片淤血，浓郁的青紫与血色相叠。

秦知律神色很淡，好像那些伤是在别人身上：“平等区有战斗力的守序者越来越少了，大量平民需要保护。”

“旧伤叠新伤，多疼啊。”比利从药箱里翻出一个安隅熟悉的小圆罐，又呛笑了一声，“你和他也算同命了。”

秦知律没接话，只看着比利手里的药罐皱眉道：“换药。”

比利挑眉：“跟你说了多少年了，用这个好得快啊。”

秦知律沉默地看向药箱一角。

“行行行，服了您。”比利麻利地换成效力温和的药，无奈地笑着感慨道，“这一点，也是一模一样。”

秦知律嗯了一声，沉默着看向窗外。

过了许久，他似是自言自语般地低声道：“也许，是注定。”

安隅从比利的记忆里挣脱出来，对着空气怔了许久。

他完全不知道长官身上有这么重的伤，他来接他，一起去处置黄宙，回面包店取面包，又伏案写了一夜的任务报告，丝毫没有露出受伤的样子。

那双黑眸太能藏了，好像无论有多少事情，都能被藏尽，他的情绪，他的感受，从不向外人流露分毫。

比利在对面急得直跳脚："到底比以前怎么了，你说啊，发什么呆，你要吊死我啊！"

安隅收敛视线，低头看着手臂上小小的针眼。

"比以前年轻了。"他轻声说。

凌秋说，当不知道该和一个人说什么，就夸他长得好看，如果实在夸不出口，就说他长得年轻。

果然，比利愣了一下后脸红了："嗐，我最近运动确实比较多啦，吃东西也清淡，好久没吃甜食了……要不，我从你那里买十箱粗麦面包？"

安隅没吭声。

不知为何，他忽然有些低沉，说不出来由。

就像是从资源站扛回家一整箱的面包，可拆开箱子却发现，那些面包贴着的名签上没有一个是自己或凌秋的名字。那些名字他一个都不认识，还也不知该还给谁，讨也不知该向谁讨，只能饿着肚子守着一整箱的面包发呆。

安隅回去199层时，秦知律还在伏案替他写报告。

秦知律的房间很大，像一个空旷的雪洞，所有的柜门都嵌入墙壁，只有一张桌子和一张床孤寂地摆在地上。

安隅从没有对任何人的记忆产生过好奇，看了这么多人的记忆，有偶然触发，有为了试探异能而刻意尝试，没有一次是他真的想看——但，他忽然很想看看长官的记忆，随便关于什么都行。

秦知律停笔抬头："怎么了？"

安隅一时语塞："我……"

"嗯？"秦知律放下笔凝视着他，许久，声音低下来，"注射的地方疼吗？"

"不是……"

他们在沉默中对视——安隅很确定，此时此刻，秦知律只是在专注地凝视着他，而不是透过他的眼睛审视自己。

本不应该触发能力的，但熟悉的恍惚感还是蓦然笼罩下来，意识交错的刹那，他进入了秦知律的记忆。

出乎意料，这里没有故事，没有对话，也没有任何人，空旷得让人幻听到了雪原上扑朔的风。

秦知律仿佛是一个从不回忆的人。

他的“记忆”里只有一片空茫的世界，在这个世界中，静静地矗立着一座深黑而冷酷的高塔。

【废书散页】

21 畏寒之人

在尖塔中，有一位最畏寒的大人。

与其说畏寒，不如说厌恶寒冷。

義德拥有不幸的童年，开冷饮店的继父喜欢频繁地把他锁进冰库虐待。

因此他非常厌恶风雪和一切冰冷的事物。

在发现自己疑似畸变成满身流火的凤凰时，他极度亢奋。

进入尖塔时，他只有十八岁。

起初，黑塔的人希望律能监管義德，但律却建议義德直接自立高层，显然对他寄予厚望。

義德没有辜负这份期盼。

他毫无十几岁少年的怯懦，他勇战、好战、强战。

凤凰金光所及之处，天空领域的畸种无不屈服。

在尖塔，他是唯一一个真正不怀念人类社会的存在。

尽管年龄小，但守序者们喜欢叫他“義德大人”。

很少有人会留意他的本名，白无霜。

这个名字是他自己取的——他希望自己的人生中，永无风霜。

【碎雪片】

搏（1/3）高空之鹤

在畸变之前，我刚刚填报了志愿。

主城最高学府对很多学子而言虚不可及，但于我却是理所当然。

以至于当我在意外袭击中醒来，看到自己颈上攀附着的黑云纹饰时，人生确实产生了瞬间的失重。

但那样的失重感很短暂，即便换了战场，我依旧是优等生亚萨。

高空中每一道冷冽强风都将在我的羽翼之下吹拂。

我终将成为长官的样子，决断冷静，战斗骁勇。

畸变不算什么。

我并不想念人类社会，也不会留恋曾经的校园。

工作人员询问代号时，我为自己取名为“搏”。

——高空之鹤，足以与万物相搏。

永不回归人类，或许是我的悲哀。

但为人类以死相搏，必将作为我的觉悟。

【碎雪片】

潮舞（1/3）阳台上的少年

他们都说，搏是孤傲的存在。

相比羲德大人烈火般的明朗，搏的冷傲令人难以靠近。

很奇怪，我认识的搏却是个温和的人。

他的内心深处非常柔软，关照着他的羲德大人，也帮扶着后来的安和宁。

只是有时候，他会捧着可乐站在塔顶发呆。

那时我会想用我的头发一圈一圈地拥抱他。

某一次我真的那样做了，还说了些不知所云的话。

我们保持着那样的姿势，许久之后我才意识到自己在干什么。

当时我惊慌得头发从他身上滑落。

他却蹲下，捧起那些海藻般爆炸的头发，像围围巾那样重新一圈一圈拢在自己肩头。

……

直到最后，我都记得他那天说的话。

他说：被拥抱的感觉果然很温暖。

32　主城魔幻主义

安隅不信邪地又拿祝萄和安做了测试。

祝萄的记忆里几乎只有两样东西：美食和长官。从84区回来后，他做了一道南瓜酸奶油炖牛肉，盛在紫汪汪的珐琅锅里，和唐风一起从日落吃到夜深。最后一勺牛肉被祝萄舀走时，他嘟囔道："虽然我觉得安隅不会选我，但我也不会去竞选他的固定辅助的。"

唐风只是"嗯"了一声："知道。"

安的记忆却是在84区，他站在雕柱底端仰望高空——高空之上，那道被大白闪蝶环绕的身形一闪，踏着破风的箭矢朝那轮鱼人巨日直冲而去。安在那一刻决心爆发，吐纳出无尽的蝶息，誓要保护蝶阵中的人不受任何伤害。

安隅看完那段记忆心想，说不定他能和安双选成功。

但紧接着，被打扰休息的安就狠狠把门摔到了他脸上——他在那一刻仿佛宁附体，也听见了安心底的声音：讨厌鬼。

祝萄和安如他预料般，只有在"自视"时与他对视，才能触发记忆回溯——秦知律似乎是唯一的特例。

安隅带着困惑在长官写好的报告上签下自己的名字，然后疲惫至极地滚进被子里睡觉去了。

这一觉他果然睡很久，醒来时日历已经翻过了五页。

安隅手脚发软地踏入餐厅，迎面就见到了蒋枭。

蒋枭已经恢复了往日的清冷桀骜，那晚的憔悴仿佛只是错觉，他甚至比从前更具气魄了，眸光冷锐，路过的人都下意识加快了脚步。

"早上好。"蒋枭见到安隅后立即过来问好，"好几天没见您了。"

安隅两只手左右开弓地抓面包往盘子里放：“呃……任务回来后有点累，我浅睡了一觉。”

他怀疑蒋枭故意在这儿堵他，想抓他去训练体能。

蒋枭略微沉吟，鞠躬道：“看来那天对您消耗过大。感谢您的赏赐，我会用好这份能力。”

等他直起身时，安隅已经一脸“听不懂你在说什么”的样子，光速绕开他跑远了。

安隅端着托盘找到一个角落坐下，开始查看这几天堆积的消息。

论坛首页多了两条飙红的帖子。

【有人发现蒋枭更新资料页了吗？好强……好可怕……好有毒……】

【他最近五天刷了三个任务，据说被他奶的队友差点被奶死。】

【差点被奶死的在这里……其实吧，我残着也能回来的，但精神力失控就真的太可怕了……】

【据说他很擅长把精神力控在安全线上……一点点。】

【你见过全队都在躲奶妈的场景吗？简直比超畸体还诡异。】

【所以他这个剧毒技能……真的和那个人有关？】

【他亲口说的，基因注射屡试屡败，直到那个人看着他的眼睛对他使用了能力，一发即中。】

安隅：“……”

看不太懂，但隐隐有不好的预感。

他努力淡定地点开了蒋枭的资料页。

蒋枭

畸变型：红射毒眼镜蛇、霞红章鱼、罂粟

天梯顺位：No.624

基因熵：50872（三次畸变）

战斗特长：绞杀、毒液、触手搏击、治愈失控

综合战绩：3316万

罂粟基因竟然感染成功了……

安隅头皮发麻，扫了一眼蒋枭新觉醒的能力——治愈失控，听起来是挽救精神力

的异能，蒋枭自己应该比任何人都需要。

他随手点开技能说明。

【治愈失控：尖塔史无前例的交换类治愈系异能——被治疗者生命恢复的同时，精神力会下降，二者换算比例不固定，生命值越低，恢复生命所需的精神力越多。】

“……”安隅忽然感到头顶多了一个阴影，熟悉的蛇类的气味笼罩了他。

蒋枭俯身在他耳边恭敬道：“这项能力与您的特点完全吻合，我知道这是您赐予我的觉醒。”

“……”安隅森森地抬起头，“放过我，求求你了。”

安隅没想到，记忆回溯那一眼带来的误会这么致命。

全尖塔已经传开了，蒋枭达成极低概率的感染，原因只是“角落大人看着他的眼睛，对他说‘祝你成功’。”

安隅木着脸点开了第二个飙红的帖子——【安隅神能妄言（持续更新中）】。

帖子里收录了守序者们前两天脑补的“死亡指令”和“热诚收割”，此外还有一条最新补充——

下役之礼：仆役的虔诚将获得角落慷慨的赏赐，听到“祝你成功”的人将获得近乎百分百心想事成概率加成。

在这一条总结下，“想做仆役”疯狂刷屏，和第一个任务前的“想杀”一样壮观。

一条打乱队形的评论突然闯入眼帘——48728。

看起来很像乱码。

安隅只停留了一秒就刷了过去。

*

早饭后，安隅以“祝祷你让我消耗过度”为由，婉拒了蒋枭的体能训练邀请。

他随手拿上重金购买的诗集，打算去店里躲个清闲。

主城商业区好像有大事发生。

离面包店还有两条街，道路就被车堵得水泄不通，安隅在车上翻完了半本不知所云的诗，干脆下车步行。

街上全都是人，仿佛整个主城的人都在这了。

越往前走人越挤，安隅两步一停，等到终于看清拥挤的来源时，呆在了原地。

“他们是不是……在排角落面包的队？”他揉揉眼睛，不确定地问严希。

严希顿了顿：“我这几天一直泡在实验室，听同事们说您的店火起来了，但没想到火到这种程度……”

面包店的三人小群空空荡荡，许双双和麦蒂好像已经忘了还有这么个老板，一条留言也无。

安隅用力挤进人群，透过窗口看见许双双在柜台后疯狂开票收银拿面包，动作快到拖出残影，有那么一瞬，他甚至怀疑她发生了章鱼畸变。

严希“呃”了一声：“估计她们根本没工夫通知您……”

安隅茫然地环顾整条街——买到的人都提着好几袋面包，满头大汗但一脸满足地往外走。还挤在队伍里的则哀号连天，一边吵架一边刷手机，还有人当街掏出电脑办公……

一个年轻的老头子突然一把扯住了安隅的衣角，神秘一笑：“找我免排队，往昔豆饼40一只，88两只；转圈圈小鱼糕60一枚，128两枚；角落招牌80一个，168两个。”

安隅缓缓把嘴张大：“你这个价格翻了十倍啊！”

贫民窟也有黄牛，资源站会在非常随机的情况下突然到货一批高级罐头，数量稀少，领完就没。有些无耻的家伙不知从什么渠道提前拿到情报，就会早早去排队，然后超高价转卖。

他还以为主城精英是要脸的呢。

“等等——”安隅突然又皱眉，“为什么买两个比买一个更贵啊？”

“因为现在一包难求啊，买越多就越贵，懂？”对方正要不耐烦，突然顿住，“我是不是在哪儿见过你？”

安隅其实看他也有点眼熟：格子衬衫，身材和五官酷似年轻人，但头发几乎没有。

几秒钟后，他们同时惊呼道：

“你不是来店里拍过照的那个吗？”

“你不是店老板吗？！”

安隅：“……”

这位年轻的老头子大名郭辛，是隔壁AI公司的开发人员，负责虚拟偶像研发。他每日三餐面包加泡面，每天坐在电脑前超过二十小时，生理年龄二十五，头顶年龄五十二。

安隅跟他打听了几句，才知道这几天都发生了什么。

角落面包店，现在被主城人私下称为“玄学面包店”，不仅爆红，还有了一大批坚定的信徒，分散在网上和黄牛市场的各个角落。

爆火的三个产品也分别被捆绑了玄学事件：据说，往昔豆饼能让人梦到思念之人，转圈圈小鱼糕可以提升许愿灵验概率，而角落招牌面包——只要每天坚持吃，就会产生很强的畸变抗性，即使有一天真的不幸畸变了，也能保留意志并觉醒超强异能，制霸尖塔，在另一种“人生”里走上巅峰。

每一条听起来都是在羞辱主城人的智商。

“但这是蒋氏二公子说的，太可信了！”郭辛一边说着，一边朝那块小小的店铺牌匾投以神往的注视。

“蒋氏二公子？”

安隅在记忆里扒拉了半天，终于想起来尖塔的第一天，比利确实说过，蒋枭出身主城大户。

严希立刻给他科普了一番。

主城最大豪门有两家，一是靳家，手握能源与基建两大核心产业；二是蒋家，基本垄断银行业。蒋家家主风流，房中有四太，其中属二姨太最貌美，其独子蒋枭不仅相貌过人，手腕和能力更是双优，在财阀里呼风唤雨，群众对他继承家业的呼声最高。

畸变后，蒋枭也持续被公众关注着。每当他大幅冲榜，八卦记者一准收到风声，据说之前下注狂输1亿积分的丑闻还是蒋家花了钱才压下去的。

安隅听得两眼发直。

如果是刚进入尖塔时听到这些，他会更加敬畏蒋枭。可现在，他满脑子都是那个蜷缩在床上，痛得尾巴和触手抽搐的绝望小蛇，以及喜欢趴在他耳朵边上说些奇怪话的变态小蛇。

他犹豫片刻，翻出了早就被静音的蒋枭对话框。

【感谢您赐予的祝福，因为不知什么时候才能得到在任务中报答您的机会，隐约觉得您比较喜欢钱，所以冒昧对面包店进行了一些宣传，祝您顺心。】

呃……倒确实是比较喜欢钱，但……

凌秋说过，贫贱不能移——但他也说过，礼尚往来，方能生生不息。

安隅纠结了一会儿，还是遵从本心回复了一句：你的血仓有多厚，能折算几个祝萄?

蒋枭秒回。

【谢谢您的回复。按照大脑测算，我目前的血仓只有0.3个祝萄，但这是因为普通守序者可抵扣的精神力有限。如果不考虑精神力，血仓上限还不知道。】

安隅犹豫着敲出一句客套话：那如果有机会，之后任务里试一试吧。

【好的。感谢您的恩赐。】

即使隔着屏幕，安隅都仿佛能脑补出他弯下腰，红瞳中燃烧着亢奋的样子。

安隅：如果之后面包店出了新品，我再告诉你。

【蒋氏媒体与营销团队永远为您待命。友情提示：角落面包店已经很火了，可以适当限量限购，有助于维持热度。】

十分钟后。

角落面包挂出了“每人每种面包限购两只”的招牌，安隅站在店门口的长凳上，在喇叭里高声道：“大家好，能听懂我的话说明您还没有失智。这只是一家普普通通的面包店，冲动消费并不一定能给您带来快乐，但一定会让您家里囤积的面包发烂发臭。小店产能有限，希望您爱惜粮食、限量购买、远离黄牛。我们不保证吃掉这些面包就能解决您的人生痛苦，唯一可以确信的是，遵守秩序排队的人一定会有面包吃。”

躁动的人群终于规矩了一些。

安隅丢开喇叭，躲进临时封锁的堂食区角落，长吁一口气。

他总觉得刚才那番发言很熟悉，回忆了半天才意识到，这不就是他在53区对混入畸潮的人类说过的话吗?

不到午饭时间，面包已经售罄。

麦蒂和许双双坐在安隅对面，麦蒂直接瘫倒在桌上，许双双则没形象地后仰在椅背上。

“老板啊，我要辞职——”许双双绝望道，“我接受这份工作是图个清闲，不是来玩命的啊。”

“老板，我也要辞职——”麦蒂虚弱地附和，“我爱烘焙，可这份工作已经把烘焙变成了我的噩梦……”

安隅嘬着腮帮子纠结了足有一分钟：“别辞职，给你们涨工资——”

“多少？”

“多少！”

安隅和她们隔着一张桌子对峙，许久，他才艰难地张开仿佛被黏住的嘴：“百分之五十。”

“……老板啊，我要辞职——”

“辞职！”

店内会议一直持续到傍晚，才终于尘埃落定。

许双双会继续拿着现有的工资，但店铺每个月需要拿出20%营业额给她投资，本金属于店铺，盈利或亏损双方各担一半。

麦蒂则要求薪水翻一倍，并且需要至少两个助手，以及加购两台商业烤箱。

其他倒还好说，唯独加购烤箱不好办。

不是买不起，而是没地方放。现在后厨已经非常拥挤，商业烤箱占地空间很大，更别提还要一口气加购两台。

安隅虽然答应了，但完全不知道该怎么办，他遇到难事时，就只想找个狗窝缩起来。

于是他拿着那本花了钱就必须看完的《预言诗》独自躲去后厨，随手翻到刚才没看完的地方。

一个人的时间乱了，
沉默的惊惶，
他的死亡在河流中寂静地冲淌。
一群人的时间乱了，
狂欢在回荡，
他们的嘈杂在河流中寂静地冲淌。

看不懂，还不如那首讲兔子的。

安隅把诗集一丢，蜷缩进角落准备再睡一觉。

终端忽然响了起来。

看到长官的名字，尽管他已经酝酿起睡意，还是立即点击接听。

终端另一头有来来往往的脚步声和小声交谈，秦知律的声音沉稳如旧：“听说你醒了。”

安隅道：“是的长官。您在哪里？”

“黑塔，陪上峰分析一些棘手的事。”秦知律停顿片刻，“最近开始替你看房子了，想问问你有没有偏好的地点。”

安隅对主城毫无了解，于是他不假思索道：“哪里最贵，就买在哪里吧。”——

其实他更希望秦知律能买在面包店附近，但这周围都是商铺，长官向来说一不二，是不会允许的。

秦知律忽然道：“之前你提过公寓换商铺，还考虑吗？”

“嗯…………嗯？！”安隅一下子站起来，发懵般地举着电话，“可以吗？”

秦知律从容道：“我听说你的店最近很火，也许是时候考虑扩容了。”

“我不懂您为什么突然改主意。”安隅卡壳片刻，“但我预感……您有后话在等我。”

终端里传来秦知律的一声笑。

很轻的气音，隔着终端，却让安隅耳朵有些痒。

不知为何，听到那声轻笑，安隅刚刚升起的警惕心又被抚平了。

或许长官是一个太有距离感的人，因此每当那道冷沉的身影稍微松缓一些，都会让他格外有安全感。

秦知律道：“我准备买下面包店旁边的便利店，你可以改造一下，一半给面包店扩容，一半改成临街公寓。”

“就旁边那家吗？”安隅听见自己心动的声音，“条件是？”

“没有额外的条件，就是之前忘记烤面包后，不是说了要陪我出个任务吗？眼下刚好有一个，一起吧。”

秦知律的声音听起来云淡风轻，但越是如此，安隅反而越感到毛骨悚然。

他犹豫道：“我们之前约定的是，任务类型由我选择，确保安全。”

秦知律淡定地“嗯”了声：“可你一共只出过两次任务，你哪知道什么类型的任务安全？”

“……”竟然无法反驳。

“就这个吧，我为你选的。”秦知律语气忽然严肃，“而且，这个任务必须得有你。”

“为什么？”安隅愣了下，“人员要求是？”

“没有要求，自由报名前往。”

“哦……”安隅松了口气。

任务都会设置人员要求，如异能定位、人数、综合实力排名。

而那些完全不做人员限制的，基本就是等级很低的小任务，也被老油条们戏称为年度刷KPI专用的福报任务。

挂掉电话，安隅看到天梯系统自动弹出消息。

【新任务“高畸变风险孤儿院”已发布，请守序者们前往查看！】

安隅的视线在血红色的任务名称上停留，忽然又有一种不好的预感。

【紧急征召】

高畸变风险孤儿院于七日前突然中止对主城的例行汇报，已经确认失联。无人机探测到极强异常频率，但未能与已知的畸种频率相匹配，故高度怀疑出现新型超畸体。先遣四批守序者皆因无法进入孤儿院而返回。

任务1：进入孤儿院。

任务2：秩序整顿。

任务绑定人员：律、角落。

应征要求：不限制人数、畸变方向、综合战力；报名即通过，请守序者们量力前往。

特殊要求：尽管孤儿院的每个人都有畸变风险，但在畸变之前，他们仍是人类的孩子、是未来。本次任务先期调查内容模糊，主城愿意给予最大程度的资源支持，尽最大努力保护孤儿院中尚未畸变的孩子。

高畸变风险孤儿院，安隅浑浑噩噩地度过人生中前八年的地方。

他在孤儿院期间的清醒时间不算很长，但却对那里发生的一切记忆犹新。

那里收容着全世界所有被怀疑有畸变风险的人类幼崽——包括双亲均畸变但自己尚无异常的小孩、基因熵极低且不满六岁的弃儿，以及像安隅一样从野外捡来的小可怜。

那里很大，有自己的“生态系统”，就像另一个饵城。

安隅莫名地对着空气发了一会儿愣，然后才发消息询问长官道：为什么必须要我参加?

秦知律很快回复：因为整座尖塔，只有你能敲开它的门。

安隅反应了好一会儿。

明白过来时，他下意识地触碰了自己的右眼。

时间太久了，以至于如果不提起，他已经彻底遗忘了，每一个孤儿院的孩子都会有一个跟随终生的“ID”——右眼虹膜的扫描数据。

那是孩子们在孤儿院里做一切事情的许可证，也是他们“回家”的钥匙。

【废书散页】

22 主城魔幻主义

在灾厄到来二十多年后的世界，精英与草芥已被严格隔离。

理论上，主城应该被纯粹的利益、效率、理性与冷漠包围。

但在那群人类精英中，仍能一瞥往昔庸俗人世的影子。

即便面临残酷的精英压力和优胜劣汰，

但他们仍然会听玄学，讨论八卦，上班摸鱼。

男人们依旧喜欢看女主播，无论是真人还是虚拟形象。

女人们也依旧会被网上的猫猫头可爱到流泪。

尽管施加在人类身上的那根弦越绷越紧，

但聪明的他们总是会利用一切机会，像从前那样，狡猾地在阳光下任性一会儿。

高畸变
风险
孤儿院

33　入侵孤儿院

安隅拾起扔在地上的《预言诗》，正欲合上，视线却不经意地扫过刚才读过那一首的标题。

收容院

一个人的时间乱了，
沉默的惊惶，
他的死亡在河流中寂静地冲淌。
一群人的时间乱了，
狂欢在回荡，
他们的嘈杂在河流中寂静地冲淌。

收容院……

鬼使神差地，安隅又来到了教堂。

诗人坐在沙发里，在一块画板上轻轻描摹。

“抱歉，我并不能解读这首诗。”他歉意地微笑，“总是会有一些灵光一闪的东西突然降临，但这并不意味着我能洞悉一切，我已经呈现了我得到的全部信息。”

“好吧。”安隅叹气，“我要出一趟远门，如果您能想起什么，可以去角落面包店找许双双。”

“主城恭候您回来。”诗人温暖地笑，“说起面包店，昨天来夜祷的太太刚好送了我一只往昔豆饼，它竟然好像真的带我回到了从前，让我想起当时创作的心情。”

安隅随口问道：“哪首？”

“不要自以为是地剖开一只弱小的兔子……”

安隅蓦然顿住脚。

那首诗曾被严希的妹妹念诵，而往昔豆饼正是严希母亲的手艺。

他回头看着诗人：“您的预言总是很准。前一阵，我果然在一些小事上摔了跟头，也确实意外地发了财。”

诗人坦率道：“我已经习惯了自己在这方面的天赋。您知道主城人常买的彩票吗？”

安隅点头。

“我还写过一本《幸运数字感知》，只要五千块，您是否需要？”

“……”安隅麻木道，“有什么不要钱的预言吗？”

诗人惋惜地叹气：“也有的，但通常无人在意。”

他说着，把一直面朝自己的画板朝安隅转了过去。

那是一片深黑苍穹。

大片不规则的破碎红光摊在天际，明明是一幅静态的画作，却仿佛能让人感知到它们恼人的波动。

安隅注意到角落里有两片红光已然平和，背后各有一枚金色的齿轮，那齿轮小小的，却仿佛有着莫名的安定感，从它外围延伸出的制动线牢牢地稳固住了破碎红光。

紧挨着它们，第三只齿轮也已隐隐有了轮廓。

安隅愣了一会儿：“上次你不是说，第二枚齿轮才刚刚有很浅的轮廓吗？”

诗人满足地微笑：“第二枚齿轮已经在五天前全部浮现，并且成功制止住了一片红光的波动，我的日子越来越安宁了。现在我预感，第三枚齿轮就快要出现了。”

五天前，刚好是安隅昏睡的前一日，那天他算是触碰到了记忆回溯能力的开关。

过多的巧合冲击着理智，让他突然有点对那本《幸运数字感知》动心了。

安隅捂紧钱包迅速离开了教堂。

*

回到尖塔后，距离任务已经发布两个小时，报名的只有蒋枭、风间天宇、斯莱德、帕特。

风间天宇是之前报名过84区任务的治疗系辅助者，资料显示，斯莱德和帕特是经常跟他合作的强势输出系，均在天梯TOP20。

怪了，只有四个人报名。

安隅纳闷地点开好友列表，一个一个地戳过去。

【祝萄：不好意思哦，西南的种子博物馆出事了，我得和长官一起走一趟。】

【安隅：噢，你忙。】

安已读不回。

【宁：抱歉，安还没从上次的消耗中恢复过来，而且他讨厌打扰他睡觉的人。】

【安隅：能理解……那你呢？】

【宁：我不能离开安啊。】

【搏：很遗憾，长官快要从雪山回来了，他厌恶严寒，可能会心情不好，我想在尖塔等他回来。】

【安隅：好的，长官重要。】

【潮舞：我不想去小孩子多的地方，他们会扯我的头发！】

【安隅：……】

准备下楼时，秦知律看到安隅不断刷新任务页面，说道："一个任务，如果一发布就挤进来好几个强势的输出，就不会再有人报名了。因为抢不到任务贡献度就没有收益，白白承担风险。"

安隅恍然大悟。

电梯下到餐厅层，停下了。

迈进电梯的人神情冷傲，眉眼清俊，眼下一颗淡痣隐露风情。

安隅反应了一会儿才把人和照片对上号——不久前畸变的巨星照然，被198层的炎长官强行招入尖塔，成为新的高层监管对象。加入那天，天梯弹出的资料卡显示他代号为"流明"，衡量光通量的单位，是炎亲自为他取的。

流明只扫了秦知律和安隅一眼，面无表情地转过身，按下健身房楼层按钮——垂在身侧的手腕上有数道深红的勒痕，在白皙的皮肤上格外醒目。

看起来，流明也接受了大脑的基因诱导试验，那些勒痕应该是束缚装置留下的。

秦知律忽然开口："还适应吗？"

流明回头瞟了他一眼，冷漠而轻蔑。

在整个尖塔，安隅从没见任何人用这样的眼神看秦知律。

"不适应。"

电梯门开，流明头也不回地走了出去。

安隅瞠目结舌。

凌秋说，不畏强权是一种已经灭绝的美好品质，想不到竟然让他在电梯里遇见了。

可惜，凌秋没活到今天，不然应该也能来围观一下。

电梯里只剩下两人，秦知律主动解释道：“他没有接受过诱导试验，那是非人道试验，且耗费巨大，仅对极个别人启动过。”

安隅“唔”了一声。

路过守序者雕像时，秦知律在它面前默立了一会儿，将手套向上提了提。

安隅站在他的背后，忽然觉得长官的身影似乎比平日更加肃寂，几乎要和那雕像融在一起，他不由自主地问道：“雕像上的这位军官是谁？”

“我父亲。”秦知律说。

安隅一怔。

秦知律抬手指了下雕像手中托着的徽章：“这些草芥象征饵城人，被包裹的燃烧的火星象征主城人，这是星火法案的徽章，意指，为了人类存续，全人类各具使命，也都将面临牺牲。”

安隅想了想：“那守序者是算草芥，还是算火星？”

“都不算。”秦知律视线落在雕像身上，“托着这枚徽章的人象征守序者，曾经的含义是，只要守序者不倒下，这枚徽章便永远不会滚入泥土。”

“曾经？”

“嗯。”秦知律顿了下，“但，草芥越来越贱，火星却不再纯粹地释放光热。如果有一天这枚徽章失去了它本该代表的意义，也许托着它的人就会主动松手。”

安隅怔住，明明只是几句平和的陈述，但不知为何，他忽然觉得心里很重。

长官是人类规则最可靠的防线，但他也一直在凝视着规则。安隅心想，或许正因如此，他才从未像上峰那样与平等区的人彻底割裂。

“还有什么要问的？”

安隅回过神：“您的父亲也是一位守序者吗？”

秦知律顿了顿，转身向门外走去。

“或许算吧。”他踏出尖塔的大门，声音湮入主城外呼啸的风雪声，“他是被守序者杀死的人。”

直到登上飞机，安隅都还在回忆刚才听到的那句话。

守序者只有权利杀死畸种，而雕像上的人显然没有畸变。他想，一定是穹顶外的风雪声太喧嚣，他听错了。

这次的飞机驾驶员是蒋枭。

安隅努力朝他挤出一个微笑后，跑到最远的舱门边上坐下了。

机上另外三人都朝他和秦知律打了招呼。

风间天宇算是熟人了，另外两位输出系则是第一次见——TOP20的输出系，压迫感极强，安隅忍不住多看了几眼。

斯莱德的畸变型是一种狼，在强大的攻击性之外也格外擅长搜捕，是比利提过的兼具情报系素质的强势输出，天梯排位18。

帕特则更高，目前排位9，他的畸变型是羚羊科，行动能力极强，他的守序者生涯高光是在一次任务绝境里，在弹尽粮绝、生存值和精神力均在30%出头的情况下，用朴素的冷兵器解决了十几只基因熵破万的畸种。

安隅忍不住想，如果帕特跟着蒋枭练体能，蒋枭大概会很有成就感。

起飞前，他收到比利的讯息。

【你把“破晓”落下了。】

【它太显眼了，在孤儿院一定会被巡查老师没收，我只带了短刀。】

【哦哦。我看你把仅有的衣服也留在了尖塔，不会裸奔出去的吧？最近也没见你买新衣服啊。】

安隅低头看了一眼身上的麻布袋——他把贫民窟统一发的破袋子又套回了身上，是穿来主城的那件，53区任务结束后特意找黑塔讨回来的。

比利不等他解释，又追问道：面包带没带够？

自从比利成为他的生活助理，就开启了无限关怀模式，像个碎嘴程度翻十倍的凌秋。

【没带吃的。】

【啊？你不是很容易饿吗？】

因为拥有不属于孤儿院的食物是绝对的高危行为。

安隅懒得打字解释复杂的孤儿院生态，打算关掉聊天框。

【对了，根据我最可靠的八卦情报，斯莱德和帕特都来自48728，你小心点。】

48728?

安隅猛地想起了那串在“想做仆役”刷屏楼中突兀出现的乱码。

【仅防你这个傻孩子还不知道，五位数，一般都是论坛贴ID。】

安隅点开了比利发来的链接。

【抵制以神化粉饰资源掠夺，无神论者入】

这是一个反对他的帖子。

所有人都是匿名发言，声讨他只是一个有特殊异能的幸运儿，由于只接触高层，自然有不俗的任务表现，所谓神能纯属扯淡造势。他的出现并没有给人类最后一道防御力量带来任何增色，相反，守序者们开始盲目崇拜，宝贵的治疗系资源全部向他倾斜，与此同时，他还在人类主城以营销面包店的方式抢占人们心智，是个居心叵测的家伙。

坦白说，除了“居心叵测”外，安隅觉得他们说得挺对，至少比那些神化他的家伙脑回路正常。

像他这种贱民向来脸皮厚，压根不在意别人背后吐槽，于是心态平和地往下刷。

【理性讨论一下，想杀死他最合理的方式应该是利用任务场景，而且要尽量避免被秦知律发觉。】

金眸中的光忽然暗沉了下去。

【知道斯莱德和帕特的匿名ID吗？】

没过几分钟，比利发来两串数字——均活跃在那些如何杀死他的“理性讨论”中。

安隅抬起眼皮，刚好与斯莱德对视。

斯莱德的微笑看起来毫无芥蒂：“角落大人，听说您在高畸变风险孤儿院待过很多年，对这个任务有什么忠告吗？”

安隅瞟了一眼他们背着的武器——斯莱德搂着一卷火箭炮筒似的东西，帕特则是一支重型枪械和一把半人高的砍刀。

他们脚下的背包里露出压缩食品包装袋。

安隅平静道：“孤儿院比饵城还要大，很容易走散，我建议重要武器和物资不要交给别人，自己拿好。”

“明白了，谢谢您的提点。”斯莱德转头对秦知律道，“您选中的监管对象果然就像传言中所说的，实力强大，脾气温和。”

“温和……”

秦知律看了安隅一眼，未予置评。

*

孤儿院在北方，嵌在人类饵城的洋葱式排布中。

或者说，那就是一座矗立在高墙之后，被限定了功能的饵城。

进去之前，秦知律补充道：“这次任务一定有超畸体存在。前期派遣的军人和守序者在暴力开门后，又回到了门外，这里排斥外人，进入后保持低调行事。”

“是。”

“是。”

“另外，虽然汇报终止于七日前，但经复盘，孤儿院汇报相同信息已经有好几年，这次突然终止是因为七天前主城调整了这片区域的汇报接口，其他区域跟随调整，只有孤儿院还在以相同的频率汇报着几年来相同的内容。”

风间天宇惊讶地问道：“上峰一直都没发现吗？”

“孤儿院和饵城不同，它是一个独立运行的机构，定期按时与主城沟通一次，只需报告正常或异常即可。这次是上峰特意向前追溯才发现，从前的汇报会打上日期电印，而这些年就只剩下了正常这两个字。”

安隅抬头望着面前的孤儿院。

高达数十米的围墙一片惨白，几乎可以在风雪里完全隐形。进出口只有一扇大门，就像秦知律的房间那样，那扇门也毫无装饰，完美地嵌入在围墙中。

他轻声问：“异常汇报是从什么时候开始的？”

秦知律意味深长地看了他一眼：“十年前。”

十年前，安隅离开孤儿院的那一年。

呼啸的风吹开安隅的额发，露出那双澄澈的金眸。

那双眼眸已经不再像从前那样过分空洞，即便是在漠然时，瞳心深处也仿佛隐隐有一星光亮。

在53区，十目蛙舌也曾说过，它在53区外面路过好多次，从来没意识到那里竟然有一座人类城市，直到安隅离开53区之后。

金眸倏然抬起，安隅踏着风声上前，按下了隐匿镶嵌在高墙上的按钮。

一个冰冷的合成电子女音响起：“身份确认中。”

红光缓缓扫描过安隅的右眼。

片刻后，电子女音改换了声情并茂的音色：“ID号21301222，好久不见。无论您离开多久，孤儿院欢迎您回家。”

六人站成一排，在开门的一瞬间同时迈入。

门里的世界，白亮而空洞，一无所有。

眼球深处突然传来撕裂般的剧痛，耳鸣声劈开大脑，安隅猛地意识到刚才是有一道极强的闪光。

强光一瞬而逝，世界从刺眼的白茫又堕入无尽黑暗，仿佛永久地带走了他的视力。

他的心跳陡然失控，慌乱地摸向右眼——带着温度的皮革忽然握住了他的手指。

“别慌。”秦知律捉住他的四根手指缓缓攥在手心里，“我也看不见了，不是针对你的，应该只是那道强光留下的短暂后遗症。一进失序区就出现这种情况，大概率……”

话音未落，消失的视力开始恢复。

黑暗褪去，空旷而破败的场地缓缓在视野中浮现。

安隅偏过头，视线撞进那双黑眸——他们周围已无别人。

“大概率是，会走散。”秦知律说完了后半句。

他们同时抬起头——苍穹之上盖着一块巨大的屏幕，像监控中心一般，将整个孤儿院分割成无数小格子，每一个小格子都倒映着对应的景象。

但这块巨屏有些奇怪，安隅看了好半天才意识到问题——它没有任何科技感。没有边缘、没有金属，画面既无任何像素痕迹，也不像顶级屏幕那样刺眼的清晰。

它更像是一面巨大的镜子。

耳机里突然嘈杂起来，风间天宇的声音断断续续地响起：“队内通讯似乎还能用，但信号不是很稳定……你们看到天上的镜面监控了吗？似乎无论我们怎么移动，头顶都能看到全孤儿院的镜面监控。可惜每个监控里的画面都差不多，人影太小了，我找不到自己……按照终端定位的话，横纵坐标——995，16。我和蒋枭在一起。”

耳机里陆续响起大家的声音。

帕特：“899，933。”

斯莱德：“15，16。”

安隅对终端的定位坐标功能不太熟悉，还没鼓捣明白，秦知律就说道：“我和角落在一起。21，716。”

蒋枭道：“从坐标来看，我们大概是在孤儿院的四个角上，我和风间离安隅最远。”

风间天宇叹气：“岂止最远，我们和两位高层应该是拉了一条完整的对角线。不如大家先选取一个折中点汇合吧？”

秦知律看向安隅：“角落怎么想？”

“我想……”

安隅的视线扫过天上的镜面监控。

其实孤儿院内部的排布和外面的世界很像，每一个区域都有自己的宿舍、食堂、体检中心、教室和活动处，整个孤儿院像洋葱圈一样划分成上百个区域。

唯一的区别在于这里的洋葱没有“芯”——所有管理处都毫无规律地分散在各个区域里，也因此缺少突出地标，非常容易迷路。

“不要汇合。”安隅说道，“虽然孤儿院欢迎离开的孩子随时回来探访，但成年人依旧很少见，我建议大家见人先躲一躲。”

风间天宇纳闷道：“躲？无论看到谁都要躲吗？为……”

安隅那句“见到成年人尤其要躲”还没出口，耳机里突然传来断断续续的女人吆喝的声音。

“那边两位——请停一下，扫查ID——”

安隅呼吸一滞，低声道：“装作没听见，自然一些离开，千——”

耳机里，女人突然扯着嗓子一声尖叫：“入侵者！！”

“……万别跑。”安隅坚持说完，而后听着耳机里呼呼的风声和刺耳的警报，叹了口气。

他默默关闭了频道。

秦知律问道：“那是什么人？”

“孤儿院里到处都有巡查老师，随时随地排查畸变。”安隅有些无奈，“以蒋枭他们的能耐，倒不至于被怎么样，但接下来大概寸步难行。”

秦知律沉默片刻，评价道：“睚眦必报。”

安隅一脸茫然：“这和我有什么关系？”

秦知律淡定地往前走：“蒋枭和风间算是倒霉。但斯莱德和帕特的武器会让他们也非常扎眼吧。”

安隅惊讶道：“您也知道那个帖子吗？”

“帖子？”秦知律顿了顿，摇头，“我只知道一定会有高位输出系盯上你。治疗系辅助者是全尖塔最核心的资源，现在已经快要成为你一个人的资源了。”

“……”

道理是这样，但……

安隅小声辩解了一句：“是他们自愿的。”

秦知律不予置评，瞥他一眼，问道：“去哪里？”

“这里有很强的入侵排斥，成年人太显眼了，随时可能被盘查。”安隅顿了顿，“试一试吧，或许我还能找到档案室。”

“档案室？”

“嗯。”安隅环视着周围的建筑，仔细回忆着。

储存所有入院者信息的档案室就在他当年居住的区域。他清醒的时间很少，不像其他孩子一样喜欢在各个区域中探索，但好在记性不错，清楚地记得自己当年刚好在一个角上——得给长官做个身份，把守序者最高长官秦知律，变成高畸变风险孤儿秦知律。

安隅往前走了两步，蓦然顿住脚。

远处飘来的夹杂着雪沙的风，将缥缈的儿歌声吹入耳朵。

“人类呀，香又香，

“身体借来占光光。

“融一融，晃一晃，

“长出一张新脸庞……”

漫天的雪沙背后，逐渐浮现了一群小小的身影，在那些小身影之中还有一个领队的成年人。

秦知律听了一会儿，蹙眉道：“我怎么觉得这首歌谣有点立场不正确。”

“我记得它从前叫《小小人类》。”安隅顿了顿，“现在词被改了，或许歌名也该改……叫《小小畸种》。”

远处的人群越来越近，轮廓也逐渐清晰，大量不属于人类的肢体、奇奇怪怪的皮肤反光也因此越来越夺人眼球。

很突兀地，安隅想起了至今上峰联络员都常常拿来和他闲聊的《超畸幼儿园》。

周遭一片空旷，找不到任何掩体。

安隅一边瞄着不断靠近的畸种幼崽们，一边四处张望。

“你看什么呢？”秦知律问。

“长官，我可能得先把您藏起来。”安隅说，“一旦盘查，您既没有ID，又会爆掉这里的基因熵检测装备，我们会被整个孤儿院通缉的。”

秦知律蹙眉：“藏？怎么藏？”

安隅轻轻舔了下嘴唇——他觉得长官一定不会答应的，所以似乎也多余讨价还价。

一分钟后，对面的成年人从幼崽队伍中小跑出来，来到了安隅面前。

那是一个身材高大粗胖的中年女人，是孤儿院随处可见的巡查老师之一。

她皱眉环望安隅周围：“我刚才看这边有两个人啊。”

“两个？”安隅愣了下，一双金眸纯真而茫然，“哪有两个人，您别吓我，我好久没回来了……”

“可能是雪太大了吧……你是回来探访的？难怪看着像是要成年了。”巡查老师道，“请配合身份鉴定。”

安隅熟练且温顺地让她扫描了虹膜。

“ID号21301222，基因熵0.2。”

女人皱眉道：“你也太差了……来，基因检测。”

安隅伸出手，让她用设备贴了下手腕。

“指数怎么一动不动啊？”巡查老师皱眉敲打着设备，可无论怎么敲，屏幕上都还是一个可怜兮兮的“0”。

“我的基因熵太低了，老设备常常不读数。”安隅垂眸看着地面，声音轻得快要被风揉碎掉，“我很抱歉……我的基因真的太差了……”

“唉……”巡查老师沉叹一声，“这不能怪你，小可怜。你看，你长得多美，虽然你的美貌毫无价值。”

“……谢谢您的安慰。”安隅努力微笑，“真巧，我移居到饵城后，我的邻居也这么说。”

那个巡查老师仿佛丝毫意识不到随机排查畸变和领着一大群畸种幼崽唱歌的行为放在一起有多矛盾，她检查过安隅，立即重新组织好那群吱哇乱叫的小怪物，唱着动听的“畸种之歌”走远了。

安隅长吁了口气。

耳机里忽然传来一个不悦的声音：“你现在真是没大没小。”

“唔……”安隅惊讶道，“原来空间折叠不会干扰通讯……对了，我一直很好奇，在折叠空间里是什么感觉？”

秦知律沉默了足有一分钟，才冷道：“和正常空间没有区别，只是多出了空间边缘。”

他顿了下，又道：“但我这里的空间底部似乎一直有规律的震动，还有声音，你把我叠进哪里了？”

“抱歉，我的果酱罐子没带出来，实在找不到衬您的容器。”安隅小声说着，左手轻轻抚摸了一下右手腕上缠着的绷带。

“您刚才站立的那一小块空间，现在在我手腕的绷带里。”他小声说，“所以您听到的声音，或许是我的脉搏，也就是……心跳。”

秦知律又沉默了。

安隅硬着头皮继续往前走，越走越心虚。

长官一直不说话，让他觉得自己真的要完蛋了。

他突然想：如果长官的怒火无法挽回，那……还应该放他出来吗？其实，秦知律即便是饿死在他的绷带里，大概也不会有人发现真相吧。

这个恐怖的念头才刚冒出来，耳机里就传来一声轻笑。

“那你现在够慌的。”那个声音里带着玩笑般的松弛感，“耳机里能听见吗？咚咚咚的。”

安隅愣道：“什么‘咚咚咚’的？”

“你自己的心跳。”秦知律随意地说道，“刚才被巡查时，它也没跳得这么快。”

【废书散页】

23 高畸变风险孤儿院

高畸变风险孤儿院建立于2122年，也就是灾厄最初发生的那年。

刚建立的前八年，进去的孩子中大概有接近10%在生长中逐渐畸变，都被敏捷发现和处置了。

而且这10%里，大多数是入院后因为外部畸种入侵而感染的——即便是在普通饵城居住也无法避免。

人们觉得这个比例不算可怕，完全可以接受。

在那之后的八年，由于很神奇地没有任何外部畸种入侵，孤儿院畸变比例更是一度低到了不足1%。

直到孤儿院出事。

不知是人类发现得太晚，还是发生在那里的事太诡谲。

它从一个几乎被遗忘的角落，一夜之间变成最令人闻风丧胆的存在。

后来，当人类回首抵抗纪，惊讶地发现，正是在那次事件后，这个世界掀开了一个新的混乱篇章。

——从基因暴乱，正式走向神秘燎原。

34　幼崽欺凌

心跳?

安隅仔细感受了一会儿:“那不是慌,长官。”

“那是什么?”

是因为想到要做坏事,有些兴奋。

安隅默默绕开了危险的问题,解释道:“在孤儿院被巡查老师叫住是常事。一旦数据异常,就会被拉走检查,然后被处置。”

这是一种残酷但却安全的管理方式。只是如今,孤儿院的一切都在朝诡异的方向发展。

根据终端探测,巡查老师属于人类,可她却理所当然地领着一大群畸变儿童,也丝毫没有被感染的痕迹。

秦知律问:“你打算让我在里面待多久?”

安隅回过神,小声道:“这取决于您有多生气。”

“嗯?”秦知律没听清,“你说什么?”

“我说,我希望再次让您看见我的价值,在为您搞到通行许可之前,我会妥善保护您的。”

秦知律不作评价,吩咐道:“把记录仪打开。”

“哦。”

安隅都快把那颗小小的机械球忘了。

片刻后,实时画面传输到秦知律的终端上,他才说道:“走吧,别刻意避开人。”

“为什么?”安隅问,“孤儿院的人并不友好,我不想太早打架。”

秦知律像在耐心地教他:“每到一个失序区,都要摸清楚有多少人畸变。如果我没记错，孤儿院收容着上万个孩子，畸变就像开盲盒，如果多数人都畸变了，那我们就拥有了几千个基因盲盒。”

安隅费解道：“盲盒是什么？”

“抽奖。”秦知律说，“抽几千次，总该有我们需要的。”

安隅其实没太听懂，但他决定不去追问——长官曾夸过他智商高。现在在长官眼里，他没大没小，道德素质很差，性格温和也存疑，似乎只剩下智商高这一个优点了，无论如何也得保住。

风雪越来越大，这里的风雪不像外面凶狠，但却仿佛怎么挥也挥不散，漫天飞舞的雪沙几乎要把建筑都蒙起来。

安隅站在雪中有些昏沉，说不清是饿的，还是一回这里，就习惯性地想睡觉。

机械球转了两下，秦知律问道：“这里的建筑都是灰白色吗？”

“发灰是因为脏了，曾经是纯白色，管理者希望风雪能成为这里的保护色，降低畸种入侵的风险，就像穹顶之于主城。”安隅一边扫视着稀疏的建筑一边答道，“虽然没有任何科技含量，但至少我在这里的八年中，确实没听说过畸种入侵。”

队伍公频突然再次响起。

“我们终于摆脱了那些家伙！”风间天宇气喘吁吁道，“太能追了，一个大人带着一群小孩，不，小畸种！你们抬头看镜子了吗？敌军太庞大了，拜他们所赐，刚才像有哈雷彗星扫过的那片就是我们所在的区域。”

频道里一时间有些沉默。

蒋枭接着道：“各位，我们在孤儿院的东南角。以坐标推测，律和角落在西北，斯莱德在西南，帕特在东北。”

正因肚子饿而放空的安隅倏然抬眼。

出了三次任务，幸运女神终于站在了他这边——当年他住的地方就在西北角上，也就是说，档案室也在附近。

斯莱德忽然开口，不悦道：“我也差点被盘查。外面的衣服和东西在孤儿院很扎眼，被人看到就会问。角落怎么不提醒我们？”

频道里微妙地安静了片刻，帕特哼道：“小高层，不会是怕我们抢贡献度吧？”

安隅没出声，继续往前走。

前面出现了一个低矮的建筑，门口立着一块画着饭碗的牌子，是食堂——他的肚子立即响了。

斯莱德道："律，还请替我们和您的监管对象解释一下，不会有人想要和高层以及小高层抢贡献度的，角落大人大可不必如此警……"

"长官的频道坏了。"安隅突然打断了他。

斯莱德："什么？"

安隅面不改色地说道："刚才遇到巡查老师，我和长官走散了。如果你们能接通他的频道，请把我的坐标发给他。"

他停顿了下，语气低下去："刚才态度不太好，抱歉，没有奶妈没有长官，让我有些焦虑。"

他说完，立即关掉公频，继续朝食堂加快脚步走去。

私人频道响起，秦知律淡道："和谁学的，这么阴。"

"差点被53区第一只章鱼人弄死让我明白，如果察觉有人想杀我，就要先下手，不要等着对方出招。"安隅说着，脚步微顿，不确定道，"您希望我做一个善良的人吗？"

秦知律似是轻笑了一声："随你。"

话音刚落，另一个私人频道亮起。

安隅瞟了一眼，果然，来自斯莱德。

他站在原地接起了通讯。

"我去找你吧。"斯莱德在频道里咳嗽了两声，"我离你最近，一起行动更安全。"

风中的雪沙扑在安隅的脸上，转瞬便挂满眼睫。

在风雪的洗礼下，那双金眸剔透得让人望而生寒，眸中一闪而逝的冷意更胜风雪。

"您的友善果然不让人失望。"安隅轻声说，"那就希望我们能遇上吧。"

斯莱德道："我朝着你的坐标方向移动，你也往我这边走。"

"嗯。"

通话切断后，安隅等了两秒，见秦知律确实没有插手的意思，于是嘀咕着问道："长官，我可以去吃点东西吗？用了一次空间折叠后很饿。"

秦知律哼笑一声："你都走到食堂门口了，才想起来问？"

*

食堂和记忆中如出一辙，毫无变化。

这会儿刚好是晚饭时间，安隅从队头往后走，在路过的每一个有畸变体征的人身边稍作停留，直到排入队尾，不动声色地把藏在袖子里的终端揣回口袋。

秦知律翻看着同步过来的检测记录：“最高的一个基因熵也刚两百出头。大多数似乎都处于畸变早期，暂时还没有藏起体征的能力。”

他停下来沉思了一会儿：“按理说，这种早期状态最多持续几天，但他们的行为又像是畸变很久了。”

安隅沉默地观察着队伍。孤儿院的衣服背后都缝有身份标识，展示ID和姓名。ID通常由入院年份加上四位编码组成，整一条队伍里的人都是在2139年之前入院的，也就是说，和他在孤儿院的时间有重叠——他已经离开十年了，可这些人看起来仍然都是小孩。

除非他们都是婴儿时期进来的，否则恐怕这里的时间也出了问题。

安隅想起那首名为《收容院》的预言诗，轻声道：“只有找到档案室，才能知道这里都发生了什么。”

记录仪的镜头缓缓转过柜台，秦知律忽然问：“每天都吃这个？”

“营养汤只有一种，但主食是压缩饼干和蒸豌豆轮换。”安隅领了一个碗，“可惜今天是饼干。”

他和前面的人保持了一些距离，低声道：“压缩饼干能吃撑，但没一会儿就消化掉了。蒸豌豆因为吃了会胃胀，反而能消化很久，味道也更好。”

秦知律似是叹了口气：“我以为你从小就吃粗面包。”

“粗面包是饵城才有的。我到53区第一天，凌秋正在吃面包，好香，他还掰了一半分给我。”安隅低低地叙述着，“那是我第一次收到礼物，吃完越想越诡异，吓得想抠嗓子吐出来，但最后还是没舍得。”

“嗯。”秦知律似乎在里面坐下了，或许是姿势变化，声音听起来也柔和了一些，“后来呢？”

后来，他就习惯了凌秋身上仿佛取之不尽的善意，但除凌秋外，往后十年也没别人再送过他什么。

直到踏上那列摆渡车，他遇到了严希的妈妈、祝萄，还有……长官。

长官似乎格外喜欢送他东西，风衣送给他，面包送给他，随身的短刀送给他，赌赢的战绩积分送给他，昂贵的房子也送给他，还有那只让人打破头也想不明白为什么那么贵的章鱼玩偶，以及基因注射后盛在神秘小黑盒里的糯米点心。

安隅很少有期待，但渐渐地，他会期待下一份来自长官的礼物是什么。

凌秋说得对，期待是一份美好的体验。

工作人员将黄得刺眼的一大勺营养液盛到安隅碗里，转身抓了一块压缩饼干递过来。

安隅小心翼翼地端着碗往外走：“营养汤还不错，甜甜的，补充人体必需物质。据说只需要一个小药片就可以泡出一大锅，很神奇。”

耳机里很安静，似乎已经安静一阵了。

“长官？”

“嗯。听着呢。”

安隅摸了摸耳机：“里面是不是太闷了？”

“是有点，找没人的地方把空间回归原状吧。”

“那我快点吃。”安隅立刻说。

他到角落里坐下，捧起碗几口就把汤喝光，然后撕开压缩饼干的袋子——发白的、巴掌大小的饼干，质地糙而硬，沉甸甸的像一块砖头。

安隅试图把它从中间掰开。

秦知律道：“我不吃。”

安隅立即停手：“那我吃了？”

“嗯。”秦知律说，“吃慢点。”

耳机里立即响起咀嚼声，像一只啃树皮的小兽，嚼得十分果决。

安隅边吃边留意着周围。

这里有一半以上的孩子已经畸变。离他最近的一个畸变者满脸溃烂。他左边的男孩浑身爬满树皮似的褶皱，而右边那位每只手都只有四根形状不规整的手指。

人类小孩见到他们会低头绕行，而发饭老师就站在不远处平静地看着。

秦知律思忖道：“或许这些管理者受到了精神控制，从前的观念被洗刷，所以见怪不怪。”

“精神控制？”安隅想起了论坛上那些离谱的谣言。

秦知律解释道：“能力也分三六九等，只有少数守序者和超畸体才能觉醒精神方向的异能。大脑认为，畸变存在一条无形的进化链。低级畸变就像53区的螳螂和水母，只体现融合的生物性，再向上，才延伸出所谓异能，比如植物能吸引昆虫、汁液可以疗伤，相应的，畸变者就觉醒了精神蛊惑或治愈系能力。而超畸体更复杂，能小范围地影响时空秩序。人类沿着这条进化链摸索，越往上，就越难单纯从基因层面来解释畸变，比如刚加入的典，人类与非生物也能融合。”

安隅道：“这样说来，越是厉害的守序者就越接近超畸体，他们没有失去人类意志，或许是因为还不够强大。”

“嗯。”秦知律语气平和，“理性来看，在进化链上的位置越高，人类意志就越难保留。不必为人时，自然不再为人。”

安隅吃着饼干想，这个逻辑有两个漏洞——他和长官。

远处的喧哗突然打断了安隅的沉思。

他抬眼，看到了久违的孤儿院日常——刚才那三个畸变的小孩在收“保护粮”。

满脸溃烂，“疮里生花”的男孩领头，用尖细的手指点着桌面，妖声妖气道：“吃多了一口哦。”

被纠缠的是两个人类，其中一个身上有几道血淋淋的伤，裂口暴露着鲜红的肉。

秦知律低声说：“人类小孩的身上几乎都有外伤。”

安隅扫了一眼被自己咬得很规整的饼干：“嗯，欺凌很常见。”

孤儿院从来不是乐园，这里的恶比贫民窟更不加遮掩。没有正常孩子会喜欢这里，大家熬过观测期后就会迅速申请转入饵城。

整个食堂，只有一个没有外伤的人类，是被发难的另一个少年，目测十三四岁，他对“花男”说道：“他不是故意多吃一口，只是最后一口咬大了些，算了吧。”

“对！对……我真不是故意的。”男孩脸色惨白，哆哆嗦嗦地往后躲。

“花男”冷笑，两根长着荆棘的花枝从他脸上伸出，一根绕上男孩的手腕，另一根捂住了嘴。

“唔——唔——”男孩被举在空中痛苦地挣扎，直到淋漓的鲜血顺着花枝淌下，男孩被重重地摔到地上。他好半天才哆嗦着跪起来，膝盖压着地上的血迹，颤抖着不敢抬头。

“明天。”“花男”道，“我会重点盯着你。”

他转过身，冷声警告那个没有外伤的少年：“0914，不要多管闲事。”

0914没回答，只是安静地把地上的男孩搀了起来。

保护粮的征收还在继续，他们在每一个人类小孩面前停下，对方会立即把吃剩的半块饼干双手捧给他们。

秦知律忽然道：“除了你和0914，所有人类都只吃半块。”

安隅不动声色地把机械球藏到背后，镜头刚好扫过桌面——桌面上安静地躺着半块饼干，甚至比其他孩子留下的更精准和规整。

“并不除了我。”他轻声道。

咬掉半块饼干，一分不多一分不少，因为多一分自己亏，少一分会挨揍，这是他从小就训练好的生存技能。

“花男”站在他面前，挑眉道：“年龄好大，新来的？”

“嗯。”安隅神色淡然，“父母刚畸变，大龄孤儿。”

“你怎么没有编号？”

安隅说：“还没来得及领衣服。”

“规矩知道吗？”

“听说了。”安隅熟练地把半块饼干递了过去。

“有没有从外面带吃的？”

安隅摇头：“贫民窟来的，家里没余粮。”

“真废物。”“花男”冷漠地打量着他，“看你脖子和手腕还打着绷带，是在外面受的伤？”

“嗯。被蛇咬了。”

“花男”的眼睛眯了眯，看着那些绷带，似乎在思考什么。

安隅伸手向脖子上探去：“你要吗？伤口流血不多，只是沾了一点蛇毒，洗干净还能再用。”

“算了。我最讨厌爬行生物。”“花男”皱眉，“还从外面带什么进来了？”

“没了。”安隅扯了扯破布袋似的衣服，“就只有这个，如果你想要的话……”

“花男”头也不回地走了。

他看着花男背后的身份信息——21380720，蔷。

终于等到那三个家伙离开饭堂，安隅把桌上还剩的一点饼干渣子捻进嘴里，视线落向不远处。

被蔷特殊对待的0914看起来没有任何畸变特征，因此他刚才没测。

安隅起身还碗，路过0914时垂眸轻声道：“借过，抱歉。”

终端在口袋里无声震动，耳机里，秦知律轻声道：“基因熵10573，能藏起体征的高天赋畸变者。”

安隅视线扫过他的身后——21370914，陈念。

陈念抬头温和道：“没事吧？你刚来，以后看到他们能躲就躲。”

“嗯……”安隅点头，仿佛不安似的轻轻搓着右腕上的绷带，“来之前，我还以为这里没有畸变的孩子……”

“很多年前确实没有，但这些年不是了，一半以上都是畸变者。”陈念盯着他，“反而是你，孤儿院很久没来过新人了，工作人员早就停止寻找新的高风险儿童，你怎么进来的？”

安隅抬眸，和他四目相对。

那双黑眸很干净，不带恶意，但却充满审视。

“还有什么忠告吗？”安隅没有回答他的问题。

“管理人员不会插手任何争斗，挨打受伤都无所谓，但别惹他们对你动杀心。以及，离镜子远点。”陈念的话语意味深长，“这里设施很旧，镜子总是会发出一些噪音，有时候靠得太近，我都怕它突然裂开。”

安隅呼吸停滞了一瞬，而后低头道：“谢谢你，我会注意。”

他还完碗，进了食堂里的厕所，站在洗手台前。

“很奇怪，长官。孤儿院的设施确实很旧，我记得每一面镜子几乎都有裂纹，但现在它们都光亮如新。”

安隅看着镜中的自己，他抬手，镜中的他也抬手，他尝试放空思绪，镜中那双眼眸也随之空茫。

似乎一切正常。

但他却总有种微妙的感觉，当他凝视着那面镜子，好像有什么东西也在透过镜子凝视着他。

他忽然伸手摸向腰侧，一声清越的出鞘声，刀刃割过左手手背，刀尖下垂，点点滴滴的鲜血落在不平整的水泥地上。

秦知律不悦道：“你干什么？”

“试一试。”安隅轻声说。

镜中的他无论是动作、神态、还是此刻流血的手，都和自己完全同步——没什么异常，那就是一个单纯的映像而已。

“角落。”

安隅后背一僵：“啊？”

秦知律私下里从来没喊过他的代号，仿佛有只无形的大手一把扯住他的头皮，让他浑身发紧。

秦知律语气冷沉：“警告你。尖塔禁止无端自虐，无论你是愤怒，焦虑或是饥饿，都必须控制情绪，不要让我一而再再而三地看到你伤害自己。”

安隅愣住。

“什么一而再再而三？”他纳闷道，“尖塔有这种规定吗？”

“专门为你设置的新规。”秦知律语气平和，但并不像在开玩笑，“等我们从这里出去，这条规定就会立即出现在系统里。如果违规，一次罚一万，第二次翻倍，第三次再翻。”

安隅立即道：“对不起长官，请您原谅……我只是想测试下这面镜子有没有异常。刚才陈念说，靠近镜子会有嘈杂声，我完全听不到。”

“我也听不到，或许有其他触发条件……”秦知律停顿了一下，话锋忽然一转，“对了，你在84区真的没觉醒新的能力吗？”

安隅下意识捏紧了记录仪：“您为什么这么问？”

“所以答案是，有。”秦知律分析道，“不肯说，是因为还没有完全信任我，也可能觉得这项能力太诡异，会被重新当成高风险来对待。”

“呃……”

安隅心说：都不是，是因为用这项能力发现了很多小秘密，也包括您的。

凌秋说，知道得太多，会死得很惨。

秦知律思忖了一会儿，问道：“这次的触发方式，还是基因感染吗？”

这个问题安隅已经想了很久了，他轻声道：“接受典的基因注射时，我确实有一点感觉，但那种感觉和53区差不多，仍然是空间的波动。这次的新能力应该是在84区融合破碎红光时觉醒的，所以触发点或许是……意志接纳。”

他抬起头，看着镜中自己的眼睛：“就在我与深处的东西抗衡，非要接纳四个女孩意志的时刻，它被触发了。”

秦知律应声：“知道了，看来你下一个能力觉醒的方式也会变化。”

安隅一边往外走一边想，长官怎么那么确定还会有下一个能力——他不会是花重金在诗人那里买了什么吧。

食堂外的角落不太平。

安隅刚出门口就看见蔷正把一个人类堵在墙角里揍——这是孤儿院的常态。

手背上那道口子还在流血，他非常不想惹麻烦，但考虑到自己现在是“守序者”，长官还在盯着，只能无奈地朝那边慢慢踱步。

走近几步，安隅又停住了脚——地上那个头破血流的家伙身体里流出来的“血”是黄白色，原来也是个畸种。

他如释重负，立即转身准备离场。

身后，一阵清脆而刺耳的玻璃碎裂声突然响起!

安隅猛地回过头，刚好见到蔷起身，把插在死者脖子里的那根筷子拔了出来。

尸体倒在地上，却不像被插喉而死，更像是被车碾过般四分五裂，裂纹爬满两只眼珠，人如同一块碎裂的玻璃。

安隅忽然意识到，刚才的碎裂声就像一面镜子被打破。

“长……”

话音未落，一阵极刺耳的刮擦声突然从脑海中碾开，耳膜仿佛刹那间变成了玻璃，被一把尖刀狠狠地抵在上面，划过时有火星闪动，发出仿佛能把脑浆都吸干的嘈杂声，意识深处在一瞬间承受的痛苦远超过黑塔刑讯和基因诱导试验。

虽然一瞬即逝，但痛楚消逝后的几秒钟内，安隅仍处于大脑被抽干的状态，他僵直地站在地上，满身冷汗。

“你听到了吗？”秦知律在耳机里问，“刚才好像有一点点嘈杂声。”

一点点?

安隅无法形容心中巨大的震撼。

如果不是终端没有报警，他几乎怀疑自己已经被噪音杀死了——那是比被蛙舌抽爆颈动脉更具压迫性的死亡临场感。

他闭上眼深呼吸，精疲力竭地转过身，决定找个地方休息。

安隅低垂着头，金眸眼神涣散，视线不经意地扫过手背——脚步猛然停顿。

奇怪，手背忽然不再流血了，割破的裂口似乎也缩短了一点点。

“喂，还是你啊。”聒噪的声音从身后响起。

安隅缓缓从手背上收回视线，半回过头：“有事吗？”

蔷朝他走来：“我受伤了，绷带拆下来给我吧。”

安隅反应还有一点迟钝，站在原地思考了一会儿对方的意思。

蔷绕到他面前，手里那根刚从尸体喉咙中拔出的木筷在他右手腕上戳了戳：“这个。”

耳机里，秦知律低沉道：“好像有人在戳我。”

安隅把手臂往后挪了挪：“不行。”

蔷愣了一下：“你刚才还说可以。”

“刚才觉得你不会要，所以可以。”安隅疲惫地抬起眼皮，“现在你真的想拿走，就只能实话实说不行了。”

“这样吗？”秦知律在里面说，“看来还不算完全没人性。”

安隅闻言一顿，把本来要和蔷解释的理由咽了回去。

其实他倒是完全没想着长官被折叠在绷带里这件事，他只是觉得，半块压缩饼干也就算了，回乡随俗没什么不好。可这绷带两条就值3999，怎么可能说给就给。

“总之。”他捂住右手绷带，气弱道，“是不能给你的东西。”

【废书散页】

24 种子与花

无论在哪都有强与弱，因此欺凌无处不在。

孩子们的恶要比成人更露骨。

很多从孤儿院出来的人，因为阴影过重，最终变成反社会人格，或是郁郁而终。

据说上峰激烈讨论过是否要延续这个机构。

他们最终的答案是：要延续。

因为也有人从这里走出去，不光是带走了在这里被迫学会的逆来顺受，也带走了磨砺出的坚韧、洞察、怜悯之心。

困厄会在每个人的心里都埋下种子，

长出什么样的花，因人而异。

35 失落的八年

小孩子是世界上最容易情绪崩溃的生物。

安隅理智地拒绝了蔷索要贵重物品的请求后，他脸上的玫瑰疮瘢蜷曲着扩大，疮中花朵颤抖，一点诡异的糜粉色从瞳心向眼白扩散，仿佛被气得颅内出血。

安隅试图在记忆中搜刮出一点凌秋的幼崽相处智慧，但似乎没有，智慧如凌秋，也对小崽子束手无策。

正踌躇间，耳机忽然响起一声提示，蒋枭接进了他的私人频道。

“发现了一个诡异的现象。”蒋枭说道，“我目睹一个畸变儿童杀死了一个人类工作人员，没来得及阻止。它啃断了人类的脖子，但人在咽气的瞬间却全身碎裂，就像一面被巨石狠狠砸碎的镜子，而且，真的有玻璃破碎声。”

安隅安静地听着，视线仍落在蔷的脸上，但却仿佛正在放空地思考，完全忽视了蔷的恐吓。

“人死如镜裂。”蒋枭总结道，“律的终端把我们屏蔽了，请您向他同步情报吧。”

安隅道：“嗯……嗯？”

蒋枭的语气完全不带有戳穿别人的尴尬，一如既往地干练道：“我想，您和律应该一直都在一起，没有奶妈没有长官就焦虑，也只能骗骗没去过53区的人了。”

安隅：“呃……”

“虽然当日仍留有很多谜团，但我有幸目睹过您的狩猎。”蒋枭恭敬道，“请您放心，我不会妨碍您的行动。”

通讯挂断。

蔷一把攥住安隅右手腕的绷带：“听懂了吗？你初来乍到，不要自讨没趣。”

伴随他恶狠狠的话语，大朵妖娆诡谲的花从那张脸上伸展出来，花枝缠绕着安隅的右手腕，尖锐的棘刺破枝而出，抵住绷带。

蔷以为安隅会大惊失色，就像所有脆弱的人类一样。

可是没有，那双金眸就像刚回过神，低头扫了一眼那些棘刺，视线又回到他的脸上。

安隅凝视着他，轻声道："在这里死掉的人，尸体都会爆裂？"

蔷愣了愣，继而冷笑："你想试试吗？"

安隅看了他片刻："如果换作我杀人，尸体也会裂开吗？"

蔷闻言眼神更加冰冷，嘴角挑起一抹讥诮，轻声道："那要看你是否被它拥有。"

安隅眸光一凛："什么意思？它是谁？"

他没有得到回答，蔷不耐烦地收紧花枝，尖锐的荆棘用力向绷带中刺入，试图勾住它扯下来，可绷带的坚韧超乎想象，竟生生扛住了那股爆发力，将棘刺抵挡在外！

蔷愣了一瞬，眼神更加凶狠："你再敢说这是贫民窟的东西？"

安隅趁棘刺弹开之际顺势抽回手臂："劝你别管。"

他不想再和这个小畸种纠缠，转身的瞬间，风卷着一捧雪沙扑在脸上，单薄宽松的衣服被风撩起，腰间忽然一凉，随后便传来一声熟悉的利刃破空之声。

金眸倏然一凛，猛地回过头。

"果然还藏着好东西！"蔷眸中精光毕现，对着手里那把短刀赞叹道，"看来你出身大户。"

他还没来得及端详，安隅已经劈手向刀夺来，蔷的花枝立即捆缚住他的手腕，将他双手一左一右拉开高举于空，如悬立在死刑十字架上。

蔷仰头看着已被自己宣判死亡的人，冷笑道："看来都是价值不菲的好东西。那就让我看看，你的刀和你的绷带，哪个更厉害。"

他说着，扬刀朝安隅的脖子果决地掷出！

刀刃划破风雪，"秩序"二字将雪光折射入那双金眸，割裂了竖瞳中忽然蔓延开的赤色。

那道冰冷的抛物线在安隅眼前划过，刀尖下坠，瞬息间便要刺入他的喉咙！

呼啸的风在此刻似是莫名地错乱了一瞬，一只戴着黑色手套的手闯入视野，平和地攥住了那刀刃。

那把破风破雪、来势汹涌的利刃被皮革包裹，在掌心中听话地转了个圈，蔷眼前一花，忽觉剧痛，再睁眼，却只见破碎的花枝自高空纷纷坠落。

安隅亦从高空摔下，他在空中伏低腰身，落地后迅猛地向前翻滚蹲稳，如同一只优雅的豹。

蔷的目光掠过他，惊恐地看向那道凭空出现的黑色身影。

挺拔如刀锋，沉默地伫立，一身黑衣的男人缓缓走上前来，路过刚起身的安隅，皮手套在他肩上一握。

“铿”的一声，他将短刀插回了安隅腰侧。

蔷牙齿打战：“你、你……从哪里……”

“档案室在哪儿？”黑衣人凝视着他，那是蔷已经多年未见过的，坚定的人类的眼睛。

在他抛出短刀的一瞬，他就意识到金眸的那个并不是寻常人类，因为那双眼睛会变化。而眼前这个人则不同——纵然那对瞳心中的漆黑让人如临深渊，但却如此坚定坦荡，仿佛永远都不会沾染诡谲。

他的话语亦不附加任何精神蛊惑力，只是纯粹的压迫。

蔷仿佛不受自己控制般，朝西北的方向抬了下手。

下一瞬，十几米外的人突然闪现至他眼前。

白发在风中卷曲，竖瞳冷凝，金眸中流转着一抹赤色。

这一次，轮到雪光折射入蔷的眼中。

那一丝惊惧还未来得及化开，他已被刀刃一抹破喉，糜粉色的血液洒透了脚下的土地。

安隅看着那道身影倒地，柔软而安静，周遭除了风声，再无异响，被割破的喉咙是尸体上唯一的伤。

他瞪着那具尸体，片刻后，站立不稳般地向后退了一步。

皮手套从身后再次握住他的肩，秦知律从容道：“我来杀就好了。”

安隅不语，胸口急促地起伏。

秦知律打量着他：“消耗这么大？”

“不……”安隅开口，又顿住。

不是消耗，是愤怒。

被束缚双手等待处决的那一刻，意识深处那个东西似乎被深深激怒了。如果他没有控制，刚才使出的能力就不会仅仅是释放折叠在绷带中的空间，而是会把自己叠向蔷的身后，再立即叠向另一方向——多次空间折叠，可以让连接着蔷和自己的那些花枝陷入空间错乱，直接把蔷撕裂。

如果真的那样做了，那将会是他最残忍的一次反杀。

他本以为自己控制住了那股冲动，毕竟还想着要问档案室的位置。可没想到秦知律先他一步问出口，在蔷回答的瞬间，深处那个意识突然挣脱——他还没反应过来时，已经杀了蔷。

安隅不知如何解释，真相会让秦知律从前为他做的担保轰然坍塌。

秦知律喉结动了动，似是想说什么，又咽了回去。

他缓缓从安隅手中拿过刀，在手套上抹掉正反面的污血，将两只手套摘了，随手扔到一边。

左手掌心上有一道浅而长的口子，渗着血，是刚才在空中握刃时割破的。他不甚在意地把手垂在身侧，举起右手压了压安隅在风中乱飞的头发："失控了？"

安隅一僵。

秦知律语气平和："你并不是没控制住那个东西，而是没控制好自己。"

安隅怔然抬眸。

秦知律道："你总是试图和深处的自己划清界限，觉得它是你要利用和对抗的东西。或许是因为你的行为和脾气有些变化不定，上峰也一直不肯放下这个猜疑。但我一直坚信，一个人对自我的认识和掌控是需要过程的。只是对其他人而言，这个过程一直在自然而然地发生，而你却比别人延后了一些，你的一部分意识先成长了起来，剩下的那部分则沉睡了很久，因此，融合的过程就会产生一些错位感。"

秦知律说着顿了顿："没关系的。"

长官的声音很温和，隔着风雪，清晰地刻入安隅的脑海。

他突然觉得脑子里有些空，就像是对着风雪和那双咫尺间的黑眸发了会儿呆。

他一直以为秦知律是面对面审视他的人，和所有人一样，只是比其他人站得更靠近他一些。但不知从哪一刻起，秦知律已经转过身，站在了他身边。

那一刻到来得悄无声息，以至于他无从追忆。

"去找档案室，还要给我找双干净的手套。"秦知律说着，抬脚缓步往蔷指着的方向走去。

安隅默默跟上他，低声问道："您一定要戴手套吗？"

"嗯。"

安隅等了一会儿没等来解释，犹豫了一下，没有再问。

凌秋教过他，如果对一件事很好奇，试探着问了，但对方却没有回答，那就不要再冒犯。

他们安静地并肩走在风雪中，安隅轻声道：“还是避开人群吧。很抱歉，我现在没力气把您叠起来了。”

秦知律瞟他一眼：“你是不是很享受？”

“嗯？”安隅不明所以，“享受什么？”

“把我当个召唤系辅助用。”秦知律淡淡的语气好似有些嘲讽，“守序者中还没有过这个流派，而你拿自己长官开了先河。”

安隅惊慌道：“我没这么想，我……”

他话到一半住了口，因为看到那双黑眸中浮现一丝笑意——又来了，长官又在逗他玩。

但很莫名地，他又产生了和在53区凌秋刚死去那会儿一样的错觉——长官像是在刻意安慰他。

安隅叹气：“随您怎么想吧。”

“破罐子破摔了？”

“……”

他们有一句没一句地聊着，走了十来分钟，安隅才彻底平和下来。

他把蒋枭刚才的话复述了一遍，秦知律只“嗯”了一声：“看来我们所见的不是个例。”

“孤儿院里的畸变者杀人，人死如镜裂。而我们杀人，只是寻常的死法。”安隅轻声道，“蔷说，那是因为我们没有被‘它’拥有，但他却没说‘它’是谁。”

秦知律转头看着他，“你觉得是谁？”

安隅不语，直到路的尽头终于出现了记忆中那个贮存着全孤儿院档案的小房子，他才轻声道：“有一种无凭无据的预感，或许听起来很荒谬，我觉得是……”

秦知律道：“镜子。”

安隅怔了一下：“嗯……”

*

档案室的密码锁已经失灵，秦知律拆掉了整个锁芯，推门而入。

屋里扑出的灰尘呛得人想咳嗽。

安隅挥开空气中的浮尘，打量着这间屋子。

这里还和记忆中一样，进门是一张孤零零的电脑桌，背后立着一排又一排的文件柜，所有人的档案都会被同时以电子版和文字版存储。

每个孤儿都会来这里两次：入院登记一次，离院前或被处置前一次。安隅是作为弃婴被捡来的，因此记忆中就只有出院登记的那次。

他办离院手续那天，刚好有新人进来，那天他站在电脑边完整地看了一遍新人信息登记流程，甚至还记住了系统访问密码。

秦知律在一旁看着他笨拙地开电脑，又毫不犹豫地输入密码后，评价道：“你的记忆力好得有点离谱。”

“凌秋也曾这么说。”安隅顿了下，“但他又说，好看的脸注定败给下贱的基因，聪明的大脑也无法拯救好吃懒做的劣根性。”

“他活得很明白。”秦知律轻轻勾了下嘴角，又问道，“注册新信息不需要扫描虹膜吗？”

“这个环节可以跳过。”安隅说，“当年那个新来的孩子是一家人在野外遭到袭击，他一只眼受伤，另一只眼被挖掉了，所以档案老师就暂时没有登记他的虹膜。”

秦知律点点头，踱步到后面去翻看那些档案。

安隅很不擅长操作这些电子设备，只能努力回忆当年看到的画面，一步一步摸索着来。

“长官，您的生日是几月几号？”

“2122年，9月30日。”

“嗯……”

为了避免再有人指出孤儿院早就不收新人这一点，安隅干脆拿秦知律的出生年份作为入院年份，敲下这串数字后说道：“那这就是您的ID了，21220930。”

“嗯。”

“您的基因熵……”安隅陷入卡顿。

这个系统只允许填写0到99999之间的数字，大概设计者也没想过还能超出这个范畴。

秦知律随口吩咐道：“就写到最高吧。”

“好的。”

系统弹出提示：基因熵超过人类范畴，您正在登记一位已畸变儿童，请输入畸变基因型。

秦知律站在2130年12月入院建档的那列柜子前，手指扫过档案册上的编号，终于找到了“21301222”那一册。

“长官。”安隅又问道，“您已经获取和表达过的基因型，还能随时表达吗？”

秦知律抽出那一册档案，随口答道：“理论上可以，只是我很少这样做。”

安隅对着系统里的基因库说道："那我给您选章鱼了。"

他等了一会儿没等来反对，于是点击确定。

注册完秦知律的，安隅又随手给蒋枭和风间天宇搞了身份许可，为了避免不必要的交谈，他随便填写了两个人的生日。

而后，他思考了一会儿，给听说他落单后没做出什么异常行为的帕特也注册了身份。

安隅把几人的身份许可信息打字发到频道里，斯莱德立刻开启公频问道："我呢？"

"不好意思。"安隅漠然地看着屏幕，"档案室设备老旧，键盘上的S键不见了。"

斯莱德咬牙切齿道："键帽没了，芯也是可以按下去的，请您试试。"

安隅说："芯凝固了，也许最后一次使用的工作人员把营养汤洒在了键盘上。"

"……"斯莱德道，"系统有虚拟键盘功能。"

"没有的。"安隅说，"孤儿院的设备不如主——"

"这不是什么高科技技术，一百多年前的电脑就有这个功能了。"

安隅顿了下："可我不擅长用电脑。"

斯莱德忍无可忍地深吸一口气："那我非要用真名不可吗？"

"是的。"安隅冷静地叙述道，"这一点真的没有骗你，孤儿院的基因抽查会进行身份校验，全世界的人口基因资料库是同步的，虽然这里的库信息在2138年之后就没有更新了，但你是在那之前出生的吧？"

"……"斯莱德咬牙，"看来您确实需要有队友在身边，起码要会用电脑才行，请您在档案室稍等，我会尽快与您会合。"

安隅挂断了通讯。

"安隅。"秦知律忽然在文件柜后喊他。

安隅一僵："呃……您要是介意我不给斯莱德……"

"过来一下。"秦知律打断了他。

秦知律手上拿的是他的档案，孤儿院的孩子每周都会进行身体检查并增加一条记录，但由于他绝大多数时间都在沉睡，他那一册档案只有薄薄几页，入院登记和出院登记几乎是全部信息。

【编号】21301222

【姓名】无

【收容人员】#019

【体表特征】白发、金瞳、人类躯体

【入院日期】2130年12月22日

【出院日期】2138年12月22日

【收容过程】#019在日常巡查高频率弃儿地（主城附近垃圾焚烧站A区）时发现了21301222，经初步鉴定，该婴儿未畸变、基因尚未登记入人类基因库、基因熵极低（0.2），为高畸变风险弃婴，故收容入院。

一切都和安隅记忆中吻合，他顺着向下看，视线忽然停顿。

“收容过程”下面还有一项“收容计划”，那里原本写的是“如无异常，六个月后随机分配入普通城市孤儿院看护”。但那行字被划掉了，改写成——“确定该孤儿的收容人员行为异常，而该孤儿在入院后，自身又表现出睡眠行为异常，因此判定风险等级极高，拟定永久收容观察，或至其睡眠行为异常消失为止。”

“收容人员异常？”

安隅茫然了一会儿，而后走向另一个柜子，从里面抽出了工作人员档案。

【编号】019

【姓名】于深

【职责】高畸变风险孤儿探查及收容

【工作起始】2122年10月05日

【工作终止】2130年12月22日（因异常被处置）

文字档案没有记录处置原因，秦知律在电脑里搜出了相关记录。

他的手指搭在鼠标上缓缓向下滚动，轻声念道：“于深，于2122年10月5日入职孤儿院，同年12月22日在院内凭空消失，直至2130年12月22日突然重新出现，并为一名弃婴建档收容……在询问其去向时，于深否认自己异常消失的八年，并坚持认为当时的时间应该是2122年12月22日，无法接受世界的客观时间已经流逝八年且自己的生理状况也经历了同等水平的老化的事实，故被认为精神失序。经多次治疗沟通后，他的精神错乱加剧，最终决定处置。”

安隅怔道：“他消失了八年，然后……带着捡到的我回到孤儿院……？”

秦知律盯着屏幕不语，许久才道：“我听说孤儿院的每个工作人员都会有一份工作日志。”

安隅回忆了一下：“嗯，好像听其他孩子说起过……据说每一个收容员都会在正式存档前写一份个人工作记录，方便在被盘查时回顾事件细节，平时很少调看。”

秦知律已经从系统里调出了于深的个人记录。

从工作日志上看，于深确实消失了八年，因为他一共只有五篇文档，标题全部签署着2122年的日期——最后一篇就是收容安隅的过程，详细记录了垃圾焚烧厂的实地信息、安隅当时的体表特征以及基因检测描述。这篇记录本应签署为2130年，可由于是他自己编写，便也将安隅的收容时间错误地写成了2122年。

但当秦知律点开那个文件的编辑记录，诡异的一幕发生了。

【最新编辑时间】：2130年12月22日。

【上次编辑时间】：2122年12月22日。

安隅呆了许久，反应过来时，一股毛骨悚然的战栗感爬上脊背。

蓦然间，他又想起那首预言诗。

一个人的时间乱了，沉默的惊惶，他的死亡在河流中寂静地冲淌。

电脑熄灭，漆黑的屏幕上映出一双空洞无措的金眸。

“看来你的年龄要加上八岁了。”秦知律思忖着说道，“我们试着还原一下当时的经过——2122年，大灾厄降临的那一年，于深在主城外的垃圾焚烧厂捡到了你。基因检测无误后，他把你带回孤儿院，就在这个房间进行入院登记。在正式登记前，他按照规定先撰写个人日志，可刚写到一半——”

秦知律话语微顿，那双黑眸凝视着安隅，轻声道：“有一种力量，把你和他的时间同时向后拨动了八年。”

“在客观世界中，你们同时消失了八年。”

“八年后，你仍是沉睡的婴儿，而他——因无法解释的时间错乱，被暗中处置。”

【废书散页】

25 沉默的轮毂

灾厄的那些年，有数不清的生命离开。

有人于轰动中死亡，有人于沉寂中睡去。

后者似乎占了绝大多数。

无论无辜与否，那些死亡都不会被人们关注和记忆。

就像往后的人们只知道纪念2148年的冬至，却忘记了2149年同一天那场美丽的大雪。

世界最庞大的意义，往往在无声中诞生。

一个微不足道的人，以他沉默的灭亡，推动了时间的轮毂。

36 河流的冲淌

秦知律随手翻出纸笔，写下2122、2130和2138年的12月22日。

“从左到右，这些依次是于深捡到你的时间、你被孤儿院正式登记的时间，和离开这里的时间。”

“如果以2122年出生来推算，你今年本该是二十六岁，但在摆渡车遇袭后，大脑对你做过全面检测，你的生理年龄确实只有十八岁左右。也就是说，当你和于深的时间同时加速，他的身体衰老，而你却没受到任何影响，仍然是刚出生的婴儿。”

笔尖在纸上停顿，他意味深长道：“根据经验，不受异能影响的人，往往是能力的发起者。”

安隅正笨拙地用电脑搜索其他孩子的档案，轻问道：“所以您是想说，当年是我推动了自己和于深的时间加速？可当年我只是个婴儿，为什么会突然发动异能？”

“没有人能彻底揭开过往。”秦知律走到半敞开的门旁，看着外面的风雪低声道，“不久前，你在摆渡车上因为突然遭受基因感染而触发了空间能力。2122是大灾厄的第一年，也许婴儿时期的你也在承受着某种痛苦或恐惧，被动地触发了时间加速，带你迅速逃离那段难挨的时光。”

安隅闻言下意识地看向左手背的伤口。

镜裂嘈杂之时，他感受到莫名而深重的痛苦，而也在那一刻，伤口止血的速度错觉般地加快了。

秦知律忽然问道：“你新觉醒的第二个能力，和时间加速有关吗？”

安隅顿了顿：“无关。”

真要说，那倒更像是刚好反过来——诗人说过，记忆回溯是推动其他人的时间倒流，只不过是精神层面。

秦知律思忖道：“其实世上本来没有时间。人们发现细胞会老去，花朵会枯萎，食物会腐败，放在一起的两种物质会逐渐融合，任何规整有序的事物都在向混乱发展，也就是所谓的熵增。人们便创造了时间这个概念，用它记录熵增的过程。理论上，如果没有外力干扰，熵增不可逆转，因此时间也不会倒流。可是，你的基因熵曾经从0.2衰减回0。”

安隅抬眸：“您究竟想说什么？”

秦知律凝视着他：“如果你真的有操控时间的能力，那或许不仅仅是加速，也许有一天，你能让时间倒退，也能让混乱逆行。”

安隅立即道：“这不可能。”

“对普通人而言确实不可能。时间是一条单向流淌的河流，常人投身其中，只能任其冲淌。但你不同——也许，你从未踏入那条河流。”

似曾相识的比喻……

安隅愣了愣：“您认识诗人吗？”

“诗人？”秦知律思考了一会儿，“你是说教堂的眼吗？他似乎不太喜欢我。”

安隅有些惊讶：“为什么？”

秦知律摇了摇头：“他天然地能够亲和所有人，但唯独回避我。不知道原因，也没必要深究。”

“诗人总是很神秘。”安隅输入最后一串ID，看着屏幕上弹出的记录说道，“果然，孤儿院已经十年没有新入院记录了。今天我们在食堂遇到的所有人都是在2139年之前来的，从外观上看，他们的年龄似乎也都停在了2139年之前。”

“时空停滞不算罕见的失序现象。”秦知律点头，又问道，“最后一条入院记录是什么时候？”

安隅无声地叹了口气。

“2138年12月22日，就是我办出院手续那天刚好在办入院的那个孩子，他是最后一个。”

“也就是说，在你离开后，这里立即陷入了异常。”

安隅很不想承认，但他只能点头。

秦知律问：“既然如此，这里的孩子应该都和你在孤儿院期间有时间重叠，有没有什么印象深刻的人？”

安隅摇头：“我没关注过别人。”

“那有没有人频繁向你提起一些名字？”秦知律循循善诱，“总有一些人的存在感比别人强吧。”

“长官。”安隅小声说，“根本就不会有人频繁和我说话。”

“……”

“从小到大，只有凌秋总是主动来找我聊天。”安隅平静地回忆道，“他常说，认识他是我三生有幸。”

秦知律点头：“确实。”

耳机里突然响起提示音，帕特上线说道：“各位，我发现了空气墙。”

频道里传来轻轻敲击玻璃的声音，帕特一边摸索着一边说道：“我们在孤儿院最外圈的四个角上，似乎只能沿着外圈行动，如果试图向里走就会遇到空气墙。视觉上看不到，但如果触碰就能感知到它的质地，像一块玻璃。”

风间天宇立即问道：“最外圈的可活动区域有多宽？”

“天上的镜子监控被分割成了小格子，外圈可活动的，就是一个小格子的宽度。”

安隅轻声说：“我记得镜子监控是七排七列。”

“是的，所以推测孤儿院可以分成四个圈子，逐渐向内缩小，第四圈只有中心的一格。”帕特停顿了下，“多年的任务直觉告诉我，超畸体就藏在最中心的那一格。”

*

天已经黑了。

夜晚的风雪更加喧嚣，纷纷扬扬的雪沙几乎让人睁不开眼。安隅身上那件破布袋子灌满了风，他冻得直哆嗦，埋头抱紧了自己，在风雪中艰难地迈步。

两只漆黑光亮的触手忽然从一旁搭过来，揽在他的肩膀上缠了一圈，又向下一圈接一圈地绕，一直把他上半身完全包裹起来，触手收紧，底下很快就蓄起了温度，也隔绝了冰冷的风雪。

秦知律在风雪中的步伐仍然很稳：“比利没有让你买一件高分子材质的衣服吗？可以伪装成低保服的款式，又能同时抵御极端天气。”

“我在商店见到过，好贵，要十万块。”安隅说着，连续打了两个喷嚏。

环绕着他的触手收得更紧了一点。

他一边努力维持平衡一边瞟着长官。

秦知律表达了53区章鱼的基因。考虑到孤儿院的孩子都比较矮小，基因熵也低，为了不让自己看起来太强大，他保留人类的手脚，只随意地长出十几根触手意思了一下。

那些用来意思意思的触手是从风衣下摆钻出来的。不知是否是安隅的错觉，他觉得这种半畸变形态的长官有点像那个贵得离谱的玩偶。

秦知律手上戴着一副白色手套，是档案室储物柜里找到的，脏旧的棉布料和他的气质格格不入，他问道："去哪里？"

安隅道："活动室，应该离这里不远。"

高畸变风险孤儿院食物供给很匮乏，也没学校可去，但是设有几间小小的阅读室和活动室，给久居于此的孩子们提供了一些看书娱乐的空间。

阅读室会不定时更新一些报刊，这里的孩子都渴望着外面的世界，因此经常泡在那里。但一墙之隔的活动室却很少有人使用——饭都吃不饱的人不会想着运动，更别提摆弄那些高雅而无用的乐器了。

但在安隅少有的清醒时间里，他最喜欢去活动室。

孤儿院的日子其实很让人紧张，每次沉睡醒来，刚混脸熟的孤儿就已经被放出去了，连收保护粮的霸凌者都换过人。安隅每次醒来的第一件事，就是搞清楚新的生存规则和惹不起的人。这样的生存压力让他从小就很焦虑，管理老师希望他多出去走走，因此他常到活动室找个墙角一待，这个没人的黑暗角落给了他无穷的安全感。

活动室似乎比记忆中小了一些。这里的灯依旧年久失修，木地板踏上去会发出陈旧的嘎吱声。从窗外透进来的昏暗的月光是唯一的光源，照着堆在墙角的几个脏皮球和一把木吉他。

秦知律的触手从安隅身上撤退，随手捡起那把木吉他："明早再去食堂碰一次陈念。"

安隅点头："嗯。"

隔壁传来孩子的说话声，安隅顺着窗口往外看，窗外的雪地上投射出一道明亮的灯光。

一墙之隔，一边是孤儿院最温暖热闹的地方，一边是被遗忘的昏暗角落，这样的对比几乎贯穿了安隅对孤儿院的全部记忆。

秦知律收起触手，随性地坐在地上。他把木吉他搭在腿上，左手隔着手套虚攥着那弦板。

"很多年没见过木吉他了。"他轻声道。

昏暗的光线让他的神情很难被捕捉，只是那个淡淡的口吻在安静的夜晚显得有些缥缈。

安隅回头看去——古朴的木质乐器本应和长官格格不入，但或许是房间太昏暗的缘故，他竟觉得眼前的画面出乎意料地和谐。

“木吉他很少见吗？”他轻声问。

“从前常见。大灾厄后，人类也算是得到了八年缓冲期，在那时还很常见。”秦知律回忆着，“只是后来灾厄愈演愈烈，整个世界都被加速了，主城人精神高压，饵城人需要麻木，电子娱乐因此垄断了一切。现在到处都是电子音乐，我已经很多年没听过最原始的乐器声了。”

他说着，右手轻轻扫了一下弦。陈旧的吉他发出艰涩的声音，但却不难听。

安隅站在窗边安静地凝视着他，恍惚间竟有一种长官会弹琴，而且弹过很多年的错觉。

“斯莱德应该快要找来了。”秦知律忽然问道，“你想怎么做？”

安隅想了想：“我只是试探一下他到底有没有歹念，还没想好要不要主动出手。”

秦知律嗯了声：“任务复杂时不要急着内斗。记住，讨厌的人不一定要除掉，也可以妥善利用。”

“知道了，谢谢长官。”安隅轻轻点头。

终端显示他的生存值是95.6%。

他盯着自己的手背，难以相信这么小一道外伤竟然能造成将近五个百分点的损耗，忍不住一次又一次地刷新终端数值。

“伤口愈合是需要时间的。”秦知律有些无奈，“你又不是畸种，不会有那么快的愈合力。”

安隅忍不住问：“您也被秩序划了一道口子，您的生命值还剩多少？”

“99.2%。”秦知律看了一眼终端，“你对受伤的反应确实比一般人激烈。”

安隅正要继续询问，突然响起的镜子碎裂声划破了周遭的安静。

他愣了一瞬，紧接着，那股剧烈的嘈杂再次在脑海中炸开，强烈的冲击感让他几乎站立不稳，他立即伸手撑住了墙。

秦知律正欲往门外走，一回身却看见他的异常，皱眉道：“怎么回事？”

安隅被强烈的嘈杂冲击得浑身紧缩，全世界只剩下耳鸣和胸腔中粗放空洞的喘息声。他努力凝聚意识，看向自己的左手背。

秦知律也随着他的视线看过去——那道伤口就在他们的注视下，缓缓地愈合了接近一厘米，没愈合的部分颜色也变浅了一些，隐隐结出痂痕。

大约过了半分钟，嘈杂声终于停了。安隅虚弱地看向终端——92.4%。

他哑声道："长官，再看一下您的生存值。"

秦知律掏出终端："我的生存值没有变化，但精神力正在99和100之间来回波动。"

他盯着屏幕，许久后沉思道："似乎是受到了非常微弱的精神冲击，精神力变化幅度小于检测精度，才会出现这种情况。"

安隅脑袋里昏昏沉沉的，虚弱道："所以，刚才和在食堂外，您听到的裂镜嘈杂声都很小吗？"

秦知律点头。

安隅一边调整呼吸一边思考着。

凡有镜碎，他都会听到剧烈的嘈杂声，承受的痛苦不亚于最严重的基因感染，并且生存值会降低，而其他人却只能听到一点微弱的声音，生存值几乎不会受影响，反而精神力会波动——这似乎与他和其他人对基因感染的反应差异完全一致。

安隅又看一眼手背上突然愈合过半的伤口，推门无声地走了出去。

隔壁的孩子又吵起来了。

在孤儿院，孩子之间的争斗随时随地都会上演。这一次的主角是陈念和白天的时候蔷身边的两个跟班。

跟班之一——那个有着四根不规整手指的男孩已经死了，尸体直挺挺地躺在阅读室的地板中央，两眼惊恐地望着天花板，浑身的裂纹比今天死在蔷手中那个要多上数倍，几乎可以说完全破碎了。

周围的十几个小孩都低着头瑟瑟发抖。

皮肤像树皮似的男孩指着陈念惊悚道："蔷早就说你是个诡异的家伙，让我们不要惹你，你到底是什么鬼东西？你刚才明明都没有碰他，为什么他就突然——"

人群中，一个小姑娘颤巍巍地打断他道："别说了！别欺负陈念。"

她眼神空洞，呢喃般重复道："最受保护的就是陈念，蔷没有警告过你吗，敢动陈念，一定会被它惩罚。"

树皮男闻言猛地吞了口口水，不由自主地向后退缩两步："你这个怪物！你的畸变型到底是什么？为什么看不出体征？"

陈念神情平静，安隅发现他好像比白天要虚弱了一点。

"还是那句话，蔷不是我杀的，你们找别人去。"他毫无波澜地说着，转身回到位子上，继续翻起报纸。

透过门缝，安隅看到了报纸头版大字书写的日期——2138年12月25日。

是他离开后的第三天。

孩子们还在看着十年前的报纸。

秦知律沉声道：“看来在孤儿院，不仅被人杀死会有裂镜现象，伤害陈念也会。陈念被‘它’保护，就是那个我们猜测是镜子的‘它’。”

安隅轻轻点头。

但伤害是一个很模糊的界限，不知做到什么程度才会触发“它”的保护。

很多事就是这样巧，安隅正思忖着，频道里忽然划过“刺啦”两声，斯莱德的声音猝不及防地响起。

“我已经到您圈出的档案室坐标处了，您在哪儿？”

刚刚被嘈杂声折磨过，安隅的声音听起来有着极其自然的虚弱，他轻声道：“我在……外面。刚才遭遇了一个厉害的畸变者，没打过也没追上。抱歉……你可以先去处理一下吗？他似乎有些特别。”

斯莱德原本是要去找机会除掉安隅的，但当安隅这样说，守序者的本能还是让他立即选择了服从：“他在哪儿？什么特征？”

安隅回忆起刚才在档案室查看的陈念的资料：“向东两百米就是这一片的集中住宿区，他住在A1920房，叫陈念，看起来只是个普通的黑眸少年，没有什么畸变特征。”

“我马上去。”斯莱德道，“他已经在住宿区了？”

“估计就快要回去了。”安隅顿了下，“别杀他，他大概知道很多有用的信息。”

“明白了。”

“频道就一直开着吧，我想听他说什么。”安隅补充道，“我这边单向静音掉。”

“好。”

安隅松了口气，一回头，却见秦知律正在看他。

“长官？”

“嗯。”秦知律挑了下眉，“刚教过你利用讨厌的人，你还真是学以致用。”

37 镜子的守护机制

昏黄的光晕在身后远去，漆黑的长街上又只剩下风雪。

“长官，可以松一点吗？”安隅低头看着绕在身上的章鱼脚，“呼吸有点困难。”

章鱼脚应声松了一松，秦知律道：“回去就把衣服买了。”

安隅面露难色：“唔……”

“我付钱。”秦知律说着，瞟了他一眼，“烤个面包来换。”

“好的长官。”安隅立即答应道，“看来您对上次的面包还算满意。”

风声中，秦知律极轻地“嗯”了一声：“不错的夜宵。”

过了一会儿，他又道：“虽然提醒过斯莱德留着陈念，但即便不下杀手，也可能被‘它’认为是越界吧。”

安隅想了想：“应该不会。孤儿院的肢体冲突非常频繁，如果‘它’对陈念的保护机制那么容易触发，有人因为想要伤害陈念而死掉就不会是个新鲜事，可刚才大多数人都对那个男孩的死很意外。”

秦知律问：“你小时候，也常常经历肢体冲突吗？”

安隅摇头：“我的存在感很弱，饼干能精准地只吃半块，从不抢书报和玩具，虽然没有朋友，但也没什么敌人。”

他是孤儿院最不具有威胁性的存在，就连他喜欢待的角落，都是其他孩子看不上的。

从有记忆以来，他一直遵循着一套自己的行事原则，比如越隐匿就会越安全，因此尽量不去闯入别人的视野；再比如，生存才是第一要义，只要不招致死亡，那么痛苦和吃亏都无所谓，忍忍也无妨。

有时他会察觉到这一切原则的根源是某种与生俱来的潜意识，那个潜意识一直在告诉他——要懂得等待。

等待什么呢，他也不知道，那似乎只是埋在意识深处的一颗种子。

风雪扬洒，雪沙频频扑打在脸颊上。一只漆黑粗壮的触手伸到安隅头顶，替他在眼前搭起一小片遮挡。

“谢谢长官。”安隅问道，“您小时候又在干什么呢？”

那只在他脑门附近轻轻挥着雪沙的触手顿了一下，许久才又恢复动作，秦知律的声音仿佛堕入了风雪：“在黑塔和大脑，偶尔回家。”

严希曾说过，秦知律的母亲是一位作家，但他没有说她现在如何，也未提起秦知律的父亲——那位成为尖塔里伫立的雕像的军人。

莫名地，安隅觉得长官被问到从前有些不开心，就像在53区桥洞下那晚一样。

或许是他的周身一直都太冷了吧，以至于从他口中听到“家”这个字时，会让人有些恍惚。

秦知律脚步忽然一缓：“前面有人。”

安隅仔细辨认了好久，才从黑暗的风雪中分辨出那道小小的轮廓。

一个四五岁的小男孩蹲在路边，头顶和背上覆着白茫茫的一层雪，察觉到有人靠近，他起身就要跑，但脚一软摔到了地上。

秦知律把他拎起来，终端显示，基因熵只有2.4。

不及巴掌大的一张脸上满是淤紫，眼角肿胀得快要把眼睛挤没了，手里攥着啃得乱七八糟的小半块饼干，摔倒时兜里又滚出来另一个半块。他来不及捡，只匆忙起身，把手藏向身后。

虽然动作怯懦，但从那肿胀眯缝的眼中透出的目光却像狼崽般凶狠，那是孤儿院里人人都有的恐吓眼神。与其说人，这里的孩子更像是兽，越害怕越凶狠。

秦知律询问道：“你怎么在外面吃？”

“这是我的饼干。”他答非所问。

“知道，没人和你抢。”秦知律向旁边隐有亮光的房子看去，“是问你为什么在外面吃？”

小男孩警惕地看着他：“里面在做身体检查，不想做。”

秦知律顿了下：“身体检查……”

孤儿院的孩子每周都要接受身体检查，没有固定哪一天，都是临时通知下来，名单列上一批人，说做就要做。

秦知律抬脚，安隅本以为他要走了，可他只是弯腰捡起地上那半块饼干，放在手套里简单扑了扑灰，物归原主。

“就这么跑出来，不会有问题吗？”

小男孩立即抓过饼干揣回裤兜，低头嘟囔道：“吃完饼干就回去了……还没到我，我想安静地吃一会儿饼干。”

“嗯。”

走开很远一段路后，秦知律忽然沉声道：“几年前有一个提案，建议孤儿院取消每周的身体检查，改成给所有孩子植入皮下芯片，动态监测熵增信号。好不容易说服黑塔承担成本，可发往孤儿院的方案却没得到回复，主城也就没有再提。现在回忆起来，那时孤儿院已经出事了。”

安隅摸了摸手腕内侧，比利曾提过，这枚芯片造价高达五十万。

孤儿院有上万个孩子，每天都有人来人走。安隅心算了半天，被最终那个超出认知范畴的数字震撼到了。

他喃喃地问道：“这么大的成本……是大脑的人向黑塔提案吗？”

“不是。”秦知律看了他一眼，“你也很讨厌身体检查吧。”

“其实还好。”安隅犹豫了一下，小声道，“如果要自己承担五十万把身体检查换成芯片，我觉得没必要。”

秦知律定定地看了他好一会儿，忽然轻笑一声，似是气恼，又带着些无奈：“反正身体检查死不了，是吧。”

“嗯……”

安隅觉得自己的社交能力提高了一些，至少在和长官聊天时能多聊几个来回了，如果凌秋还在的话应该会感到欣慰。

只是每次和长官聊，他都觉得对方那简短的几个字背后似乎还有很多没出口的话语，他读不懂那双黑眸深处的情绪，但能这样偶尔聊几句，他也已经对自己的表现很知足了。

*

孤儿院的集中住宿区像巨大的蜂巢，砌在外墙上的楼梯蜿蜒交错，通往一间又一间孩子们的睡巢。睡巢的门是磨砂玻璃，里面只铺着一层床褥，空间高度一米，只有很小的孩子能站直，稍微大一些就要弯着腰出入。

狭小逼仄的空间，连空气都不流通——这也是一个安隅喜欢，但其他小孩子都很讨厌的设计。

安隅在A区那座巨大的睡巢楼前停住脚：“长官，我们应该是走散的吧。”

秦知律不语，只是瞟着他，似乎已经看透了他想干什么。

安隅谨慎地咽了口口水：“我力气恢复了一些，您可以暂时先回到绷带里吗？”

“你的心跳声很吵。”秦知律说。

“唔……”安隅顿了下，“可以换个地方。”

他说着，轻轻摸了下缠绕在脖子上的绷带。

几分钟后，耳机里响起秦知律冷淡的声音：“一个常识，人的颈动脉血管搏动比桡动脉要更剧烈。”

安隅有些茫然：“可您应该正对着我的喉咙，离颈动脉还有一些距离的。”

“所以，你把我放到了最容易招来攻击的要害处。”

“……您把我想得太坏了，我折叠空间时是随意选点的。”安隅轻声争辩道，“而且，一想到您抵着我的喉咙，我也有些焦虑……希望斯莱德动作快一点。”

安隅安静地站在楼侧漆黑无光的角落里，连影子都没有。

没多久，陈念步入了视野。

他走路时的气质让安隅感到有些熟悉，就像宁一样平缓安静。

“长官。”安隅轻声问道，“您觉得陈念会是什么基因型？”

耳机里有着轻轻的搏动声，是从秦知律那边传回来的安隅自己的心跳。

秦知律思忖了一会儿：“从气质上看，也许是植物，但有些昆虫类也会很安静。”

安隅道：“虽然没受伤，但他似乎比在食堂虚弱不少。”

“嗯。”

睡巢里是没有灯的，天黑时，整栋楼便在夜色下沉睡。

这周围只有一杆孤零零的路灯，提供了黑夜中全部的光源。

陈念独自走着，走到那根路灯下，忽然住了脚。

“您似乎已经跟着我很久了。”他看着不远处的睡巢大楼，“今天孤儿院里忽然出现好多新面孔，都是成年人。”

身后的黑暗中缓步走出一个高大壮硕的身影，斯莱德轻声道：“0914，陈念。基因熵10573，看不出任何畸变体征，也无法推测是否还保留着人类忠诚。你好。”

陈念转回身，直面身后那对冷酷审视着他的眼睛。

斯莱德的衣服紧绷，大臂肌肉正迅速充血，手臂上逐渐浮现浓密的深灰色毛发，随着呼吸，足以切碎骨头的两颗尖牙从嘴唇间支了出来。

陈念却没有露出任何恐惧，他打量着斯莱德，像在思考些什么。

从单向开启的频道中，安隅听见他问：“你和白头发的那个是一起来的吗？”

等不到回复，他又自言自语般地道：“我在白头发的身上察觉不到任何畸变气息，但又觉得他的存在感极强，他坐在食堂里，那个空间中就像多了一个极其庞大的存在，周围所有畸变的人都无意识地陷入焦躁，但就算视线从他身上经过，也根本不会想到他就是让人焦躁的来源。”

私人频道里，秦知律若有所思道：“第一次听到有人这么描述你。无论是守序者还是畸种，其他畸变者都只觉得你有莫名的吸引力吧。”

“嗯……”安隅也感到有些说不出的震撼，“长官，如果是这样，那刚才……”

“他能察觉到你就在阅读室门外。”秦知律顿了下，“也知道你此刻就在周围。”

斯莱德听到他用那些神秘的话语形容安隅，皱眉道：“你到底是什么畸变型？关于孤儿院的错乱，你了解多少？”

“知道一些，但还不如不知道。”陈念的语气淡淡的，他很虚弱，话到后半就会哑掉，他又重新打量了一圈斯莱德，说道，“如果真想了解，还是让你那个白头发的同伴来找我吧。”

他说着转过身，很疲惫似的叹了口气。

那道修长的影子在路灯下缓缓缩短，直至人重新没入黑暗。

路灯另一边，斯莱德皱眉道：“站住！”

陈念不理会，继续往前走。

“A1920房间，你在那个小格子里生活了很久，那里充斥着你的气息。”斯莱德忽然提声道，“你的生活非常规律，从A1920中延伸出的气味只向着几个固定的方向去，久而久之，就像有几道清晰的路径图一样。”

安隅有些惊讶：“他能追踪到人经常活动的轨迹？这是他的情报系异能吗？”

秦知律“嗯”了一声：“很多输出系都兼具情报异能，但斯莱德最强。他的侦察识别甚至远超绝大多数纯情报系。”

“那他岂不是也……”

“他暂时无法追踪你，因为他只能捕捉到经历了一段时间积累的气息。”秦知律解释道，“他只和你一起坐了一段飞机，这根本不够，除非他手上有什么跟着你几个月以上的东西。”

安隅这才松了口气。

“可以树敌，但不要大意，天梯高位没有闲人。”秦知律淡淡地教导道。

“知道了。”安隅轻声说，“谢谢长官。”

陈念倏然顿住了脚步。

气氛突然变得有些微妙，周围的风声仿佛都弱了些许。他后退两步，影子重新回到路灯下，而后他回过头看着斯莱德：“你是什么意思？”

“只是有些好奇。”斯莱德微笑，“从A1920延伸出的三条路径，一条通往食堂，一条通往阅读室，还有一条，到睡巢楼后面的地上就忽然消失了。不，也不能说消失，它更像是渗入了地下。”

陈念立即瞪大了眼，那双眼眸不再平和，狠厉之色爆发，他怒道：“你还发现了什么？”

“很多，还没来得及一探究竟。”斯莱德声音如常，“所以才来问你，想要和你多了解一些事情。”

话音刚落，陈念突然弯腰从鞋中抽出一把刀，猛地朝斯莱德捅了过来！

斯莱德闪身躲开，冷道：“主动攻击，找死！”

他们立即纠缠起来，斯莱德浑身的肌肉仿佛能无上限地膨大，那些肌肉膨胀到恐怖的程度时，尖锐的指甲从他指尖破肉而出。

陈念根本不是对手，他狼狈地躲避着朝向要害的攻击。

安隅看了一会儿，轻声道：“陈念应该不是强战类的畸变，他也不像冲动的人，他的进攻显得非常的……”

秦知律低声接道：“刻意。”

金眸忽然一凛，安隅猛地意识到，陈念是故意想利用“它”杀死斯莱德！

不管所谓的地下到底藏着什么，那句话无疑触怒了他，让平和的他对斯莱德起了杀心。

斯莱德一爪抽在陈念肩上——他本以为陈念会躲开，但陈念没有，他被拍翻摔倒在地，顷刻间便被斯莱德欺身压制住。

而后，他忽然微笑起来。

头顶的路灯把一簇昏黄的光映入那双黑眸，黑眸中忽然映出了斯莱德，但却不是脸部，而是背影。

斯莱德愣了一瞬，冷汗顷刻间湿透衣服，他忽然意识到陈念并没有在看他，而是在看——

他猛地抬起头，原本在黑夜中隐形的镜子监控突然亮起了一块。

人影在镜面中本应很小，绝不可能看见，可那一刻，镜中清晰地映出他的身影——没有身后的睡巢，没有路灯，也没有陈念。

仿佛特写镜头般，他是那面镜子中唯一的影像。

“抱歉，我们原本或许可以合作。”他听到陈念轻声道。

前所未有的死亡预感笼罩在斯莱德头顶，他在天梯高位许久，不知道多少次从任务中死里逃生，即便面对基因熵几十万的强大畸种也从未退缩。

可这一刻他感到了无力，他想起风间和蒋枭提到的人死镜裂，那必然是一种见所未见的诡异力量，那个暗中杀戮的东西甚至不会出现，他就已经即将被——

强烈的空间波动感突然袭来!

空气的震荡如同爆破中心，寂静而庞大。斯莱德几乎以为自己正经历着镜裂死亡的过程——可那剧烈的震荡却没带来任何痛楚，刹那间，世界突然陷入一片黑暗。

百米之外，另一片空空的雪地随之亮起——原本在他身边的那盏路灯莫名其妙地挪去了那处。

斯莱德愣了好一会儿，而后茫然抬头。

苍穹之上那面亮起的镜子监控已经不见了，万籁俱寂，只有呼啸盘旋的风声

被他压制在地上的陈念扭过头，看向路灯所在的方向。

那道白发白衣的身影自黑暗中出现，缓缓走到路灯下。

那是漆黑夜色下唯一的光亮，安隅站在那光亮下，被风雪洗礼得略显惨白的面庞让他看起来弱小极了，出现在孤儿院这种地方，随时随地都会丢掉性命。

可在那双金瞳中，却又波动着微妙的压迫感。

“原来这就是镜子的保护机制……”他像在自言自语，又像是在和空气中一个不存在的人说话，“不可对它特殊关照的人动手，被发现就会如裂镜般死去。但前提是，要被它发现。镜子映出人影的原理是光的反射，一旦被保护者周围没有光源，镜子发现不了，这个机制就会自动失效。”

耳机里，秦知律有些惊艳道：“反应得很快，看来大脑对你智商的评价还不够

贴切。”

安隅低声说：“谢谢您的夸奖。”

他顿了顿又轻声道：“我刚才似乎经历了格外漫长的一瞬间。”

在陈念对斯莱德起杀心之时，他先停住脚，刻意地往路灯光晕能笼罩到的地方退了两步，让自己的影子重回光下。

如果再向前回忆，他应该早就知道被人跟踪了，但却一直等到走到路灯下才回过头戳穿。

——镜子只能“看见”被光反射映照在它里面的东西。如果周围一片漆黑，镜子照不到，自然也爱莫能助。

安隅想明白这些似乎只在一瞬间。但那一瞬，时间的流速却仿佛有极其轻微的放缓，在那个短暂而漫长的瞬间里，他甚至已经隐隐听到了斯莱德身体深处传来的崩裂声。

在斯莱德自己都尚未感知到碎裂的痛楚之际，他轻轻地将路灯向足够远离陈念的方向折了一下。

如预料般，头顶诡异亮起的镜子监控随之熄灭——处决中断。

耳机里很安静，长官好像完全没有察觉刚才那一刹而过的时间错乱，因此安隅不确定那是否为他的错觉。

但可以确定的是，如果时间真的放缓过，那也只有他一个人的时间。在那一瞬他脑海中只有一个想法：要抢在“镜裂”之前破解机制。

陈念脸上并无气急败坏，相反，他看着安隅的眼神多了一种深深地审视，像在思考什么。

半跪在地上的斯莱德身体僵硬，他直愣愣地看着那双逐渐氤氲开赤色的金眸。

片刻后，安隅忽然朝他看来，对视的刹那，斯莱德立即挪开了视线。仿佛不受控制般，他卑微地低下头，看向地面。

地面上，路灯映着安隅的身影，瘦瘦小小的一道影子。

却让一个面对畸变巨物都未曾退缩的强势守序者心悸如雷，又如堕冰窟。

没人能说清那种压迫感究竟从何而来。

唯有直面过它的人，才会明白。

【碎雪片】

陈念（1/3）未见雪停

孤儿院的风雪十年未歇。

与象征着灾厄的风雪不同，这只是一场纯粹的雪而已。

并不粗鲁的风，纷扬细碎的雪沙，本应很美。

但十年未歇，也让这份美好变得枯燥和诡异。

孤儿院的时间停在了十年前的那一天。

十年前，我的畸变似乎与众不同。

我多了一些语言难以解释的感知力，以及另一种悲哀却又让我庆幸的能力。

这十年我都在等待，在寂静中咬牙坚持。

在那难以名状的感知中，我在等待什么人。

就快来不及了，如果那个人还不出现……

我并不知道他是谁。

但他，会让这场风雪停歇吧。

38　杀死同道者

陈念从地上起来扑了扑身上的雪，注视着安隅："其实我见过你，21301222，没有名字的弃婴。你的眼睛很难被人忘记。"

他顿了下，又轻声道："那年我还比你大几岁，现在反过来了。"

根据ID，陈念是2137年进入孤儿院，确实和安隅有一年左右的时间重叠，但安隅完全不记得这个人。

陈念微笑着解释："有一次身体检查，你是我前面一个。等着叫名字时，有人提醒我说你是一年要睡十个月的怪物，让我离你远点。"

耳机里，秦知律评价道："我觉得这才是当年没人找你麻烦的原因。"

安隅无语。

陈念继续回忆道："那天名单上的人很多，管理人员忙糊涂了，拿来给我擦血的纱布是你用过的。她拼命和我保证你的检查结果一切正常，但我还是担心得好几天都没怎么睡着。"

安隅有些惊讶："我们有过血液接触？"

"嗯。但你确实很正常，至少那时还是。"陈念扶着被拍伤的肩膀，凝视着他，"现在就不好说了。"

安隅道："你说你能感受到我的存在。"

陈念点头："你们是从主城外，那座尖塔里来的吧。"

他伸手接着簌簌落下的雪沫，轻叹道："这场雪下了十年，终于有人发现它了。"

他们在雪夜中安静地走着，陈念始终和安隅保持了几步的距离。

"镜子刚降临在这座孤儿院时，这里正处于大规模畸变后的混战中，每天都有很多人死去。"他边走边道，"包括我在内，有三个孩子被它特殊关照。镜子不会说话，我目睹了好几个人的死亡，才终于摸透它保护我的方式，而你却一下子就看破了守护机制，你很聪明。对了，你知道我是被格外关照的人吗？”

安隅点头：“刚才在阅读室听见了。”

陈念脚步一顿：“你也在阅读室？”

“我在门外，和你只隔了一道门。”安隅也愣了下，“你不是说能感知到我吗？”

陈念眼神困惑：“我只知道你刚才就在睡巢楼附近，但在阅读室时完全没有察觉。”

安隅问：“那现在呢？”

“现在当然有。”陈念无奈地笑，“你的存在感会让人害怕。在食堂，你主动靠过来时，我是强忍着才没有逃开。”

安隅回头看向斯莱德，斯莱德低头道：“抱歉，虽然我有情报系能力，但从未有过他说的感知。”

“你的畸变方向到底是什么？”安隅问陈念。

陈念没有回答，只轻声说：“带你去见一个人。”

斯莱德口中的第三条路径果然通往地下。入口很窄，下面到处是散落的线缆，陈念落地后不知从哪掏出一根蜡烛，在漆黑的隧道里亮起一小簇火苗。

他手执那根蜡烛引着安隅向里走：“当年，管理人员计划在孤儿院地下修很多个这样的安全室，以应付不可预测的灾厄。可惜刚动工没多久，孤儿院就出事了。”

斯莱德问道：“从这里能进入内圈吗？”

陈念摇头：“镜子降临后，孤儿院就变成了四圈的结构，就连我也进入不了下一层。这是它的保护机制。”

安隅问道：“每一层都有一个被它特殊守护的人吗？它的本体是在第四层？”

陈念摇头道：“它的本体就在我们头顶，它覆盖着整个孤儿院，所以如果它想，也能立即毁灭整个孤儿院。”

他顿了下，喃喃道：“没人去过第四层，但我猜，那里沉睡着和它融合的人吧。”

斯莱德立即问：“是谁？”

“他叫白荆，是一个很温暖的人。”陈念轻声说，“在与镜子融合畸变后，荆哥就睡着了。”

他们终于走到最里面，蜡烛的火苗突然缩小了很多，只剩下极其微弱的光。

一个身影蜷缩在漆黑的墙角，好像已经沉睡了很久。

“她叫思思，是我的朋友。”

陈念简单解释了一句，走上前去摸了摸她的手，微茫的烛光映在那双温柔的眼中。

“还好吗？”他自顾自对她说着话，“有人来孤儿院了，也许你能出去重新见一见这个世界了。”

逼仄的小空间里，只有陈念一个人在动，除他之外，安隅听到的唯一声响竟然是耳机回传的自己的心跳声。

女孩看起来和陈念差不多大，轮廓清秀，但脸色在明暗交错的光影下惨白得像一张纸。

“生命还在不断地流失……”陈念放空了一瞬，又有些苦涩地笑了笑，“没关系，我们还能坚持一阵子。”

语毕，他手上那支蜡烛的烛焰忽然不再跳动，烛焰中心缓缓升腾起一株白烟。

燃烧的气味笼罩了整个空间。陈念将蜡烛拢在双手掌心，闭上眼，那缕白烟逐渐在他身边环绕，一圈又一圈，人影在烟雾中愈发朦胧，仿佛下一秒就要消散。

安隅上一次见到类似的场景是在84区——安和宁发动异能时，那些闪蝶也会环绕身侧。可陈念周围没有任何生物，只有手中的一根蜡烛，小小的蜡烛像是已经长进了他的身体，渐渐地，再也分不清那一缕环绕的烟气究竟是来自烛焰，还是来自他本人。

白烟从他周身分出一缕，向沉睡的女孩身体中钻去，女孩的脸上似有血色重新灌注。

耳机里，秦知律略迟疑道：“极小概率的事情出现了。”

能从畸变中保留人类意志的，千里无一，在这些人中，觉醒治疗系异能的概率还要再缩小百倍。迄今为止，人类发现的物质融合类畸变者寥寥无几，不久前，黑塔和大脑还在因为典的出现而彻夜忙碌。而在这间被人类忽视了十年的孤儿院，有着一位集合了所有小概率事件的少年——或者说，有着一个珍贵的治疗系守序者。

安隅有些发怔：“与蜡烛融合的畸变者吗？”

秦知律思忖道：“同样为物质融合，典的基因熵还在人类范畴，他却直接破万。也许他是特例，身处这个高度畸变的环境，让他的身上发生了更复杂的混乱。但也可能典才是特例。人类已知的物质融合类畸变者太少了，还很难定论。”

轻烟消散，刚才的燃烧并没有让蜡烛缩小分毫，仿佛燃烧的并不是它。

陈念的脸色更加苍白，他抬手撑在墙上，闭目休息了好一会儿才哑声道：“如你所见，我的畸变方向是蜡烛，我的异能是……治疗。”

他顿了顿：“或许和尖塔里的守序者们不同，我的治疗不是一种能力消耗，而是生命替换。为她增加的每一丝生命，都要从我自己的身体中扣除。”

安隅一下子想起蒋枭。

天梯形容蒋枭的异能为“史无前例的交换类治疗系异能”，可蒋枭的能力是用被治疗者的精神力去补生命值的亏空，陈念则是纯粹的用命换命。

陈念看着角落里沉睡的思思：“我苦苦维持了她十年，可她的情况越来越糟，我们都快要撑不住了。”

他转回头，透过对面那双澄澈的金眸凝视着手执烛火的自己，自言自语道：“这一次或许是唯一的机会，必须要抓住……”

在他喃喃的话语声中，安隅的意识突然凝固了一瞬。

他抓住陈念从他眼中自我审视的机会，打开了陈念的记忆。

*

2137年的孤儿院还没有畸变。

食堂里出现了一张生面孔，陈念从她的衣服上看到她的名字：思思。

她很瘦，低着头领了饭，坐在墙角用勺子把一碗蒸豌豆刮得干干净净。刚咽下最后一口，收保护粮的孩子就出现在她眼前，“咣”地一拳捶在桌上。

陈念开口道：“她的在我这里。”

他用勺子把一碗蒸豌豆分割成两半，然后把整个碗都推过去：“她的和我的。可以吗？”

出了食堂，思思就一直跟在他的后面，总是欲言又止的样子。直到第二天中午，陈念受不了了，主动解释道：“我的姐姐叫陈思，畸变后被处置了，因为你们名字相同我才帮了你。你别再跟着我了，新人一进来就抱团会被盯得更惨。”

思思安静地听他说完，从兜里掏出一块湿溻溻的报纸包，里面兜着一小捧蒸豌豆。

她说道：“我是想还给你这个，从昨天的晚饭里留下来的。”

趁他发愣的工夫，她又说：“我知道这里的生存规则是什么，但我实在不想过那种顿顿都只能吃一半的日子。下次别再帮我了。”

她说得小心翼翼，好像很怕伤害到他，说完后还眯眼冲他笑了笑——笑得很虚伪，像一只努力扮演友好的恶魔。

午饭时，她再次在大家的注视下咔嚓咔嚓嚼光了一整块压缩饼干。

那个粗大的拳头再一次捶上她的桌子，她放下碗，瘦小的身子轻轻一跳，像只灵活的小猫一样蹿起来，一拳回敬到对方脸上。

那“咚”的一声巨响，让陈念对着她呆了足有十秒。

不仅陈念，整个食堂的孩子都看呆了。

小猫落地无声，不仅把对方揍得鼻青脸肿，尖锐的指甲还留下一堆血道子。

“离我远点。”她冲收保护粮的大块头扬起笑眯眯的脸，“我可还在隐匿畸变的观察期呢。”

她撂完狠话，弯腰捡起掉在地上的一整袋保护粮，转身就走了。

其实陈念本以为她会把饼干还给大家，但事实是她泡在阅读室一下午，翻完了全部的报纸，啃光了所有人的饼干。

那天之后陈念才知道原来她就睡在隔壁——因为她消化不良，打了一宿嗝，吵得人根本没法睡着。

思思饭量大得惊人，好像永远都吃不饱。在很长一段时间里，陈念都担心她即将成为第二个收保护粮的恶霸，后来不知从哪天起，他不交保护粮了，或者说，改把每顿一半的保护粮交给思思。

其他恶霸对此没有意见。

保护粮交得久了，他们索性坐在一起吃饭，后来又顺路一起去看报纸。思思很向往回到人类社会，每一份报纸都一直看到能背下来。她说在家人畸变前，她才刚从一所人渣学校考进好学校里，打算一路青云直上冲入主城。虽然原本带全家过好日子的希望破灭了，但也可以一个人好好过，再养几只基因纯净、没有感染风险的小猫。

2138年的某次身体检查，思思对陈念说：“你前面那个白头发金眼珠的是个怪物，听说一年睡十个月，你离他远点啊。”

后来他不幸和那个怪物发生了血液接触，思思大惊失色，她揭开管理老师为他盖的消毒纱布，跪下用牙撕开了那个原本只有很小一块的破皮，吮出来的鲜血一点被污染的迹象都没有。

陈念怀疑她在整他，原本想替她拂去嘴角沾着的血，但手指还没伸过去，她忽然跪在那里，前倾身体，在他唇上亲了一口。

“吸了你的脏血。”思思说，“要畸变一起畸变，要死一起死。”

“你们以后可以一起离开吧，时间应该差不多。”白荆坐在阅读室笑眯眯地说道。

白荆是他唯一的朋友，很久之前就迁去D区了，他们不常见面，但关系很好。白荆比大多数人都年长，他仿佛天生就有某种责任心，很多孩子都把他当成哥哥。

陈念点头：“嗯，如果是我先结束观察期，就多留一阵等等她。”

白荆笑道：“你小子。”

陈念问：“荆哥快要结束观察期了吧？”

“嗯。”白荆顿了顿，“但我可能不走了。”

“为什么？”

“我想申请留在这里做工作人员。”白荆笑着叹了一口气，“除你之外，还有好几个家伙不让人省心。等你们观察期都结束我再走吧，留在这也挺好，吃喝不愁，还能攒点钱。”

记忆跳转到2138年12月末。

那一晚，陈念和思思在阅读室看报纸，突然发生了停电，他们点了一根陈旧的蜡烛，一起趴在桌子上睡着了。

陈念醒来时，那根蜡烛被他攥在掌心里，不知是不是攥得太久的缘故，蜡烛就像凝固进他身体里了似的。

一夜之间，外面已经变了天。

毫无征兆地，所有人体内沉睡的种子突然发芽了一般，半个孤儿院都陷入了畸变。到处都是失智相互残杀的畸变者，如人间地狱。

设备显示，思思的基因熵已经破千，精神力也很幸运地稳在安全区间，可她似乎在畸变过程中出现了意外，那具身体无法承受畸变的冲击，陷入昏睡，虽然她还活着，但在逐渐死去。

也是在那一天，陈念突然发现自己有了洞察别人生命倒计时的能力，也有了替别人延续生命的能力。

就像一根蜡烛，可以在黑暗中散发一些救命的光。

代价是，自我燃烧。

*

安隅猛地从他的记忆中挣了出来。

陈念对被读取记忆一无所知，困惑地看着他：“你怎么走神了？”

安隅愣道：“我……想起了别的事。”

陈念虚弱道：“思思是没有丢失人类意志的畸变者，但她生病了，需要真正的医生来救治。我已经快要耗尽，孤儿院的乱象也是时候迎来终结了。”

他顿了顿：“如果您能让这里的风雪停歇，让时间恢复流淌，请带她去主城吧。她是一个很好的人，我保证。”

安隅凝视着他的眼睛：“要怎么让风雪停下来？”

“去第四层，叫醒荆哥，告诉他，这里已经不再需要他守护了。”

安隅眼前闪过陈念记忆中的那个男孩。

白荆的气质其实和凌秋有点像，那种天然的亲和力在这个世上并不多见。

“怎么去第四层？”

陈念笑了笑，闭上眼笃定道：“这一层不再有荆哥想要保护的人时，就可以去下一层了。”

耳机里，秦知律忽然开口：“他的意思是，杀了他。”

他命令安隅：“放我出去。”

秦知律重新出现在这片空间，斯莱德吓得面色惨白，陈念更是惊讶得半天都没说出话来。

直到秦知律从腰间摸出枪来，斯莱德才僵硬道：“有异能的畸变者，保留人类意志，尚未加入尖塔，是不允许我们随意——”

秦知律打断他道：“所以我来。”

他摘下那副陈旧的白手套，指腹轻轻摩挲着枪身。

那是他的绑定武器，登记名为“守护”。

果决的枪栓声响，秦知律将枪口顶上了陈念的胸膛。

黑暗中微弱跳动的烛火映照着那双一如往日沉静无波的黑眸，他沉声道：“谢谢十年来为人类秩序的坚守。还有什么要告诉我们吗？”

“我知道的并不多。”陈念神色平和，“白荆和镜子融合后，我就再也没见过他了。我唯一知道的是，荆哥沉睡时，是镜子在替他行使守护的使命。还有，越往后会越危险，一旦第一个被守护的人死去，这就注定是一场无法中止的博弈，你们必须坚持下去。”

“多谢提醒，我们会的。”

秦知律说着，看向蜷缩在墙角沉睡的女孩：“如果她的精神力通过检测，主城会照顾好她。”

陈念闻言勾起唇角笑了笑。

“我相信。”他轻声说着，深深地看了安隅一眼，“我忽然又感知不到你的存在了，也许我真的快要枯竭了吧，看来你们来的时机刚好。”

他重新闭上眼，轻声道：“请替我看她醒来，多谢。”

枪响后，秦知律在陈念的伤口处摸索了半天，确认他死亡。

他收起从陈念手中取下的蜡烛，又重新戴上了手套。手上沾的鲜血从布料后洇出，留下大片刺眼的血污。

斯莱德早就别开了头，只有安隅一直注视着他的长官。

他又想起祝萄在53区说的，一个按钮两百多万条性命，秦知律当年未曾犹豫。

秦知律收起枪，说道：“你和他对视时走神了好一会儿，让我想起替你写战报那天晚上，你也突然来找我，盯着我看了半天。”

安隅愣了下，正要解释，秦知律扫过他，淡然道：“如果你的第二个能力与读取记忆有关，刚才看到了什么，之后要仔细写进战报里。”

他顿了下，又说：“或者仔细交代给我也行，你的文书太烂了。”

他神色如常，看不出任何波动。

安隅并不意外自己的能力被猜到，毕竟长官似乎永远都能洞察一切。他只是觉得在长官的平静下，一种沉默而庞大的情绪正在笼罩下来，死死地压在那道挺直的身形上。

仿佛是下意识般地，他轻声问道：“今天的扳机，会比当年的按钮更沉重吗？”

秦知律动作停顿了一下，他转身凝视着安隅的眼睛，许久才问道：“觉得我很可怕？”

“我只觉得，枪声很可怕。”安隅说。

他沉默了一会儿又说：“其实我也可以做到。”

秦知律似是轻轻笑了下：“我知道你可以。你杀死凌秋时没有半分犹豫。”

“那您会不会觉得我……”

“不会。”

“按钮一旦按下，真正承受伤害的只有按按钮的人。在必要时坚定地杀死同行者，是你作为我的监管对象，必须要学会的承担。”

秦知律说着停顿了下，没有沾染血污的左手抬起，轻轻按了按安隅的头。

他的声音似是比往日更沉，他的动作却又似乎有些温柔。

“不管发生什么，也不管面对谁——”秦知律注视着他的眼睛，缓缓说道，“永远不要忘记当日亲手杀死凌秋的坚决。”

【碎雪片】

陈念（2/3）愿得雪停

做决定的那一瞬间，我很释然。

其实我不确定那个白发金眼珠的怪物是不是我该等的人。

但现在，确实是该上交所有筹码的时刻了。

突然出现的穿黑色风衣的男人，我在报纸上见过他。

思思曾经说过，他是人类最后一道防线。

既然思思崇拜他，那我也选择相信。

他开枪前，我没有再看她。

虽然足够释然，虽然有足够的信念，

但我知道，多看一眼，会让我留恋。

希望，这场风雪能在蜡烛彻底熄灭前停歇。

39 黑镜与白镜

帕特已经与风间和蒋枭会合，根据他们的消息，第一层与第二层之间的空气墙似乎在波动，但是还没有完全消失。此外，墙上掉落了一块奇怪的碎镜片。

秦知律将脱下的风衣盖在陈念的尸体上，打开频道说道："不要轻易处置，坐标发来，等我们会合。"

三人向外走，斯莱德沉默地跟在最后。走到半路，安隅停步回头看向他。

秦知律忽然开口道："斯莱德。"

斯莱德立即应："是。"

秦知律向前走着，语气平静："我希望天梯高位的守序者保有基本的任务素养，局势复杂时，不要把心思消耗在内斗上。尤其是当——明显自不量力时。"

安隅本来要出口的话被堵了回去，正再欲开口，又被秦知律伸手轻扶了下头，被迫转回去继续往前走。

秦知律继续道："我的监管对象确实不是很温和的人，一句忠告，管好你的爪子。"

斯莱德低下头："是。"

安隅摸了摸被手套触碰得有些痒的眼睛，他怀疑秦知律误解了他的意思，他回头只是想问斯莱德要点吃的，毕竟斯莱德背着一大包物资。

他并没忘了那句"利用优先于惩罚"的教导，长官对他不听管教的印象似乎已经到了偏见的程度，这让他有些焦虑。

快走到通往地面的楼梯时，秦知律让斯莱德先上去，等只剩他和安隅两人，他才开口问道："记忆回溯的触发方式是与你对视吗？"

安隅摇头，实话道："是在自我审视时与我对视。比如，透过我的眼睛观察自己，或是在照镜子时与我在镜中对视。”

秦知律闻言蹙眉：“我不记得自己做过类似的事。”

“您似乎是例外。”安隅说，“我回溯您的记忆好像并不需要额外的条件，对视时，只要我想——”

他突然住了口，因为他陡然意识到这可能会让长官不悦。

秦知律盯着他：“你在我的记忆中看到了什么？”

“什么都没有。”安隅立刻道，“我没有说谎，真的什么都没有。”

那里是极致的黑暗与死寂，只矗立着一座冷酷高塔。

许久，秦知律才终于“嗯”了一声，淡声道：“我相信。”

安隅跟在他后面，轻声嘀咕道：“您仿佛一个没有记忆的人。凌秋说过，人性的光辉常常交织在怀念过往和思量未来中。这样看来，其实您也没什么人性。”

秦知律的回应里带着淡淡的嘲讽：“有没有人性，取决于和谁相比。”

安隅不作声，他想，即便是和自己比，长官也要更没人性一点。因为他自认为是有记忆的，从前他确实很少回忆过去，但自从凌秋走了，他就常常不经意地发呆，想起很多细碎的过往。很多早就被他忘记的凌秋说过的话，最近总是不经意地钻进脑子里，赶也赶不走。

但回忆了这么多，他唯独没有想起凌秋最后那句话——“你曾让我提醒你，敢赌上最后一线生机的人不会输”到底源于何时何地，怎么想都想不起来。

安隅跟在秦知律的身后，片刻后轻声道：“其实我不太能理解。陈念居然会为一个认识没多久的人煎熬十年，熬到油尽灯枯后，又坚决赴死。在他的记忆中，一切的源头都只是因为他姐姐的名字里也有一个思字。”

“不可能。”秦知律笃定道，“他的记忆里一定还有被你忽视的东西，他们两个之间，你再想想。”

安隅认真思索了一会儿：“您指的是思思曾经亲过他吗？凌秋倒确实说过，男人有时会为女人给的一点小甜头得意忘形，恨不得把裤子都当了，可我总觉得陈念不像那么冲动的人。”

秦知律回身看着他，眉头紧锁。

安隅从没见他眉头皱得这么紧过，哪怕是在53区看着满城乌泱乌泱的畸种，也好像比此刻的心情要好一些。

“我要收回我曾经的话。”秦知律冷道，“你还是忘掉凌秋对你的教导吧，他都教了你什么乱七八糟的？”

“面包，慈悲，勇气与爱。”安隅回答得很顺畅，“凌秋说，让我理解这四大人生主题是他一辈子的追求，可惜我只来得及学会面包。”

秦知律面无表情：“真是遗憾。”

安隅轻声道：“如果他活得久一点，也许我能多学会一点。”

“不太可能。”秦知律冷漠地迈上楼梯，“我现在觉得你亲手杀死他也不算什么，反正早死晚死，他都会死在你手上。”

安隅困惑地琢磨了好一会儿，没太理解长官的意思——但他隐约感觉自己被骂了。

回到地面上，关门前，秦知律凝视着下面的黑暗，沉声道：“人类之间的情感从来不会被灾厄掩埋。甚至，越是在灾厄中，那些情感便越纯粹。”

安隅怔道：“抱歉长官，我不太懂。”

秦知律收回视线：“你只要记住，我们会把这个女孩完好地带回主城。”

*

赶到坐标点时天已经亮了，镜子监控的最外面一圈已经熄灭，里面再也映不出任何建筑或人影。

帕特捡到的碎镜片有手掌大小，分黑白两面——白色刻着“守护”二字，漆黑则刻着“嘈杂”二字，均光可鉴人。

帕特把镜子握在手里：“你们看，黑色这面尤其邪门。”

黑镜中清晰地映出他的身影——那是一个接近高空俯瞰的视角，镜面中的他手握镜子站着，周围人却都消失无踪。无论他怎么调整手持镜片的姿势，镜中的成像都一动不动。

帕特将镜子递给蒋枭，镜面中的人影便换成了蒋枭。

“谁拿着，谁的影子就会被黑镜完全捕获。但如果没有人拿着它——”蒋枭把碎镜片放在地上，黑压压的人影立即塞满了整个镜面。

安隅在其中辨认出了皮肤像树皮一样的男孩，还有另一个在食堂遇到的人类少年。

秦知律思忖道：“如果没人拿着，黑镜就会捕获孤儿院最外圈里所有人的影子。”

风间瞪着那双猫科动物般的大眼睛：“这可不像什么吉利玩意，就差把诅咒写在镜面上了。”

“已经写了。”安隅指着镜面的字，“嘈杂。”

他语气停顿，忽然意识到其他人应该都只能听到轻微的镜裂声，只有他知道那是怎样剧烈的吵闹和痛苦。

蒋枭弯腰重新捡起镜子："我已经觉醒了治疗系能力，能打能奶，就放在我身上吧。"

安隅伸手："给我。"

蒋枭错愕："嗯？这东西很危险。"

安隅解释道："极端的嘈杂声或许会让精神力下降，你的精神稳定性太差了。"——万一蒋枭突然崩了，他不仅要在孤儿院里少一个奶妈，回主城后还将痛失面包店的宣传资源，亏大了。

安隅直接伸手拿过镜子，一抬头，却撞进一对波光闪烁的红眸。他毛骨悚然道："呃，我有我的考虑，请不要多……"蒋枭朝他鞠半躬，坚定道，"感谢您的悲悯。但紧急关头还请不要怜惜我，我愿为您献上精神与生命。"

"……那就一言为定。"安隅僵硬地挪开了视线。

对比碎镜片的两面，白镜似乎比黑镜要安全很多。但当安隅对着白镜照时，那种被注视的感觉又来了。

不同于在洗手间的镜子前，这一次感觉更强烈，强烈到他甚至怀疑看到了镜面后人脸的轮廓。

这个轮廓，他在陈念的记忆中见过——白荆。

安隅与白镜注视着，不知时间流淌了多久，一种似曾相识的错位感不断地拉扯着他的神经。

镜裂的嘈杂在意识深处再次响起，这次似乎温暾了一些。安隅闭眼，眼前突然闪过无数只时钟，那些指针无序地拨动着，滴滴答答的走字声交织在一起，他的心脏搏动声在其中愈发清晰，清晰到令人惊悚，仿佛下一秒，那些鲜红的肌肉就要在剧烈地收缩后炸裂开——

时钟声停歇的刹那，安隅猛地睁开眼。

阳光温暖和煦，洒在阅读室前的水泥台上。

"荆哥，我先走了啊，思思等我呢。"

他寻着声音转过头，看到了陈念。

陈念套着孤儿院发的薄棉服，手里抓着一份报纸，一边倒退着小跑一边冲他挥手：“协管老师，上任一百天快乐！”

协管老师是孤儿院冰冷的规则与那些鲜活的孩子之间的一座桥梁，负责向上协调资源，帮孩子解决细碎小事，也要随时洞察大家的身体变化，及时反映异常。

安隅低下头，看着自己身上的协管老师制服。

墙上挂着的时钟映出他的脸——他的长相没有变，但却代入了白荆的身份。

现在是2138年12月25日，白荆观察期满后主动留下担任协管老师的第100天，也是孤儿院出事的前一天。

他手里拿着一块压缩饼干，饼干上用蒸豌豆嵌着“荆哥”两个字和一个歪歪扭扭的笑脸，那是陈念刚才送给他的上任百天礼物。

白荆和陈念其实没有太深的渊源，一起吃过几顿饭而已。但陈念是个有着旧派的仪式感的家伙——虽然平时话不多，但在白荆转入D区后，常常收到别人替他捎来的字条，有时随便写着几句心情，有时抄几句报纸，还有时只是一个歪歪扭扭的笑脸。

日子久了，白荆就把A区那个比自己小几岁的男孩看成亲弟弟，是他在孤儿院的第一个亲人。

陈念跑进了阅读室，安隅捏着手里那块饼干，突然产生了一种前所未有的幸福感——这种感觉他从未体验过，也不属于他，而属于白荆。

那是一种看着想要守护的人过得幸福的满足。

这一刻他脑子里冒出来的想法是，哪怕要为此错过今年军部的选拔考试，只要能看着陈念和思思顺利出院，也很知足了。

当晚，厄运降临。

院里大批孩子突然开启畸变，白荆套着防护服冲进A区睡巢没找到人，又一路狂奔到阅读室里，直到看见陈念和思思一起趴在桌上熟睡着，才算是松了口气。

可紧接着，他就感到不妙——思思脸色惨白得像鬼，而陈念则在睡梦中露出平和得近乎诡异的微笑，他攥着一支蜡烛，从窗外打进来的风吹得烛焰疯狂乱跳，但却就是不熄灭，燃烧了半夜的蜡烛上没有一滴烛泪，也仿佛从未缩短半分。

“陈念！”他吼着陈念的名字想把蜡烛从他手中拿出来，但戴着防护手套的手还没碰到那根蜡烛，终端就开始疯狂报警。

“警告！前方畸种基因熵8429、1016，持续上升中！”

外面突然响起一串脚步，另一个管理老师喊道：“白荆！这边有没有发现畸变者？”

电光石火的一瞬间，白荆关掉了终端的声音。

门被推开时，他正攥着陈念手中的蜡烛，从门口的角度看去，就像是他拿着蜡烛在观察桌上的人。

他扭过头压低声道：“这两个没事，只是睡着了。”

同事问：“终端没有报警吧？”

“没有。”白荆扬了扬终端，“但是机器不一定准，我刚才肉眼观察了半天，也没发现畸变特征。”

“那就好，跟我再去活动室看看。”

“走。”

……

远去的嘈杂声一点点重新灌回耳朵，伴随着心脏的抽搐感，安隅一下子睁开了眼。

意识从白镜中抽脱之际，一个陌生而熟悉的声音在他耳边悲凉道：“谎言出口的一瞬间，我的人类信仰万劫不复。可决心要守护之人，又怎能轻易抛下。”

“安隅！”

“安隅！”

安隅猛地睁开眼，风间天宇和蒋枭正大喊着他的名字。

脑袋里传来碾碎般的剧痛，心脏像被一只大手紧紧攥着。他下意识看向终端——生命值54%。

他一个激灵，彻底清醒过来：“我走神了多久？”

秦知律站在面前凝视着他：“只有几秒钟。”

风间天宇周身缭绕着一团团圆形的光点，那些光点毛茸茸的，像一株株迎风飘扬的蒲公英种子，正源源不断地涌入安隅的身体。

终端上，生命值从54%缓缓回升到56%。

“刚才你的生命值瞬间跳到50%警戒线，还好风间反应快。”蒋枭担忧地看着他，“你怎么了？头疼？”

安隅一手摁着耳朵：“吵。”

醒来后，嘈杂声迅速减弱，但却没有彻底消失，就像一个极小分贝的背景音，永远地留在了他的脑海里。

终端显示精神力未曾波动，但他此刻被吵得很烦躁，在看到生命值数字后，那种烦躁又混上了不安。

安隅盯着缓缓上升的生命值，心里突然钻出了一丝不耐烦。

在那一瞬间，脑海中突然又响起指针错乱走字的声音，在众人的注视下，生命值从56%直接跳到了80%，停顿片刻，才又恢复了之前的速度。

蒋枭愣住，难以置信地看向风间：“你们纯治疗系竟然能控制能力到这种地步？”

风间也愣着：“不是我……”

秦知律忽然开口：“时间加速了。”

他的声音平静而笃定，凝视着安隅道：“一瞬间的自我时间加速，本来正在恢复的生命也因此加快了被治愈的进度。在活动室听到镜裂声时，你手背的伤口也立即愈合了一段，看来嘈杂声果然能刺激你觉醒新的能力。”

安隅疲惫地点头。

尽管验证有效，但他快被烦死了——完全想不通，他明明已经从白镜封存的记忆里出来了，但就像是不小心留了一些听觉神经在镜子里似的，脑中永久地留下了微弱的声响。

为了转移注意力，他只好盯着屏幕上的生命值缓慢回升。

82%、84%、86%、88%、89%、90%……

90%……

数字不动了。

风间天宇忽然皱起眉，安隅也终于意识到不对劲。

几分钟后，风间停下了，对着终端上的90%怔然道：“为什么我觉得……已经到顶了……？”

他迟疑着闭眼感受了下，匪夷所思道：“从这个数字达到90%后，我的能力就没有再被消耗。”

终端上只显示着生命值90%，但并没有像从前一样提示亏损原因是什么。

安隅茫然地看向秦知律：“这意味什么？我的生命上限被强制压低了吗？”

“各位。”不远处的斯莱德忽然开口道，“空气墙破了。”

他伸手向原本空气墙的边界探去，毫无阻拦地，那只手穿越了之前的界限。

他看着安隅说：“就在角落从走神里醒来时，第一层和第二层之间的空气墙消失了。”

周遭寂静许久，秦知律走过来，隔着手套在安隅肩上一握。

“看来这就是陈念不知道的事情之一。”他沉声道，“进入下一层的条件，不仅是让前一层被关照的孩子死亡，还要倾听白色守护之镜中的记忆。代价是，倾听者要留下一部分的自己，一起封存在镜中。”

【碎雪片】

白荆（1/4）第一步

为了保护陈念和思思而向人类撒谎，

那是我迈向深渊的第一步。

那一步踏出，酿造了后面更多无辜的死亡。

但那一刻我没有犹豫。

如若醒来知晓，也不会后悔。

灾厄之中，人做其所能做罢了。

又有谁能真的双手不沾罪恶呢。

40　人类被监管

生命上限被砍触发了安隅极端的恐惧。

如果碎镜片只有他能进入，那意味着他的生命上限会不断降低，到第四层时或许只剩下70%。

安隅从背后看着两位治疗系队友——蒋枭是个会随时精神失常的半路奶妈，能力如何还不得而知。风间的治疗速度似乎很慢，很难应对碎镜片的瞬间重创。

手背的伤此刻已经彻底消失，那块皮肤平整得就像从来没有被割破过——或许，自我时间加速能弥补风间的不足。

秦知律忽然提醒道：“时间加速要谨慎使用。”

安隅抬眸：“为什么？”

秦知律洞察一切般看了他一眼：“它既能在你被治疗时加速，也能在你被伤害时加速，小心，别把自己玩死了。”

安隅倏然一僵。

“记着，任何能力的关键都在于控制。要学会让它完全为你所用。”秦知律隔着手套摩挲陈念留下的蜡烛，缓了缓又似是安慰般地道，“带你出这个任务，就一定会把你好好带回去，奶妈够用的。”

或许是清晨的缘故，这里的路上更空空荡荡，一行人走了很久也没撞见什么人。

蒋枭问道：“那个嘈杂的声音还在困扰您吗？”

“嗯。”安隅轻轻碰了碰耳后。

那个声音其实不是从耳朵传进去的，而是种在了意识深处，但噪声会让耳后有些异样感，他手指触碰上去才恍然意识到，异样感来自那道从小就有的疤痕。

秦知律往他耳后瞥了一眼："试着用意念忽视噪声。"

"不用了，长官。"安隅低声说，"如果它能刺激新的能力，忍一忍也无妨。"

陈念说越往后越危险，他想早点把能力养起来。

秦知律问道："人死的镜裂声要更吵吗？"

安隅想了一会儿："是的，但能力的触发似乎和声音大小无关，更取决于面临多大的生命威胁。人死的镜裂声很大，但生命值不怎么下降，能力觉醒也很轻微。镜中的嘈杂声虽然小，但对能力的触发很强。"

秦知律轻声道："代价是，瞬间暴伤。"

安隅点头："所以稳妥点，我们还是想办法多弄死几个畸变者吧。"

"确定吗？声音大时你看起来格外痛苦。"

"我又不怕疼的。"安隅轻声说，"您不是知道的吗？"

周围的队友微妙地交换了视线。

秦知律"嗯"了一声："但貌似我们杀人没用，得想办法诱导孤儿院的畸种们自相残杀。"

安隅立即补充道："最好分成几伙打起来，同归于尽，一个别活。"

秦知律思忖着道："不知道这一层的畸变者够不够多。"

队友们："……"

其实安隅还有一个困惑。

他吸引畸种的特质似乎在孤儿院失灵了，在第一层徘徊这么久也没有畸种额外关注他。只有陈念提到他身上有种令人战栗的存在感。

可陈念的感觉也时有时无，在食堂和睡巢大楼外有，在阅读室外无，在地下最初有，可当秦知律要杀死陈念前又消失了。

安隅陷入沉思，第无数次琢磨自己到底是个什么玩意。

秦知律忽然凑近，在他耳边低声道："等会儿让我进去。"

"嗯……嗯？"

安隅困惑地看着长官："进哪里去？"

"绷带的褶皱里，手腕或者喉咙都可以。"

安隅纳闷道："您为什么突然……"

"不为什么。"秦知律神色淡然，"习惯了，在里面坐着比顶着漫天大雪走路舒服很多。"

安隅眼中浮现一丝困惑——怎么感觉被当成交通工具了。

秦知律又道：“ 现在先不用，想进去时我告诉你。”

果然。

安隅有点想抗议，但瞟到长官的脸色，又把话咽了回去。

秦知律语气平常，但神色却很凝重，似是在思度些什么。

斯莱德突然放慢脚步落后到队伍的左后侧，低声道：“我好像闻到了一些不太让人愉悦的味道。”

帕特“嗯”了一声，羚羊属畸变让他的黑眼仁几乎挤满眼眶，那双黑黢黢的眼睛沿路巡视着：“这里的小可爱似乎不像外圈那样单纯。”

原本在安隅前面并肩而行的蒋枭和风间分错开，默契地切换到应变性更强的站位。

安隅完全听不懂他们在说什么，他只知道，自己莫名其妙就站到了小团队的中央，是个被一群强大畸变者包围的弱小人类。

虽然没有太多作战经验，但空中浮动着的那股诡谲的波动也在烦扰着他。

他们拐过一条街角，一栋仓储箱式的建筑闯入视野。

孤儿院的身体检查仓和记忆中没什么两样，由于孩子太多了，每周一次的检查规定使得体检仓几乎没有闲时，无论什么时候路过，门口都排着长队。

孩子们排成一列，手里攥着检查单，病态地轻轻摇晃着身子，跟着队伍缓慢向前蠕动。

浩浩荡荡的长队中毫无声音。

体检仓另一头，陆续有人从里面出来，他们手腕上打着渗血的绷带，脸上堆满浮夸的笑意。

“好诡异。”风间警惕地看着那条长队，“像恐怖片一样。”

安隅没看过恐怖片，他轻声说：“这里的体检一直如此的。”

在他的记忆里，身体检查会要求脱光衣服，赤裸地通过一道又一道检查关。虽然他自己没什么羞耻感，但别人似乎会不舒服。他曾听人说起，体检就像在反复提醒着自己是一个被人类提防的怪物。

孤儿院的孩子比很多外面的人都活得自由，可唯独无法摆脱这每周一次的体检。久而久之，每当站在体检仓前，他们就仿佛丧失了交谈的欲望，离开时才能恢复正常。每次踏出那道门，他们会刻意地吵闹大笑，佯装什么也没发生过。

从队尾走到队头，终端上的基因熵始终停留在安全区。

第二层的畸变率比上一层低太多了，这与强烈的诡谲感很是矛盾。

冷风中忽然搀上一丝熟悉的腥酸，安隅猝然抬眸向仓门口看去。

一名“工作人员”从里面出来了。

那个东西佝偻着背，两条腿从膝盖处夸张地弯折着，脑袋顶着门框，如果真的站直，至少有三米多高。

它浑身的皮肤都渗着莹绿的黏液，手臂和大腿内侧还蔓延着一道道艳蓝的花纹，像雨林中藏匿在树叶里的毒蜥蜴。虽然脖子以上还算保留了人类特征，但那两只眼囊已经有拳头大，吊在脸颊两边，眼珠像一桶劣质的红油漆。

它吐字很吃力，带着诡异的嗡吟声：“那边，新来吗？谁管？”

秦知律自言自语般地道：“成熟畸变，已经藏不住体征，人类语言系统快退化光了。如果当年孤儿院的时间没有突然停止，或许已经变成了……”

“摆渡车上的巨螳螂那样。”安隅凝视着那个东西，轻声接道，“完全不再有任何人类特征和思想。”

“嗯。”

根据白荆的记忆，当年混乱发生没多久，孤儿院的时间就陷入了静止。时间静止并非针对一切，而是仅针对孩子们的成长与畸变。在这里，食物放久了仍然会腐败，但畸变进度却永久停在了镜子降临的那一刻——没感染的就永远不会感染。畸变得慢的，进程被强行打断，行为举止仍像个人类小孩。而畸变得快的，就成了眼前这类东西。

第一层的诡异之处在于人类看护一群畸变的小孩，而这一层更离谱。

蒋枭肩膀紧绷，语气森冷：“这是我见过最荒谬的画面。”

——畸种监管人类。

人类牺牲了平等与自由，永不向畸种屈服。

而在这家孤儿院，献祭尊严的事已然悄无声息地发生了十年。

蜥蜴畸种诡声道：“听不懂话吗？”

无人吭声。

一道风卷过，安隅在缥缈的风声中反问：“你在说话吗？”

话音刚落，帕特和斯莱德立即上前两步，挡在了两位治愈系的前面，也更牢固地将他护在最后方。

沉默的对峙中，斯莱德大臂肌肉再次充血，帕特的腿骨缓缓拉长，蒋枭露在衣袖下的手腕开始浮现红色反光的蛇鳞，风间没有露出体征变化，但他周身的空气中正悄然弥漫开一股淡淡的植物气息。

“原来你们都是。”巨蜥有些惊讶，“没见过，其他区的？”

它说着，视线穿过他们，向秦知律和安隅看来。

秦知律配合地竖起手，面无表情地拽了拽染血的白手套，十几条漆黑的章鱼足从风衣下摆滑出，在空中弹了弹，像一把优雅撑开的伞，环绕在身体周围。

那个畸种似乎感受到了某种威慑，点点头，又看向安隅。

安隅无辜地回望。

他也很想有点表示，尽量显得合群，但这属实有点难为他了。

“混进高级生命里的低贱人类。”蜥蜴畸种冷嘲道，“看来蠢家伙们没有发现你是人。”

帕特没有感情地问道：“谁是蠢家伙？”

蜥蜴畸种忽视了他的提问，手指点了点安隅，朝队尾一指：“你，排进去。”

那只艳丽得刺眼的爪子伸进门口纸箱，抓出一张表格，团成一团朝安隅一扔：“身体检查。”

那个纸团被风卷着向安隅砸来，还未近眼前，就被蒋枭一把攥住了。

猩红的蛇鳞已经覆盖过腕，但那只手仍旧分明，攥握时，突起的关节堪称美丽。

精准地控制畸变体征的表达，是天梯每一位守序者的必修课。虽然蒋枭成为守序者不久，但他一直是佼佼者——而控制杀意，也是必修课。

他凝视着巨蜥，轻声道：“不用检查了。我是他的体训老师。”

“体训老师。”巨蜥嘀咕道，“有这个职位吗？”

“滚回你们区。”它不耐烦地转过身，然而刚迈出半步，一阵风忽然从队伍后面吹过，它脚步一顿，吸了吸鼻子。

那是一个安隅很熟悉的动作——摆渡车上的巨螳螂和53区的故人们都有过相似的行为——馋了。

巨蜥猛地扭过头：“你似乎是个不同的人类。”

油漆样鲜红的眼球迅速旋转，它飞快扫视过斯莱德等人，最终看向秦知律。

秦知律没有与它对视。

巨蜥兀自纠结了一会儿，爪蹼朝安隅一指，对秦知律道：“这个人类归我管了。”

秦知律视线一凛，他终于抬眸看过去，片刻后，又慢条斯理地把手套拉紧了一些。

“嗯？”

数秒后，几十根漆黑的章鱼触手从远处优雅地缩回，秦知律从风衣口袋里掏出一块手帕，把弄脏的几根握在手里，仔细擦拭。

此时的巨蜥已被解决。

腥臭被风送到四面八方，久久不散。人类小孩子全都躲到体检仓里去了，扒着门露出一双双惊恐的眼睛，盯着秦知律和地上已经没有人形……不，没有任何形状的东西。

“这一层的畸种还算正常。”秦知律瞟了安隅一眼，“你果然还是很受欢迎。”

安隅“唔”了一声。

里面的体检已经被打断了。

一排光着身子的小孩正站在扫描镜前，麻木地凝视着镜中的自己。

安隅踏进去的一瞬，他们集体朝他看去。猝不及防地，他与镜中那一双双空茫的眼眸对视。

刹那间，各种混乱的声音在脑海中炸响。

“没有畸变，下一个！”

“你还没畸变啊。”

“嗯……这都多久了，我还没听说谁查出畸变的。我们……真的还有希望吗？”

“只能祈祷。我真的不想再这样被管着了。”

“哪来的镜裂声？是不是又有人死了？”

“受罚的那个吧，谁让他在背后议论监管大人。”

“监管大人们都是高级生物，还在意我们这些低级东西怎么看它们吗？”

“也分是谁，有几个还是很在意的。”

“还好我们的监管大人不喜欢打人。”

“是啊，它瞧不上人类，反而不为难我们。真是感恩分到它这边。”

“是的，感恩……”

“哎哎，听说了吗？脸上有胎记的那个女孩昨天半夜死了。”

“不知道她从哪儿听说的，被监管大人刺破心脏就能畸变，她去求它们了。”

“原来那个法子行不通啊！”

“当然行不通，我听到的另一种说法是，要吃掉监管大人才能像它们一样畸变。”

“哥，这场雪下多久了？”

“从我们停止长大的那天起，它就再没停过。”

“其实我们都出不去了吧。你说外面的世界现在是什么样？”

“外面的监管者应该可能更残忍。我其实已经不想出去了。”

“我也是，现在这样挺好的。”

“那些人竟然还在折腾着各种法子想畸变，他们到底什么时候才能意识到，我们永远畸变不了的……”

……

各种诡谲的畸种嘶叫声与那些对话交织在一起，响彻这十年来的每一个夜晚。

有小孩目睹了这些“监管大人”半夜从睡巢抓人类出去吃掉，但却无动于衷地走开；也有小孩主动担任了它们在人类中的监视者，偷偷向它们打小报告——甚至有小孩自相残杀，杀掉人类同伴，吃下人肉人骨，试图以此开启畸变。

无数沉重而破碎的记忆冲刷着安隅的脑海，但，他没有在任何一段记忆中看到人类还保有尊严。

安隅猛地从记忆中挣脱出来时，屋子里已经空了。

他独自站在那面巨大的镜子前，镜中是孩子们的背影——那些小孩来不及穿上衣服就跑出去了，正趴在地上争抢着舔舐破碎一地的尸块。

安隅怔然间，手腕被一只手捏住。

“不要沉湎于他人的过往，慈悲应当留给值得拯救之人。”

秦知律不知何时站到了他身边，和他一起看着外头趴在地上的小孩，那双黑眸中只有审视，不掺杂一丝多余的情绪：“不必怜悯，一旦时间恢复，他们必将畸变。”

安隅沉默了一会儿才低声道：“长官，我很抱歉……我好像还不能像您说的那样，完全控制记忆回溯。”

秦知律语气笃定：“既然如此，就先闭上眼。过多的信息只会干扰你的判断。”

他说着将安隅腕上的绷带拆下来，站到他背后，一圈一圈地替他蒙在眼前。

外面的光线和人影透过绷带，在视野中蒙蒙眬眬地闪烁。

或许因为视力受阻，其他感官变强了——突然拆掉绷带的手腕凉飕飕的。安隅正要触碰，就再一次被捉住了手腕。

“长官？”

秦知律淡声道：“暂时领着你。”

41 指挥家

“千万别拒绝大人物莫名其妙的好意，不然准没好果子吃。”

彼时，只有八岁的小安隅刚从一大觉中醒来，虽然已经来53区快一年了，但由于嗜睡，他和凌秋没见过几面，因此对眼前这个鼻青脸肿的人有些陌生。

凌秋把一张废报纸撕碎，堵进鼻孔里止血，嘟囔道：“我就说了一句不要而已，再说这些面包都长毛了。”

小安隅终于认出了他是谁，沉默片刻，视线看向床上丢着的粗麦面包。

“你不要？”他小声问。

“长毛了啊，哪还能……唉你！”

安隅已经迅速在掌心搓掉了面包上的绿毛，狠狠一口咬进嘴里。

干硬的面包扎破嘴角，面粉香混着血腥味蔓延开，他抻着脖子使劲往下咽。

凌秋一脸复杂地看着他，眼神逐渐柔和。

“别吃啦。”他拉住安隅的手腕，“像头小狼一样。”

八岁小孩的手腕，细得一手都握不满，他掂着那根细细的腕子，无可奈何道：“我给你留了面包的，等我啊。”

……

“手腕太细了。”

秦知律略带嫌弃的声音打断了安隅的回忆。

隔着绷带，安隅看不清长官的表情，只能茫然地盯着那个方向。

秦知律接着说道：“练了这么久，身体还是毫无长进，看来你的体训老师很不称职，回去重新物色一位。”

蒋枭立即辩解道：“安隅的训练量并不小，只是他……”

“只是他需要一位真正的引导老师，而不是崇拜者。”秦知律打断他，又捏了捏安隅的手腕，“我和羲德说一声，让他带你训练。虽然畸变成鸟，但羲德一直对锻炼人体肌肉很有热情。”

安隅不敢拒绝长官的好意，点点头“嗯”了一声。

秦知律拿上体检仓里的文件资料，拎着他的手腕往外走。

其实绷带并不完全遮光，安隅自己能大致看清路和障碍物，但想到凌秋当年的提醒，他默默接受了这份来自上位者莫名其妙的善行。

蒋枭跟在后面，不放弃地劝他道：“您的攻击技能需要被动触发，空间系能力和刚才展示出苗头的时间系能力都更符合一个控制系辅助的定位，您并不需要像羲德大人那样锻炼大块的肌肉……”

“你果然不适合做他的老师。”秦知律又一次打断他，“角落的定位不是辅助。”

蒋枭愣了下：“那是？”

安隅也忍不住好奇：“您对我有明确的能力定位吗？”

他问完又有点后悔，因为想起小时候问过很多次凌秋类似的问题，凌秋有时说是白眼狼，有时说是废物。

他预感，长官很有可能给出差不多的答案。

但秦知律却没正面回答，他只是扫了蒋枭一眼，随意地道：“你觉得他的定位是辅助，只不过是因为他一直都没学会该怎么正确地运用能力。”

一行人继续往前走，安隅越想越觉得不对。

怎么最后就怪到他头上来了？

“长官，您……”

“嘘——好像有脏东西追过来了。”斯莱德忽然出声提醒，他仔细感受了一会儿，凝重地重复道，“还不止一只，是很多脏东西。”

刚才拿完资料从体检仓出来时，外面的孩子已经四散开去。那些满是伤痕和脏污的小身体很快就没入漫天风雪，再难寻觅。

不知是他们的通风报信，还是风雪将特殊的气味传得太远，熟悉的诡谲感正从四面八方朝安隅包围过来。

众人又恢复了刚才的备战站位，斯莱德哑声道：“虽然我一点也不想再多得罪您，但还是得说，您对脏东西的吸引力似乎有些夸张了。”

安隅平静反问："脏东西包括什么，你算吗？"

"……很抱歉之前对您的冒犯，我确实不是什么道德高尚的人，但也请原谅我无法接下脏东西这个称呼。"斯莱德说着顿了下，"只有永恒沦丧的畸种才是。"

话音刚落，透过绷带的遮挡，安隅看见了远处那群逐渐迫近的庞大身影。

大地开始战栗，嗡鸣声纷乱。朦胧中，风雪也好似染上了荒诞的杂色。

直觉告诉他，至少有十几只基因熵惊人的玩意儿正在压过来，那些家伙对他的饥渴程度比53区的故人们还要夸张。

安隅沉默片刻："有可能让它们忽视我吗？"

"没可能。"蒋枭诚实道，"毕竟现在这些玩意眼里，我们是一群没见过的畸变者，围着一个人类瞎子。"

斯莱德补充道："这个人类好像还在散发着一些奇怪的气息，让它们快要馋疯了。"

安隅："呃……"

在风将畸种的腥臭送到面前之际，一声果断的枪响提前拉开了这场战斗。

枪声让安隅瞬间紧绷，捏着他的那只手随之握紧了一下，秦知律轻声提醒道："是帕特开了枪，他射下来一只鸟。"

安隅恍然想起，帕特带的两样武器分别是重枪械和巨型砍刀。枪械只为摧毁鸟类畸种的空中行动能力，毕竟小队里没有会飞的。

隔着绷带，身边队友的身影已经敏捷地闪了出去。

善用冷兵器的帕特保持着人类躯体，敏捷地冲进那群庞然大物中，蒋枭和斯莱德则将畸变体征拉到顶，用粗大的肢体和那群畸种直接肉搏。

安隅看不清每个人的动作，甚至看不清那些畸种都长什么样子，只能大致分辨出几个队友的方向。但他知道远处至少有十几种不同的畸变类型——不是因为终端的报警，而是无数荒诞的声音正猖狂地挑拨着他的耐心：通电般失真的喘鸣，翅膀高速扇动的嗡扰，如入兽群的咆哮……远远地，他听见蒋枭的终端又在提示精神值迅速下降了，他自己虽然不会受到精神冲击，但那些混乱的声音和气味让他的太阳穴跳得像要炸裂。

"想办法帮帮忙。"秦知律忽然说道，"别光站着。"

安隅闻言下意识抬手伸向绷带，但秦知律却紧接着托住了他的后脑，也遮住了打在脑后的绷带结。

"不要看，也不要听，过多信息只会干扰你的感知。"秦知律语气很轻，但那些引导般的指令却清晰地传入他的耳朵，"十年前，有人告诉过我，时间与空间自有它们独特的编译方式。与听觉和视觉都无关，你要学会感受那种编译，才能真正自如地运用能力。”

他停顿了下，又道：“如果你要干等着队友来杀死这些畸种，就白白浪费了触发死亡镜裂的机会。”

安隅呼吸一滞，绷带后，那双金眸中的瞳孔瞬间缩紧。

他确实不需要完全用眼睛来观察，仔细感受之下，空间的波动足以将一切都展示在他面前。

一只高大的畸种朝帕特张开血盆大口，要从他头顶直接吞下来，而帕特身后，长着尖锐口器的家伙正跃跃欲试地打算刺透他的后心。

帕特肩上有一道被挠破见骨的血痕，风间的蒲公英落在那些伤口上，正缓缓帮他止血，而帕特自己全然不顾痛苦，将砍刀横在头顶，下蹲蓄势躲闪并寻找机会反杀。

秦知律忽然叩了下安隅的手腕。

“就是现在。”

仿佛心有灵犀般，安隅还没来得及意识到自己做了什么，就突然感到了空间的瞬间折叠——来自他自己的指令。

顷刻间，帕特向一旁微妙地闪现了半人宽的距离，一声细微的穿透声后，背后那条尖细的口器擦着他的脸颊，狠狠地刺穿了面前畸种的喉咙！

他茫然了一瞬，而后猛地回头看去——

远处，那个蒙着眼的人类少年还老老实实地站在秦知律身边，仿佛什么也没做。但风卷过他的额发，那绷带后仿佛有一道注视，如看穿万物之眼，洞察着战场上的一切。

片刻的延迟后，那只最庞大的畸种才缓缓倒地，紧接着，帕特听到了一声微弱的镜裂声响。

远处的身影忽然一僵。

剧烈的嘈杂声翻搅着脑海，安隅下意识伸手捂向耳朵，可紧接着，他的两只手腕都被禁锢住，拉回身侧。

“烦躁的话不必忍耐，爆发出来，你不会失控的。”秦知律在他耳边沉声提醒道，“帕特受了很重的伤，风间的治疗很慢，如果……”

如果帕特的时间也能加速就好了。

这个念头浮现在安隅心中时，镜裂的嘈杂声突然中止了一瞬。

而后，更汹涌的崩裂声碾过脑海，可他已经顾不上那些——难遏的烦躁唤醒了一些东西，让他在绷带营造的那片朦胧的视野中，精准地感知到了帕特肩上的伤。

空中的蒲公英种子飘散开，远处，风间天宇看着帕特飞快止血愈合的伤口，陷入呆滞——直至裂镜声消失。

“做得很好。”秦知律说，“如果你能操控时空一次，就可以尝试第二次。像在53区一样，能力的控制需要反复摸索，尽管这过程充满痛苦。但，走向高处总要忍受痛苦。”

他又一次握住安隅的手腕，轻声道：“还有二十只畸种，你还有二十次利用痛苦的机会。”

风雪让那道小小的人类身影几乎隐匿。

如果不是身边还站着一位一身黑色的高大男人，没有人会注意到他。

从记录仪的视频画面中看，这仅仅是一场守序者与畸种混战的寻常记录，虽然阵仗大了些，但也算是司空见惯。

如果不反复回看，很难发觉那些诡异的现象——所有人的动作仿佛都会在关键时刻发生变化，他们的位置会移动，攻击的对象会转换，甚至会有人突然消失，十几秒后才又突然出现。

在仪器捕捉到的那一声又一声轻微的玻璃碎裂声中，畸种们的伤口肆意地绽放着大团大团的血花，而守序者们受到的每一道伤，都仿佛只是镜头的错误捕捉。

有人的死亡被加速，而有人却受时间青睐，伤痛迅速获得抚平。

那些不可思议的战斗细节在静默中扭转着一切，但如果不仔细推敲，就一定会被忽略——仿佛只是风雪中发生的一幕幕幻觉。

前后不过片刻，世界重归宁静，只剩撒落一地的脏污。

四位守序者站在雪地中，如误入一场大梦，梦境苏醒时分，难以完整回忆起自己都做了什么。

全队最后一道伤在蒋枭的蛇尾上。

大家呆愣愣地看着那道伤口自动愈合，但它愈合到一半，忽然停了下来。

几秒钟后，悬浮在空中的蒲公英种子迟疑着围上去，在旁边徘徊观察了片刻，确定那道伤口已经停止愈合，才又慢吞吞地开始干活。

不远处，秦知律仿佛早有预料般，在安隅身子软下去时一把揽住了他。

冷风透过宽大的衣服下摆灌进去，隔着手套都能感到安隅皮肤的寒意。

黑色的风衣下滑出两根触手，又缠回了老地方。

“睡着了。”秦知律淡定地对跑过来的蒋枭等人道，“能力使用过度，他就会睡着。”

风间第一次见到这场面，倍感新奇地看着歪倒在秦知律肩上的安隅。

那头几乎能融入风雪的白发乱蓬蓬地铺在尖塔最高长官的风衣上，绷带遮住了睡颜，但像小兽一样平稳的呼吸声，显示他真的睡得很沉很香。

记录仪从空中降下，被风间揣回口袋。

他努力忍住了拍照的冲动，压低声音问道：“角落大人要睡多久啊？”

“不用小声，真能吵醒他的话你就厉害了。”秦知律瞥了一眼倒在自己肩头的人，迟疑了一下，“可能我的引导有些过度，上一次他透支后睡了八天。”

众人：“……”

蒋枭沉默片刻：“我不得不提醒您，从基因和生物结构上来讲，安隅只是一个弱小的人类。”

“弱小。”秦知律有些意外地挑了下眉，“你不是说，你有幸见过他狩猎吗？”

“快速成长起来，对他自己、对人类，都有好处。”缠着安隅的触手又紧了些，秦知律偏头看着他，许久，抬手捂上他在风雪中冻得有些发红的耳朵。

指尖擦过耳后的疤痕，停顿了一瞬，秦知律又帮他拨了拨头发盖住：“只能在极限中获得成长，这是他的宿命。”

秦知律低声说着，许久后才重新抬起头，视线平静地扫过蒋枭和其余人。

“他绝对不会仅仅是个辅助。”他隔着手套摩挲着安隅毛茸茸的脑袋，“他是个指挥家——他要操控的，也远不止一两场混战而已。”

【废书散页】

26 面包屑

无论神明还是蝼蚁，在宇宙中都一样。

渺小。茫然。

常常在无意义地原地打转。

很偶然时，宇宙会抛下一些面包屑。

以此把下一个出口指引给迷茫的家伙。

所以神与人一样，都会对宇宙的面包屑无比珍视。

美妙的是，你永远不知道下一次会在何时收到新的面包屑。

也猜不透，会是谁路过你身边，随手将它们撒下。

【碎雪片】

风间天宇（1/3）毛球状物体

我有一双大而圆的眼睛，只有眼头勾起一个小尖尖。

他们说我像一只猫科动物，被我盯久了会害怕。

但其实我的畸变型是蒲公英，传递治愈力的也是那一颗颗纷飞的种子。

它们圆滚滚，毛茸茸，在空中忽闪。

我的眼神确实凶了点，但对毛球状物体没什么抵抗力。

第一次在战场上见识角落的能力时，我大脑空白了许久。

或许因为隔着绷带，看不见他的眼睛，使得那些神秘的能力更让人心神战栗。

朝他跑过去时，我刻意落后了几步。

原本野心勃勃想做他的绑定奶妈，但那时我有些退缩。

可靠近后，那种如临深渊的畏惧感又消失了。

他倒在律的肩膀上。

圆圆一颗脑袋，毛茸茸，就像一株雪白的蒲公英。

蒲公英睡着了，还发出呼呼呼的动静。

42 灯类畸变

安隅醒来时正躺在地上。

窗外风雪未歇，阳光穿越那些雪沙，投在活动室的旧地板上。

颈下传来很有弹性的触感——他正枕着一条浑圆的章鱼触手，触手另一端弯下来，被他搂在怀里。

安隅猛地坐起。

秦知律坐在他身边的地上，屈着一条腿，活动室的木吉他被随意地放在腿上。

“这么快就醒了？”他有些惊讶，“你才睡了两个小时。”

“唔……”安隅搂着那条触手，发了一会儿呆才道，“好像每次在任务中，我都不会睡很久。”

“看来你的昏睡病有自己的原则，只在安全的环境下发作。”

“也许吧……”

或许是睡得不够久，安隅脑子里有些浑浆浆的，他回忆起昏睡前的战场：“他们呢？”

“去追踪第二层的受保护者了。因为不知道你会昏睡多久，所以分头行动。”

“哦……”安隅用力揉着酸胀的太阳穴，努力找回昏睡前最后的记忆，“蒋枭怎么样了？”

“他的精神力有些波动。畸种死去的镜裂声会冲击大家的神智，蒋枭的反应比别人强烈，需要冷静一会。”秦知律说，“皮肉伤倒是不用担心，剩一点没愈合，风间帮他治好了。”

安隅想起那些毛茸茸的蒲公英，叹气道：“风间的疗速有点慢。但他在天梯排名很高，之前他说自己擅长锁血，可以设定血线。”

“嗯。”秦知律随意道，“我没和他一起出过任务，但据说他确实能够做到。虽然平时疗速慢，但设定血线后，一旦生命低于血线，无论亏空多大，他都能瞬间拉回血线以上。”

“瞬间？”安隅惊讶道，“怎么做到的？”

秦知律摇头：“很多守序者都有不愿意交代的能力细节，这是他们的个人隐私，黑塔会帮他们保密，我也无权知晓。”

安隅只好愣怔着点点头。

长官似乎总是这样，虽然他是尖塔最高权势者，只要他想知道，压根就不会有秘密。但他却对很多事都漠不关心，比如其他守序者的隐私，以及诗人回避他的原因。

白手套攥在木吉他的弦板上，和前一晚在第一层的活动室时一样，秦知律只是随意地攥着它们，虽然未曾演奏，但那些琴弦在他手中却好似有天然的熟悉感。

鬼使神差地，安隅忽然问道：“您会弹吗？”

秦知律顿了下：“很久没弹过，或许已经忘了吧。”

他随手把吉他放到一边，勾过墙边的背包：“斯莱德为了求得你的宽恕，把带的食物都留给你了。”

安隅闻言一下子精神起来。

尖塔的守序者们喜欢在任务中携带能量棒，虽然本质上仍然是压缩食品，但富含大量糖分和营养元素，口味也还不错。

安隅连续拆开三根，把它们并在一起攥着，像嚼粗面包那样大口咀嚼。黏腻的甜味在口腔中迸发，让他感到格外安全。

秦知律本来也撕开了一根，见他这个吃法，又沉默着放了回去。

安隅含糊不清道：“您不需要给我留。”

“我只是突然有点没胃口。”秦知律伸手把剩下的十几根能量棒一根接一根撕开向他推过去，“慢点吃，你已经不是孤儿了，没人会朝你收保护粮。”

安隅闻言，咀嚼的动作忽然一顿。

他沉默片刻后，用视线锁定了两支营养棒，决定偷偷把它们留下，长官现在是保护他的人，安全起见，给长官留两根总没错——这是弱小的家伙的求生本能，哪怕自己吃不饱，身上永远给可能会收取保护粮的人留点吃的。

秦知律全然不知他的脑回路，从旁边的资料中扯出两页纸递过来：“看看这个。”

这是他们刚才从体检仓中带出的文字资料，上面有第二层所有人的体检记录。

“畸种和人类都留有记录。畸种只在镜子降临后测过一次，人类则是每周监测。”秦知律解释道，“粗略翻了翻，只有这两位比较特殊。”

第一页纸上只有几行字。

【编号】21371115

【姓名】见星

【畸变状态】已畸变

【基因类型】拒绝探测

【体表特征】人类躯体，拒绝详细检查。

“其他的畸变者会详细记录每一个不属于人类的体征，还有拍照，只有他敷衍填写。”秦知律顿了下，“下一位更敷衍，而且是个人类。”

【编号】21370226

【姓名】阿月

【畸变状态】未畸变

【周检记录】拒绝参检。

“拒绝参检……”安隅愣了好半天，“那他应该早就被畸种杀掉了吧？”

第二层的人类小孩早已失去尊严，不服从管制，毫无疑问只有一个下场。

秦知律却摇了摇头：“镜子刚降临时，确实曾有过几十个不肯屈服的孩子，都被畸种处决了。被处决的人类资料页会画叉标注，而且单独分摞。但这位阿月却混在其他孩子的资料中，应该还活着。”

见星，阿月。一个是基因型不明的神秘畸种，另一个是拒绝屈服但却在畸种监管下平安无恙的普通人类。

安隅对着两页纸仔细看了片刻，轻声道：“白荆要保护的是三个特殊的畸变者，只要在头顶这面镜子监控下生存，无论人类还是畸种，都不敢招惹被他保护的孩子。”

“所以，见星很可能就是这一层的关键。”秦知律指向另一张纸，“而他，或许是被见星保护的人，就像思思之于陈念。”

耳机里忽然响起斯莱德的声音：“我找到了。见星住在一间上锁的储藏室，阿月就住普通的睡巢，根据他们的日常行踪，见星很少出门，几乎只在储藏室、活动室和食堂三个地点出现。”

安隅惊讶道："活动室？"

"是的。很巧，就是您和律现在身处的位置。"斯莱德顿了下，"根据时间推算，他应该正在食堂吃午饭，我们赶过去可能来不及，但您离食堂很近。"

秦知律挂断通讯："我们过去。"

"只有我们吗？"安隅犹豫了一下，"午饭时间，所有畸种们应该也都在食堂里。"他的出现必然又会引起一轮混战。

秦知律闻言停顿思考了片刻："没关系，不一定会引起他们的注意。"

"不会吗？"安隅茫然，"这一层遇到过的畸种无一例外。"

秦知律没有回答，他打量着安隅，忽然问道："吃饱了，可以使用能力了吗？"

"应该吧，其实没有完全吃饱。"安隅小声嘀咕着，"在53区时您怪我试探能力不知收敛，可刚才您似乎更没底线。"

秦知律闻言轻笑一声，将最后一根被安隅搁在腿上的章鱼触手缩回去，彻底变回人类形态。

"我只是不想再看你乱用能力了，把长官叠进绷带里什么的……"他顿了顿，又正色道，"既然有力气了，现在，把我叠进绷带里。"

正将散落在地上的绷带缠回手腕的安隅一愣，他沉默片刻："抱歉，我的耳朵好像出了问题，您可以重复一遍吗？"

秦知律没忍住勾了勾唇角，催促道："快点。"

一路上，安隅都在思考人生。

凌秋确实说过，大人物可以出尔反尔、为所欲为，但长官的前后矛盾到来得太快，让他觉得有些……屈辱。

"您需要给我一个理由。"安隅闷声道。

耳机里，秦知律的声音含笑："为什么？"

"葡萄说，监管对象和监管长官在人格上是平等的。"安隅顿了下，"虽然您是高贵有权势的主城人，而我只是个饵城来的贱民，但我们现在已经缔结了这种人格平等的关系，您就要对我有基本的尊重。"

秦知律语气惊艳道："很有道理，葡萄竟然会教你这些。"

他似乎只是随口敷衍一句。安隅等了一会儿，没等来后续的解释，只能无奈地继续独自走在风雪中。

人格平等关系果然是不存在的。

然而走了几步后，耳机里忽然又响起秦知律的声音，这一次他的语气很严肃：“我只是想试一试，当我们离彼此足够近时，那些畸种还能不能被你吸引。或者说，它们那时感知到的究竟是你，还是陈念说的令人惊惧的存在。”

安隅脚下倏然一顿。

陈念有感知的时刻是在食堂、睡巢旁以及刚到地下时。在那些时刻，长官无一例外地都被他折叠在贴着身体的小空间里。而好巧不巧，在阅读室门外和最终杀死陈念前，长官被释放出来，陈念的感觉就消失了。

秦知律淡道：“你在第一层几乎没引起畸种的注意，因为有畸种在场时，我都被你叠起来了吧。”

安隅后背发僵：“这……意味着什么？”

“不知道。”秦知律淡然道，“但是，太巧合了。如果不证实这个猜测，我会有些不放心。”

正是午饭高峰期，食堂里人头攒动。

由于第二层有大量体型庞大的畸种监管者，食堂显得格外拥挤。

安隅一进门，所有畸种几乎同时陷入了僵直状态。无论在干什么，它们都不约而同地停下了手里在做的事，警惕而困惑地打量着周围，像是在畏畏缩缩地寻找什么东西。被监管的人类孩子则毫无知觉，继续沉默着打饭吃饭。

“果然。”秦知律在耳机里说道，“陈念没有撒谎，所有畸变者都能感受到那种庞大的令人惊惧的存在，而且光从外表上，很难把你和它建立联系。”

“如果它们一直像现在这样到处找，迟早会发现那种感觉来自于我。”安隅低声道，“要快点找到见星。”

“嗯。看你的十点钟方向，墙角处。如果我没猜错，那个就是见星。”秦知律顿了下，“那个……白头发的小男孩。”

安隅抬眸望去，刚好和不经意间抬头的见星对视了一瞬。

只那一瞬，见星面无表情地挪开了视线，而安隅却怔住了。

一眼看去，见星确实毫无畸变特征，和孤儿院里那些最普通的人类小孩没什么区别。但他的脸色格外惨白，仿佛有极为严重的营养不良，白发乱蓬蓬地遮着脸颊。碎发下，黑眼圈很深，显得那双金色的眼眸十分空洞。

他坐在角落里，沉默地大口咀嚼着压缩饼干，身上那件宽大的孤儿院服垂着数不清的线头。

“很像你。”秦知律顿了下，“虽然我不知道你八岁前是什么样，但……非常像。”

除了发色和眸色外，他和安隅的五官其实并不相似，带来那种强烈既视感的是气质——那种孤僻到极致，眼神空茫却专注，像小兽一样孤注一掷的气质。

如果真要说区别，安隅的眼神更像一张白纸，而见星则是一张纸滚入灰尘，沾上了一些阴霾。

秦知律道：“畸种们果然对他敬而远之。”

“嗯……”安隅视线落到他身边，“只有那个人除外。”

食堂里人满为患，只有见星周围空着不少桌子，唯一愿意挨着他的是另一个男孩，看起来和他差不多大，坐在他右手边的桌子旁，把自己的饼干掰开一大半放在见星的桌上。

见星皱眉推开，他又推回去。两人来来回回推扯了半天，见星烦躁地把饼干扔了。那个男孩好脾气地小跑过去捡起饼干，用手蹭了两下，塞进自己嘴里。

他转身时，安隅看见了衣服背后的标记：21370226，阿月。

“你的猜测似乎完全成立。”秦知律说道。

安隅皱眉道：“但是长官，他就像陈念一样，我完全看不出他的畸变体征。”

正说着，见星已经起身，拿着托盘往回收处走去。

阿月见状也赶紧把剩下的半碗营养汤灌进嘴里，追了过去。

路过的所有畸种都无声地为其让路，见星脸色阴郁，快步穿越人群。

路过洗手间门口，安隅忽然察觉到不对。

洗手间里没窗也没灯，敞开的门里是一片黑暗。可当见星从门口路过时，那里竟然倏然亮起，又随着见星身影路过，光亮缓缓缩小，直至消失。

食堂里所有人都好似司空见惯，等他们离开，大家收起视线继续吃饭。

安隅愣道：“这是……”

“又一个物质融合类畸变。”秦知律轻声说着，若有所思，“看来他融合的是……灯？”

安隅僵在原地说不出话来。

如果见星自己就是灯，那么镜子对他施加的保护机制将永远无法破除——就算像陈念一样去了黑暗的地下也不行。

没有任何方法能杀死见星。

【碎雪片】

见星（1/3）何以安眠

我曾短暂地拥有过好眠。

因为体会过失去它的滋味，所以格外珍惜。

让我重获新生的是她的琴声和他的安慰。

李音老师和阿月，是世上最美好的人。

他们拥有如此的善意和温柔，一切伤害他们的东西都必将堕入深渊。

没错，我早已踏入深渊。

深渊之人，何以安眠。

43 何以安眠

食堂里已经没人了。

安隅坐在见星坐过的位子上，和赶来会合的风间概括了一下刚才的发现。

风间把自己领的那份压缩饼干也推给他：“其实这不算完全的死局，关键要看镜子的守护机制究竟有多强势。”

安隅嚼着饼干不解地看他。

“我可以锁血。”风间解释道，“比如设置血线在5%，无论镜子杀人多快，目标在生命值跌破5%的瞬间就会触发我的能力，被拉回5%。假如镜子只对目标发动一次致命攻击，那么我的能力足以扛住。但如果它会持续进攻直至目标死亡，那我也扛不住。”

虽然风间还未展示过锁血能力，但那双干练而真诚的眼睛格外让人信任。

安隅想了想：“如果是这样，把血线设置在90%岂不是更安全？”

风间低头笑了下：“结局没差别，但阈值设置越高，对我的消耗就越大，最好不要。”

安隅点点头，心想，奶妈们果然都很在意能力损耗。

没有人正面和镜子对抗过，杀见星的人等于是要用命来试探镜子的机制究竟有多强，而且下手必须足够利落。

风间看着窗外的雪，像是走神了，片刻后轻声道：“见星他应该保留了人类意志吧。”

“不确定。”安隅老实地摇头，“但有这个可能，他看起来确实比畸种更有人性一些。”

风间苦笑：“那样的话，对他下手本身就是一道难以越过的槛……律呢？”

“嗯……”安隅抬手轻轻揉了揉喉咙，“在附近。”

风间回头四处张望：“附近？”

“对。”

安隅把最后一口饼干吃掉：“对了，你觉得我现在和平时有不一样吗？”

风间点头：“当然。天梯面板上记录过您的能力是‘降临态’，但我没想到会如此强悍。坦白说，刚才朝您走近的每一步我都本能地抗拒着。就好像……”他的眸光微顿，垂眸看向地面，“我正在靠近一个不容接近，也不可直视的存在。”

安隅没应声，他起身收拾好托盘，往回收处走去。

风间误会了，这不是降临态，而是长官与他足够贴近时才会出现的怪异现象，而他与长官本人都毫无察觉。

耳机里，秦知律道：“虽然很神秘，但至少也算是一种覆盖掉你对畸种的吸引，还能让那些东西不敢靠近的方法。”

“嗯。”

斯莱德打开了队内频道：“见星和阿月离开食堂后一起回到活动室，似乎爆发了一场吵架，阿月自己一个人出来，我和帕特正跟着他。”

“那我和风间去活动室。”安隅问道，“阿月去了哪里？”

帕特答道：“他回睡巢拿了一袋东西，应该是食物和水，打算回活动室找见星。”

蒋枭也接了进来：“各位，我刚回到第一层，找到档案室了。”

他一边哗哗哗地翻着资料一边说道：“这里果然收纳着出事前见星的全部资料，等一下……他的记录很厚……”

“21371115，见星。他父亲是一个罕见的超长隐匿期畸变者——”蒋枭快速提炼着资料上的信息，“2135年在野外接触了感染菌类，在三个月的观察期内没有出现畸变，被释放回家。但两年后他突然开启了菌类畸变，身体没能扛住基因融合，在畸变过程中死去，次月，母亲也是同等下场。见星就被接入了孤儿院。”

安隅回忆着凌秋给他科普过的畸变常识：“生活在一起的人隐匿畸变两年，见星不可能躲得过去吧。”

“未必。”秦知律在私人频道里道。

与此同时，蒋枭回答着安隅：“孤儿院的人应该也是这么判断的，大概是预期他很快就会畸变被处置，收容计划时间都没填写。他刚入院时，身体检查是一天三次，很夸张，这里全都是他的检查记录。”

哗哗的翻页声忽然一顿。

“怎么了？”安隅问。

蒋枭迟疑道："没什么，就是看到了照片……"

他顿了下才又说道："他的资料里全都是每天拍摄的裸体照片，各种角度、各个身体部位的特写。身体检查会不可避免地造成一些体表创伤，正常小孩隔一周就好了，但他身上的伤越来越密集。"

风间叹气道："有点可怜。"

蒋枭说："我记得很多年前有过一个提案，让黑塔出资为孤儿院的孩子植入守序者芯片，动态监测基因熵，免去身体检查。但那个时候孤儿院已经出事了，没有回应黑塔的提议。"

频道里陷入沉默，只有蒋枭翻动纸页的声响。

再开口时，他的语气忽然冷了下去："三个月后，见星仍然没有畸变征兆。孤儿院的人采用激进手段，对他进行了风险基因测试。"

风险基因测试，这对安隅而言是个陌生的词汇。虽然他在孤儿院待了八年，但从没听说过。

私人频道里，秦知律解释道："是孤儿院很少启用的一种试验，可以认为是针对特定怀疑基因型的诱导试验，原理类似，但强度很低，从能量设置上推测，痛苦程度大概是诱导试验的百分之一。"

安隅一下子回忆起那钻心剜脑的痛楚。

能量可以打折，但百分之一的疼痛却很难想象。

蒋枭继续道："风险基因测试每周一次，进行了六个月，一直没有异常。由于见星出现了非常严重的官能反应，孤儿院终于在2138年春天把他划入正常监测名单，没有再使用任何超规格手段。"

安隅喃喃地重复道："官能反应……"

恍惚间，他突然想起53区的那个雨夜，在资源站幽暗的房间里——诱导试验会引发强烈的神经官能后遗症，失眠和梦魇最常见——那时秦知律曾站在门口这样提醒过他。

安隅当时接受的是全基因序列的诱导试验，严希说那是残忍中的残忍，但很幸运地，他没有出现任何后遗症。

秦知律接入公频问道："他是什么症状？"

"失眠。"蒋枭翻页的速度慢下来，仔细查看着那些文字，"据说会在梦里反复重现基因测试的痛苦。起初他每晚还能睡四小时左右，后来缩短至两小时，直至完全睡不着。神经镇静药剂曾经短暂地帮他缓解过症状，但很快也失效了。他抵触进入睡巢，只能把自己缩在一间储藏室里。最严重的一次，他连续十六天没有合眼，由此引发了器官衰竭，差点没抢救过来。”

“那次严重意外发生于2138年6月，病危昏迷反而让他短暂地获得了一些休养，醒来后，孤儿院开始对他进行心理治疗。后面就都是心理咨询记录了——”蒋枭翻动资料的速度又快了起来，“见星很配合心理咨询，咨询师评价他是一个天性温和、耐心、有很强同理心的孩子，他对孤儿院的基因试验没有产生任何怨恨，但也因此格外难以治愈。他很快就和咨询师之间建立了信任，但咨询师最多只能通过催眠加药物让他睡上一小会儿，始终没有让他真正从创伤中走出来。”

频道里安静得有些压抑。

安隅回忆着刚才见到的见星，并不像记录里描述的那样温和，相反，他神情阴郁，行为乖张。

“有了。”蒋枭手指点了点资料，“2138年8月，D区的孤儿阿月和协管老师李音同时转入B区。根据咨询师的记录，阿月是一个内在能量充沛、付出型人格的孩子，他对见星很有好感，迅速成为见星在孤儿院里近一年来的第一个朋友。李音是一位三十岁左右的女性，来孤儿院工作之前是一位音乐老师，她会唱歌，会吹口琴。噢，她在D区时曾是白荆的协管老师，白荆申请留院做协管，她还做了推荐担保。就在她转入B区没多久，白荆留院的申请就通过了。”

蒋枭一字一字读着咨询师的评价：“或许因为李音的年龄和气质与见星已故的母亲相似，她的琴声对见星发挥了不可思议的作用，在连续听她吹口琴三天后，见星第一次在活动室自主入睡，睡眠48分钟。第二天再次自主入睡，76分钟。”

他迅速掠过那些大段的描述：“82分钟，74分钟，90分钟……132，162，148……见星的自助睡眠时间波动上升，差不多一个月后，已经能稳定安睡四小时左右。他最初会因为梦魇惊醒，惊醒时是阿月在陪着他，后来他睡眠时间变长，梦魇的频率也降低了，但阿月已经搬进活动室，每晚都和他一起睡觉，再一起醒来，可以说形影不离。”

帕特叹了一口气：“这小孩，到底是幸运还是不幸。”

安隅不能理解失眠的痛苦，他甚至很难理解会有人睡不着。

但他却从蒋枭近乎刻板的读资料中，隐约捕捉到了十几年前，在那间封闭的储藏室里，和他一样白发金眸的小男孩的绝望。

“还是幸运的吧。”他自言自语般地回答道。

就像他遇到了凌秋，有了家人；见星也等来了阿月，他甚至更幸运，他等来了阿月和李音两个家人。

众人的沉默中，秦知律开口道：“孤儿院是在12月25日晚上出事，查一下李音的下场。”

他的声音沉静得近乎冷酷，仿佛丝毫不受触动。

“查不了的。”蒋枭说，“这个档案室在出事后就没有再维护过了，关于李音的最后一条记录是在12月25日白天，她如常汇报了自己负责的几十个孩子的状况。”

安隅从食堂出来，往活动室的方向走。

秦知律在耳机里说道：“见星的社交非常简单，他和白荆并没有直接关联，唯一的纽带是李音。而现在白荆却守护了见星，就像在履行某种代替照看的承诺，所以极大概率下，李音已经死了。”

安隅看着视野里远处那间小小的活动室：“您动手，还是我来？”

身边风间脚步一顿，迷茫地看向安隅，过了一会才意识到他是在私人频道里和秦知律说话。

秦知律道：“我以为你会命令斯莱德和帕特去冒这个险。”

“我确实更希望把死亡风险转移给讨厌的人。”安隅面色如常，“但很遗憾，守序者们都保有高度人类忠诚，对见星下手时，只要有一瞬间的迟疑，就是白白送死。”

秦知律似是用气声笑了一声：“没人性的事，就必须我们做？”

安隅道：“毕竟我们都是惯犯。”

他回忆着从前的战斗经验：“在53区，那个状态是在我的生命值下降到足够低才出现的。或许我该尝试再一次抵达那个极限值。”

耳机里很久都没有回音，安隅又走了几步才试探道：“长官？”

“还是我来吧。”秦知律笃定道，“别留下太多落人口实的东西。”

安隅茫然问：“为什么？”

“每一个监管对象都是对应的高层预备役。”秦知律淡然道，“羽翼丰满前，要学会爱惜自己的羽毛。”

安隅有点跟不上长官的思路，他垂眸想了想，低声问道：“如果您是指站在尖塔顶层的人不能有污点，那一直以来，您自己又在做什么呢。”

“95区之后，大家已经领会过我究竟是什么人了。”秦知律语气平静，“甚至更早时，我早已暴露真实面目。”

安隅脚步倏忽一顿，许久才又继续往前走。

明明耳机里的声音听起来毫不在意，但他刚才那一刹那却莫名地心脏发沉。

频道突然自动跳转，帕特说道：“情况有变。阿月刚进了活动室，他带给见星的那瓶营养汤有问题，颜色不太对劲。”

频道里寂静了一瞬，而后安隅猝然抬眸，向远处的活动室看去。

一瞬间，风间天宇站在了那栋小楼之前，他对着灰白的墙体，茫然地喃喃道：“发生了什么？”

他一回头，却见安隅仍平静地站在他身边，金眸中，一抹若隐若现的赤色将将熄去。

他愣了片刻，而后猛地回头——刚刚走路的地方，已在身后百米之外。

是安隅，将他们瞬间带到了活动室楼前。

“空间系能力……”风带走他浑身的冷汗，他神色木然地看着安隅，“你是行走的虫洞吗……在降临态开启时，竟然可以瞬间穿越几百米的距离？”

刚才在战场上，他还以为安隅的能力是在无形中精神指引目标发生轻微位移，就像操纵傀儡一样，一两个身位已经是极限。但直到这一刻，他才猛地意识到安隅操控的从来都不是人，而是空间。

空间和时间，令人毛骨悚然的两种能力汇聚在了一个人身上——秦知律所谓的指挥家，指挥的亦是时空，而非棋子。

风间天宇惊恐地看着安隅，安隅平静地回瞟他：“不是降临态。我的降临态只在53区极限触发过一次，之后一直没有完全出现过，可能是再也未达极限的缘故。”

风间头皮发麻：“极限触发是指什么？”

安隅说：“上次是在生命值2.5%时触发的，麻烦记着这个血线设置。”

风间傻眼道：“2.5%？”

耳机里，蒋枭轻声叹息道：“上次，葡萄就是这样被掏空的。还有，几百米的位移不算什么，他的极限操作似乎已超万米，移动对象不是生物，而是几十栋建筑。”

风间：“呃……”

他再一抬眸，安隅已经进了那栋灰扑扑的小楼，并说道：“请先别跟进来。”

活动室里很安静。

见星坐在角落——那本应是一个窗外的光线照不到的死角，但现在是午后，太阳的角度使得那块阴影缩得很小，即便他抱膝蜷缩，也有半条手臂和小腿照在阳光下。

而他自身散发的灯光又投射在仅存的阴影上，虽然不如阳光明烈，但却仍晃得人心躁。

压缩饼干被丢在旁边，他手里拿着那瓶营养液，在光下轻轻摇动。

安隅刚靠近，见星晃动瓶子的动作忽然停顿，有些警惕地往门口和窗外看了几眼。

阿月站在他面前问："你在看什么？"

"没。"见星收回视线，疲惫地阖了阖眼，"可能太久没睡过了，今天一直出现幻觉，总有一种世界要在眼前崩塌的预感。就像……直面深渊。"

他说着抬眸看向阿月，语气中掺上一丝嫌恶："不是说以后不管我了吗？"

阿月沉默许久才道："这是最后一次。"

"我在食堂已经吃饱了，你指望一个多年不睡觉的人能吃下多少东西？"见星烦躁地一前一后晃着身子，"难道多吃一块饼干我就能睡着吗？撑死我还差不多。"

阿月面色冷淡："如果真能撑死你，倒也好。"

"你说什么？"见星皱眉。

"为什么不自杀？"阿月语气低下去，"十年了，你有睡过一个好觉吗？如果不是你已经畸变，以人类之躯，你早就死了无数次了。"

见星定定地盯着他，那两双本应清澈的眼眸凝视着彼此，在对方的眼中都看到了痛恨。

光晃得阿月眼眶有些泛红，他的声音轻得像在哄孩子："这里的时间已经不再流淌了，我看不到前方还有什么意义。我只希望你能好好睡一觉，不要再痛苦下去了，好吗？"

"好好睡一觉吗？"见星将视线投向窗外阳光下的风雪，"罪还没有赎完呢。"

阿月垂在身侧的手紧攥成拳，终于压抑不住地吼道："老师她根本不会怪你！"

厉声像划破了屋里黏着的空气，见星猛地从地上弹起："那你告诉我，为什么从那之后我又睡不着了？"

"那是你自己的心魔！你自己没办法正视自己！"

见星嘲讽地笑："难道你能正视我？作为这一层最后一个没有向畸种妥协的人类，你敢说，自己真的还像从前那样看待我吗？"

"我敢。"阿月立即回答，他的视线死死地咬着见星，"我认为你守住了人类意志，这个想法从来没有变过。"

对面那双金眸忽然像是被抽空了一瞬，见星喃喃道：“是守住了，现在守住了。但在畸变的过程中曾经失去过。”

他对着空气发了一会儿呆，回过神时又恢复了恹恹的神色，他厌恶地看着阿月：“算了，我吃了这份饭，你就可以滚了？”

“嗯。我就再也不来烦你了。”

“行吧。”

见星随意地拧开了瓶盖。

他仰头要将营养液灌进嘴里的刹那，余光忽然捕捉到阿月嘴角一丝苍凉的微笑，他陡然意识到不对劲，但一切已经来不及了。

在那一瞬间，周遭的空气突然剧烈震动，震得他手腕向旁边一歪，半瓶营养液泼在了地上。

一个高大的男人就那样毫无征兆地出现在面前，胸口几乎贴着他的脸，向下注视着他的那对黑眸让人望而生怵。

他手一哆嗦，直接把瓶子扔了出去——剩下的半瓶营养液洒在那人的裤脚上，那本就冷沉的脸色更加可怕了。

见星一动不动，片刻后，抬手揉了揉眼睛。

原本站在几步之外的阿月凭空消失了，替换成了……这个家伙。

他后退几步，仰起头，阴郁的神情消失无踪，竟像是回到了曾经在孤儿院里那天真茫然的样子，傻看着秦知律，许久才讷讷地发问：“你是谁？把阿月弄哪儿去了？”

秦知律的脸色真的很难看，但他对着面前那双似曾相识的无辜的金眸，无从发作，只能回头冰冷地瞪向门口。

门口那家伙，也正睁着一双无辜的金眸看着他——那双眼睛似乎不复当日雪原上那般无害了。

安隅抬手摸了摸喉咙，向长官示意阿月此刻在那里——他在刚才的一瞬间折叠了空间，并趁机交换了秦知律和阿月的位置。

见长官依旧面无表情，安隅默默转身往外走，拨了拨耳机。

“很抱歉，没来得及向您请示。”他小声辩解道，“但我想，您应该也不希望一个正常人类因杀死见星而被镜子处决。”

秦知律冷道：“看来凌秋还教会了你道德绑架。”

“没有，凌秋教我的是沟通要真诚，但他说得太含糊了，是葡萄和我举例分析了到底要如何实践。”安隅感到有些冤枉，他顿了顿又小声说，“葡萄让我多站在您的角度，替您思考问题。”

秦知律一语不发。

44 命运交错

安隅站在房檐下，看着逐渐诡谲的风雪。

天色迅速转向昏沉，风势卷挟着雪沙到处泼洒，像顽童在胡乱玩着沙画。

“镜子非常敏锐，它已经察觉到见星有危险了。每当这时，天气就会变得很诡异，畸变者们会陷入狂躁，甚至自相残杀。这种事情出现过几次，渐渐地，所有人对见星就连歹念都不敢有。”

阿月看着空中飘洒的雪：“毒药是最有希望能杀死见星的方法。我怕来不及在被处决前杀死他，如果是那样，他会背负得更重，而且——”他垂眸苦笑，“他就真的只剩一个人了。”

安隅沉默地看着阿月渗血的手掌——被从折叠空间里放出来时，他吓得没站稳，手撑地擦破了皮。

安隅轻握着口袋里的碎镜片，用意念感受脑海中的嘈杂声。

片刻后，阿月忽然察觉到异样，他惊讶地看向掌心——不规则的创面正自动止血，迅速结痂脱落。

“我第一次见到这么可怕的能力……”他呆呆地抬起头对安隅道，“而且你把畸变体征藏得天衣无缝，不会是……”

“守序者。”安隅坦诚道，“我接了主城的任务，来整顿孤儿院的时空秩序。”

对面那双琥珀色的眼眸瞳心震颤：“外面的人知道了？”

“嗯。很抱歉，太迟了。”

太过激动的注视让安隅有些不自在，他挪开视线继续道：“黑衣服的那个人是我的长官，我也不知道他会对见星做什么。但我们要走到镜子的最内层去，必须杀死见星。”

阿月闻言嘴唇颤抖，似是想说什么，但最终却只“嗯”了一声，他看向不远处的帕特等人："那他们也……"

"都是的，守序者。"

狂乱的风雪干扰了通讯，公频里炸了一阵电流声，蒋枭上线说道："我快到了，但路上遇到很多畸种都在往活动室的方向聚集，怎么回事？"

安隅平静地回答："镜子在搞鬼，还有，这里的馋虫似乎比53区更敏感。"

他和长官分开，帮助遮掩他本体的东西就没了。

"明白了。"蒋枭闻言果决地分配了作战计划，"各位，我会在路上拦截一部分，其余人护好角落。"

安隅视线内的三个队友同时抬手碰了碰贴在耳朵里的耳机。

"是。"

"是。"

"是。"

只片刻，远处昏暗的雪沙后，大团躁动的影子再次压来。

阿月担忧地看向安隅："这里有几百只畸变者，你们只有——"

"不怕的。"安隅看着几个进入战备状态的队友，"他们都很强大。"

公频里，蒋枭那边已经传来畸种的嘶鸣和打斗声，他振奋道："被您认可是我的荣幸。"

帕特话不多，惯例在畸种靠近前就当先冲入了畸潮，斯莱德立即跟上，在频道里叮嘱："照看好角落。"

"放心。"已经跟随斯莱德出过无数次任务的风间轻松一笑，"我会顾好角落，也会顾好大家。"

天昏地暗，连风雪都染上了阴沉。诡谲的嘶叫和血腥几乎要让阿月精神错乱了，他偏过头看着身边站着的人——那是全场最安静的存在，近在眼前的恐怖厮杀与他所处的空间就像割裂开的两个世界，他放空般地望着天上飘洒的风雪，仿佛一切都和他无关。

阿月忽然觉得这应该是个大人物，但又不太确定——因为大人物穿得太寒酸，体格即便是在孤儿院的普通孩子里也算不上健壮。

过了一会儿，那双金眸的瞳心忽然缩紧。

下一瞬，阿月惊讶地发现原本腹背受敌的一位守序者毫无预兆地消失了一刹那，在瞬息间，两个畸种扑倒彼此，立即狂躁地向对方大打出手。

不到一分钟，胜负已决。其中一个死亡的瞬间，阿月余光里的身影忽然僵硬。

他偏过头，看着安隅闭眼蹙眉忍耐，而就在同时，近处一只重伤的畸种突然像是被人补了一枪，伤口爆出血花，迅速血竭死去了。

阿月怔怔地看着安隅，明明这人从头到尾都没有动过，但却好像一切都受他的操控。

“您——”

安隅喃喃自语道：“效果很弱了……”

秦知律切入频道：“和53区情况类似，相同的刺激效应会递减，你不要插手这场战斗了，留存体力吧。”

“是。”安隅深呼吸平复心率，“您还好吗？”

“嗯，陪失眠的孩子聊聊天。”

“聊天……”

长官越是轻描淡写，安隅越觉得后背发凉，他犹豫了一下又问道：“是枪顶在脑袋上的那种聊天吗？”

秦知律沉默片刻：“把失眠的孩子吓到昏睡吗？确实可以尝试，虽然我本来没想到这个法子。”

安隅无语。

“自畸变之后，这灯光一直亮着，见星说他也不知道要如何控制。”

杀死见星，灯光一定会熄灭。但熄灭灯光本身就是为了安全地杀死见星，这是一个死循环。

“我想尝试让他睡着，我会暂时关闭你接入私人频道的权限。”秦知律语气平静地扔下一句交代，而后立即切断了频道。

安隅听着耳机里的忙音怔了一会儿。

他以为自己见过长官做的“不爱惜羽毛”的事已经够多了，但没想到长官竟然还有想避开他的东西。他忍不住开始担心长官是真的想掏枪把见星吓晕——如果是那样，他会很愧疚。

“您怎么了？”阿月探寻地看着他，“见星他……还好吗？”

安隅闻言回过神，有些困惑地看着阿月。

这段时间以来，身边的每个人都说他的社会性有进步，有时甚至觉得他会认真考虑别人的感受，虽然不一定考虑得对。但这一刻他仍捉摸不透阿月的心思，明明已经决定要杀死见星，却还会担心见星好不好。

安隅从口袋里摸出第一层的碎镜片，将黑镜翻转过去，白镜那面朝上，放在阿月和自己中间。

阿月愣了下："这是……"

"看看镜子。"安隅轻声道，"也让我看看你。"

他们的目光在镜中交汇，一瞬的恍惚后，周遭的空气忽然变得潮湿，雨声填充了世界。

灰白的体检仓外，小阿月蹲在房檐下看着线状的雨帘，每隔一会儿就要往门里张望一眼。

今天是他从D区转入B区的第二天，协管的李音老师拜托他主动和一个叫见星的男孩多说说话，老师说他总是睡不着，也没有朋友，很可怜。

刚好今天是身体检查的日子，阿月远远地看到了见星——身材小小的，排在队伍里。前后左右的人刻意和他隔开了距离，但他好似已经习惯了。他安静地通过一道道程序，被勒令脱衣服时，神色丝毫不变，温顺地把自己脱得一丝不挂。

那布满瘢痕的身体把阿月吓呆了。

一个小孩在阿月耳边道："离他远点，他是个高风险。看到那些伤了吗，整整半年的风险基因测试呢。"

见星刚好回过头，相隔甚远，阿月与他的视线在空中交汇。

那个被其他孩子描述为活鬼一样空洞的眼神，却让阿月觉得心脏针扎似的疼了半天。

阿月做完检查后，按照流程排在他前面的见星却还没做完。

他打听了一圈才知道，见星虽然不用再接受风险基因测试了，但他的身体检查比其他孩子更严苛，涉及多项体内探查，那些冰冷的钳子管子会伸入他的身体，每次都要比别人多花上两个小时。

阿月只好蹲在房檐下等，等到天快黑了，他小跑去食堂领了饼干，又小跑回来继续等，直到那个虚弱的脚步声终于从身后响起，他精神一振，跳起来回头看去："见星！"

不远处，那双金眸被他吓得一哆嗦。

"嗨！"阿月立即掏出口袋里的饼干，"那个，我叫阿月，是D区来的。我在这边还没有认识的朋友，刚看你好像性格很好，认识一下？"

见星愣了好半天，才迟疑着伸手接过那块饼干。

"给我的？"他眼中写满了茫然。

“嗯！”

“你在这里……是等我？”

“嗯嗯。”阿月猛点头，“食堂关门了，我陪你回活动室吧。”

他以为见星会很难接近，会想一万个理由拒绝他，但见星几乎没等他说完就用力点了点头。

他们淋着雨从食堂走到活动室，路上，见星把压缩饼干掰成两半，一人一半就着雨水啃，到活动室门口刚好啃完。

很久之后的某天夜里，见星又从梦魇中醒来，阿月习惯地翻个身搂住他，在他耳边哄着他继续睡。

见星却忽然道：“谢谢。”

他从来没说过这两个字。

原本困得迷迷糊糊的阿月打了个激灵，彻底醒了过来。

月光透过窗子打在见星的脸上，那双金眸中逐渐蓄起泪意：“你不是常问我，接受风险基因测试是什么感觉吗？”

“嗯。”

“其实次数多了，就不那么疼了。但做得越多，每次从体检仓里出来，就越觉得自己和这个世界没有关系。很想要……杀死自己。”

“我一直都希望，从体检仓出来时，能有人在外面等我。”见星低头轻轻地拨着指甲，“接我回去，无论去哪儿。”

那是阿月记忆中，见星出事前的最后一次梦魇。

那晚他听着见星的倾诉，然后两人拥抱着睡去。

临睡前，见星近乎虔诚地跪坐在他身边，轻轻哀求道：“阿月，永远别离开我。”

记忆纷飞，场景迅速切换，活动室外宁静柔和的月光消失，被漆黑的夜取代。

外面到处都是畸种们惊恐疯狂的嘶叫。

那是2138年12月25日。

阿月疯跑过狭长的走廊，终于一把推开活动室的门。

李音躺在血泊里，一把尖刀插在胸口，人早已断气。

墙角亮着诡异的惨白灯光，见星抱膝坐在那光晕里，整个人都在发抖。

“对、对不起……对不起……”他拼命地在地上蹭着闪躲，想要躲开那道光，仿佛没有意识到光源就是他自己。

“我，我刚才好像失去意识了一会儿，我……”

阿月立即上前，蹲下死死地抱住了他，在那一刹那，见星终于爆发出歇斯底里的尖叫。

那声尖叫让阿月聋了几天，等他终于恢复听力时，精神力已经恢复稳定的见星却对他说道：“离我远点。”

安隅正想继续看下去，但突然而起的琴声却让他的意识出现了片刻的浮沉。

他一直在顺着阿月最初的记忆往后看，在这条时间线上，李音应该已经死了，琴声哪里来的?

错愕间，他终于意识到是哪里不对——这个声音与那无数个记忆碎片里李音的吹奏都不同，这是……

思绪一沉，他猛地从阿月的记忆中挣脱而出。

阿月还在对着镜子发呆，不远处的畸潮已经被消灭得差不多了，频道里是大家错落的气喘声。

天色更加昏黑，一道惨白的光从身后的窗子里投射出来，光源是见星。

琴声也是从那道窗子里传来的。木吉他的音色朴素而柔和，那些弦很旧了，被拨响时有些钝钝的杂音。

但却出人意料地温柔，让人心静。

安隅在从前的人生里几乎没有听过音乐，进入主城后，也不能理解守序者们戴着耳机沉浸于电子摇滚的爱好。

这还是他第一次在真实的世界里，认真倾听一首用乐器演奏的曲子。

一支单薄的旋律，却穿过了呼啸的风雪。

磨砂的窗面模糊了里面的景象，窗里透出来的光正逐渐变弱。

阿月小心翼翼地问：“您怎……”

安隅突然转身大步往楼里走，他脑海中有些空白，不知道在追赶什么，只觉得越走越快。

终于，在推开活动室门的那一刹那，门中的灯光彻底熄灭。活动室归于一片昏暗，只余下从外面透进来的微弱月光。

音乐已经停了，但秦知律的手还按在弦上。

他抱着琴坐在地上，脊背依旧那么笔直，但却又仿佛笼罩在一层苍凉之中，是安隅从未见过，也读不懂的氛围。

“长官……”

秦知律微一颔首：“见星睡着了。”——睡着了，灯光就暂时熄灭了。

频道里忽然滋啦啦地响了一会儿，蒋枭略带气喘道：“你们已经杀了见星？”

安隅愣了愣：“还没，怎……”

他话没说完，突然明白了过来。

“没杀？”蒋枭惊讶道，“可是空气墙已经掉落了第二块碎镜片。”

秦知律了然道：“白荆不认识见星，只是受了李音的嘱托。也许从最开始，李音就没有求白荆保护见星的安全，而是希望见星能每晚好好地入睡吧。”

错乱的脚步声从身后追近，安隅被推了个踉跄，阿月冲进房间站在见星前，似乎是想蹲下抱住他，但听着那道清浅的熟睡声，又猛地站住了脚，他用手死死捂住嘴，泪如雨下。

秦知律放下吉他，起身看着见星的睡颜。

白发乱蓬蓬地遮下来，遮住了多年难眠留在眼下的乌青，也藏起了那对似曾相识的金眸。

“睡吧。”秦知律轻声说，“看来，很多人都希望你能好好睡觉。”

他说完便放轻脚步离开了房间。

安隅追上去：“长官……”

秦知律淡然道：“看来这次我们没有犯罪的机会了。”

是开玩笑的话，但安隅却觉得他的心情并不轻松。

他从一旁安静地看了他一会儿，轻声问：“长官弹一首曲子，就哄他睡着了吗？”

秦知律平静道：“我陪他回忆了一些往事。”

“什么往事？”

“基因风险试验，还有杀死李音。”秦知律的语气一如既往冷静，“失眠不过是一种病，孤儿没见识，我教了他一些睡着的方法，仅此而已。”

安隅沉默了片刻：“在53区，您提醒我诱导试验后可能会失眠和梦魇，我问您该怎么办，您却说只是提醒我，让我自己想办法处理。”

秦知律脚下一顿，他回头看着安隅，目光深邃难辨，过了一会儿，他忽然垂眸勾了勾嘴角。

走廊幽暗，安隅努力用视线描摹着长官的神情——那种苍凉感好像散去了一些。

秦知律点头承认："是这样。不高兴了？"

"没有。"安隅执着地盯着他，"只是觉得您区别对待。"

"当时，你只是一个要被我考察的人。"秦知律抬脚继续往前走，"但见星不同。"

安隅皱眉跟上："哪里不同？"

"他和我现在的监管对象有点像，所以确实想给一些格外的关照。"秦知律随意地回答道，"有什么意见吗？"

安隅脚步一顿，他微微发怔，看着那道挺拔的身影向前走。

恍惚间，这条狭长的走廊让他想起不久之前在大脑接受典的基因注射测试——虽然那时黑塔和大脑的人都已经对他毕恭毕敬，试验痛苦可以忽略不计，但当他走出那一道道金属门时，还是被熟悉的不安全感笼罩着，只能努力放空思绪，一边机械地往外走一边往嘴里塞着糯米团子。

那日，踏出最后一道隔离门时，就是面前的这道身影，在走廊上等着他。

记忆中的那个轮廓与眼前的影子逐渐重叠。

安隅耳边忽然回响起刚才阿月的记忆，在很久前的那个夜晚，见星对阿月轻声说："我一直都希望从体检仓出来时，能有人在外面等我。接我回去，无论去哪儿。"

秦知律再次停步，回头有些无奈地看过来。

"真不高兴了？"他叹了口气，"异能还没觉醒多少，脾气倒越来越大了。你想……"

"没有，长官。"安隅轻轻摇头，快走两步到他身边，温顺道，"抱歉让您等我。我只是走了个神，忽然有种没有过的感觉。"

秦知律点点头，随口问道："什么感觉？"

安隅摇头："就一瞬间，想不起来了。"

秦知律用气声笑了笑："你是和葡萄走得太近了，和他学得神神叨叨的。"

安隅不吭声，像是默认了，继续跟在他身边往前走。

那种感觉确实很短暂，但并没有被转瞬就遗忘。

它只是过于抽象而厚重，很难描述清楚。

就像在守护之镜中听到无数时钟滴滴答答走字时一样——刚才那一瞬，安隅仿佛听到了命运交错的声响。

【碎雪片】

见星（2/3）难得安眠

穿黑衣服的人，冷酷肃穆，让人不敢直视。

我曾坚信他的到来意味着我的生命终于迎来终结。

但我似乎想错了。

就像十几年前，我与阿月在体检仓中遥遥对视，我也以为那只是又一个被我吓到的孩子。

今日错正如当年错。

我似乎永远无法相信上天会突然降临救命稻草。

但我一直被上天这样眷顾着。

他用平和的口吻说着最让人心痛的话。

然后卸下周身的冷肃，拨出一支温柔苍凉的旋律。

我甚至不知道自己何时睡着的。

只是入睡时，刺眼的光忽然消失了。

这个世界仿佛在用回归的黑夜拥抱我。

告诉我，我也可以被原谅。

【废书散页】

27 宇宙镜像

人们偶尔会毫无预兆地遇见和自己很像的人，经历着和自己类似的事情。

虽然他们的行为和结局未必相同。

但那就像平行时空的交汇，是一段被复写的时光。

如同宇宙镜像。

发生在被宇宙珍视，或让宇宙也感到遗憾的人身上。

45 碎镜之二

走出活动室，安隅脚步一顿。

孩子们包围了这栋小楼。昏沉的夜色下，孤儿院的衣服在风中鼓动着连成片，在那些瘦得塌陷的脸上，一双双空洞凸起的眼睛直勾勾地盯着他们。

第二层的畸种几乎已经被杀光了。

队友们都已战至力竭。帕特和斯莱德坐在地上休息，几朵蒲公英在边上吃力地飘浮着，风间脸色发白，用眼神勉强操控着那些蒲公英。

蒋枭连着质问了两遍那些孩子到底要干什么，都没得到回答。他失去耐心，转头回到队友身边。一株枝蔓拱破掌心生长而出，绽出粉艳的罂粟花来，花瓣在风中蜷缩，很快便结出圆鼓鼓的果实，果实顶端迎风向外喷射出一颗颗黑色的罂粟籽。

“别。”斯莱德立即现出狼爪，一掌将那些热情奔来的罂粟籽挥开了，说道，“不用你，风间还能挺一挺。”

蒋枭沉默片刻，罂粟果实扭了个方向，对着帕特跃跃欲试。

帕特竖手道：“我宁愿有尊严地死去，也不想拿精神力换命。”

“懦夫。”蒋枭烦躁地收了掌中花。

风间从仅剩的几颗蒲公英里分出两朵去帮他治疗身上的伤口，纳闷道：“你怎么不治疗自己？”

蒋枭冷脸沉默了一会儿：“我精神稳定性差，做这个置换不划算。”

“噗。”风间没忍住笑出了声，又在蒋枭的怒视下立即憋了回去。

蒋枭挥开那些蒲公英：“走了，去下一层。”

他转身对那些小孩子道：“你们要是只为了挡路，就别怪我粗鲁了。”

小孩子们依旧不吭声，空洞的眼珠子盯得他背后发毛。他正欲摆出蛇尾吓吓这帮崽子，余光里，一道身影从身边迅速擦过。

“我来。”安隅说。

安隅站在那群小孩子面前。

他穿着53区低保服，和孤儿院的衣服很像。在主城住过一阵子，但他身形依旧单薄，使得即便站在守序者这一头，也仿佛随时能一步迈入那群孤儿之中。

安隅轻声道：“主城不久前才发现孤儿院的时间停滞了。很抱歉，我们或许能让时间恢复流淌，但无法弥补你们被封存的这十年。”

人群中寂静了许久，终于有一个怯怯的声音问道：“那我们还能出去吗？”

安隅诚实道：“最近几天与畸种有过血液接触的难说，其余人是可以的。”

有人闻言松了口气，也有人哭。如今的世界形势反转得很快，刚入院时，人人都害怕畸变。后来出了事，最聪明勇敢的那些开始绞尽脑汁想变成畸种，而今秩序突然面临修复，那些人又将为自己的行为埋单。

人类如此被动，所有的灾厄都降临得毫无道理，就像随心所欲翻涌的巨浪，从不考虑那些努力在浪中生存的小船是否会因它的扭转而粉身碎骨。

有人畏缩地问道：“出去后会怎样，外面的世界还好吗？”

安隅认真想了一会：“不算很好，但我认识的人都还算有所期待。你们会被随机安排入饵城，饵城之间的贫富差距比较大，但即使分去了最穷的区域，也总有人能靠自己去更光明的地方。或者留下，上进的努力找点营生干，不上进的——”

他像是忽然走神了一会儿，回神后垂眸勾了勾唇：“就混一份低保粮，也许能碰到有趣的邻居，那样的日子也很好。”

一个只有两三岁的小姑娘问：“低保粮是什么？”

安隅朝她努力扬起一个微笑，就像当年凌秋对他展露的第一个笑容一样：“是面包。不久前主城才刚下达了新的条例，对贫民窟的低保面包供应不再限量。只要是努力活着的人类，就会一直有面包吃。”

“不限量？”孩子堆里立刻涌起讨论，“那好像还不错。”

“看来外面世界变化很大了，我入院前，低保面包是限量的。”

“你吃过低保面包？”

“嗯，比压缩饼干好吃多了。”

“真的啊？！”

……

安隅回头，视线穿越昏暗的风雪，与身后那对黑眸对视。

秦知律冲他微微颔首。

新的低保面包不限量条例，是长官的手笔。

经费由三方分摊，秦知律自己、黑塔，还有主城第一豪门靳家——靳家现任家主靳旭炎，正是198层的炎长官。在当日53区的夜祷会上，秦知律在教堂的人群中看到了他，便去和他商量了这件事。

这些都是后来葡萄告诉安隅的，秦知律自己却从未提起过，如今在53区新建的贫民窟中，低保户们早就过上了新的生活。

*

小队来到了第二层与第三层之间的空气墙前。

蒋枭掏出第二块碎镜片："和你们会合之前，我尝试触碰了白镜，好像也能钻进去。但我还没来得及看到什么，就听到了终端的精神力报警，差点没挣出来。"

他叹了口气，把碎镜片递给秦知律："这东西对精神力冲击很大，抱歉，律，我无法替安隅分担……"

安隅视线落到他小臂那道深而崎岖的血沟上，他沉默着注视着那道伤，于是在众人眼前，血沟一点点填平，裂开的皮肤逐渐对齐。

"谢谢您……"蒋枭红瞳波动，"只是小伤，不必浪费……"

"我只是试一下能力。"安隅收回视线，扫到他身上另一处还在渗血的伤，皱了下眉。

秦知律问道："没有进步？"

"嗯。"

到目前为止，时间加速这项能力还只能用来加速伤口的恶化或痊愈，影响范围小到只能作用在一个伤口上，连想让蒋枭全身所有伤口同时加速痊愈都做不到。

可婴儿时期，安隅曾让自己和另一个人完整地向前穿越了八年，与如今的表现天壤之别。

秦知律掂了掂第二块碎镜片，镜片落回掌心之时，被安隅从空中抓走。

秦知律注视着他，提醒道："一旦进去，10%。"

"我记得。"安隅将黑镜翻转过去，直面白镜，轻声道，"但我好像没有其他选择。"

他与镜中对视的刹那，听见秦知律在一旁轻嗤了一声："小狼一样。"

很多年前，凌秋也曾这样评价他。但凌秋评价的是他的吃相，长官似乎不是。

安隅怔忡间，手腕再次被捉住，白镜中闯入了长官的面庞。

那双黑眸沉静如旧："确实没有其他选择，但可以陪你一起进去看看。"

他来不及做出反应，意识深处那层朦胧的嘈杂声忽然变得真切，无数时钟滴滴答答地转动，他猛地低下头，再一次看到了白荆的身体。

2138年12月20日。

白荆迎着风雪跑得要飞起来了。他从D区一直向外，穿过C区、B区，跑尽了孤儿院大半条对角线，直到终于冲入档案室。

"是真的吗！"他对着电脑前噼里啪啦写档案的收容员瞪大眼，"人呢？人在哪儿？人——"

话音猛地止住。

他已经看到了，正低头站在档案架前那个小姑娘。

白荆记事没多久时父母就分开了。

乱世之中，贫贱夫妻并没有什么爱恨情仇，只是父亲总不听劝地去野外接活，好几次都在畸种袭击下侥幸逃生。母亲逐渐难以忍受那些惊吓，在一个难得的晴天选择了离开。

事实证明母亲是对的，父亲没多久就在野外受了一道小伤，他隐瞒了伤口，结果就是将畸变基因带回饵城。被击毙时，他已经又感染了一户邻居，也导致白荆被塞入高风险畸变孤儿院。

白荆严格意义上不算是孤儿，他还有个母亲，只是失去音讯多年，他以为母亲早就死了。

因此当同事告诉他——"有个新收容的小姑娘，基因测出来好像和你是同母异父，叫阿棘"，他头皮都炸了，一路狂奔到这里。

"阿棘？"他试探地叫那个小姑娘的名字。

许久，小姑娘才怯怯地抬起头，白荆差点当场落泪——阿棘和妈妈长得很像，和他也几乎有着同一个轮廓，比他晚了整整七年出生。

根据收容员的记录，他的母亲在半月前畸变死亡，阿棘成了他目前在世上唯一的血亲。哪怕只有一半血缘，但也是千真万确的妹妹。

白荆试探地朝阿棘伸出手："我是你……之后的协管老师，别害怕，跟我走，好不好？"

档案员一边敲着键盘一边说道："还得带她去再做一次身体检查。"

阿棘盯着白荆看了很久，低下头不说话。

于是白荆亲自带她到体检仓，帮她把那些要贴在皮肤上的金属器械一个一个地捂热，在测试员勒令她脱掉衣服时，自然地背过了身。

离开体检仓时，他放慢步速在她身边走着，一只冷冰冰的小手忽然钻进了他的掌心。

“协管老师。”她怯生生地仰头看着他，“其实，你长得和我妈妈很像。”

白荆愣了片刻，眼眶湿热地笑道：“是很巧，我觉得我和你也长得很像。”

“对啊。”小姑娘轻轻抠着他的掌心，“因为你和我妈妈像啊。”

2138年12月25日晚上，白荆在去A区找陈念前，先看过阿棘的情况。

当时阿棘什么事都没有，已经在睡巢里乖巧地睡着了。可就在白荆替陈念隐瞒后，失魂落魄地回到A区，想要看一眼妹妹的睡颜缓解焦虑时，他推开睡巢的门，却见阿棘已经昏迷。她眉头紧皱，四肢鼓动着瑰色的脓包，像是有什么东西要从体内冲破而出。仪器显示她的基因熵正在剧烈上蹿，精神力已经无可挽回地跌破安全值。

脆弱的身体在基因融合的冲击下陷入沉睡，不知道会沉睡多久，但她迟早会醒来——以一个失去人类意志的畸种身份醒来。

孤儿院处理这一类情况的方式是注射一剂安乐死，让这些孩子在睡梦中死去——最起码，他们至死都不必直面自己畸变的丑陋。

白荆走进了高权限药剂室。

透过药柜后面的玻璃镜子，他注视着自己。不知是不是看得久了，恍惚间他竟觉得镜中有两个自己。其中一个还因悲伤剧烈地喘息着，而另一个则仿佛镶嵌在镜子中，冲他微笑。

他听见了那个微笑的自己心里的声音。

“已经铸下大错，又何妨再入深渊。那是这个世界上，最后一个真正的亲人啊。”

许久，白荆回过神，平静地从药柜中拿走了针剂。

他拿走的是另一种针剂，会让注射者陷入深度睡眠——那通常是为畸变后陷入昏迷，但精神力很稳定，有极大希望保住人类意志完成畸变的人准备的。

注射这一针后，再将人封入低温环境，就能进入无期限的休眠状态，可以保留生命，也随时能被唤醒。

虽然白荆永远不会唤醒她，但至少这样，他能永远地留住她。

记忆的尽头，安隅出现在一片雪原上。

孤儿院全部的建筑都淹没在暴风雪中，雪的厚度已经没过膝盖，天地之间皆是白茫，四面八方都摆满镜子，强烈的反光让他几乎睁不开眼。

他半闭着眼跌跌撞撞地往这片空间的中心走去。

不知穿越了多少风雪，他终于来到那座镜子打造的棺椁前。

镜面上浮现出里面的景象——阿棘安静地躺在碎冰之中，少女纤细的四肢上满是瑰色的鼓包，她闭着眼，面部看起来仍只是一个小女孩，脸色青白，让人心疼。

安隅伸手想要触碰镜棺，然而还未碰到，意识深处嘈杂乍响，让他一瞬间脱离而出。

时钟指针纷乱地走动，安隅猛地睁开眼。两道交错的终端警报盖过了脑海中的嘈杂，他一个激灵，彻底醒了过来。

蒲公英和罂粟种子环绕周身，终端上的生命值才刚刚回升到40%，比上次从记忆中醒来还要低。

风间咬牙道："终于醒了！上次你生命值才降到50%，刚才直接到30%了！"

安隅茫然了一会，顺着那些罂粟种子看向蒋枭——另一道警报就来自蒋枭的口袋，那是提示精神力超速下降的警报声。

蒋枭咬紧牙关，仍在竭力释放罂粟种子，直到秦知律抬手打断了他。

"看来你的治疗系异能脱离不开交换的本质。原本是将治疗对象的精神力转化为生命，可角落的精神力不受侵染，这个能力就自动反噬到了你自己。"秦知律看着他终端上不断下降的数字，淡然道，"他已经醒了，让风间慢慢治吧，你不必逞强。"

蒋枭恨恨地收了手，眼眶猩红，不甘心地看着掌心的花朵。

他曾以为拥有绝对意志的安隅注定是他这项能力的受益者，却没想到限制跑到了自己身上——以他的精神稳定性，即使满状态治疗安隅，要想保证自己不失智，最多也只能为安隅拉回10%左右的生命。

安隅似乎捕捉到了一丝蒋枭的难过情绪，但他顾不上安慰，他紧张地盯着终端，一边默数着生命值上升，一边问道："长官，您还好吗？"

"还可以。"秦知律说，"比你早醒几秒钟而已。我的精神力和生命值在里面都下降了5%。"

"5%？"安隅猛地回头，难以置信地看着长官——仅剩的一点情商让他没有质问出那句"凭什么"。

秦知律思忖着回忆道："我在里面看到了白荆和妹妹阿棘的过往。我代入了阿棘的视角，小姑娘在畸变发生后就失去了意识，我也因此陷入浑噩，只是在浑噩中依稀感到很绝望，后来又觉得很冷，干脆提前出来了。"

能不冷吗，被和一堆冰块一起塞进了镜子棺材，又埋进雪原里。

安隅用异能稍微加快了自己的痊愈速度，看到数字回升到超过60%后，风间松了一口气，分出了一些蒲公英去治疗秦知律。

所有人都在屏息等着结果，想看他们的生命上限各自损失了多少。

安隅上一次已经丢失10%，如果这次也一样，那最多只能加到80%。

不过这次有长官和他一起进去，也许情况会好一些。

他紧张地看着数字跳动，两位数从60%缓缓上升到65%、66%、69%、70%、71%……71%……

风间天宇震撼地停手，蒲公英种子从安隅身上撤去。

“好像……到头了？”风间天宇脸色惨白，“怎么会这样，这次一下子就封存了19%？”

安隅有些焦虑地拿起终端，试图仔细看看是不是显示有误，身边的秦知律却忽然低沉地“嗯”了一声。

他回过头，却见长官的终端数字也停止了跳动——数字停留在99%。

秦知律只被封存了1%。

“看来——”斯莱德挑眉道，“第二个碎镜片的目标是封存20%生命值，从进入守护之镜的人里随机切片。有人被切了一大片，就有人只被切一丁点。”

秦知律挑眉：“看来我就是那个一丁点。”

安隅：“……”

很不幸，他是那个一大片。

【碎雪片】

白荆（2/4）深渊美梦

阿棘是与我相识了五天的妹妹。

我还没来得及告诉她身世，也没掌握她的喜好，

但这并不妨碍我为她义无反顾。

或许在安宁岁月，人们对亲情反而会淡些。

但在灾厄中，留有一线血亲，才是最盛大的美梦。

我和阿棘还不相熟，也永远不会相熟了。

但我会一直记得那只小手钻进我手心的感受。

那将是我沉睡在深渊中唯一的美梦。

46　万镜牢笼

第二道空气墙已经破裂，但秦知律却没让大家立即进入下一层。

小队回到食堂休整过夜，风间尽力把所有人的生命值拉满，而后在狭窄的木椅上倒头就睡。蒋枭找了个安静的角落休养精神力，帕特和斯莱德则在门口低声交流着被安隅操控空间时配合的技巧。

秦知律一边记录着战斗节点，一边听着身后“咔嚓咔嚓”仿佛小兽啃树皮的动静。

他回过头，安隅正拿着饼干往嘴里塞，另一手握着终端。他直勾勾地盯着生命值，刷新个没完。

秦知律道：“你的生存焦虑真的很重。”

安隅抬起头，焦虑使他看起来有些冷漠：“第三块碎镜片的封存目标应该是30%，如果也都算在我头上，那我的上限就只剩41%了。”

蒋枭基本没用，风间疗速慢，而且一直对锁血机制保密，想必也有限制。

安隅从不会把性命寄托在不清不楚的东西上。

秦知律语气平静：“我说过，不会让你有事。”

“嗯。”安隅垂眸道，“谢谢长官。”垂下的头发遮住了他眼神中的顾虑。

长官确实足够强大，但这并不能给他绝对的安全感，他狠狠啃了一口饼干，说道：“我睡了。”

凌晨时分，小分队都在熟睡。

一直合着眼的安隅却无声地坐了起来。

他掏出那两枚碎镜片，两面白镜中映出的都是他自己的脸，但看起来却不像寻常的镜面成像，而有一种和封存在镜中的那一部分自己对视的感觉。

对视得久了，脑海深处的嘈杂似乎在变强。安隅忍受着烦躁，望向桌上剩下的半块饼干。

终端仍遵循着客观世界的时间流速一秒一秒地计时着，然而时间却在饼干身上超速积累，直至饼干表面终于生长出一块霉菌。

计时显示，十四秒。

已经开封的沾过唾液的压缩饼干，发霉时间通常在七天左右。也就是说，他现在可以花费两秒来推动目标的时间走过一天。

这个效率比为队友治伤时高了不少，但还是远远不够。

安隅再次闭上眼，将注意力从那一块饼干上，转移到这座食堂整体。

他想象着食堂里所有的食物，咬牙屏息，直至脑海里的嘈杂愈演愈烈，才猛地睁开了眼。

“长官？”

秦知律站在他面前：“不好好睡觉，又在折磨自己。”

安隅轻声问：“您怎么不睡？”

“醒了。”

“醒了？”安隅惊讶地看了眼时间。

“嗯。我只睡两小时。”秦知律说着随手拿起那块长出霉菌的压缩饼干，仔细观察着。

安隅忍不住问：“从什么时候开始？”

“记事起。”

安隅忽然有点懂了为什么长官会和见星有话聊，他不知道该羡慕还是该觉得长官好惨。

秦知律抬手按住他的头：“不要做无谓的自我折磨，进入第三层后，极大可能会面临很多战斗，把学习和实践留到那时吧。”

安隅思考了一会儿：“您是从阿棘的视角中看到了什么吗？”

“嗯。”

阿棘在昏迷中，听到白荆在她耳边说：“那个东西会替我守护好一切，除非它失约，不然我会陪你一同沉睡，不复醒来。”

安隅闻言讷讷地问道：“阿棘知道白荆是哥哥吗？”

秦知律点头：“很小的时候妈妈就拿白荆的照片给她看过。在档案室里，她已经认出了哥哥，只是不知道哥哥也能认出她，原本想一点点暗示，可惜，没时间了。”

安隅张了下嘴，却没说出什么。他仰头望着秦知律，像在发呆，那双金眸依旧空茫，却也好似终于有了一些内容。

“这个任务里，你好像异常地上进。”秦知律忽然说，“53区时有一把无形的枪顶在你的脑门上，但这个任务，还没有什么是要你必须把时间加速磨练出来的吧，你却好像很着急。”

安隅低头看着自己的手指。

“我只是会想到019。”他沉默许久才轻声道，“某种意义上，019是给我生命的人。可却因为无法接受八年的时间错乱而丧失神智，被静默处置。这里的孤儿被和畸种一起封闭了十年，却还要寄居在小孩子的身体里回到人类社会，他们也一定会很痛苦吧。”

活动室小楼外那一双双眼睛，让他回想起《收容院》里写的——一群人的时间乱了，他们的嘈杂在河流中寂静地冲淌。

以混乱之身回归秩序，外面的嘈杂止了，心底的却会愈演愈烈。

安隅脑子有些乱，他不擅长想这些，只是觉得自己的能力还可以期待一下。

也许长官会觉得他脑子不好，就像很多年前，肚子咕咕叫的凌秋对他说想要帮更多穷人吃饱时，他也觉得凌秋饿傻了。

秦知律却忽然低头一笑。

“把53区还给凌秋。”他轻声道。

安隅一愣：“什么？”

“没什么，只是忽然想起了你说过的这句话。”秦知律又在他头上按了按，“试试吧，也把正确的时间，还给孤儿院的孩子们。”

*

穿过第二层空气墙，视野被蒙上了一层霜，重归清晰时，孤儿院灰白的楼房也随着霜一并散去了。

四周毫无生气，地上的积雪白亮得像镜面，每个人都和脚下的倒影连在了一起。

每走几步，空中就似有一条纵线轻轻晃动，整个世界如同一幅不稳定的拼图。

蒋枭轻声道：“是空间错乱吗？”

安隅缓缓向前走，视线巡视着两侧，金眸在白亮下更显澄澈，眸光微动，摄人心魄。

“空间倒是很规整……”他忽然停下脚步，“但却是一个巨大的牢笼。”

众人同时止步，围绕着安隅和秦知律，用视线巡视周围。

“牢笼？这里没有空气墙啊。”风间轻轻扑打四周的空气，毫无阻力。

安隅看向几步之外的建筑：“去摸一下那边的门。”

风间走上前，手指触碰木门，然而紧接着，他的手穿越了那扇门，就像穿越空气一样顺畅。

“镜子牢笼。”安隅说，“我们现在所处的空间被很多块无形之镜包围。你看到的东西都在镜子里，本质上和你不在一个空间，所以你无法触碰。但这些镜子没有实体，不会阻止你的探入，也因此很难被发现。”

风间怔道：“你怎么知道？”

安隅凝视着周遭的空气，瞳心逐渐凝缩，他轻声道：“怎么说呢……”

虽然看不见，但他有感知。周围看似空旷，但每一点都收敛着另一层空间，藏匿在其中的家伙快要把他烦死了。

蒋枭警惕地望着四周的空气：“隐匿空间吗？看来它想要在戏弄中杀死闯入者。”

秦知律道：“也或许，只是为了更好地藏起它想要藏着的东西。”

话音刚落，周围忽然出现了一群孤儿，像凭空从空气中迈出来的，悄无声息地站在他们面前，围成一个圈。

孤儿们穿着破败的院服，长着相同的脸，空洞的眼睛直勾勾地盯过来。

斯莱德诧异道：“镜子还有复制畸种的能耐？”

“不是。”安隅说。

面前的孤儿背部迅速隆起，人类的面部分崩离析，转眼便变成了一只巨大的不规则怪物，空洞的脸上不见五官，只有一层又一层细密的牙齿。

它发出震耳欲聋的咆哮，大量黏液从口中砸了下来。

安隅鼻翼耸动，却没闻到任何腥臭。

孤儿们一个接一个地畸变，和安隅见过的生物畸变不同，面前这些巨大的东西更像异形怪，肉身粗壮，光滑的肢体在空中甩动，看得人太阳穴直跳。

帕特一枪击出飞锚，打进畸怪的肉肢，却发出了一声硬脆的击响！

他借锚索将自己拉起，与之相搏。每一刀每一拳，击打在畸种身上，伴随着尖锐的硬物刮擦声。

安隅忽然明白了过来，难怪这些东西在畸变前都长得一样，也难怪他没有闻到腥臭——它们并不是真实的畸种，它们的本体都是镜子。

紧接着，新一圈的孤儿从空中迈出，面无表情地向中间汇拢来。他们步步逼近，庞然大物从瘦弱的身体中抽脱而出。

秦知律风衣下蔓延出上百根粗大的触手，变得比在53区时更高大，漆黑的触手呼啸着从安隅四面八方穿插而过，将向他袭击来的东西都搏挡在外。

蒋枭的精神力报警声响个没完，但那双红瞳却愈发清冷，他果断收了掌中罂粟，无穷的蛇尾从身下钻出，像章鱼触手，却又比触手有着更锋利的鳞片，摇摆着向那些怪物鞭打而去！

斯莱德一跃而起，利爪在空中划出冷芒，将一只要扑杀上来的畸种打倒！

不久前，在53区，没有人肯在战场上对安隅施以援手。他浑身染透鲜血，以凡人之躯冲进畸种堆里，只能在快要承受不住时哀求长官开枪击杀。

可如今，这些天梯高位的守序者站在他的四面，将他围立中间，为他竭力冲挡。

波光荧荧的蒲公英种子在空中浮动，一条带着细绒的丝线从风间指尖伸出，在安隅垂在身侧的手腕上细细地环绕了几圈。

“血线防守2.5%，”风间说道，“遵照您的吩咐。”

安隅轻轻点头，四周皆是高山般环绕的巨型畸种，他在队友的保护中心，闭眼静静感受。

周围的镜中空间如苍穹中的星点，数不胜数，在他的意识中流淌而过。

如果他没猜错，阿棘的镜棺就在某一面镜子中，那应该是唯一一面没有收容畸种的镜子。

他的意识浏览着那些虚空中折叠的空间，仿佛开启了俯瞰之眼，一本一本拨过书架上的书脊。

一声剧烈的镜裂声突然炸响，将安隅猛地从检索中拽了回来！

蒋枭双目猩红，蛇尾刚刚自上而下劈裂了一只畸种。畸种爆裂，漫天的碎镜片扬洒而下，不仅将蛇尾割裂出无数道伤口，镜裂声也差点把安隅的脑子挖空。

安隅一下子摔跪在地上，死死抱住头。

好吵……！大脑深处如遭刀剐，是比基因诱导试验更让人惊悚的痛苦。

蒋枭惊慌道：“安……”

跪在地上的人却又倏然抬起头。

安隅呼吸纷乱，但那对隐含猩红的瞳孔却十分缓慢而有力地收缩着。

每缩一下，蒋枭都感到剧烈的恍惚，身体仿佛被撕裂，却又似遭重塑。余光里，他能看到浑身的伤口同时迅速演变——被蒲公英覆盖的那些开始愈合，而裸露在外的则瞬间爆血。

同样的情况也正在其他队友身上上演，风间天宇立即反应过来，无穷无尽的蒲公英种子从他的身体中散发出来，茸茸地覆盖住众人身上的每一道伤口。

帕特已经浑身爆血，却只是愣怔地从侧面看着安隅那对红瞳——不敢直面，光是侧视已然心惊。

“全局时间加速。”秦知律若有所思道，“看来第三层的镜裂声格外奏效。”

安隅没有反应，意识深处的巨响已让他彻底听不见别人说话。

不光是守序者，所有身上有伤的畸种同时加速爆裂，裂镜的嘈杂声此起彼伏，他的脑海中有重重惊雷，再难阻挡。

风间天宇浑身汗透，咬牙道：“我要顾不过来了，停止贴身攻击！不要让自己再受伤！”

不需提醒，所有人都已收敛了攻击，他们背靠彼此站立，将半跪在地的安隅护在中间。

面前的空气波动得愈发凶猛，一波又一波畸种爆裂死亡，又有孤儿从空中迈出，一边走向他们，一边畸化成巨大的镜怪。

加剧的镜裂让安隅的能力持续失控，镜子出怪的速度越来越快，那些孤儿几乎人推着人，面无表情地向他们靠近。

“安隅。”

一只黑色的触手从安隅身后勾住了他的手腕，轻轻扯了扯。

安隅缓缓仰起头，红瞳冰冷，盯着长官。

秦知律掏出终端放在他面前，另一只手覆在他的头上，安抚般地轻按了两下。

终端开着战斗节点记录的页面，空白的一页上，只有四个字：一镜一怪。

安隅瞳光一动。

面前的空气波动看似错乱，但每一次波动，都与某一只镜怪死亡刚好同时。一个折叠空间里只有一只镜怪。镜怪死去，对应的无形之镜就会消无，下一面镜子补上来。

镜子不是造物主，纵是万镜牢笼，也终有穷尽。

阿棘的镜棺，即使被藏在最深处，也有挪到前面的时刻。通过时间的超速冲刷，让畸种带着收容它们的镜子，共赴消亡。

弹匣弹响，秦知律换上了热能子弹。安隅望着逐渐将他们逼缩成一个小圈的脏东西，红瞳燃烧，瞬息之间，四面八方的镜怪和孤儿们仿佛被一只虚空的手抓到一处，聚拢在秦知律前方。

砰！

一声雷贯般的枪声划破全世界的嘈杂，原本竭力忍耐的安隅被震得一个激灵。紧接着，暴雨般的镜裂声此起彼伏。

热能子弹打爆一只镜怪，巨大的动能让周围上百面镜子跟随破碎。

就连蒋枭等人都看懂了空气的波动——好几排无形之镜随之消无，新的镜子补了上来。

安隅拼命喘着粗气。那声枪响仿佛有回声，在他脑海里一重又一重地回荡。

安隅畏惧枪，也畏惧枪声。

秦知律低眸看了他一会，戴着白手套的手轻轻捂住了他的两只耳朵，虽然知道他听不见，但还是低声说："抱歉。"

安隅却忽然答道："没关系的，长官。"

他闭上眼，新一批畸种从空中迈出，转瞬间，再次被他折叠至一处。

安隅倏然开眼，红瞳尚因刚才的枪声而战栗着，然而那道语气却森冷而坚决："再来一次，杀尽为止。"

47　蒲公英的决意

天地之间，只剩下无尽的镜裂与枪响。

一波又一波孤儿和镜怪被割草般杀戮，仿佛为世界加了一层破碎的底噪。

秦知律在开枪的间歇接入了终端最高权限，把所有人的芯片数字同步到队伍公频。

安隅生存值已经掉到27%，还没触发风间的锁血保护，蒲公英种子只能稍作缓冲，生存值还在逐渐往下掉。

三位输出系的生存值都维持在70%左右，精神力受损更小。天梯高位的守序者普遍有不错的精神稳定性，镜裂对他们精神的干扰微乎其微，但蒋枭是个例外，他的精神力已经跌破50%警告线。

——真正有问题的是风间天宇。

和所有奶妈一样，他几乎没承受任何伤害，精神力也维持在高线。

但风间天宇的芯片汇报了第三组体征数值。

芯片只能探测到那是一项重要的生理状态，和生存值一样，是一种消耗性指标，但暂时无法分辨它具体代表什么，因此出现在屏幕上的是一个红色问号，目前状态显示100%。

“长官。”安隅忽然唤道。

秦知律回神，视线从终端上收回，扫过安隅腕上缠绕的细丝，朝被聚拢至一处的镜怪们开了一枪。

刚刚安静下来的世界再次被接连的爆裂声填满，漫天碎裂的镜屑让空气仿佛被实体化了，阳光被混乱扭曲的空气来回折射，刺得人眼睛灼疼。

安隅拽下腕上的绷带，一圈圈蒙住了眼，红瞳在绷带后凝视着朦胧的世界。他仔细感知后轻声道：“大概还有一半镜子。”

无形的压力笼罩在了每个人头上。

镜子还剩一半，但镜裂声一直在催化安隅的能力，时间的加速就像越滚越大的雪球，安隅的生存值也会随之掉得更快，更难被那些慢吞吞的小蒲公英拉住。

风间将蒲公英种子从其他队友身上收回，全部笼去安隅周身，语气冷静道：“角落20%，我随时准备开启血线防御。”

秦知律引臂开枪，又一次打爆一串镜怪，待嘈杂声消散后沉声问道：“你的第三个数值是什么意思，锁血机制到底会消耗什么？”

风间闻言笑笑：“消耗蒲公英种子啊。”

他顿了顿，猫一般的眼瞳微凝，低声道：“其实，我可是有两种蒲公英种子呢。”

秦知律瞟着安隅的反应——蒙上眼后，安隅似乎比之前更平静了，但他胸口的起伏依旧激烈，明明有绷带遮挡，却让人能感受到绷带后那双疯狂的红瞳。

他抬手拉住系在安隅脑后的绷带绑结，轻轻拽了下，在私人频道里说道：“试着控制能力，不要让时间一直加速，镜子碎得太快只会催化你自己的死亡。”

话音刚落，四周一阵空前剧烈的波动，凭空踏出的孤儿突然翻了一倍！

斯莱德望着那群山般压来的镜怪，哑声道：“看来镜子也快要疯了。”

安隅的动作无丝毫停顿，立即将镜怪和孤儿们折叠至一处，再由秦知律一枪引爆——嘈杂四起，就连其他守序者都快被轰隆隆的裂镜声震聋了。

可紧接着，空中再次踏出新一批孤儿，再一次，翻了一倍。

“不对。”蒋枭忽然明白了过来，厉声道，“后面的镜子开始对镜怪进行复制，如果怪物越来越多，那碎镜对安隅造成的伤害也会成倍上涨，风间还能守住吗？”

几乎就在同时，安隅的生命警报被推送至队内所有人的终端上——10%。

无边的孤儿快步朝他踏来，在靠近时幻化成巨大的镜怪，安隅隔着绷带凝视着那些东西，他忽地从地上站起，踏着终端疯狂的警铃声，迈出众人的保护圈。

朦胧之中，安隅看见那些高大的镜怪在他面前俯下身，几乎已经要触碰到他的鼻尖——像在叫嚣，等着他斩杀，再以裂镜之声对他造成反噬。

他挺立在咆哮声掀起的风浪之中，伸手，拾到风中的一块碎镜片。

碎镜片在掌心打着转，安隅手指轻动，掀起一片一片的空间错乱，将那些嘶吼的庞然巨怪迅速叠入那块小小的碎镜片。伫立在身后的队友们在强烈的空间震感中拉扯住彼此，在满世界的嘶吼与镜子挤压的轰鸣中，蒙着眼的白发少年站在暴风眼中心，沉静得仿佛牵起这场风暴的不是他。

最后一只镜怪被收入碎镜片后，安隅没有立即出手，以至于嘈杂声突然中止了一瞬。

然而寂静不过瞬息即逝，紧接着，“守护”刀锋出鞘，他扬刀在空中，手臂绷紧，狠狠地插下！

碎镜片四分五裂，发出细微的裂响，而紧接着，镜中所有镜怪爆裂的嘈杂音传出来，一重又一重，响彻天地。

安隅亲自出手，破了这一层的镜子！

他竟然在剧烈的疼痛中站稳，抬手拽下绷带，红瞳燃烧如火，再不剩半点金色。

原本要阻止他的蒋枭和斯莱德瞬间噤声。他们感受到了愤怒，来自一种沉默而可怕的东西，那个东西怒意凛凛，即便是旁观者也难以消受。

新一批镜子刷出，在安隅的感知中，这是最后一批了。

从这一批无形之镜中走出的孤儿已经难以计数，他们化形的镜怪变小变弱了很多——镜子已经彻底洞察了他的弱点，想要以增加镜子碎裂的次数来瞬间挖空他的生命。

终端尖鸣。

“5%。”风间天宇敛息站在安隅身后，他虽然不敢直视安隅，但声音依旧干练，“请安心破镜，我会为您死守血线。”

“多谢。”安隅轻声道，他顿了顿又说，“我也会顾着你。”

风间怔忡间，安隅已经随手又拾起一枚碎镜片，他将镜片夹在指尖，向前走了两步。

那些镜怪也绕过了其余守序者，将他包围其中，粗鲁的喘鸣和风浪拍打在他的身上，低保服几乎要被风撕碎，唯有那双红瞳不惊不动。

秦知律拉响枪栓，又脱下风衣披在安隅身上：“来吧。”

下一瞬，众人视野中的一切都开始迅速扭曲，无数空间被折叠，牵连着周边也陷入诡谲的波动中。

安隅一只一只地将那些巨怪收容，就像毫无感情地在收拾凌乱的桌面。

不知过了多久，杂声消弭，安静到能只能听见脚步。

世界干干净净。

他回头看了风间一眼，拉起肩上的黑风衣，上前将那枚碎镜片放在秦知律面前的地上。

请。

他对长官做了一个手势。

枪响，镜裂。滔天的嘈杂撕扯着每个人的神智。

终端上，安隅的生存值从5%一闪至2.5%。

不过瞬息，那个数字再一次闪烁——仍是2.5%！

大量蒲公英种子忽然从风间天宇的身体中飞出，它们沿着他与安隅之间的那条细丝线，迅速向安隅靠拢。

这些蒲公英种子是剔透的琥珀色，比平时释放的种子更大更圆，茂密的茸毛在空中絮絮地颤抖，迅速围成一阵旋涡，将安隅包裹在中间。

极端的嘈杂中，安隅的生存值连续跳闪，可每一次跳闪，仍旧只能刷出2.5%！

与此同时，风间天宇那神秘的第三个消耗性数值正迅速下降，下降过半时，芯片终于分析出了它的含义——畸变基因表达能力。

众人愣了好一会才接连明白过来。斯莱德一把拉住风间的手腕：“你疯了！”

顾名思义，它代表细胞表达畸变基因的能力。

芯片从不汇报这个数值，因为它本应没有波动，不因体力消耗或战损而降低。

但风间天宇有独特的异能。

被他隐藏起的第二层治疗——高奶量、高疗速、瞬间锁血，依靠的是生出比正常状态下更厉害的种子。但这些动人的琥珀色种子是基因透支表达的结果，一旦数值耗空，他会永远丧失异能，变成一个毫无能力的，人类中的畸种。

“我没疯。”风间天宇眼神决绝，“我知道一个治疗系守序者的使命是什么。”

治疗系向来最吝啬于使用能力，哪怕不会动摇到异能根基，大量消耗治疗量也会让他们很没安全感。他们会小心地计算自己在单次任务中剩下的治疗量，会私下评价其他守序者的血仓深浅、战斗习惯，然后谨慎挑选“懂事”的队友。

在他们之中，风间天宇一直小心翼翼地藏着自己的特殊性。

他跟斯莱德出了这么多次任务，还没真正用过锁血机制。

安隅是第一个，或许也将是最后一个。

蒋枭掌心生出罂粟花枝：“我来一起。”

然而话音刚落，他却仿佛被什么东西弹了一下，瞬间出现在几十米之外，那朵刚刚生长出的罂粟在空间波动下断裂。

安隅在队内语音里道：“现在用不到你。”

世界仿佛安静了一瞬，所有人都好像在频道里听到了蒋枭的呼吸声。

安隅的终端上，2.5%的数字还在跳个不停，大团大团的琥珀色蒲公英快速朝他涌过去，而原本空中浮动的那些淡紫色和白色的小蒲公英却在成片地消弭。

——风间的能力即将耗空。

镜裂声已经开始减弱，但安隅的生存值还在跳闪。

他再次开启频道：“风间，第三数值。”

风间眸光动了动：“14%……不……”话音未落，已经掉到了12%。

秦知律这时忽然抬手，似要斩断那根牵绊住安隅和风间之间的细丝，却被安隅一把攥住手腕。

秦知律注视着他：“让蒋枭轮换一下，他的精神力还能撑一会儿。”

安隅抬眸，红瞳撞进那双深邃的黑眸，毫不退让：“风间还没到极致。”

无声的对峙中，其余人不敢说话，斯莱德愣怔地看着风间，风间脸色几乎白透了，他笑了一下，轻声道：“我有觉悟。”

安隅的终端还在2.5%上不断跳闪，直至嘈杂声终于消散——风间剩余5%。

众人正要松一口气，却见安隅终端上的生存值又突兀地跳闪了一下。对应地，风间的数值再次下降，只余3%。

裂镜嘈杂声引起的生命损伤有延迟。

连慌乱都来不及，众目睽睽之下，刚刚下降至3%的体征数字再一次下降——1%。

风间微笑，余光中几乎已经看到安隅终端的下一次跳闪，他要闭上眼的瞬间，却察觉到自己和安隅之间的空间忽然微妙地波动了一瞬，那根牵连着他们的细丝骤然崩断！

安隅收回手，终端上，风间的第三体征数字堪堪停留在1%，没有再下降。

风间已然彻底脱力，脸白如纸，琥珀色种子瞬间消散，普通种子也早都荡然无存。

几乎就在同时，安隅的终端最后一闪，从2.5%下降到1%——而后，再也没有变化。

停止了。

安隅站在原地闭着眼，仿佛连呼吸都已中断。

还在空中扬洒的碎镜屑混着雪沫，迅速在他披着的那件黑风衣上积累，镀上了一层霜白。

所有人都能感知到那具弱小身体的枯竭，但亦能感知到濒死气息也压抑不住的强大降临。

许久，安隅缓缓睁开眼。

红瞳依旧，却比从前更平静了，那对瞳孔随着呼吸平稳地收缩。他回身，视线扫过众人。

斯莱德察觉到自己绷紧的大块肌肉竟然在不受控地缩小，几乎要彻底回到人类状态，帕特仿佛无知觉地向后退了两步，低下头无声臣服。

风间仍愣在原地。

他太累了，好像很难再驱使自己的身体。

他想，自己应该是保住了异能，1%，只要没有耗空，回去好好休息，配合大脑科研人员的治疗，还是能恢复的。

但他没有履行给角落的承诺——他没有坚持到最后，也在这次任务里彻底没用了。

失落感像一座虚无而沉重的大山，死死地压在他的肩上。

他在那双红瞳的审视下几乎膝盖颤抖，但却又不敢挪开视线，只因为安隅在盯着他。

片刻后，安隅向他走来，走到他面前。就在他终于坚持不住要低头躲开视线时，安隅摸了下口袋，递来一条已经开封的能量棒。

平平无奇的能量棒，虽然研发人员贴心地把它们做成了甜食，还开发出丰富的口味，但每个任务里都吃这玩意，导致很多守序者看到它都想吐。

但这一刻，或许是孤儿院的风太清冷，让那丝酸甜的气息涌入鼻腔，竟让他瞬间有种回到现实的安心感。

安隅看他不接，看了一眼那根能量棒，说道："树莓巧克力。"

他顿了下，又说："还有一根蜂蜜燕麦，我比较喜欢的。"

毫无感情的口吻。

风间缓缓抬起手，接过能量棒，还未说感谢的话，安隅已经先开了口："谢谢。"

他语气很淡，但并无敷衍："辛苦了。"

安隅转身的瞬间，不远处的喃喃声忽然落入耳中，蒋枭低声道："宁愿背负死亡风险，也不肯用我一次。"

安隅脚步顿了顿，没有回头，继续向前走。

全部的无形之镜已经破裂，再也没有新的孤儿和镜怪刷出来，世界好像又回到了他们刚踏入这一层时的样子。只是空中那种细微的波动感消失了。

安隅盯着正前方的空气，轻声道："在这里。"

他抬手指着一处，那里什么都没有。

"最后一面无形之镜，最后一个折叠空间。"他将两条胳膊顺次伸入风衣袖子，把长官的衣服穿好，红瞳沉静而坚决，"阿棘的镜棺就在这里，杀掉她，进入下一层，找白荆。"

【碎雪片】

风间天宇（2/3）强大的决意

我是一个争强又慕强的人。

天梯之上，又有谁不是这样。

刚畸变时，我苦恼于疗速慢，觉得自己注定是下位奶妈。

但大脑的人很快就告诉了我，我的独特异能。

那天我既惊喜，又惆怅。

惊喜是，没有任何一个奶妈能做到瞬间锁血。某种意义上，我已经站在了奶妈金字塔的顶端。

但惆怅是，这项能力使用的风险极高——耗空治疗量只需回去睡上几觉，可透支细胞基因表达能力，透支到尽头，会让我沦为废人。

没有任何守序者能接受得了这个。

我用这个能力报名了很多任务，但都没有真正使用过。

坦白说，在与角落并肩作战前，我也只是套路他的。

但后来我才知道，原来一个人献上臣服可以那么快。

或许只因为我见过他操控时空，也见过他倒头昏睡。

看到他因为几个点的生存值斤斤计较，也看到他无畏爆伤的坚守。

那一刻我理解了葡萄、安，甚至理解了蒋枭。

没有任何一个治疗系能扛过对角落的保护欲。

或者说，保护角落的安全，是我们最强大的决意。

【碎雪片】

风间天宇（3/3）为他所用

那支营养棒已经开封了。

虽然看起来没被咬过，但显然不太新鲜。

可它意义非凡。

他睁开眼时，我知道自己终于得以一瞥“降临态”。

如无切身感受，没人能明白那种冰冷而强大的压迫。

他向我走来，却只递出那根营养棒，和无能的我说一声“辛苦了”。

我喜欢，为他所用。

他转身离开前看了我一眼。

明明毫无情绪，我却莫名感到被控制，也被安抚。

那个眼神像在告诉我——他会利用我到极致。

但，永远不会让我为他触碰深渊。

48 碎镜之三

最后一面无形之镜，藏着阿棘的镜棺。

安隅触碰时手却被弹了回来，一块镜片从空中掉落，滚在他脚边——预料之中的第三块碎镜片。

第三块碎镜片对精神的冲击更强，斯莱德试图进入，但触碰白镜的一瞬间，精神力就掉了二十个点，不得不立即打断。

安隅摩挲着白镜上的“守护”二字：“看来它的目标很明确。”

按照前面推断，第三块碎镜片会再次对进入者进行“切片”，这一次将封存30%的生存上限。而在守序者中，只有两人能承受得住白镜对精神力的冲击。

安隅看向秦知律，秦知律正在打量蒋枭，他似乎在沉思，手中摩挲着那根从陈念手上拿来的蜡烛。

“长官。”安隅叫他，“一起？”

秦知律视线转向他，却摇了下头：“我和你一起进，很可能还是29%和1%的切法，没有意义。”

帕特耿直地解释道：“从镜子里出来的瞬间还会爆伤，两人进确实不划算。”

安隅没理会，只是看着秦知律。

秦知律又道：“理论上，也可以换我独自进。但镜子显然已经锁定你了，你在这里不栽，也会栽在别处，没必要付出额外的队伍损失。”

安隅依旧沉默，视线从他身上挪开，看了蒋枭一会儿，又看向风间。

气氛安静得有些可怕，斯莱德清了清嗓子：“角落，我们现在还没看到白荆本人，还不知道镜子本体的战斗力有多强，让律最大可能保留满状态确实是更……”

“我知道。”安隅打断了他，“抱歉，请安静一会儿。”

他确实打算独自入镜，他是在算镜子的机制和两位奶妈剩余的治疗量。

每次从镜中出来的瞬间，入镜者都会被切掉一部分生存值上限，同时还会承受一波恐怖的爆伤——以他现在1%的状态，根本还不到算生存上限的那一步，他压根没法从镜中活着出来。

红眸微凝，片刻后，安隅看向风间：“普通的治疗还能用？”

风间愣了一下：“能倒是能……但……抱歉，疗速大概比之前更慢。”

安隅点头朝他走去：“有劳，先帮我从1%拉起来。”

远处，蒋枭手指蜷了蜷，似乎有话，但最终却什么都没说。

几朵单薄的淡紫色蒲公英飞入安隅的风衣怀中，开始慢吞吞地治疗。

根据之前的经验，他并不需要奶妈真的把生存值拉满——只要稍微拉回来一点，让身体进入可自行好转的状态，再叠加一个时间加速就可以了。但风间此时已经太虚弱，小蒲公英努力工作了许久，终端上的数字才从1%跳到2%。

安隅索性在地上坐下了，治疗的间歇，他一直在看着长官。

秦知律已经将蜡烛收了起来，他手上拿着刚才被安隅操纵空间折断的那半截罂粟花茎，随意地揉捻着。

察觉到被注视，他抬眸淡然回视。

风间的耳机突然自动跳了个频，斯莱德拉了他和帕特，在加密频道里低声道：“角落和律之间好像暗流涌动，剑拔弩张。”

风间还在给安隅治伤，不敢吭声。

帕特无声地往后退了几步，在安隅和秦知律看不见的地方咬牙警告：“别搞这种小动作，你是不是活腻了。”

他顿了顿，又把声音压得更低：“不过我之前以为，小高层们是绝对不敢和长官叫板的。”

“我也是。”斯莱德几乎不动唇地道，“我只想知道，你觉得他们现在谁占上风？”

帕特是个很谨慎的人，他眼神别有深意地看了斯莱德一会儿，沉默地退出了频道。

风间也默默退出频道，偷瞟了安隅一眼，又迅速挪开视线。其实据他观察，角落平时在律面前非常温顺，甚至多数情况下，对其他守序者也相当客气。但一旦生存值迅速下降，异能爆发，这种关系就会发生微妙的变化。

他默默观察着还在用眼神对峙的两位大佬，觉得很难分出强弱，或许只能说是势均力敌。

安隅忽然收回视线：“够了。”

他挥开那两朵单薄的蒲公英，阖眼凝思。紧接着，终端上的生存值瞬间跳上70%，停顿片刻，又跳到71%——上限。

“辛苦了。”

他起身径直走过秦知律，到蒋枭面前站定。

正放空的蒋枭愣了一下，立即起身：“您——”

“先不谈封存生存上限，现在棘手的是碎镜片造成的额外爆伤。”安隅平静道，“第一块碎镜片，满状态进，50%出，生存值下降50%。第二块，90%进，30%出，生存值下降60%。这是第三块，按理说生存值会下降70%。”

安隅看了一眼终端：“而我现在的满状态只有71%。也就是说，大概率会1%出。”

蒋枭一震，接着红瞳战栗：“您说这些的意思是……”

“刚才试过，你的疗速很快，但以你的精神稳定性，精神力满状态也只能为我拉10%左右生存值。”安隅一边说，一边似在审视着他。

“是……”蒋枭闻言，眸光又黯淡了些许，“目前，我对您的用处确实不……”

“10%就够了。”安隅打断了他，“虽然1%我也能活，但总归太极限。有劳你，在镜片外守好我的性命。”

他停顿了一会儿，似是在权衡，又道：“也不一定要10%。注意自我控制，一旦精神力濒临31%，必须停止。”

蒋枭闻言几乎僵住，眼中尽是震惊，又似难以置信，他有些无措地摊开掌心，看着跃跃欲试的罂粟花种子：“可我……”

“即便真的跌到了31%，也请不要放弃人类意志。”安隅将一根营养棒放在他手里，转身轻道，“你可以的，以53区时那样的坚韧。”

蒋枭愣了许久，直到安隅拿起碎镜片，翻转到白镜闭上眼，他才低头看着掌心里的营养棒。

同样已经开封，但没有咬过——是被安隅认为比较喜欢因此特意留下的蜂蜜燕麦。

风间天宇又默默重新拉了三个人的聊天室，小声嘀咕道：“你们说，角落是不是在拿捏他。”

“理论上，角落没有这么做的动机。”斯莱德犹豫着回答，“但观感上，真的好像。”

耳机里突然响起一声提示音。

谨慎寡言的帕特再次干脆地退出了频道。

……

安隅睁开眼，四周一片漆黑，如深渊之底，伸手不见五指。

根据前面进入碎镜片的经验，他应该要代入阿棘的身份，开启一段阿棘的记忆。但在前面几层里，他们都是在陈念死去、见星熟睡后才获取碎镜片，而这一次，还没来得及杀死阿棘。

这块碎镜片出现的节点提前了。

安隅在漆黑中甚至感知不到自己，他伸手一摸，触碰到熟悉的挺括质感，是长官的风衣——看来这一次，他是以自己的身体进入了这段记忆。

安隅伸手探入风衣，又从低保服口袋里摸到了前面的几块碎镜片。

斜前方忽然亮起，像是漆黑的深渊中自上而下打进来的一道光。

光晕中站着一个少年，穿着孤儿院服，站在一面镜子前。

少年是白荆，但却和安隅在前面几段记忆里见过的白荆都不一样。神情里带着一种近乎诡异的冷漠，虽然五官没有变化，但却完全成了另一个人。

镜子的边缘波动着，好似正跃跃欲试地想要和他融合。

“那么，说好了？”白荆忽然对着镜子开口，“你唯一的意志是保护好他们三个，我会替你好好行使。如果孤儿院现在的样子实在让你心痛，你就去睡吧。”

安隅绕到和他同侧，看着他面前的镜子。

镜中映出的白荆有着相同的五官，但却是另一个样子——和安隅在从前记忆中看到的那个少年相仿，温和平静，眉眼间透着忧思。

片刻后，镜中的白荆开口道：“如果你的守护失败，我一定会醒来。”

“好。”镜前的白荆轻笑一声，“放心吧，为了保护好那三个孩子，整个孤儿院都会在镜中存在，受到镜子的监控和警告。所有胆敢触碰他们的人，无论是人类还是畸变者，都会死。”

镜中的白荆点点头，后退两步，视线上下飘忽，似乎正在他那边的世界里上下打量着面前的镜子。他的身前突然浮现出层层的玻璃隔板，隔板上摆放着大大小小的药剂瓶。

片刻后，镜中的白荆拿起一瓶药剂，看着镜子说道：“好。一言为定。”

刹那间，安隅忽然明白了过来，即便是在一段记忆里，他现在身处的也并非客观世界，而是镜中世界。这是白荆去为阿棘拿药的那一天，当时他透过药剂柜后的玻璃，照出了另一个自己，并完成了这个约定。

安隅现在就被关在这个玻璃里，他面前的白荆其实是当时那面玻璃映出的影子。

白荆拿着那瓶帮助阿棘陷入沉睡的药走了，而安隅面前的白荆却没有随之消失。

镜子边缘波动得更加肆无忌惮，他轻笑一声，伸出手，缓缓握住镜子流动的边缘。那只手掌迅速与镜子融合，很快，他整个人都被镜子吸纳了进去。

他进去前，安隅听到一声轻笑。

“如果守护失败，你还醒来干什么呢。”

“到那一天，孤儿院也没有存在的必要了。”

安隅走到镜子前，镜子已经恢复了正常，只映出他自己的轮廓。但恍惚间，那种与人对视的错觉又出现了——就像在第一层食堂的洗手间镜前一样。

安隅忽然明白了过来。

在当年的那一天，白荆也发生了畸变，是和镜子的融合畸变。

镜子将他切片成两部分，一部分沉睡，另一部分与镜融合成超畸体，共同完成保护三个孤儿的使命。而保护的方式，就是将整个孤儿院收容入镜，以此监控一切。当你凝视着孤儿院中的每一面镜子，都是在与它凝视。而孤儿院上演的每一场杀戮，背后真正的执行者，也永远都是镜子。

安隅正沉思，镜子突然迅速向中间缩小，他瞳心一凝，在镜子消失前，一步踏入那空间——

雪沙呼啸。

安隅站在白茫茫的风雪中，面前摆着一座巨大的镜棺。

镜棺映出里面的场景——阿棘面如冰霜，躺在碎冰之中。

她不像在沉睡，更像是早已死去。孤儿院服破烂，裸露在外的四肢已然干枯青白，布满瑰红的脓疮，只有微微起伏的胸口看起来还有一丝生气。

安隅想用终端搜一下此类体征是什么畸变型，但拍遍全身也没找到终端。

不仅终端，秩序短刀和从食堂里带出来的几块压缩饼干也不见了——被他带进镜子空间的，只有那三块碎镜片。他只得作罢。

红瞳轻缩，下一瞬，镜棺的棺盖被挪到远处。

阿棘终于重见天日，但胸口停止了起伏。

镜棺开启，守护失效，她自动死亡——也或许当年当日，白荆将她藏起时，她本也只剩下了最后一口气。

不是每一个人都能承受得住畸变，人类只知道极少数的守序者和无数失智的畸种，却忘记了，还有那么多在畸变过程中陷入混乱，扭曲爆裂而亡的生命。

安隅低眸看着那具高度畸化但依旧瘦小的躯体。

红瞳不染丝毫情绪，他似乎只是静静地站在镜棺前，在漫天的雪沙中放空了一会儿。

回过神后，他脱下秦知律的风衣，盖在了小女孩的身上。

安隅正打算离开这块碎镜片，收回手时，掌心却忽然触碰到一个质地坚硬冰冷的东西。

第四块碎镜片。

所有人都以为三块碎片就是全部，却不承想还有第四块。

这块镜片比其他的小一圈，同样有黑白两面，黑面刻着“嘈杂”，白面却不再是“守护”，而是四个字——“镜子核心”。

按照前面的规律，在安隅离开第三块碎镜片的瞬间，生存上限就会从71%跌落至41%，如果之后再进入第四块，出来时，生存上限必然只剩1%。

并且，还有一次额外的爆伤。

无论第四块的爆伤有多低，1%的上限都意味着，进去的人，不可能活着出来。

【碎雪片】

白荆（3/4）交易

我与镜子做了个交易。

镜子将融合我的一部分意志，帮我永久守护重要之人。

为此，我将陷入沉睡。

当守护失败之时，我会醒来，那也是镜子离开的时刻。

我答应了这个交易。

在沉睡前，我仿佛与镜子之间产生了一丝意念感应。

毕竟它就像另一个疯狂的我。

这个感应告诉我，如果真有我将苏醒的那一天，也许镜子会抢先一步，毁灭所有。

我动摇了一瞬，但还是默许了这种可能的发生。

毕竟曾几何时，在某些瞬间，我心里确实响起过这种黑暗的声音——

这个世界已经无可救药。

如果一定要杀死我的弟弟妹妹，那就让人类在意的那些孤儿，也同赴深渊吧。

49 最后的辅助

安隅此时的生存值是71%。

按照镜子的机制，在进入第四块的瞬间，他就会承受离开第三块镜子的70%爆伤，根本不可能活着离开第四块。

唯一的方法是先带第四块镜子出去，换秦知律独自进入。

可安隅尝试了几次，却好像被困在了第三块镜子中，挣脱不得。留给他的别无选择，只有继续深入镜子核心。

安隅沉默地站在漫天雪沙中，前方缥缈的似乎只有死亡，可身后已无退路。

进入碎镜前，他一直在凝视长官——别人无法承受碎镜对精神力的冲击，长官可以，但他却选择留在镜外。

安隅看向阿棘身上的风衣，耳边仿佛回响着那句被重复了很多次的话语：我不会让你有事。

他似乎永远做不到把安全感完全寄托在别人身上，无论是从前的凌秋，还是今日的秦知律——但，长官确实是一个信守承诺的人。

他从口袋中摸出两枚碎镜片在面前。

白镜倒映出他的脸，那种凝视着另一个人的感觉又出现了。在看到白荆的回忆后，他才明白镜中影确实是另一个人——是被封存在镜中的片面的自我。

镜中红瞳冷肃，不染风霜。

“我也相信您。”他轻声呢喃，“别叫我失望。”

那道身影倏然扬起手臂，两枚碎镜片折射着漫天的雪沙，决绝地刺入胸膛!

碎镜外，闭眼似在沉睡的安隅胸前突然绽出鲜血，终端上的数字迅速从71%下降。

风间立即看向蒋枭：“角落要从镜子里出来了。”

顷刻间，蒋枭掌心的罂粟摇曳盛放，正欲散发出罂粟花籽，却被秦知律一把拽住手臂。

“等一等。”秦知律凝视着终端上的数字，鲜血已经浸透了低保服，提示安隅的生命正在不断地流逝，但数值却不像前两次瞬间跌至低谷，它快速掉到62%后便逐渐平缓下来，足过了十几秒，才又下降到61%。

“这好像不是出镜前的爆伤……”风间怔然看着终端，“角落是在镜子里受了其他伤？”

秦知律略一思忖：“不是致命伤，你来吧。”

“是。”

风间已经缓过一阵子，那些紫色的小蒲公英比刚才稍微有活力了一点，向安隅胸口飘去。他看着终端上的数字从61%缓缓回升，直到跳回71%，才如释重负地松了口气，感到浑身都在寒风中汗透了。

正准备收回种子，秦知律却道：“继续。”

风间错愕了一下，徘徊在空中的小蒲公英们再次包围住安隅。

四周寂静，只剩风声盘桓。在众人的盯视下，终端上的数字缓缓地从71%，跳到了72%。

斯莱德惊讶道：“生存上限恢复了？”

秦知律若有所思道：“看来要与前面的碎镜融合，才能收回被镜封存的自己。”

周遭死寂了片刻，风间喃喃道：“所以角落他……是把碎镜片……插入了胸口？”

他下意识伸手想触碰安隅的伤，却又停在空中，许久才喃喃低语道：“不怕死也就算了，难道也不怕自己发生镜子畸变吗……”

秦知律淡然道：“基因熵为零，但他和我一样，有绝对感染抗性。”

数字缓慢回升到80%时，镜内世界的安隅垂眸看着插在自己胸口的两枚碎镜片。

雪地上洒了鲜血，镜中映着的那对红瞳也如浸饱了鲜血般澄亮，看不出伤重的虚弱，反而比之前更摄人心魄。

他抬手握住两枚碎镜片，从胸口拔出。

鲜血洒在地上，他却仿佛毫无痛觉，只是用镜片照着身上的伤口。白发在风中飘动，那些可怕的伤口在他的注视下迅速止血，裂痕对齐，转瞬便愈合。

“100%。”安隅轻声自语。

镜外，秦知律看着终端上的数字，黑眸中终于映出一丝轻松。

帕特不禁惊讶道："竟然就这样配合上了……"

风间同样惊愕得说不出话来。他只把安隅拉到了80%，后面的生存值是瞬间加满的，是镜中的安隅对自己使用了时间加速。

他不敢想象这是怎样的魄力，在没有通讯的情况下，但凡外面的人没有稳住正在下降的生存值，那刚才只一瞬间就会要了安隅自己的命。

他放空许久，忽然看向秦知律："角落进去前，你们用眼神交流了什么？"

"嗯？"秦知律回忆了一会才明白他的问题，"没有。我感觉他好像对我不肯陪他进去有点不满，等着他质问，但和他对视半天，他没开口，我也就没解释。"

"……"

本就茫然的众人彻底沉默了。

"他没你想的那么无脑信队友，相反，他是一个很难愿意把性命寄托在别人身上的人。"秦知律看着闭眼坐在地上的安隅，低声道，"他只是对自己身上小小的伤痛都很敏感，身体在好转还是恶化，不需要终端的提醒。这可能是某种天赋吧，就像一只小动物一样。"

话音刚落，终端上的数字忽地一闪，生存值从100%瞬间掉回30%。

风间和蒋枭霎时脸色青白，那些飘浮在空中的小蒲公英们的茸毛都炸开了。

"这回是真的要出来了！"风间如临大敌，"这个爆伤符合镜子机制，上限应该又从100%掉到70%了！"

秦知律却没回应，视线从终端上转向被安隅捧在手中的第三块碎镜片。

那块镜子正在悄无声息地发生着变化——白镜上的刻字从"守护"缓缓变成了"镜子核心"。

"他确实离开了第三块碎镜片，但没有出来，而是直接进入了下一块。"秦知律挑了下眉，自语般道，"难怪急着在镜子里回收上限，原来还有镜中镜。"

"镜中镜……第四块？"风间两眼发空，"出镜爆伤80%，可角落的上限现在只有70%。"

秦知律只道："再等等。"

一直沉默的蒋枭忽然睁大双眼："安隅不会还要……"

话还没说完，30%的生存值再次迅速下降，这一次似乎比回收前两块时伤得更重，风间的蒲公英竭力拉着，仍旧眼看着数字掉到12%才勉强缓住跌势。

众人屏息死盯着屏幕，快要忘记上一次喘气是什么时候。

唯有秦知律依然平静。他看着数字从12%极缓慢地下降到11%，紧接着，又在小蒲公英的努力下回到12%。

数字开始一点点回升，才刚回了几个点，又忽然一跳，终于再次回到100%。

万籁俱寂，秦知律低笑一声："真够疯的。"

他看向仍似在沉睡的安隅，声音不自觉地柔了些许："被第三块碎片封存的上限……"

镜中。

伫立在风雪中的人手攥三块碎镜片，每一块都染透了鲜血。

风拉扯着衣衫上凌乱的破口，但那人身上却并无伤痕，仿佛一地的鲜血都与他无关。

许久，他轻轻抬眼，红瞳决绝："回收，完毕。"

*

三枚碎镜片还在手中，但当安隅再照之时，那种和另一个人凝视的感觉终于消失了。

他已经身处第四块碎镜中，空旷的雪原迅速被填满，孤儿院灰白的建筑重新浮现。

天地昏暗，路的两侧尽是怪诞的畸种，那些曾经笑着的孩子们长出古怪的爪牙，皮肤爆裂，骨骼扭曲，在不知含义的嘶叫中与彼此厮杀。

到处都是污血和畸种鲜艳的体液，喷溅在孤儿院的建筑上，像诅咒的涂鸦，写遍罪恶。

如人间炼狱。

安隅行走在这条熟悉而陌生的长街上，视线缓缓巡视着每一伙厮打在一起的畸种，一些不属于他的记忆挤进脑海——他突然知道了视野内每一只畸种的人类名字，知道他们曾经的喜好，谁和谁是朋友，又有谁马上就要结束观察期，离开孤儿院。

他看着它们撕裂曾经的伙伴，趴在地上狼吞虎咽，抬起头朝他看过来时，浑浊的眼中只有原始的欲望。

路的尽头，地上流着一摊血，一具小小的尸体漂浮在里面。

那是一个本来要蝶化的小女孩，但和很多普通人一样，身体无法承受畸变，在变异过程中死去了。

她变得很小，只有两个巴掌合起来那么大，萎缩的身体还保留着一部分人类体征，只是双腿已经并拢长死，胳膊上结出蝉翼般的透明翅膀，明明泡在血中，可那对翅膀却仿佛已经干枯了。

几乎不经思考地，安隅弯下腰捞起她，用衣角擦去脏污，放在一旁的围栏上。

她的身体还在持续萎缩，一阵阵风吹过，她终于被风卷起，在空中轻飘飘地打了两个转，不知被带去何处了。

安隅突然意识到自己心中生出的那一丝悲悯有点不对劲。他望向那摊血，光滑的液面上倒映出的是白荆的脸。

这是2138年12月25日，白荆刚完成和镜子的交易，藏好沉睡的阿棘，身上还穿着那件协管老师的制服。

安隅跟随记忆的驱使，来到孤儿院的最中心。

那里曾经有一块镶嵌在地面的屏幕，播放着外墙监控，用来防范畸种入侵。

但如今那块屏幕消失了，当他站到地面凹陷时，头顶突然出现一面镜子，镜子不断向外扩张，直到完全遮住孤儿院的天空。

孤儿院的各个区域，全部的畸种和人类都被映在镜子中。

七排七列，一共四层，从外向内，监控上顺次映出被守护之人。

第一层，陈念横抱着沉睡的思思，安静地打开了通往地下的门。朦胧的白色烟气后，少年的眼眸沉静而坚决。

第二层，见星恶狠狠地推开阿月，带着刺眼的光亮，独自踏上那条漆黑的长街，像一盏孤独难眠的灯。

第三层，阿棘安静沉睡，瑰色的脓疮停止涌动，小小的身体像是要在镜棺中消失一般，只剩胸口微弱的起伏。

最中央，镜子核心，只映着白荆一个人的影子，他仰头看着监控，像在照镜子，也像在和另一半已经与镜子融合的自己对峙。

“我知道你在想什么。”他轻声对头顶的镜子说道，“一旦守护失约，你会在我醒来关闭你之前就开启自毁，让孤儿院覆灭。但即便那样，我也会醒来。纵然罪恶难洗，犯错之人也当直面过错。”

躺倒的时刻，一阵剧痛炸裂在安隅的意识深处，他猛地睁开眼，看见了熟悉的队友们。

雪沙狂啸，孤儿院第三层的空茫迅速消散，头顶重新浮现镜子监控。

三层镜面已裂，只余镜子核心。

终端正在疯狂报警——第四块碎镜片没有再封存安隅的生存上限，但在出镜时，他仍受到了爆伤，他的生存值却并没有停留在爆伤结束后的20%，伴随着意识深处空前的剧痛，那个数值仍在迅速下降。

四块碎镜片都在安隅手中，白镜尽碎，刻着“嘈杂”二字的黑镜却锃亮如洗，映着他此刻的身影。

他痛得几乎站立不住，眸中似有烈火流窜，终端上的生存值迅速跌破10%!

一片雪沙忽然裹挟着罂粟花籽环绕上来，几步之外，蒋枭掌心的罂粟在风中妖冶绽放，安隅的数值忽然稳在了5%，但随之而来的，是蒋枭精神力迅速跌下50%的警报声，不过瞬息间，安隅的5%再次跳动，变成4%。

蒋枭眉心紧蹙，掌中绽放第二朵罂粟，花枝摇曳着攀上安隅的掌心，然后是手腕、手臂。它虚拢着安隅的身体，散发出无尽的花籽。

他的精神力掉得更让人心惊胆战，在跌至33%时，安隅下降到3%的生存值终于停顿了一瞬，而后迟疑般地跳回4%。

钻心剜脑的疼痛让安隅已经失去了对周遭的感知，剧烈的嘈杂声，反而让世界仿佛陷入了永恒的死寂——他只是在朦胧中，安静地注视着蒋枭。

在53区，精神力濒临35%时，蒋枭就已经目光涣散。可此刻那双红瞳却愈发坚决，直到他的精神力报警至31%，而安隅的生存值再次跌回3%，他才终于撑不住般地跪倒在安隅脚下。但他仍未屈服，仰起头逼视着那几根花枝，又一捧罂粟花籽散出，那双眸红得像要炸裂。

“你疯了！快停下！”

“你要失控了！”

斯莱德和帕特惊慌地去拉他，蒋枭却纹丝不动，仿佛入魔般仰着头，视线顺着花蔓向上，直至望入那双冷酷红瞳——精神力30%。

他轻声道：“我的荣幸。”

意识触碰到深渊前，一只手忽然从身后死死地攥住了蒋枭的脖子，像要将他的筋骨都捏断。

濒死感翻涌，罂粟花枝尽断，精神力在30%闪烁片刻后，终于没有再下降。

蒋枭在强烈的窒息中难以回头，看不见是什么扼住了自己，但却能感受到那股冷肃的气息。在彻底失去意识前，他不甘地看着终端上安隅的生存值——2.5%。

他凝视着安隅，恍惚间像是回到了53区。

活下去。他用口型说道。

蒋枭的身体坠地。

秦知律瞟了滚落在地的终端一眼，确认蒋枭没死，便不再理会。

他大步来到安隅面前，掰开安隅的手，从他掌心一块一块地将四块碎镜片接过去。

安隅意识中的噪音随之减弱，直至消失，生存值也终于在2%停了下来。

世界静谧到他的大脑像被人挖空了一瞬，但紧接着，就见长官眉头紧皱，将那四块碎镜片扔在了地上。

守护失约，黑色嘈杂之镜生效，执镜之人将承受极致的噪音干扰。旁人执镜，精神力会受到极大冲击，如果是安隅，则是生命迅速消耗。

秦知律将碎镜片扔在地上的瞬间，四枚黑镜中同时映出密密麻麻的人影，那都是孤儿院剩余的孩子，无论是人类还是畸变者，都被镜子收容——无人执镜，则所有人共同承担。

斯莱德挑眉道："看来我们别无选择。"

"噪声的威力不同。"安隅指了一下第一块镜子，"前面掉落的碎镜片噪声很小，最吵的是第四块。"

"那就按照各位的精神稳定性来执镜吧。"秦知律扫了一眼已经彻底昏睡的蒋枭，"斯莱德拿第一块，帕特第二块，风间第三块，角落第四块。"

风间犹豫道："噪音会吞噬角落的生命，他已经是濒死状态，我的能力恐怕无法——"

"他还有治疗系辅助在。"秦知律淡声道，"不必担心。"

风间愣了好一会儿，像是想到了什么，但又似是难以置信，只是怔怔地看着秦知律。

三人各自执镜后，镜子核心中浮现了白荆沉睡的面庞。他的眼皮轻轻颤抖，已隐隐露出苏醒的迹象。而就在同时，外圈的镜面上同步开启倒计时。

"自毁倒计时。"安隅望着那些镜子道，"这是他们的约定。一旦三位被守护者死亡，镜子就会开启自毁倒计时，倒计时结束，整座孤儿院都将覆灭。"

秦知律与他并肩："怎么关闭？"

"白荆苏醒，可以关闭。"安隅看向高处沉睡的白荆，"但在镜的部署下，倒计时会先于白荆醒来而结束。"

唯一的破局方式，就是为白荆开启时间加速。

安隅垂眸看向地上最后一块碎镜片——第四块黑镜，整座孤儿院最嘈杂的一块，刚才他承受的痛苦绝大多数都来自这一块。

但在前所未有的痛苦中，他也空前地感知到了对时间的掌控——仿佛只要用意念拨动，就能轻而易举地推动它超速流淌。

无论是一个人的时间，还是所有人的时间，那个被认为是人类创造的概念，已经可以由他操控。这或许就是宿命，每一次的觉悟，都必将诞育自莫大的痛苦。

安隅走向那枚黑镜，镜中此刻映着孤儿们的身影。

那些身影在扭曲，无声地尖叫——无论是人类还是畸种，都难以承受这灭顶般的噪声。

他抬眸看向长官：“我还有治疗系？”

“有的。”秦知律平和道，“你还有一个辅助，一个几乎满状态的辅助。”

秦知律摘下手套，两手十指交叠，掌心并拢，放在胸前——那是一个似曾相识的手势。

一支白烛被捧在掌心，烛光跳跃，缕缕白烟安静地缭绕开，比陈念燃烧时更浓郁。它们磅礴而温柔，霎时便将秦知律和安隅拢在其中。

风间怔道：“律……”

秦知律黑眸低垂，注视着自己的掌心，两枝藤蔓从掌心拱出，漆黑的藤蔓上瞬间开出罂粟，那些花瓣红得近乎深黑，无尽的藤蔓轻柔地缠绕上安隅的手腕，四肢，腰腹，一圈一圈向上，直至将他完全拥抱。

安隅站在他对面，安静地凝望着那双黑眸，就像进入第三块碎镜前一样。

他不知道秦知律是什么时候主动获取了陈念和蒋枭的基因，但他知道这绝非偶然的策略——也许早在刚刚踏入孤儿院，大家走散，长官莫名其妙地要求他多去接触一些畸变儿童时，就已经在寻找可用的奶妈基因了。

终端上，他的生存值迅速回升，已接近满状态。

秦知律看着地上的黑镜：“把它捡起来。”

“不要在痛苦面前畏缩，哪怕不见终点，也要背负着痛苦走下去。为身后之人，开辟前路。”那个声音严肃而温柔，“我承诺过，不会让你有事。”

安隅安静地看着面前的长官。

蜡烛燃烧着长官的生命，枝蔓中流淌着长官的意志。但那个眼神却告诉他，这不是在担任什么辅助，而是用自己的全部，守护他。

在这个世界上，每一个生命都如此无力，自保尚难，更不必谈及保护他人。

就像白荆没有能力护住想守护的一切，他的执念只会让灾厄降临在更多人头上。

但好在，秦知律还可以。无论世界的车轮滑向何等深重的黑暗，他的承诺似乎永远都有效。

安隅站在缭绕的白烟中恍惚了一会儿。有那么一瞬，他有些分不清自己到底是在那神秘难辨的“状态”中，还是短暂地回到了自己的意识。

许久，他弯腰捡起第四枚黑镜。

想不清楚的东西太多了，就像在53区，直到贫民窟在火光中殒没，他也没能看透和读懂一些事情。

但这一次，唯一可以确定的是，他将不再独自走向生死边缘。

【废书散页】

28 最后的防线

在尖塔久了，仰仗着芯片和终端科技，好像所有的东西都能被定义和量化。

基因熵，生存值，精神力，异能，定位……

久而久之，这群守序者就像在玩什么沉浸式网络游戏，也由此被困在很多思维定式中。

这是事实，没有说他们蠢的意思。

哪怕律本人从未认可过自己的任何定位，但他们仍本能地认为他就是最强输出。

直到律做了自己监管对象的奶妈。

那一天，守序者们才终于意识到，顶端之人，无所谓定位。

指挥家也好，决策者也罢，

无所谓冲锋陷阵，抑或背后相守，

只是必须作为最后一道坚不可摧的防线罢了。

【碎雪片】

蒋枭（1/3）无处可诉

其实我有很多话想要对安隅讲，但似乎一直没有机会。

我想告诉他，当一个人的意念足够坚决，便不会在意周遭的审视。

因为他人的困惑和不理解终会随风雪而去。

我的双眼从来只看得见自己的信仰。

不是逢迎，也并非受蛊。

就像他曾承认我的价值，我亦能分辨他的意义。

是心甘情愿。

让我，为他沉睡。

50 少年秦知律

四枚黑镜，映出四位守序者的身影。

在安隅的意识深处，似有熔浆炸裂了无数面镜子，瞬间沸响后，万籁俱寂，仿佛再也不会有声音了。他像是回到了大脑的基因诱导试验台上——诡秘絮语流窜全身，意识深处蔓延开难以言喻的痛，足以让人心神毁灭。

终端上的生存值骤降至80%，又瞬间被拉满，百分比在两个数字之间疯狂切换，仿佛有两股磅礴的力在撕扯他，余光里，秦知律安静地拢着白烛，黑眸沉泱，没有丝毫的犹豫或怯意。

高空的镜子核心中，白荆苍白的眼皮上逐渐浮现青紫血管，血液加速流动，他的眼珠也开始缓慢地转动。

外层碎镜上的自毁倒计时120秒时，白荆的睫毛轻颤了一下。

安隅仰头直视沉睡之人，红瞳淬火，无尽的时间和生命在那双眼眸中流淌。伫立在他身后的身影沉然如海，将整个孤儿院的诡谲都压制在深黑的暗涌之下。

风雪忽然肆虐，狂风一瞬便将笼罩在安隅周身的烟雾吹散了。

终端报警声中，秦知律抬眸扫过自己的生存值，仅瞬息间，缭绕的白烟再次将安隅包裹，好似无论风雪如何呼啸也难以驱散。

全队的精神力都在嘈杂之镜的干扰下迅速降低，斯莱德咬牙道：“律能撑住角落吗？”

风间没有回答，只是盯着终端上安隅反复回弹的生存值喃喃自语般道：“好强大的生命力……”

如果他没有看错，那些缠绕着安隅的罂粟还没真正起作用。到目前为止，秦知律仍在以命换命，似乎不愿轻易伤及自己的精神力。

他忽然后知后觉地想起，秦知律亲自出过很多恐怖的任务，据说还常独自前往平等区，但尖塔那么多治疗系守序者，他却未曾绑定任何一人。只有高层的祝萄和安曾在任务中为他治疗过，但也只是在他受到肉眼可见的外伤时进行常规治疗辅助，从未获取权限查看他的生存值。

那是一具能包容无上限混乱基因的身体，不知受过怎样的历练，强大到从没让人听到他的终端报警——直到他将自己的生命与安隅连通。

自毁倒计时80秒。

黑镜已经疯狂，极致的嘈杂反而散去了，只剩下绵延无穷的痛苦。

强烈的痛楚让安隅已经感知不到自己的身体，但意识却变得空前敏锐，仿佛能轻而易举触碰到孤儿院的一切——他感受到那些灰灰白白的建筑在风雪中沉寂，那些被藏匿的空间在镜中畸形地折叠，时间如一汪死水，数不清的生命凝固在水中，还维持着十年前灾厄降临的惊惶。

意识在流逝的边缘徘徊，但在昏沉之中，时间的河流却愈发清晰。他凝神注视着那条死去的河流，盼望它重新奔流。

高处镜核之中，白荆的眼皮下，眼球转动越来越快，指尖轻颤，很快就要彻底苏醒。

安隅的耳机里忽然响起一个急促的机械女声："警报！您的监管长官生存值20%！系统已自动为您开启长官指标获取权限，请及时关注！"

自毁倒计时40秒。

"警报！您的监管长官生存值10%！系统联络黑塔失败，请您立即查看长官情况！"

"警报！您的监管长官生存值5%！系统……"

警报声戛然而止。

秦知律的终端被踩碎在他自己的脚下，他声音极弱，但语气仍沉稳如山。

"专注。"他说。

但安隅仍走神了一瞬。

他的视线扫过自己的终端，刚好瞟到生存值再次弹回满状态，而临时显示在屏幕上的长官生存值几乎只剩一线。

自毁倒计时20秒。

缭绕的烟雾终是被风吹散了。

安隅忽然听见身后传来一声轻叹。

随即，虚拢着他的那些罂粟藤蔓骤然收紧，沿着肌肉和骨骼紧紧缠绕，心跳的撞击感在每一根血管的呼应下变得很强烈，一下一下，藤蔓的收紧与终端数字回弹的频率完全一致，让他一时间竟难辨血管中搏动的究竟是自己的心跳，还是长官的心跳。

“你能做到。”秦知律忽而再次开口，“让时间再度奔流。”

愈发剧烈的痛楚翻搅着安隅的意识，可他恍若无觉，再一次用意识催动白荆加速醒来。

风雪如崩，他迎着狂烈的风上前两步，身上捆缚着的那些藤蔓像紧紧拴住小船的绳索，恍惚中，他竟觉得又重新找回了深海下那根牵扯着他的木桩。

然而此刻，他没有再想起那个陪他长大的哥哥——即便没有回头，脑海中仍清晰地浮现着沉默伫立在身后的身影。

自毁倒计时5秒。

孤儿院全局时间重启的那一瞬，像一道脆弱的阳光悄然劈开冰川。

小小的缝隙浮现，转瞬即是山崩。

4秒。

3秒。

天地缓缓，时间复又奔流。

安隅忽然闭上了眼，剧痛从意识中迅速剥离之时，他的心跳变得很沉，恍惚间，他好像感受到了陈念说的那个沉默而庞大的存在。

在53区，降临态到来时，他曾用意识触碰过一个巨大的金色人形剪影，但这次不同——它没有形状，却更具存在感。虽不可见，但安隅却仿佛能隔着遥遥宇宙与它对视，他在它的面前谦卑而安宁，看着它，就像不久前在这座孤儿院里透过镜子看着另一个自己。

但照镜子时，是他在审视一个碎片；而此刻，他却隐隐觉得，自己才是被切下的一片，是孤寂的一部分。

捆缚在他身上的罂粟枝蔓中，长官的意志安静地流淌。倒计时最后3秒仿佛被无限拉长，他远隔虚空宇宙，与它对视良久。

耳机中忽然炸开的警报声将安隅拉回现实!

“警报! 您的监管长官生存值1%，精神力31%，请……”

藤蔓忽然离他而去。

镜子核心之上，白荆骤然开眼，高空庞大的镜面悉数炸裂，那些交错盘桓的裂沟转瞬又变成密仄的裂纹，倒计时熄灭，镜子从表层向深处层层破碎。孤儿院无数的人影在镜中演变，孩童的身体迅速抽长，一些人转眼便发生了畸变，畸种生长出更悚人的体征，还有一些悄然死去。

无数人的狂欢与哀怖在那条重新流淌的河中上演，它们喧嚣鼎沸，但又转瞬平息。停滞的十年转眼而过，天地间，最终只剩河流的冲淌。

是时间的声音。

高空之上，白荆睁眼，与安隅安静对视。

那双眼并无沉睡十年的空茫，只有厚重的悲伤。

四面黑镜同时浮现裂痕，安隅这才听见此起彼伏的终端警报。

除他之外，每一个执镜的守序者都被耗在了失智的死线上，他们扔掉镜子呆坐在地，双目空洞。

安隅看向身后。

秦知律还站在原地，白烛已快要熄灭，罂粟花正缓缓缩回掌心，那些干枯的花枝一边缩短，一边寸寸碎落，令人心惊。黑眸沉静如旧，只是好似比从前多了一丝孤寂。

“长……”

官字尚未出口，头顶的镜子核心骤然碎裂，高空之上的白荆闭目坠落在一地的碎镜片中，在那一瞬，世界如同拉闸一般陷入无尽漆黑——只剩下被秦知律托在掌心的，那一星将熄未熄的光亮。

鲜血的味道在风中弥漫，秦知律手执白烛向安隅走来，但视线却看向他身后血泊中的少年。

路过安隅，他朝安隅的腰侧虚伸了一下手，似是想抽出那把刀，但手搭在刀把上，停顿片刻，又放开了。

这是安隅第一次感受到长官的虚弱——尽管那双黑眸依旧坚定。

秦知律不等他开口，就改拿过他手中的第四块碎镜片，将镜片反握在手，尖锐的一端朝外。

在最终的时刻，哪怕即将被耗竭，秦知律仍要做那个按下按钮的人。

“长官。”安隅拉住他的胳膊。

秦知律停顿了片刻，才偏过头看着他。

那一星微弱的烛光在他们身体之间，似乎随时要被风带走。

诡谲的赤色正从安隅的眼中迅速消散，秦知律凝视着他，似乎罕见地走神了一瞬。

一个恍惚间，安隅的意识猛地一沉，黑暗中忽然传来一声歇斯底里的尖叫，错乱的警报随之而来——

“警报！被试者生存指标骤降！请立即切断诱导进程！”

“翼序列D1-248畸变基因诱导事故！”

“精神力持续下降！立即中止基因注射！”

安隅的视野逐渐清晰，他正身处一间陌生又有些熟悉的全金属封闭试验室中，试验台上好像躺着一个身形单薄的少年，赤裸的身上连通着无数恐怖的管线，此刻，他身边大大小小的屏幕上都在跳动着红色警报标志，各种生理指标都在迈向生死边缘。

氧气面罩之下，带着哭腔的惊惧的呼吸在试验室里回荡，那是安隅能感同身受的痛苦和无助。

但安隅有些困惑，他已经看过第四块碎镜片中封存的白荆记忆，白荆也已从高空坠落，镜核破碎，他实在想不通自己是从哪里又一次进入了白荆的记忆。

墙壁上忽然响起一个惊慌的男声。

“0930！0930！你没有出现畸变体征，也没有意志沦丧！重复一遍，你没有畸变，这是能量超负荷的事故！请尽量平复呼吸，抓住意识，不要昏睡！救护人员很快就会帮你恢复正常！”

像一记重拳砸在心上，安隅仿佛在那一瞬丧失了思考。

但他终于想起来了，虽然设施陈旧些，但这里不是孤儿院的体检仓，而是主城的大脑试验室。

他曾经也躺在那张冷冰冰的金属台上，主城大人透过嵌在墙壁里的对讲系统和他对话，以他生日临时取的代号称呼他——1222。

试验台上，濒死的喘息声久久难平，被监控装置放大，回声一重又一重。

安隅想起不久前，在孤儿院的档案室，他为队友们制作假身份时曾随口问道：“长官，您的生日是几月几号？”

“2122年，9月30日。”秦知律平静地回答。

0930。

金属门在警报声中赫然洞开，十几个穿着防护服的医疗人员冲进来，将试验床完全围住。

“血压50/30！”

“肾上腺素！”

“心率32！电极准备！”

“基因抑制剂！”

“0930！0930！能听见我说话吗！”

“0930！不要睡觉！”

……

安隅怔了许久。

他只是一抹窥探的意识，存在于这段被意外触发的记忆中。他什么也做不了，只能操纵视角穿过试验台旁的人群，看向屏幕上的指标——生存值5%，精神力32%。

记忆纷乱，但曾经发生过的那些场景，秦知律和严希对他说过的话，却交错着忽然在脑海中清晰起来——

“2122年大灾厄降临，律的母亲于怀孕状态直接暴露。律出生后就被列入首批基因熵测试的名单……送检样本共一万人，他是唯一极度离群样本……”

……

“我昏睡的那几天，长官好像很疲惫，他到底在干什么？”

“抱歉，无可奉告，你可以直接去问律……53区回来后，上峰希望大脑用真实的畸变基因对您重启测试，看能激发出您的多少种异能。理论上，试验可以完美把握尺度，但律不同意。”

……

“基因诱导试验是非人道试验，耗费巨大，仅对极个别人启动过……会引发强烈的神经官能后遗症，失眠和梦魇最常见。”

“长官弹一首曲子，就哄见星睡着了吗？”

“我陪他回忆了一些往事……失眠不过是一种病，孤儿没见识，我教了他一些睡着的方法，仅此而已。”

……

“您怎么不睡？”

“醒了。只睡两小时。”

“从什么时候开始？”

“记事起。”

……

安隅俯瞰着试验台上那具单薄的身体。

少年秦知律赤裸地躺在试验台上。惨白的皮肤下被大片紫红的淤血填满，每一根突起的血管都随着心跳鼓动，那双黑眸直勾勾地盯着天花板，好似被抽干了灵魂，也好似相隔时空，正与俯瞰着他的安隅对视。

安隅本能地想要伸出手，像长官曾对他做的那样，拥抱住那具小小的身体，摸着他的头安抚，却连触碰也无法做到。

不久前的雪夜，他和长官一同从A区食堂前往睡巢找陈念，长官似乎很在意他小时候有没有被孤儿院的恶霸欺负过，哪怕他说了没有，还是伸出一只黑乎乎的触手替他遮住了眼前的雪沙。

他识别出这个和长官增进感情的好机会，也立即回问道：“长官，您小时候又在干什么呢？”

那天的长官眉目淡然如常，声音却仿佛堕入风雪：“在黑塔和大脑，偶尔回家。”

51 防线的构筑

数据屏幕上显示着这段记忆发生的时间。

2130年，秦知律八岁时。

试验室中，破碎的呼吸声逐渐弱下去，医护人员已经稳住了他的生理体征。

一名研究员在计算机上点开编号0930的信息库，那是黑塔的最高级别机密，一条条记录在屏幕上迅速滚过，安隅俯瞰着那些生硬冰冷的文字。

【2122年2月：秦铮上将的妻子唐如怀胎一个月，于尤格雪原暴露，胎检未见异常，允许正常分娩。】

……

【2122年9月：胎儿出生，代号0930，列入首批基因熵检测试验名单。】

【临床报告：0930基因熵超过仪器测量上限（>100万），无畸变体征，建议试验室收容，进行长期隔离观察。】

……

【2126年9月：0930在三年观察期内未见异常，最新精神力评估等级为“优秀”。经秦铮上将批准，允许对0930开启基因注射诱导。】

【附：试验拟采用目前人类在畸种清扫中采集的样本进行微量基因注射，被试者存在因诱导而畸变的可能。】

基因注射是诱导试验的前身，那时科技还不够完善，试验并非用频率模拟畸变过程，而是简单粗暴地直接将全世界提取到的微量畸变基因，逐一注射入人体。

那年秦知律才刚满四周岁，是他刚开始有朦胧的认知时，也是人类发现各种畸变的高峰期。

屏幕上疯狂滚动着测试记录，最密集的时期，光一天的数据就要滚动几十屏，安隅安静地俯瞰了一会儿，而后回过头看向试验台上的秦知律。

秦知律身上插着一堆管子，艰难地侧过头，看着屏幕上的生理指标。

明明只有几个数字，他却看了很久，直到医护人员小声阻止他，帮他把头转了回来。那双黑眸中，是安隅从未见过的空洞。

安隅的意识从高空中俯身，虚虚地抱住他的少年长官，而后再次探入那双黑眸，在那些被意外卸掉防备的记忆中缓步浏览。

在2126年至2130年的整四年间，秦知律几乎在大脑和黑塔之间两点一线。

幼年秦知律没有什么做人的概念，只知道自己的代号是0930，唯一的使命是配合测试并学会忍耐痛苦。

在他的认知里，每场测试都有永远离开这个世界的风险，但如果顺利结束，在下一次测试到来前，所有人都会对他百依百顺。他拥有自己的智能终端，大人们从未限制他看到外面精彩的世界。他的研究员会跑出去排队为他买热门的奶茶，陪他看电视节目，帮他求购各种绝版唱片，还送了他一把木吉他消遣。

他从小就在大脑和黑塔无拘束地跑来跑去，和一些被称为守序者的人交朋友。有五个被称为“初代”的大人总是喜欢捉弄他，还有个像鸟人的家伙，叫比利，闲着没事就来听他弹琴，还会帮他处理一些测试遗留下的皮肉小伤。

在那四年中，秦知律对世界的感知很分裂。他觉得周遭的一切都是善意的，可同时也很难逼迫自己遗忘测试痛苦。

研究员对他很坦诚，每次临床事故都会让他知情。

四年，危险事故共185次，其中临床病危四次，虽无遗留残疾，但却给他留下了永久性的神经官能症：失眠，头痛与心悸。

痛苦时，初代守序者们和比利会来陪他。比利还偷偷告诉他，只要完成全部测试，他就会得到自己的人类名字，彻底投身外面的世界。

2130年9月，秦知律在八周岁生日那天获得了全畸变基因序列测试报告。

报告显示，没有任何一种畸变基因能成功诱导他，他虽然有着爆表的基因熵，但被认为是一个安全稳定的人类。

那天，他听到了父亲早就为他起好的名字——秦知律。

被军部的车接回秦宅的一路上，他都把脸贴在玻璃上看着外面的世界——虽然和终端里的没有任何区别，但那仍是他最兴奋的一天。

那一年他正式认识了自己的父亲和母亲。父亲秦铮严肃寡言，但会给他推荐值得阅读的书，耐心地批注他写的读书笔记，还教他拆装手枪。母亲唐如是一个温柔和善的作家，花了半个多月摸索到他的口味，然后每天都挺着孕肚亲自下厨为他烧菜。

少时，秦知律最喜欢吃炸薯条，因为那是在大脑营养配餐中从来没出现过的食材。

也是在那一年，秦知律拥有了一个妹妹，父亲把给妹妹起名的任务交给了他。那时他正在读母亲少女时期写的一本诗集，就给妹妹取名叫秦知诗。

他很享受高强度的精英教育，很快就超过了同龄孩子的学业进度。受到母亲影响，他还很喜欢文学和音乐，秦铮让他住进秦府最大的卧室里，那里有一整面墙的落地窗和木质书架，他喜欢坐在书架的梯子上晒着太阳发呆，看书，弹吉他，直至睡着。

“原本为你安排的社会化训练都取消了，我们都没想到你会这么快融入家庭，而且这一切都发生得自然而然。”心理医生开心地表扬他，眼神柔和道，“知律，不是每一个人都能天生拥有如此强大的心脏，你的情绪远比世界上的绝大多数人都稳定，还有着近乎可怕的理性和包容心。虽然你的基因熵很难解释，但你也拥有我见过的最完美的人格。孩子，祝你往后的人生都能幸福快乐。”

秦知律坐在咨询椅里微笑：“谢谢您。我确实完全能够理解那些基因注射测试，那是人类决策者该做的，也是我身为人类一员应尽的责任。”

他扭头看着窗外的阳光轻声道：“我也确实很喜欢爸妈和知诗……尤其是知诗，她太可爱了。”

心理医生望着他，似乎走神了好一会儿。

许久，她轻声道：“但据说你还是常常会失眠心悸。”

“嗯。”秦知律点头，“我也在摸索克服这些问题的方法，已经有了一些经验。尤其是心悸，我基本能通过控制呼吸来平复它。”

医生的笑容慈祥而怜惜：“这很好。但如果有可能的话，还是努力去忘记那四年吧。人在四到八岁之间的记忆比较容易忘记，你该彻底迈入真正的人生。”

秦知律微笑：“我会努力的，医生。”

离开心理咨询室时，阳光明媚，街角的屏幕上还在播放着新闻，女主持人发自肺腑地对着镜头微笑：“今天是大灾厄发生满九年的日子，人类花了八年时间清扫了全部畸种，并且已经连续一年没有发现新的畸变基因。至此，大脑研究者判定，2122年的大风雪是一场小概率随机特大灾难，它极为惨烈，但它已经彻底落幕。”

秦知律在屏幕前驻足许久，而后戴上耳机，听着温暖悠扬的吉他曲，绕路去超市给妹妹买了辅食奶酪。

在他的自我审视中，人生已经没有任何痛苦，但失眠却一直没能彻底治好。

很偶尔时，他还会梦到那四年的基因注射测试。但他不确定那是否应该被定义为噩梦，因为他从未梦到试验台上遭受的痛苦——每一个梦都开始于从试验室里走出来的那一刻，层层机械门在面前开启，他独自签字，接受自动设备的射线消毒，换上正常的衣服，从物资柜里取出后勤提前放好的小甜点，然后离开。

试验室外面是一条窄而长的走廊，由于他那一间机密等级过高，四年间，他从未在那条走廊上遇到任何一个人。

在无数次的梦里，秦知律都在想，如果做完试验后能有一个人等在那道门外就好了。

是谁都行，也不需要跟他说什么，就等着他出来，走在他身边，陪他吃着小甜点，一步步远离身后那间试验室就好。

安隅安静地拨动着那些记忆，看着少年秦知律逐渐长大。

从八岁到十六岁，人类社会迅速复苏，秦知律的人生也越来越明媚恣意。由于基因熵特殊，他被批准自由进入黑塔和大脑，和初代畸变者们混在一起，笑话那些家伙越来越丑，还嘲讽比利是第一批守序者中最没用的那个。

一切的安宁，突兀地终结于2138年。

——大灾厄后的第十六年，在人类早就自以为回归正常秩序，遗忘了曾经的疮疤时，第二场特级大风雪毫无征兆地降临了。

大量新型畸种出现，随之而来的还有能扰乱时空秩序的超畸体。经评估，那些东西都不是凭空新生的，而是十六年前受大灾厄影响就埋下的种子，沉睡蛰伏十六年后终于爆发。

早已被封存的测试协议重启，秦知律被大脑召回，接受最新发现的畸变基因的诱导测试。

这一批的基因刺激性极高，在短短一周测试中，他临床病危三次，神经官能症严重到连续两周都没有睡着。

回到家后，秦知律不高兴了很长一段时间。但人类已经没有时间给他消解那些情绪，很快，又一批新的畸变基因被发现，他再次被召回测试。

这一次，别说是在测试后找人接他回去，就连当年那些能安慰和哄着他的守序者们也都不在了，每个人都在全世界各地奔忙，人类被四起的畸变怪象打得狼狈不堪，秩序和尊严荡然无存。

那一年，秦知律越来越安静，最终连面对损友比利也不肯多说几个字，只冷着脸翻开他的药箱，从里面拿出惯用的外伤药膏，扭头就走。

直到年底，畸变才算暂时消停了几天。他终于被大脑放回家，可就在那个夜晚，他突兀地用父亲的配枪，亲手击毙了父亲。

安隅注视着站在父亲尸体旁的那个少年，很想要看清他的表情，可他低着头，让人无从解读。

秦铮死亡时尚无任何畸变体征，但基因熵为25，正处于隐匿畸变期。没人知道秦知律是怎么察觉的。

没过几天，秦知律又将枪口转向了母亲唐如，而后是妹妹秦知诗。唐如和秦知诗死亡时，基因熵分别只有20和12——这意味着秦知律对畸变的洞察越来越敏锐了。

他平和地在一周内杀死了三位至亲，却没表现出任何躁郁和悲伤。

直到重新坐在心理医生对面，那个女士笑着看着他手上的皮手套，问道："知律，手怎么了，为什么不愿意把手套摘下来呢？我感觉这副手套不太搭你的气质。"

秦知律沉默了好几个小时。

在心理咨询的最后，他终于低头看着自己的手，说道："罪。"

那个字仿佛撕开了情绪的口子，他突然变得极不配合，在又一次的基因诱导测试时，他剧烈挣扎，以人类之躯差点搞崩了牢固的试验台。十几个成年男人都按不住一个十六岁的少年，最终只能用上金属束缚装置，将他长期捆绑在试验台上，每天派人进去和他聊天，喂他吃饭。

在那一年，秦知律的记忆变成了一条昏暗狭长的走廊，记忆碎片被盛放在一道道门后。安隅用意念平静地逐一推开那些门，每一道门后，都是被捆在试验台上发狂的他。

他痛哭，咒骂，对从小就陪伴着他的研究员恶语相向，诅咒五位初代去死，诅咒比利永远觉醒不了有用的异能，痛骂被他亲手杀死的父亲，讽刺无能的黑塔和大脑……研究员哭红了眼，将饭喂到他嘴边时，他用牙凶狠地从对方的手上撕扯下一大块皮肉。

安隅对着门里的那些画面发呆。

他有些迷茫，很难想象这个发狂的少年和后来的长官是一个人——长官是人类的最后一道防线，没人能想象他曾是那样暴戾和黑暗。

但那不重要，安隅站在门口，只想进去抱住他——可他无法踏足。

精神力濒临耗空的秦知律纵然失去了心防，却依旧不需要任何安慰。

那条记忆长廊上的倒数第二扇门，发生在那一年的冬至。

那道门后是罕见的安静，安隅隔着门似乎听到秦知律在和另一个声音说话，但却听不清他们究竟在说什么。

当他尝试推开那扇门，却发现那扇门被死死地锁住了，无论怎样用力无法扭开门锁。

他以为长官心防已破，能放任他在记忆中随意翻阅，但却不曾设想即便在这样的情况下，依旧有秘密被保守在更深处，不向任何人敞开。

安隅站在门前停顿了一会儿，转身走向最后一扇门。

最后一扇门里，秦知律忽然变得很温和，毫无预兆地，回到了出事前的样子。

他对研究员道歉，坦诚地讲述自己对亲手杀死家人的悲伤，并表示愿意接受黑塔当时正艰难推行的人类基因分级。

“五人组那边我会去帮忙劝一下，但他们都是意志很坚决的人，非要和黑塔决裂的话也没人能阻止。”他轻声说着，“听说守序者们准备开展一轮大清扫行动，我父亲已经死了，可以让我加入战斗吗？虽然我是人类之躯，但起码我会开枪，而且不会被感染。”

在那次大清扫行动中，秦知律的表现，却不仅是会开枪。

他在战场上突然觉醒了一种基因表达的能力——越是被畸种伤害，他的基因熵就越肆无忌惮地生长，并且在几次实战摸索后，彻底学会了如何复制对方的异能。

在为期半年的大清扫行动中，秦知律自己清除畸种上万只，整顿时空失序区30处。

再次召回诱导测试后，大脑正式确认——这种名为“基因获得性表达”的能力完全受秦知律的自主意志控制。虽然他的精神力也会有波动，但远比其他守序者稳定。此外，他的高混乱度基因仍旧无法感染任何人，他绝对安全，被确定的畸变最终形态是：人类。

他是科学的悖论，但也是人类抵抗灾厄的一线生机。

2140年9月30日，秦知律的十八周岁生日，他正式成为尖塔第二任最高长官，带着一身战功，踏上尖塔顶层。

至那日，人类最坚固的一道防线构筑完毕。

只是那时，曾经的那位心理医生已经因为畸变死去了。再没有人留意到，他始终戴着那副漆黑的皮手套，不肯摘下。

“永远对人类忠诚，无论我以何种形式存在。

“我接受一切有保留的信任。

“我接受一切无底线的利用。

“我接受一切不解释的处决。

“我将永远对人类忠诚，无论我以何种方式毁灭。

“——守序者自我约束。”

秦知律站在父亲的雕塑前，和所有守序者一样，沉声诵读了守序者誓约。

他伫立许久，又道：“我将遵守人类应对灾厄的规则，但也将时刻审视它。为了秩序回归，奉献我的一切。”

安隅看着尖塔的电梯笔直上升，透明的箱门后，那道身影坚决而沉肃——已如今时。

意识猛地浮沉，安隅睁开眼，回到了现实世界。

镜核碎裂一地，万籁俱寂，四下漆黑，面前的仍是手执一支白烛与他凝望的长官。

秦知律似乎缓过来了一些，白烛的火焰烧得比刚才浓烈得多。

烛泪滴落，凝固在手套上，映照出那双漆黑深邃的眼。

“长官。”安隅听见自己轻声道，“我能不能……”

秦知律看着他，许久才缓慢开口：“能不能什……”

话未说完，安隅已经张开双臂，轻轻地拢住了那个挺拔冷肃的身体。

他隔着呼啸的雪沙和炙热的烛火，沉默着抱住了他的长官。

没人教过他此刻该说什么，他只是觉得这是长官需要的东西。

——哪怕，秦知律从不曾向任何人开口索要。

【废书散页】

29 防线的构筑

人类最坚固的那道防线，

它的构筑并非天意，也不凝聚任何努力。

无关时空，社会，与他人。

从始至终，那都只是一个人孤独的信仰和坚守。

是随宇宙一同诞生的光辉。

图书在版编目（CIP）数据

风雪待归人 / 小霄著. — 北京 ：九州出版社，2024.5

ISBN 978-7-5225-2643-0

Ⅰ. ①风… Ⅱ. ①小… Ⅲ. ①长篇小说－中国－当代 Ⅳ. ①I247.5

中国国家版本馆CIP数据核字（2024）第063586号

风雪待归人

作　　者　小　霄　著
责任编辑　牛　叶
出版发行　九州出版社
地　　址　北京市西城区阜外大街甲35号（100037）
发行电话　（010）68992190/3/5/6
网　　址　www.jiuzhoupress.com
印　　刷　三河市中晟雅豪印务有限公司
开　　本　700毫米×970毫米　16开
印　　张　27.5
字　　数　500千字
版　　次　2024年5月第1版
印　　次　2024年5月第1次印刷
书　　号　ISBN 978-7-5225-2643-0
定　　价　52.00元